FALLEN GODS

El papel utilizado para la impresión de este libro ha sido fabricado a partir de madera procedente de bosques y plantaciones gestionadas con los más altos estándares ambientales, garantizando una explotación de los recursos sostenible con el medio ambiente y beneficiosa para las personas.

Penguin
Random House
Grupo Editorial

Fallen Gods

Título original: *Fallen Gods*

Primera edición en España: enero, 2026
Primera edición en México: febrero, 2026

ISBN: 978-607-387-177-8

Impreso en México – *Printed in Mexico*

FALLEN GODS

RACHEL VAN DYKEN

Traducción de Miguel Trujillo Fernández
y Míriam Lozano Sobrino

ALFAGUARA

Para mi abuelo Gjengstø (Jacobsen)*: quién se iba a imaginar que todos los libros que me regalaste sobre mitología nórdica acabarían dando sus frutos. Tú eres el responsable de mi herencia noruega. Te quiero mucho, abuelo, gracias por tantas historias, y aunque ya no estés aquí para verme escribir las mías, sé que estás orgulloso. Brilla con fuerza en Helheim.*

En *Fallen Gods*, los mitos caminan entre los mortales… y conspiran para lograr la dominación. Por consiguiente, esta historia contiene elementos que podrían no ser apropiados para todos los lectores, entre los que se encuentran heridas, sangre, muerte, ahogamientos, abusos físicos, consumo de alcohol, lenguaje gráfico, situaciones peligrosas y la descripción de actividades sexuales, desde besos tiernos hasta sexo furioso. Se habla sobre el duelo, la pérdida de la familia y la guerra. Si son lectores sensibles a estos temas, por favor, ténganlo en cuenta.

Les damos la bienvenida a la Universidad de Endir, donde los dioses siembran el caos y las runas se elevan desde la niebla. Ve por tu plan de estudios. Va a ser una semana de orientación extraordinaria.

Nota de la autora

Crecí empapándome de la mitología nórdica. Mi abuelo siempre me contaba historias y me daba libros, y aunque no lo veía muy a menudo cuando era pequeña, siempre podía contar con los libros mientras él estaba de viaje. Ahora, a algunos de ellos les faltan páginas, y otros los he conservado específicamente para mis propios hijos.

Yo siempre estaba haciéndole preguntas, y él exageraba sobre los dioses de Asgard. Era una persona impresionante, y si alguien me hubiera dicho cuando era pequeña que él era Odín, yo habría contestado: «Sí, ¡ahora mi mundo está completo y todo tiene mucho sentido!». Él fue también quien le dijo a mi padre que su primogénito debería llamarse Torbald. Mi hermana acabó teniendo otro nombre, pero al final pudimos hacer su sueño realidad cuando llamamos Thor a mi hijo mayor. No se preocupen; en mi propia historia, tenemos Mjölnirs de sobra por casa (y, en opinión de mi hijo de diez años, todos ellos son reales, ¡shhh!).

La mitología siempre me ha resultado apasionante, pero realmente te afecta de forma diferente cuando es algo vinculado a tu infancia y tu familia. Aunque *Fallen Gods* aborda la mitología nórdica y he estado investigando de forma concienzuda, por favor, tengan en cuenta que me he tomado licencias creativas con muchos temas. Quería crear una historia del tipo «¿Qué pasaría si…?» que llevara a los lectores a un viaje en el que nunca se hubieran embarcado antes. Al fin y al cabo, todo tiene un significado.

Disfruten de mi versión de los dioses y los gigantes, pero les advierto: van a tener que escoger un bando.

Un abrazo,

RVD

PRÓLOGO

REY

—¿Lo harías? —susurro, odiando el temblor de mi voz. Estamos plantados en mitad del campus, y una brisa fresca que me roza las mejillas acaloradas me da el valor para volver a preguntárselo—. ¿Huirías conmigo, sabiendo que el mundo se acabará? ¿Sabiendo que el mundo ardería?

Hace unas semanas, jamás se me habría ocurrido que mantendríamos una conversación como esta. Ahora, el aire entre nosotros está lo bastante frío como para que su aliento se condense delante de él en una neblina escarchada. En otra vida, me habría resultado poético. Pero ahora tan solo me recuerda lo que es exactamente.

Un gigante.

Implacable.

Poderoso.

Un dios por derecho propio.

Aric desplaza su peso de una pierna a otra, y el silencio se extiende entre nosotros como un abismo que ninguno de los dos puede cruzar.

A lo mejor no debería haberme dejado llevar con él. No después de saber qué era lo que había en realidad tras la guerra entre los dioses y los gigantes. Ahora, simplemente, parece como si hubiera llegado el fin.

—Estás dudando —digo, apenas capaz de pronunciar la frase.

Él clava su mirada oscura en la mía y aprieta la mandíbula.

—No te lo puedo prometer —responde al fin—. No hasta que terminemos con esto.

Lo único que quería era que dijera que sí. No lo habría obligado a cumplirlo; tan solo quería saber que estaba dispuesto a correr el riesgo… por mí.

El suave susurro de las hojas antiguas atraviesa el espacio entre nosotros, un tenue recordatorio de dónde nos encontramos… y de lo que está en juego.

—Entonces ¿eso es todo? Vamos a hacerlo.

El calor me quema las mejillas, pero tenía que preguntarlo. Solo una última vez.

Él desliza la lengua por su labio inferior, y entonces tensa la mandíbula, como si estuviera tratando de contenerse para no decir demasiado. Mientras unos cuantos copos de nieve errantes flotan por el aire, sus ojos permanecen clavados en los míos.

Niego con la cabeza. Uno de los dos tiene que ser lo bastante fuerte para esto.

—No necesito el frío —digo, y me siento todavía más patética—. No lo quiero.

—Pero yo todavía necesito tu calidez —responde él, y sé que lo dice en serio.

Sin embargo, ya no es suficiente. La nieve motea sus anchos hombros, esos mismos hombros que han cargado con demasiadas cosas.

—Uno de los dos va a morir.

Al fin pronuncié las palabras en voz alta.

Y, en lo más profundo de mi alma, lo sé.

Voy a ser yo.

Capítulo uno

REY

UNA SEMANA ANTES…

La nota que tengo en la mano se encuentra tan arrugada y húmeda por el sudor que estoy segura de que la tinta se habrá pegado a mi piel como un tatuaje. Pero eso no es lo que me sorprende.

A pesar de cómo la trataba él, yo nunca había visto llorar a mi madrastra. Ni una sola vez. Durante todos mis años con ella, Laufey ha sido una fortaleza; impertérrita e ilegible. A pesar de los abusos de él, a pesar de su propia enfermedad, a pesar de todo.

Hasta hoy. Mi decimoctavo cumpleaños.

Al principio, pensaba que se debía a lo que mi padre me había pedido al fin que hiciera, ese «favor» que siempre supe que iba a llegar, aunque rezaba para que no lo hiciera jamás. Hasta que, por supuesto, al fin llegó.

Pero ¿esto? Parece algo más grande.

Como si hubiera estado conteniendo algo enorme dentro de ella durante años, guardando sus lágrimas para este preciso momento.

Hoy, Laufey se rompió al fin.

Entre sollozos, me suplica:

—Por favor, Rey. No lo hagas. Podemos encontrar otra manera.

No soy capaz de devolverle la mirada. Ella era el único lugar seguro que tenía, además de Rowen. Ella me ha protegido y ahora me toca a mí protegerla. Puede que no sea mi verdadera madre, pero es la única que he conocido en la vida. Y sus lágrimas me atraviesan como un cuchillo.

Miro a mi alrededor, a la opulenta casa de mi padre, y por primera vez en toda mi miserable vida, desearía poder quedarme aquí. Pero no puedo. Mi padre me encomendó una misión y me prometió el mundo si tengo éxito.

Me da un vuelco el estómago, pero el miedo no importa. No puede importar. No si significa liberar a Laufey.

—Sé lo que sueñas, Rey. Con estar lejos de mí algún día —dice Padre, impasible ante la histeria de su mujer—. Sé que te carcome por dentro.

Sus palabras se clavan profundamente en mi piel, como un dolor del que no puedo librarme, y no me molesto en negarlas. En vez de eso, me volteo para clavar los ojos en su mirada oscura y permito que un débil atisbo de valor me haga subir los hombros.

Una sonrisa helada se extiende por su cara, y desvío la mirada. Pelo blanco recogido en su característica coleta baja. Un parche que le cubre el ojo derecho. Un traje azul marino de tres piezas, complementado por un elegante bastón. Adornos de oro que cuelgan de su corbata. Uno es un martillo, y el otro, la cabeza de su enemigo.

Siempre se descontrola en las fiestas.

Padre mira a su guardaespaldas, que está apoyado contra la puerta a oscuras a mi izquierda, y asiente con la cabeza. Sin decir ni una palabra, Rowen se mueve para ir por Laufey. Tan solo tiene unos cuantos años más que yo, y es más alto que Padre, con unos hombros que parecen el doble de anchos y una apariencia juvenil y fuerte. Pero, aun así, siempre ha parecido el más débil de los dos hombres. Tal vez se deba a que obedece todos los caprichos de Padre sin hacer preguntas.

Lo entiendo. Yo me siento igual de pequeña bajo su sombra.

Se me retuerce el estómago cuando Rowen rodea la cintura de Laufey con un brazo y la pone de pie. Ella se derrumba contra su ancho pecho mientras él la conduce por el pasillo, hasta sus habitaciones privadas.

Padre los ignora a los dos.

—Tienes una semana para encontrar el martillo de Thor. —Su voz es intensa y profunda—. Elimina a cualquiera que se interponga en tu camino. Destrúyelos a todos por lo que nos han arrebatado, Rey. A los Erikson, hasta el último de ellos. Pero no lo hagas deprisa. —Su tono se vuelve grave al dar la orden—. Hazlos sufrir.

—¿Cómo saben que lo tiene Aric?

Sigurd es más poderoso. ¿Por qué no lo guardarían los gigantes con él?

—Lo sé —responde alzando la voz, y yo trato de no encogerme—. Porque sus padres lo escondieron. El último error que cometí en la vida. —Aprieta la mandíbula—. Tu trabajo no es hacer preguntas. Es cumplir con lo que te pido.

Asiento con la cabeza; eso es lo único que podría hacer cualquiera cerca de este hombre si tiene la esperanza de conservarla sobre los hombros. No sé por qué pensé que preguntárselo serviría de algo. Al menos, no dijo que todo haya sido culpa mía.

Habría estado bien pedirle información a Laufey antes de comenzar con esta misión, ya que ella misma es una giganta, pero mi padre jamás lo permitiría. Ella tiene demasiado miedo de su ira; se marcha de la habitación cada vez que yo menciono a los Erikson. Pensar siquiera en lo que Padre podría hacerle en mi ausencia hace que se me revuelva el estómago.

Casi me encojo cuando él se inclina hacia mí para rozarme la mejilla con una mano y besarme en la frente. Un suave roce carente de cariño.

—Estoy orgulloso. Lo sabes, ¿verdad? De entre todos mis hijos…, tú eres la más digna.

Sé que está tratando de hacerme un cumplido, pero se parece más a una maldición.

Da un paso atrás y baja la mano.

—Rowen traerá el coche dentro de un minuto. Recoge tus cosas y vámonos. He esperado demasiado tiempo este momento y no deseo que haya más retrasos.

Y tras eso, se marcha, golpeando el suelo de mármol con el bastón mientras marca un ritmo que me reta a seguirlo.

Aprieto los dientes y me guardo la nota arrugada de Laufey en lo más hondo del bolsillo de mis jeans. Todavía no la he leído, pero no tengo que hacerlo. Estoy segura de que serán ruegos para que abandone esta misión. Absurdo.

Me agacho para tomar mi mochila nueva y después me la cuelgo del hombro. Padre tiene razón. Más me vale terminar con esto lo más rápido posible.

En cuestión de minutos, los dos estamos acomodados en el asiento trasero de un elegante Mercedes negro de cuatro puertas, con Rowen tomando con pericia el desvío que nos llevará hasta la carretera que sale de Bellevue, en Washington, para ir hacia Everett, a la Universidad de Endir, y a mi primer año como estudiante.

Tengo la mirada clavada en la lluvia que salpica el cristal, en el limpiaparabrisas moviéndose de un lado a otro. Alguien cerca de nosotros aporrea el claxon y me dan ganas de gritarle; no sabe la suerte que tiene. Ojalá mi peor día fuera encontrarme con un mal conductor.

Pero el dolor es el dolor; le da igual el rango. Simplemente existe. Y saber que hay alguien en algún lugar que ha cargado con más que yo… es lo único que me ha ayudado a superar los dos últimos años.

Estoy metida en este lío debido a quién es mi padre; a lo que es capaz de hacer y a lo que se ha hecho en ambos bandos de esta guerra. Algunos podrían decir que es porque nací siendo especial.

Se equivocarían.

De hecho, la auténtica razón por la que estoy aquí es por lo poco especial que soy. O, al menos, por lo poco impresionante que le he resultado a una persona en particular.

Se me acelera el corazón cuando un atisbo de unos ojos castaños y cálidos cruza mi mente. No, no son cálidos. Me paso el dedo por las tenues cicatrices de mis nudillos y me concentro en el tráfico.

La mirada astuta de Rowen se encuentra con la mía a través del retrovisor, y entonces se aparta. Típico. Observo los gruesos mechones rubios y ondulados que rozan sus hombros, como si mirar algo sólido pudiera ayudarme a olvidar lo astillados que estamos por debajo.

No recuerdo cuándo fue el momento exacto en el que Rowen se convirtió en mi amigo más cercano. Simplemente ocurrió; un día no estaba allí, y al siguiente orbitaba alrededor de mi vida como una segunda luna. Se vino a vivir con nosotros hace tres años, probablemente, después de graduarse de la preparatoria; pero nunca hablábamos sobre aficiones, cumpleaños ni ninguna de las cosas que la gente normal compara para sentirse menos sola. Compartir espacio bajo el techo de mi padre era suficiente. El trauma crea vínculos más deprisa que el tiempo.

Y ahora, después de hoy, lo más probable es que jamás vuelva a verlo.

El corazón se me hunde hasta el fondo del estómago mientras, a mi lado, mi padre abre un periódico, como si los celulares y las redes sociales no existieran. Cada pocos segundos, se aclara la garganta y se ajusta la corbata con la mano derecha, la que tiene unos tatuajes que le dirían al mundo quién es exactamente... si los demás fueran lo bastante privilegiados como para saber lo que significan las runas que tiene en sus cinco dedos asesinos.

Incluso para un espectador casual, las marcas parecen oscuras y amenazadoras. Porque, por supuesto, lo son. A él le gusta la atención.

A fin de cuentas, yo sé a qué clase de mano pertenecen esos tatuajes. Una de autoridad, terror y poder. Me pregunto qué dirá de mí el hecho de que mis primeras fantasías diurnas consistan en cortarle los dedos. En arrebatarle su orgullo y su alegría. Uno. Por. Uno.

Vuelvo a suspirar y miro por la ventana, metiéndome la mano en el bolsillo para aferrar el trozo de papel que tengo allí, arrugándolo más y más.

Vamos esquivando el tráfico. Me siento como si cada vez fuéramos más rápido. Demasiado rápido. Me pregunto si sería mejor que tuviéramos un accidente. ¿Eso cambiaría algo? Probablemente no.

Las leyendas no mueren.

Y eso es exactamente mi familia: legendaria.

Sé quiénes somos. Conozco nuestro linaje. Me han insistido con él desde que nací. Y esa es la razón por la que también sé que mi padre no va a rendirse jamás. No cuando yo soy la única persona que está en la posición de conseguir lo que él desea.

Un hecho que sé que le molesta, porque mi padre no es paciente ni amable, y tener que ceder aunque solo sea una pizca de control, depender de otra persona para obtener su objetivo, en fin, eso es la definición del infierno para él.

Sonrío ante ese pensamiento. A lo mejor yo no soy la única que está furiosa con este resultado. A lo mejor ese es mi regalo de cumpleaños: que él me necesite a mí.

Lo acepto con vergüenza.

Ignoro la furia por el hecho de que esté dispuesto a poner en peligro mi vida para recuperar lo que nos arrebataron, lo que nos *robaron*, y me aferro a este único concepto estúpido: que el mismísimo Odín me necesita.

Él ni siquiera sabía dónde guardaban los Erikson el Mjölnir, hasta el año pasado. Fue entonces cuando me convertí en la última pieza de ajedrez y en su única opción.

Me necesita. Pero no necesita a la gente que quiero y esa es la razón por la que estoy sentada en este coche.

—Tienes exactamente una semana. Es todo el tiempo que nos queda.

Mi padre habló al fin, con la voz como un gruñido bajo y áspero, teñida de furia. Como siempre.

Yo no me inmuto. Al menos, de forma externa. Pero ¿por dentro? Una tormenta ruge con fuerza.

—Lo entiendo.

Mantengo la mirada fija en la lluvia, observándola mientras corre por la ventanilla en patrones erráticos. Es la única constante en una vida ahogándose en el caos. El agua cae implacable y despiadadamente, pero se detendrá, su final llegará. Como el de todas las cosas.

El coche sube por la escarpada carretera montañosa, internándonos más en el corazón del bosque de hoja perenne. Mi padre solía contarme historias sobre los bosques y el frío de su interior, advirtiéndome siempre de que una helada temprana nunca significaba el comienzo de algo, sino su final agonizante, lo que indicaba que los dioses estaban agitados, clamando venganza.

Me estremezco y trato de mantener las manos inmóviles sobre mi regazo; tomo aliento para tranquilizarme. Finalmente tengo un propósito, por diabólico que sea, y no puedo fracasar. Miro hacia los gigantescos pinos, el escabroso paisaje cubierto de una niebla espeluznante. Incluso a través de la fuerte lluvia, esa neblina de cuento de hadas se enrosca alrededor de los árboles, serpenteando a través del musgo verde y los velos de escarcha, y me doy cuenta de que esto es hermoso. Pacífico.

Al menos, mejor que Bellevue.

Odio la suciedad, el ajetreo de la ciudad.

Lo odio todavía más de lo que significa mi apellido allí.

El bosque se vuelve más denso conforme nos acercamos al lago Stevens, el hogar de los Erikson: la familia alrededor de la cual me veré obligada a orbitar en Endir, ya que ellos fundaron la universidad que va a convertirse en mi nueva prisión.

Y, por supuesto, allí también estará su hijo mayor, Aric. Porque no es suficiente con que él sea la única persona que sabe dónde se encuentra el martillo de Thor. No, mi vida es un novelón escrito por los dioses, con drama familiar, planes de venganza y hasta un antiguo prometido.

Si se puede considerar compromiso a algo que apenas duró una tarde.

El simple hecho de pensar en Aric hace que me dé un vuelco el estómago. Ya han pasado años, pero la idea de volver a verlo sigue tensando un nudo en la profundidad de mi pecho. Evitarlo va a ser imposible. Tendrá que bastar con fingir que no existe.

Nos detenemos frente a un semáforo en rojo en Everett. Mi padre suelta un gruñido de frustración, como si la luz estuviera ralentizando nuestro viaje a propósito, como si tuviera algo que ganar o perder en este juego. No comprende que el mundo ya no gira al son de su antiguo Rolex.

Un Land Rover Defender negro se detiene junto a nosotros, con el motor rugiendo, y siento envidia por la potencia detrás de ese acelerador. Las ventanillas están bajadas, y aunque apenas soy capaz de atisbar el interior del vehículo, puedo apreciar por completo esa música que fastidia enormemente a mi padre, así como el brazo musculoso que descansa parcialmente fuera de la ventanilla.

Esbozo una sonrisita mientras él se remueve en su asiento y suelta un gruñido entre dientes. Estos son los detallitos que me alegran la vida.

He aprendido a aceptar mis pequeñas victorias conforme puedo encontrarlas.

En el instante en que el semáforo se pone en verde, el coche acelera y se aleja a toda velocidad. Nosotros avanzamos en la misma dirección mientras mi padre comienza con un monólogo sobre el respeto y los jóvenes de hoy en día. Lo he escuchado un millón de veces; no tiene el más mínimo impacto.

Sé que estamos cerca cuando el sonido de Padre plegando el periódico llena el coche. Con cada nítido crujido del papel, mi cuerpo se tensa.

Y entonces, se gira hacia mí. Sé que lo hace, no porque lo vea, sino porque el aroma almizcleño de la tierra lo sigue. Cierro los ojos con fuerza durante un segundo y después dirijo la mirada hacia él.

El coche se detiene, pero no me atrevo a apartar la vista de él. Sería demasiado desobediente, y si quiero salir de este coche, tengo que demostrarle que sé cuál es mi lugar. El periódico se encuentra sobre su muslo derecho, olvidado.

Su mano se curva alrededor de la cabeza del cuervo de oro que adorna la parte superior de su bastón omnipresente, y la golpea con un pulgar tatuado, marcando un ritmo insistente con el pesado anillo de oro de su mano. Sé que hace esto a propósito; quiere atraer la atención. Yo soy una de las pocas personas en este mundo que conocen el poder que contiene ese bastón. Es una reliquia de nuestro mundo que oculta una espada de acero asgardiano. Es una parte de él. Jamás se aleja de ella.

—No creo que tenga que recordarte lo importante que es esto, Rey. —Levanta la mano libre hasta su barba blanca, trenzada y enjoyada. Con cada caricia, su ansiedad, sin duda, disminuye mientras la mía se incrementa—. ¿Sabes? Yo no quería hijos, al menos, no… —hace una mueca— a ti.

Y así, como si nada, vuelve a recordarme mi valía.

Ya que, por mucho que me necesite, nunca se le olvida recordarme cuál es mi lugar.

Yo. Alguien insignificante en comparación con él.

Al igual que Laufey, al igual que Rowen, al igual que cualquier otra persona en su vida, yo nunca he sido lo bastante buena. Tan solo soy su débil bastarda; son sus palabras, no las mías.

—Lo comprendo, señor.

A la mayoría de los niños se les dice que brillen desde que nacen.

A mí me han dicho que me mantenga tenue desde que nací.

Pero ahora me toca a mí brillar. No me han dado la oportunidad de elegir.

Él asiente con la cabeza.

—Sin embargo, lo has hecho bien, a pesar de los grandes esfuerzos de mi esposa por incentivar lo opuesto a mi adiestramiento. Y ahora tienes siete días. Una semana para demostrarme que me equivocaba sobre tu valía. —Lleva la mano hasta mi barbilla, y mis labios tiemblan ante el gesto. «No llores», pienso. «No te encojas»—. Todo el mundo te adorará. Al fin y al cabo, no pueden evitarlo, ¿verdad?

Sonríe, y no hay nada más que malicia en su sonrisa.

Porque tiene razón: los demás me adorarán, no tienen elección. Se sentirán atraídos por mi Aura. Una especie de encanto, tan antiguo como la sangre de mis venas. La gente no «elige» fijarse en mí. Simplemente lo hace.

Es apropiado que el único regalo que me ha hecho mi padre sea una maldición.

—Gracias —susurro, odiándome a mí misma de nuevo—. Por el honor de servirte.

Sus fosas nasales se dilatan. Se inclina hacia mí y me susurra al oído:

—Se te olvidó la última parte.

No tiemblo.

No grito.

Estoy entumecida.

Me lamo los labios y digo:

—Padre Odín.

—Buena chica. Ahora, vete a cazar.

Capítulo dos

REY

Cuando nos detenemos delante de la universidad, Padre no lleva la mano a la manija de la puerta. Al igual que siempre, espera a que Rowen la abra. Su sirviente. Su escolta. Su mascota. Cualquier papel que le haya asignado hoy.

Me ajusto el largo abrigo negro y me pongo mis lentes de sol Celine, como si fueran la única armadura que necesito para entrar en el campamento enemigo.

La infame familia Erikson ha dejado su legado estampado por todo el campus. Hasta tienen una escultura familiar delante del centro de estudiantes que aparece en el folleto que venía con mi carta de aceptación. El fundador, Sigurd, abrazando a sus dos nietos, Aric y Reeve, que miran con adoración la deslumbrante sonrisa de su abuelo.

A lo largo de los años me he encontrado en unas cuantas ocasiones con el hermano pequeño, Reeve, en diversos eventos sociales. Esas veces me bastan para saber que preferiría saltar de un acantilado antes que fingir una amistad con él.

Pero su hermano mayor, en cambio... Aric no se molestaba en aparentar.

Rara vez hablaba, a menos que se viera obligado a hacerlo, e incluso entonces era normalmente un gruñido o una mirada afilada destinada a diseccionar cada centímetro de tu confianza.

A excepción de esa única vez.

El momento que, desde entonces, me he convencido a mí misma de que no contaba. Un lapsus. Una debilidad. Una que no podía permitirme entonces, y que ni de broma puedo permitirme ahora.

Son polos opuestos. Reeve habla hasta que le suplicas que pare. Aric apenas existe en la habitación; hasta que te das cuenta de que no puedes dejar de preguntarte cómo sonaría su voz pronunciando tu nombre.

Y después está su rostro, dolorosamente hermoso.

La línea de su mandíbula, que parece como si estuviera tallada en granito. La clase de pelo oscuro y ondulado que los estilistas tratan de crear para los anuncios de perfumes, salvo porque, en su caso, simplemente cae sobre su frente, sin esfuerzo aparente pero inasequible.

—Escúchame con atención, Rey. —Padre no alza la voz ahora—. Encuentra el martillo o no regreses.

—Lo entiendo —respondo, asintiendo con la cabeza. Diría cualquier cosa con tal de poner fin a esta despedida.

Él ya se ha pasado toda la noche machacándome con el plan.

Encontrar el martillo.

Matar a cualquiera que se interponga en mi camino.

Llevarlo a casa.

Hizo que todo sonara dolorosamente simple. Y tal vez sea así, porque yo he crecido sabiendo exactamente lo que éramos.

Los Erikson no lo han hecho.

Se aferraban al poder por cuestión de instinto, rondando a mi familia durante décadas sin comprender jamás la razón. Por lo que ellos sabían, era todo cuestión de negocios: tensión territorial, riqueza heredada, alianzas quebradas.

Pero la verdad era más antigua. Divina. Y estaba empapada en sangre.

El último acto de Odín al final de la guerra entre los dioses y los gigantes no fue la conquista. Fue el borrado.

Eliminó sus recuerdos.

Absolutamente todos.

Los de todo el mundo, a excepción de sí mismo, por supuesto.

Y los de las pocas personas que él necesitaba que recordaran.

Rowen.

Laufey.

O aquellas como yo, a las que Odín nos agració con el conocimiento.

Para nosotros, la verdad es como la correa de un perro.

Odín jamás permite que olvidemos lo que somos; tan solo balancea nuestra libertad frente a nosotros, como una promesa que no tiene ninguna intención de cumplir.

—Si no lo haces, tú no serás la única que sufrirá. —Extiende la mano y le da un golpecito con los dedos a la correa de la mochila azul que me dio esta mañana y que se encuentra en el asiento entre nosotros—. Aquí dentro está todo lo que necesitarás. Estudia bien la información y recuerda quién sufrirá si no lo haces.

Se me tensa la garganta, y esta vez lo único que puedo hacer es asentir con la cabeza.

Si Aric se interpone en mi camino, no lo verá venir. Ni siquiera sentirá el cuchillo hundiéndose entre sus costillas hasta que sea demasiado tarde. Hasta que se lo haya arrebatado todo.

Lo haré porque mi padre tiene razón. Siempre tiene razón con respecto al mundo y nuestros enemigos en él.

A lo mejor, en el fondo, no soy tan diferente al hombre que me engendró: implacable y dispuesta a hacer lo que haga falta para conseguir lo que quiero.

Durante un breve instante, la vergüenza tensa sus garras alrededor de mi garganta, seguida por el arrepentimiento, tal como siempre ocurre, pero puedo hacerlo.

Tengo que hacerlo.

Arrugo la nota de Laufey en la mano hasta que me duelen los dedos, y después la dejo en mi bolsillo. Ahora no es el momento para derrumbarme. No paro de decirme a mí misma que tengo un trabajo y eso es lo único en lo que tengo permitido centrarme. Porque no hay forma de escapar de esto.

Como si hubiera estado esperando una señal, Rowen abre la puerta del coche.

—Buena chica —repite Padre, y sale del vehículo.

Tomo la mochila, pero Rowen ya está allí; abre mi puerta y me la quita de la mano como si no pesara nada. Sus ojos se encuentran con los míos durante medio segundo, pero con eso es suficiente. Suficiente para ver la resignación. La vergüenza. La clase de derrota silenciosa que no grita, tan solo se queda sentada en tu pecho y se pudre.

Le dirijo media sonrisa de todos modos. Una mentira con dientes. Todo va bien. Todo va perfectamente.

Mi padre me dijo una vez que la familia de Rowen ha estado sirviendo a la nuestra desde hace generaciones, como si eso hiciera que fuera noble. Como si unas cadenas heredadas fueran alguna clase de legado. Estábamos caminando por la playa, con las olas mordisqueando la orilla, y yo le pregunté cuánto tiempo duraría su penitencia.

Él se agachó, agarró un puñado de arena y dijo:

—Hasta que esto haya desaparecido.

—¿De tu mano? —le había preguntado yo.

—Del mundo.

Y ya está. Una cadena perpetua sin apelación. Lealtad tallada en los huesos.

Él se había sacudido las manos en los pantalones y se había alejado de allí, clavando el bastón en la arena con cada paso de forma brusca y deliberada, como si quisiera que la playa lo recordara.

Y eso fue todo. Conversación terminada.

En ese momento supe que era lo mismo para mí, para Laufey, para cualquiera que se encontrara en el círculo de mi padre. Jamás seríamos libres de él, a menos que él decidiera liberarnos.

Y, en cuanto a Rowen… Él simplemente lo acepta como su destino, porque se siente como si hubiera fracasado y tiene las cicatrices que lo demuestran.

Por las historias que me han contado desde la infancia, no siempre fue así. ¿En qué punto se torció todo? ¿En qué momento lo importante empezó a ser quién tenía más poder? ¿Más riqueza? ¿Cuándo se volvió tan corrupto nuestro mundo? Jamás lo he preguntado.

No creo que me siga dando miedo la respuesta. Realmente no. Lo que me da miedo ahora es saber que no va a importar. No después de todo. La verdad no salvará a nadie. Y a mí, menos todavía.

Rowen ya se encuentra junto a la cajuela abierta, esperando. Lo sigo con pasos demasiado firmes y la respiración demasiado controlada.

Otros coches comienzan a entrar ahora en el estacionamiento. Algunos padres con las mejillas llenas de lágrimas, otros cargando torpemente con el equipaje o dando abrazos poco entusiastas. Todo ello demasiado ruidoso, demasiado *normal*. A lo mejor esa es la razón por la que mi padre de repente se inclina hacia delante y me rodea los hombros con un brazo, como si estuviera jugando a ser humano.

Me quedo paralizada. Su calidez me presiona, desconocida e indeseada. Me siento como si llevara la piel de otra persona.

Una palmada en la espalda. Entonces, se aparta de mí y muestra esa sonrisa demasiado blanca que nunca le alcanza los ojos.

—Trataré de extrañarte, hija.

Eso sí que se parece más a la despedida previa a la universidad que esperaba del Padre Odín.

Se da la vuelta sin decir nada más y vuelve a subirse al coche. La puerta se cierra con un suave «clic», pero para mí es como una sentencia de muerte. Algo definitivo. Lo siento asentándose en mi pecho.

Rowen saca del vehículo mis maletas y un baúl grande sin mirarme. Sin mirar nada, en realidad.

Mientras subimos a la banqueta, la ventanilla baja justo lo suficiente como para que mi padre apremie:

—Tic, tac, Rowen.

Y, entonces, el cristal vuelve a subir.

—Cuídate —le digo a Rowen mientras deja mi equipaje en el suelo. No puedo evitar que se me rompa la voz, ni la sensación de que estoy metiéndome en una tumba vacía, una que mi padre excavó para mí—. Aquí es donde nuestros caminos se separan. Sobrevive. No me escribas.

Odio ser cruel con él, pero es más fácil cortar lazos ahora antes de sumergirme demasiado en esto. Me conozco bien. Sé que querré arrastrarlo hasta las profundidades conmigo, y en un momento de debilidad (un pecado capital en esta familia), le pediré que me salve.

Y Rowen lo hará. Siempre lo hará. Y entonces pagará el precio por ello, al igual que ocurrió la última vez. Cuando se lo arrebataron todo.

Se rasca las cicatrices que recorren la longitud de su brazo derecho, y aunque no responde, puedo ver lo que le está costando su silencio en la mueca que tensa su mandíbula. Me concentro en esas cicatrices. Si bien no tengo forma de imaginar lo que ha debido de sufrir, comprendo lo suficiente como para saber que lo dio todo y que le arrebataron lo más preciado que tenía, aquello que lo hacía ser él.

Eso es lo único que ha estado dispuesto a compartir conmigo. Hasta este día, no tengo ni idea de lo que perdió. Tan solo sé que la culpa que siente por ello tiene que ser enorme si está trabajando para mi padre sin matarlo mientras duerme.

El estómago me da un vuelco cuando Rowen palidece al darse cuenta de lo que ha estado haciendo. Su pelo rubio se agita con la brisa y sus ojos se encuentran con los míos. Es guapo, sin necesidad de hacer ningún esfuerzo, y es el ejemplo perfecto del aspecto que tiene el auténtico sacrificio. Se ha entregado a nuestra familia de por vida y, aun así, se niega a contarme qué es lo que hizo mi padre para ganarse tal lealtad.

Las lágrimas me escuecen los ojos.

Él siempre ha sido mi ancla. Y ahora… tengo que obligarlo a vivir una vida en la que ya no podremos seguir dependiendo el uno del otro.

Sus ojos se centran en la mochila azul, llena de los secretos de mi padre. Sé lo que está pensando: «Huye. Vete de aquí». Pero eso no es una opción. Mi padre, su… su gente, son todos implacables. Despiadados.

Y después está mi madrastra.

Tengo miedo de que mi padre vaya a preguntarnos por qué estamos tardando tanto, de modo que me apresuro a recoger mis maletas de la banqueta y tomo el asa del baúl. Le hago un gesto con la cabeza a Rowen; es lo mejor que puedo hacer.

—Ha sido genial.

Ha sido triste.

En realidad, ha sido el séptimo círculo del infierno y ahora estoy caminando hacia otro círculo sin tenerlo a él junto a mí.

Sus ojos son tan grandes que me siento como si fueran a tragarme entera.

—Volverás. ¿Verdad?

Por primera vez desde que mi padre me apartó a un lado hace unas semanas, tengo ganas de llorar. Entonces era casi feliz, preparándome para asistir a la Universidad de Seattle para estudiar Psicología. Me había permitido sentir emoción por primera vez, por los nuevos comienzos, por la posibilidad de ser libre de verdad. Libre de él, de los intensos estudios, las artes marciales, el infinito entrenamiento… y entonces él me obligó a aceptar en su lugar una oferta repentina para asistir a Endir.

Me quedé destrozada.

Al principio, había dado por hecho que los dos últimos años de entrenamiento y tortura, de palizas cuando fallaba, de una comida cuando no lo hacía, estaban diseñados para castigarme después de que me hubiera rechazado un Erikson. Mi humillación exigía una penitencia. Hasta había dado por hecho que había recibido la maldición de mi Aura para que mi padre jamás volviera a sentir el golpe de que alguien me rechazara. Qué equivocada había estado con respecto a todo.

Pero estos pensamientos son inútiles ahora. Estoy aquí, y tengo un trabajo que hacer.

De modo que adopto un tono semialegre y le ofrezco una media sonrisa a Rowen.

—Pues claro. Jamás podría abandonar a mi mejor amigo.

Él no me devuelve la sonrisa.

—Entonces ¿nos vemos en el otro lado?

No soy estúpida. Y él tampoco lo es.

Conoce los riesgos y tiene las cicatrices que demuestran lo que ocurre cuando las cosas no salen según lo planeado.

Me cuesta pronunciar mis siguientes palabras.

—El otro lado. He oído que no está tan mal.

La muerte podría ser realmente la única escapatoria para los dos.

Él traga saliva, y entonces muestra una sonrisa muy grande y convincente.

—Como mínimo, seguro que tienen papas fritas tan grasientas como para provocarte un infarto.

Por los dioses, habría dado cualquier cosa por sentarme a su lado durante el trayecto hasta aquí, escuchando sus bromas irónicas y sacándome todos los miedos del pecho. Sinceramente, me habría sentido mejor solo con estar sentada junto a él.

—Me encantan las papas fritas —digo al fin.

—Me aseguraré de que estén especialmente crujientes cuando vuelva a verte.

Aliso una arruga invisible de mi suéter de cachemira, desesperada por estirar este momento hasta que se rompa. Las únicas palabras que quedan son «buena suerte» y «no te mueras», pero yo nunca he tenido suerte y una muerte temprana es el final más probable para los dos.

—Te aburrirás mucho sin mí —añado.

Rowen levanta la mano, pero entonces la baja y cierra los dedos en un puño junto a su costado, como si quisiera acariciarme la cara pero supiera que no debería hacerlo.

—Sabes que sí, porque soy impaciente.

—¿No lo somos todos? —bromeo.

El claxon suena, haciéndonos dar un brinco a los dos. El hecho de que mi padre se las haya arreglado para estirarse hasta la parte delantera y tocarlo significa que está más que molesto.

Rowen inclina la cabeza.

—Hasta el otro lado, donde no hay guerra. —Levanta la mano hasta el lado derecho de su cara, y entonces la baja por su mejilla hasta golpearse el pecho y darle la vuelta en una antigua ofrenda para los dioses—. Ninguna guerra con *ellos.*

Con la boca seca, susurro:

—Solo vida para nosotros.

—Solo vida —susurra él—. Caza bien, hija de…

Niego con la cabeza.

No necesito que sus palabras condenatorias queden libres por el mundo; no creo que sea capaz de soportar su peso. Ya estoy sintiendo que todo pesa demasiado. Ya estoy sintiendo que todo se ha torcido.

Tal vez porque es así.

—Todo saldrá bien —digo.

Odio ser capaz de mentir con tanta facilidad ahora.

Odio tener en realidad todavía más ganas de creerme esa mentira.

Capítulo tres

ARIC

Me duele la mandíbula de tanto apretarla, y me paso una mano por la barba de un día como si pudiera eliminar la tensión frotándola. Debería ir a correr. Darme un baño. Afeitarme. Fingir que estoy preparado para la arremetida de estudiantes, nuevos y antiguos, que están a punto de inundar el campus.

Me quedo donde estoy.

He estado plantado frente a esta ventana, mirando fijamente el camino frente a las puertas de Endir, el tiempo suficiente como para que mi aliento se condense en el cristal.

Observando. Esperando.

Esperándola a ella.

La última persona en el mundo que querría volver a ver en la vida.

Hace dos años, ese día en la playa, cometí el error de tener un gesto amable con ella. Ella fue directamente a su padre. Y, para cuando terminó la semana, mis padres estaban muertos.

Esperaba que se pudriera en el infierno.

Cuando vi su nombre en la lista de matriculados la semana pasada, me quedé paralizado. Mi hermano Reeve estaba leyendo la lista por encima de mi hombro y supe el momento en que él también vio su nombre porque se alejó unos cuantos pasos, como si yo fuera a ponerme a tirar cosas.

Y eso tan solo me enojó todavía más. Yo no soy violento. Por lo general.

Mi abuelo es un cabrón astuto. En este campus, no ocurre nada sin su permiso. De modo que, si ella iba a venir aquí, era porque él había permitido que ocurriera. Porque él *quería* que ocurriera. La única pregunta era… ¿por qué?

Coloco un brazo contra el marco de la ventana y continúo esperando. No tenía ningún sentido presionar al viejo para tratar de obtener respuestas. Las daría solo cuando eso le conviniera. Por el momento, yo solo necesitaba echar un vistazo a la mujer responsable de haber hecho pedazos a mi familia. Un vistazo para confirmar que no siento absolutamente nada por ella, más allá del odio.

Entonces, como si la hubiera invocado yo mismo, un coche negro y alargado se desliza hasta detenerse. Y Rey Stjerne sale de él, con la lluvia cayendo sobre su pelo oscuro y brillante.

Tan solo puedo verla brevemente antes de que se gire hacia el lado contrario, pero es suficiente.

La última vez que la vi, tenía unos rizos salvajes y oscuros, los jeans rasgados, y una sudadera extragrande de la Universidad de Nueva York con una mancha de mostaza en la manga. Es curioso pensar en los detalles que se te quedan grabados.

¿Ahora? Todo es diferente. Tiene un peinado recogido elegante, con el pelo tan tenso hacia atrás que parece doloroso. Unos lentes de sol amplios. Su boca forma una línea que hace que parezca estar tallada en hielo. Un abrigo largo y negro, jeans oscuros y anchos, botas de tacón alto, un suéter de un gris claro. Cada prenda es deliberada, calculada.

Suelto un largo aliento y la tensión de mi mandíbula se alivia por primera vez en más de una semana. Esta versión de ella será fácil de odiar.

Continúo observándola mientras la cajuela se cierra; Rey y su padre se abrazan antes de que él vuelva a entrar en el coche. Entonces, ella y el conductor caminan para subirse a la banqueta. Están demasiado juntos.

Levanto la mano y vuelvo a limpiar la condensación del cristal, me imagino que puedo oír su voz en el aire, flotando a través de mi ventana del segundo piso. A pesar de que no nos vemos desde hace años, yo jamás olvidaría una voz como la de Rey.

Es una contradicción total y absoluta, suave y aireada cuando no debería serlo, y extremadamente afilada cuando necesita serlo. La clase de voz que te atraviesa como un cuchillo, cortándote hasta hacerte jirones, pero haciéndote sentir agradecido por el dolor; hasta que te das cuenta de que es demasiado tarde y de que ya te estás desangrando.

Me estremezco. A lo mejor no sobrevivo a este semestre.

Ni siquiera sé por qué sigo observándolos. No debería importarme, y en realidad no me importa. Simplemente siento curiosidad.

Desde aquí arriba, parece más pequeña de lo que recordaba. Casi frágil.

Está inclinada para alejarse ligeramente del conductor, como si ya se hubiera ido a medias. Él dice algo, pero ella no se ríe. Tampoco sonríe. Tan solo asiente una vez con la cabeza y mantiene las manos dentro de los bolsillos de su abrigo.

Otros estudiantes están empezando a llegar; sus padres arrastran las maletas, los abrazan durante demasiado tiempo, se ríen y sacan fotos familiares con sus celulares. Pero ella no se mueve como ellos. No tiene esa energía torpe y de ojos muy abiertos que poseen todos los demás. Está sosegada. Serena. Como si fuera a ir a un funeral, en vez de a su primer día de universidad.

El conductor se acerca más a ella. Ella no se inmuta. Pero tampoco se inclina hacia él.

En vez de eso, levanta la cabeza ligeramente, escudriñando los edificios. Su mirada no llega hasta esta ventana, pero retrocedo un paso de todos modos.

No porque me esté escondiendo.

Simplemente por costumbre.

Todo en su postura es exactamente igual a lo que recordaba: cautelosa, resuelta, casi cruel. Es un monstruo disfrazado de ángel.

No miro a Rey cuando pasa más cerca de la ventana. Mi padre siempre me decía que no mirara las tormentas, sobre todo aquellas que llevan un rostro humano.

Aprendí esa lección demasiado tarde.

La última vez que ignoré las señales de advertencia, me costó todo. Mis padres son ahora un recuerdo, desperdigados entre las cenizas y el silencio.

Y el hombre responsable de ese silencio la crio a ella.

Exhalo larga y lentamente hasta que mis hombros se relajan, y entonces bajo la mirada a mi celular. Tan solo es el primer día y ya me está afectando con esta intensidad. A lo mejor me ignorará, tal como yo planeo ignorarla a ella.

¿Por qué demonios está en Endir? ¿Ella, de entre todas las personas? ¿La hija del anticristo?

Odio a su padre.

La odio a ella.

Detesto todo lo que representa su familia y todo lo que han hecho para dañar a la mía. ¿Es que no han hecho ya suficiente? ¿Ahora tienen que infiltrarse en la única paz que me queda?

Se da la vuelta y la luz del sol que se derrama a través de una nube tras ella la baña en un resplandor sobrenatural. Levanta la mirada y, en un instante, está mirándome directamente. Justo a través de mí. Pero no, yo ya di un paso atrás. No puede verme de verdad.

Voy a poner tierra de por medio con Rey y rezaré para que ella haga lo mismo conmigo. Me he esforzado mucho para conseguir la paz que me da este lugar. No estoy dispuesto a renunciar a ella ahora.

Una cosa está clara. Rey Stjerne puede arder en el infierno.

Y a lo mejor lo hará.

Si guardo las distancias. Si consigo mantener el control.

Aunque, mientras mi corazón late con fuerza como si ya supiera lo que está por llegar, ninguna de esas cosas me parece probable ahora mismo.

CAPÍTULO CUATRO

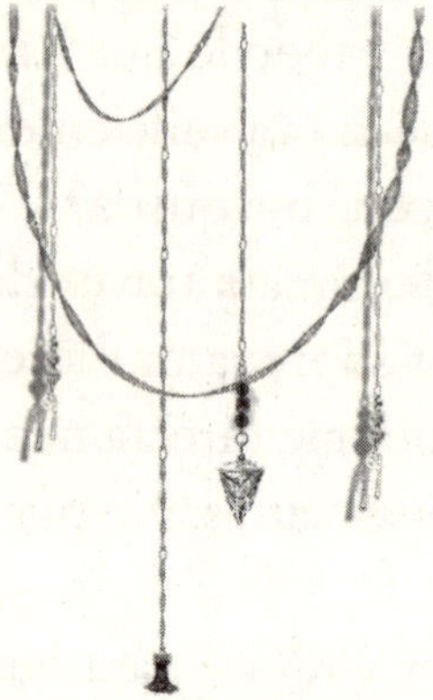

REY

El coche de mi padre se desvanece en la distancia, pero no miro atrás. Mantengo los ojos cerrados para concentrarme. Estoy preparada para esto. El aire cambia, de forma sutil pero innegable, y puedo sentir la carga bajo la superficie. Se acerca una tormenta.

Abro los ojos cuando un grupo de estudiantes pasan caminando junto a mí. Necesito ponerme en marcha antes de que caiga más lluvia.

Tomo mis maletas y me dirijo hacia los dormitorios. Jalo el baúl detrás de mí, con las ruedas arrastrándose sobre la piedra como si tuviera tan pocas ganas de estar aquí como yo.

Justo entonces, una brisa sopla y me levanta unos mechones de pelo sobre la cara. El agua del lago a mi izquierda no ondea. No se mueve en absoluto.

Sigo la línea de la orilla con la mirada y finalmente observo los edificios del campus, los veo de verdad; y lo que me devuelve la mirada no tiene un lugar en este mundo.

El campus de Endir se eleva desde el paisaje como si jamás lo hubieran construido, como si simplemente estuviera *desenterrado*. Se trata de una mezcla de edificios de los años ochenta desperdigados entre otros de aspecto más antiguo que ni siquiera están fechados. La mayoría de los edificios cuestionables están tallados en alguna roca negra innombrable, pulida a causa de la edad y el mito; se rumora que es lo último a lo que los dioses o los gigantes dieron forma antes de que el mundo se hiciera pedazos a sí mismo. Tras ellos se alzan las montañas, gigantescas e inflexibles, como centinelas haciendo guardia sobre algo demasiado viejo como para nombrarlo y demasiado peligroso como para olvidarlo.

Mi padre dice que la estructura más antigua no se puede datar con carbono, pero teniendo en cuenta cuál es la fuente, lo clasifico en la categoría de «tal vez sea verdad, tal vez propaganda». En cualquier caso, no importa. Este lugar parece ancestral de una forma que me hace sentir un hormigueo en la piel.

Esto no es un campus normal.

Y la mayoría de los estudiantes que caminan a través de él tampoco son normales, incluso aunque ellos piensen que sí.

Unos cuantos, como Aric, están aquí por razones que jamás comprenderán. ¿Y el resto? En su mayor parte, son seres humanos que viven de fondos fiduciarios y fingen que sus linajes no les compraron un asiento en algo sagrado.

Recorro el camino de piedra con mis maletas y casi me caigo cuando una de las ruedas se queda atascada en una hendidura. Al bajar la mirada, veo que uno de los pequeños adoquines tiene grabada una marca con la forma de la runa Thurisaz. Genial, fantástico. Tan solo llevo aquí unos cuantos minutos y ya me dio la bienvenida la runa que representa la destrucción.

Mi padre siempre decía que había veintiséis runas, cada una de ellas con diferentes significados y habilidades. Por supuesto, los humanos tan solo están al tanto de veinticuatro de ellas. Pero, con independencia del número, la verdad es que no me hace ninguna gracia encontrarme con esta en concreto.

No es que necesite un recordatorio de lo peligroso que es esto.

No puedo evitar mirar a mi alrededor para ver si he activado alguna clase de trampa que me estuviera esperando, pero no. Tan solo me contesta otra brisa fresca que golpea mi piel. Gracias a los dioses.

¿Así es como va a ser todo el semestre? ¿Preguntándome qué es seguro y qué no? ¿Mirando siempre por encima del hombro, dudando de todo y de todos? No esperaba que hasta el aire supiera diferente aquí, pero así es. Mi padre me dijo que la mochila que me dio contiene toda la información que voy a necesitar para llevar a cabo mi misión. Sin embargo, tan solo han pasado unos cuantos minutos y ya estoy pensando que exageraba.

A lo mejor esa es la razón por la que no puso ni un pie en el campus.

Y entonces, me pregunto…

¿Esta universidad estará protegida contra él? ¿Contra nosotros?

Esquivo la runa y niego con la cabeza. No se me ocurrió preguntárselo a mi padre, pero ahora la pregunta me carcome. Sujeto las maletas más fuerte, tomo el asa de mi baúl y comienzo a caminar otra vez en dirección a la puerta de los dormitorios. Hay estudiantes por todas partes, sonriendo bajo los brillantes carteles que les dan la bienvenida a Endir como si de alguna manera fuera a cambiarles la vida.

Me reiría si siguiera teniendo sentido del humor.

Un pelirrojo larguirucho choca contra mí y hace una pausa para murmurar:

—Oh, lo siento.

Sus ojos recorren mi cuerpo de arriba abajo. Nop. Hoy no.

Me gustaría pensar que se me da bien mantener mis emociones a raya, de modo que simplemente inclino la cabeza y hago lo que mejor se me da: cautivarlo.

—No te preocupes. No estaba mirando por dónde iba.

Él abre mucho los ojos marrones.

—Ah, eh, bueno, de acuerdo. Pero de verdad lo siento. ¿Cómo te llamas? ¿Eres nueva?

Sonrío.

—Seguro que nos vemos por ahí.

El chico frunce el ceño, como si no tuviera muy claro dónde se encuentra.

—Claro, sí. Tendré más cuidado y eso caminando.

—Es un deporte peligroso.

Él se ríe, y entonces se da la vuelta y de inmediato se tropieza con sus pies.

Mi padre dice que es un don esto de que la gente se olvide de sí misma momentáneamente cuando está cerca de mí, pero yo siempre quiero preguntarle cómo se sentiría él si jamás supiera si de verdad le caía bien a la gente. Por supuesto, él siempre lo sabe. ¿En qué mundo iban a sentir los demás nada que no fuera miedo?

—¿Ya estás haciendo amigos? —dice una voz familiar detrás de mí—. ¿Qué será lo siguiente? ¿Adoptar a un cachorrito para parecer accesible, solo para acabar abandonándolo más tarde?

Genial.

Ni siquiera tengo que darme la vuelta.

—Reeve.

El hermano de Aric, el príncipe de los tabloides, nacido para los titulares y alérgico a la responsabilidad. La clase de tipo que hace que las fiestas parezcan zonas de guerra, y que de alguna manera logra marcharse intacto. No es peligroso en el sentido tradicional; simplemente no le importa quién salga quemado con tal de que él pueda seguir entretenido.

Me doy la vuelta para mirarlo, como si tuviera todo el tiempo del mundo. Su pelo de un castaño claro está tan revuelto que me pregunto si será un desastre de forma natural, al igual que el propio Reeve. Sus ojos verdes se clavan en mí y no puedo evitar darme cuenta del matiz provocador de su sonrisa. Me está suplicando una pelea verbal; puedo sentirlo en el alma.

Está esperando mi respuesta, de modo que me acerco a su cara.

—Bu.

Él se ríe entre dientes.

—Buen intento. Pero no hay nada más terrorífico que graduarte y tener que buscar un trabajo de verdad. —Se mete una mano en el bolsillo delantero, aferrando un iPad con la otra, y se balancea hacia atrás sobre los talones—. Ahora que has crecido, ya no pareces tan orejona. Me alegro por ti.

Niego con la cabeza.

—Por desgracia, por mucho que hayas crecido, tú sigues siendo un bocón.

Su sonrisa tan solo se ensancha, como para demostrar lo que estoy diciendo.

—No me quejo.

—Bueno, me la estoy pasando muy bien, pero tengo que instalarme. La semana de orientación empieza mañana. Pero no estuvo mal, deberíamos repetirlo alguna vez.

Agito los dedos descuidadamente en un gesto de despedida, y después lo esquivo y sigo arrastrando mis maletas conmigo.

Cuando suena un silbato, dejo de caminar y me doy la vuela. «Tienes que estar bromeando», pienso.

—¿Te dieron un puto silbato?

—La vida no es justa, lo sé. Era la única forma de que me ofreciera voluntario para ayudar a los nuevos estudiantes a instalarse.

Se lo coloca entre los labios gruesos con un gesto burlón.

Yo lo fulmino con la mirada.

—Sóplalo. Te reto.

Él se saca el silbato de inmediato.

—Qué raro. Normalmente estas charlas sexis van al revés, pero, de acuerdo, si de verdad quieres que…

Suelto un gruñido.

—No tengo tiempo para esto.

Reeve sonríe y sostiene su iPad en alto.

—Entonces, vamos a empezar. Aquí estás, en la lista… Bienvenida a tu primer año de universidad, «Rey Stjerne».

De modo que así van a ser las cosas. Genial.

—Dices mi nombre como si fuera una maldición.

—Sip.

—El tuyo no es nada mejor.

—A mí me parece que sí. —Resopla, y entonces toca la pantalla de su iPad y comienza a leer—. En la Universidad de Endir, creemos que el mundo está en manos de nuestros estudiantes. Su primer año aquí los llevará tan lejos como estén dispuestos a invertir en ustedes mismos y en sus futuros. Fíjense en la divina cordillera montañosa, el hermoso bosque que rodea el campus, el majestuoso lago Stevens… —Hace una pausa para volver a mirarme—. ¿De verdad tengo que leerte todo esto? Ya va a ser un día muy largo de por sí y, conociéndote, esto no hará más que enfadarte más.

Bueno, al menos tiene cierto sentido de la supervivencia.

—Por favor, para.

—¡Oooh! —Se lleva una mano al pecho y me guiña un ojo—. Aprendiste a decir «por favor». Sí que ha pasado mucho tiempo.

—Y tú aprendiste a leer. Los dos hemos crecido y hemos mejorado muchísimo en la vida. Ninguna meta es demasiado pequeña, ¿verdad?

—¿Alguna vez he mencionado lo encantadora que eres? ¿No? Bueno, pues me alegra mucho que el asesino de tu padre se haya gastado un montón de dinero para comprarte la entrada en Endir, cuando hay universidades de sobra muy muy lejos de nosotros. —Suelta un suspiro—. Aunque es una pena que hayas ocupado un lugar aquí, lo que significa que algún universitario pobre e inocente estará sentado en su casa preguntándose por qué sus excelentes calificaciones y su servicio de voluntariado en el refugio de animales de la zona no fueron suficientes.

Muy dentro de mí, el alma se me cae a los pies. No había pensado en eso antes. Sin embargo, lo único que puedo hacer es sonreír con presunción.

—La vida es dura. Ese estudiante salvará a un cachorrito y lo superará.

—Eres un monstruo.

—Soy peor.

Canalizo todo mi dolor en mi voz, que sale como un gruñido, y no me molesta en absoluto.

Él no dice nada. Tal vez su silencio es mi respuesta, como si realmente supiera en qué clase de persona me ha convertido mi padre. Pero, por supuesto, no lo sabe.

Levanta la mirada hacia el sobrecogedor edificio frente al cual nos encontramos.

—Si eres buena durante los próximos cinco minutos, a lo mejor podría ayudarte a subir esas maletas. —Chasquea los dedos—. Y, antes de que se me olvide, recomendamos que todos los estudiantes dejen las ventanas abiertas por las noches. El aire fresco ayuda a escapar a los muchos fantasmas de la universidad, para que no les hagan daño. —Se da unos golpecitos en la barbilla—. Hum… A lo mejor tú sí que deberías dejar las ventanas cerradas.

Tomo aliento lentamente. Por todos los dioses, se me había olvidado lo hartante que puede llegar a ser Reeve.

—Menos mal que no creo en fantasmas.

Él se encoge de hombros y aparta la mirada de la mía.

—Sí, bueno, tú pasa una noche aquí y a lo mejor empiezas a hacerlo.

Un chico atlético con una cálida piel marrón pasa trotando junto a nosotros con una sudadera de Endir y le da un golpecito con los dedos en el hombro a modo de saludo.

—La fiesta sigue en pie.

—Jamás me la perdería —responde Reeve, levantando la mano para chocarle los cinco antes de que el chico desaparezca entre la multitud. Toda la interacción duró tal vez dos segundos, pero es fluida, como si Reeve hubiera hecho esto cientos de veces antes.

Vuelve a girarse hacia mí con la misma sonrisa fácil, como si la interrupción no hubiera ocurrido en absoluto.

Me muerdo el interior de la mejilla, molesta sin razón por el hecho de que él tenga amigos y una vida, mientras que yo no.

—¿Te dan miedo los fantasmas, Reeve? —lo provoco.

—Me preocupan. —Asiente con la cabeza y vuelve a clavar la mirada en la mía—. A lo mejor este es el momento en el que te hago todas las advertencias que les damos a los novatos que son más curiosos de lo que deberían. Y eso te incluye a ti, por cierto.

—Me lo suponía. Está bien, pues vamos a escuchar las cosas terroríficas. Quítate ese peso de encima y que sea rápido. Ya me estoy aburriendo.

—Realmente eres un encanto.

—Lo mismo digo.

—Estaba siendo sarcástico.

—Lo mismo digo.

Reeve pone los ojos en blanco.

—De acuerdo, pues atenta. Regla número uno: no te acerques al lago después de la medianoche. Suena extraño y supersticioso, pero ha habido muchas apuestas para hacer precisamente eso. —Se encoge de hombros como si cualquier infortunio resultante fuera culpa de esas personas—. No estamos seguros de si se debe a que el lago está tan oscuro que cuando se meten en él se confunden y no encuentran la forma de salir, pero lo importante es que la mayoría no sobrevive a un baño nocturno.

—Estupendo.

Soy una nadadora decente, pero mi miedo a ahogarme básicamente garantiza que no voy a meterme en ningún lago malvibroso.

Él me ignora.

—Continuamos, regla número dos: no entres en el Salón de Ormir sin que alguien te invite primero. Básicamente, el estado lo nombró como un lugar histórico, así que queremos que siga siendo así, aunque sea un dolor de huevos.

—Lo entiendo, dolor de huevos, Salón de Ormir, visita guiada. —Asiento con la cabeza—. ¿Ormir no es otro nombre para Ymir? ¿El gigante original de la mitología nórdica?

Espero a que se encoja de hombros o muestre algún atisbo de que sabe más de lo que debería.

A Padre siempre le gustaba contar que él era el responsable de haber mandado a dormir a todos los dioses y gigantes, ocultando sus recuerdos para terminar con la guerra de forma temporal, como si fuera un salvador o algo. Pero no hace ningún daño poner a prueba sus alardeos, para ver si realmente la gente no sabe nada. No puedo imaginarme olvidando quién y qué soy, aunque, por extraño que parezca, la idea me calienta el pecho.

—Presta atención, Rey. Hoy solo estamos compartiendo datos útiles. —Me hace otro guiño insufrible, y contengo la necesidad de darle una patada en la espinilla—. Siguiente regla, y sé que esto va a ser difícil de resistir para alguien con una educación tan refinada como la tuya: por favor, no bebas el agua del lago. La gente dice que tiene propiedades mágicas, pero no es verdad. Es solo que es bastante tóxica; siempre que alguien la ha probado, se ha pasado al menos tres días ingresado en estado catatónico mientras se cagaba en los pantalones por todas las bacterias. Cero estrellas, nada recomendado. De hecho, cambié de opinión: vete a beber, hijita de Odín. Yo me quedo aquí esperando.

Se me tensa la columna. Durante apenas un segundo, mi estómago trata de subir hasta mi pecho.

No puede saber quién es mi padre. No de verdad. Ya pasó la prueba de antes…

—¿Qué tiene que ver con todo esto el hecho de que sea la hija de Odín?

Reeve pestañea una vez. Dos. Entonces, suelta un resoplido.

—En serio no pretenderás quedarte ahí plantada y fingir que tu padre no es el jefe de la mafia más infame de la Costa Oeste, ¿verdad? Seguro que ya ha mandado a tres tipos a dormir con los peces hoy y ni siquiera ha llegado la hora de comer. —Gesticula vagamente en el aire—. No me cabe ninguna duda de que tú heredaste su misma… *joie de vivre*.

El alivio me golpea tan fuerte que casi me siento un poco mareada y una risita se me escapa de la parte posterior de la garganta.

—El tiempo lo dirá, supongo.

Él suelta un ladrido de risa.

—¿Puedo decir que extrañaba nuestras alegres conversaciones, hijita de la mafia?

—Oye, mi padre tiene negocios legítimos.

Es una auténtica mentira.

El aire cambia.

La sonrisa de Reeve se desvanece como si nunca hubiera sido real, tan solo algo que muestra para aparentar. Su postura no cambia, pero la temperatura sí. Como una habitación en la que se apagara la calefacción de golpe.

Se inclina hacia mí y baja la voz.

—Te apestan las manos de toda la sangre que ha derramado tu padre.

No me inmuto. No aparto la mirada.

—Al igual que a ti las tuyas por todos los crímenes de tu familia, Erikson. —Levanto la barbilla—. Y ahora, ¿algún breve consejo más antes de cargar con este pesado baúl por esas escaleras como un niño bueno?

—Tan solo me queda uno —murmura.

Mira a nuestro alrededor, asegurándose de que no haya nadie lo bastante cerca como para oírnos, y vuelve a inclinarse hacia mí. Sus ojos verdes se vuelven afilados, como si se estuviera formando escarcha por encima de algo que solía arder.

—Mantente muy muy alejada de Aric. El tiempo no ha hecho que te tome más cariño.

Entonces se endereza, toma el asa de mi baúl y lo arrastra en dirección a la residencia de estudiantes sin decir ni una palabra.

Yo lo sigo con lentitud, levantando la mirada hacia el edificio tallado contra el lateral de una montaña; enorme y sombrío, medio devorado por los árboles. No parece construido, parece como si hubiera crecido allí. Como si lo hubieran reclamado. Como si siempre hubiera estado esperando.

Al igual que yo.

Cruzo el umbral.

Ya no hay vuelta atrás.

Capítulo cinco

REY

Me sudan las palmas con las que aferro las correas de mi mochila, y trato de parecer tranquila mientras Reeve me acompaña a través de las anchas puertas dobles exteriores para pasar al vestíbulo interior. Allí nos espera otro par de puertas cerradas. Comienzo a escarbar en mi mochila en busca de la tarjeta llave que venía con mi plan de estudios, pero Reeve ya está acercando la suya a la caja negra que hay junto a la puerta. Se enciende un indicador verde y la puerta se desbloquea con un alegre pitido que contrasta enormemente con la cara inexpresiva del joven.

Mientras cruzo la puerta, me fijo en un tallado encima de la cerradura electrónica que se parece mucho a la runa Algiz. Una elección interesante.

—Entre semana, el toque de queda es a medianoche. Los fines de semana, lo mejor será que no te cachen después de las dos. —Me guiña un ojo, como si me estuviera haciendo un favor—. El ayudante de la residencia es muy estricto. —Hace una pausa, mirando a un lado y a otro—. Soy yo, por cierto. No quería que el suspenso te matara. —Entonces, señala con la barbilla la esquina encima de la puerta—. Ah, y hay cámaras. Por todas partes. Así que trata de cometer tus crímenes tras puertas cerradas.

Asiento con la cabeza, me quito los lentes de sol y los cuelgo del cuello de mi suéter gris.

—Tan solo vine aquí por una cosa, Reeve. Pero tomo nota. No dudaré en matarte mientras duermes si te interpones en mi camino.

Y, con eso, cruzo la puerta y dejo que se cierre con rapidez detrás de nosotros.

—Tengo que admitir que todavía me da curiosidad que estés aquí, cuando tu padre podría limitarse a enterrar convenientemente un cadáver para dejarte un lugar libre en Harvard o en Yale. O sea, ¿para él eso no es su típica comida de negocios de los martes?

Me trago la bilis de la garganta. Reeve no se equivoca, pero me molesta de todos modos. El enemigo jamás debería tener razón. Aprieto los dientes mientras él presiona el botón del elevador para subir.

—Mi familia no hace esas cosas.

Mentira. Mentira podrida. Puede que *yo* no haga esas cosas, pero mi padre se ha pasado los últimos años torturando a una persona tras otra en el oscuro submundo de la mafia para poder conseguir la información que tengo.

—Mafiosa —dice con una tos.

—Ricachón —gruño a la defensiva.

Él levanta una mano.

—¿«Sindicato criminal» te suena más agradable? Lo pregunto por un amigo.

Pongo los ojos en blanco mientras las puertas del elevador se abren.

—Eres una de las personas más molestas de todo el planeta, y apenas te conoz…

Choco directamente contra una pared.

No, no es una pared.

Una persona.

Una persona muy cálida y alta.

Exhalo y retrocedo tambaleándome.

Es él.

No debería estar centrándome en el hecho de que huele demasiado bien, como a aire libre combinado con el mar y la lluvia reciente. Agradable y fresco, como la propia agua.

Él no muestra ninguna reacción. Permanece indiferente. Su expresión es tan fría como cálido es su cuerpo. Finalmente, baja la mirada hasta mí e inclina la cabeza a un lado. Yo trato de mantener el rostro impasible.

Me doy cuenta por el tic que comienza en su mandíbula y por cómo entrecierra los ojos de que me reconoce. ¿Cómo podría olvidar a la chica a la que rechazó tan abierta y claramente? Todo el puto mundo se enteró de que nuestra pequeña alianza había salido mal. La mayoría de los rechazos adolescentes se quedan entre amigos y familiares, pero el mío llegó hasta las noticias locales. «¿Problemas en el paraíso? Los hijos de los magnates empresariales Erikson y Stjerne rompen su compromiso».

Le devuelvo la mirada a esos ojos que no pestañean, de un marrón oscuro como la madera húmeda o el café amargo, y espero. No hay respuesta, ninguna en absoluto. A excepción de ese pequeño tic, tic, tic que estoy viendo en su mandíbula. Aun así, yo bien podría ser la pintura de la pared que hay detrás de mí, a juzgar por el caso que me hace.

Mi ritmo cardiaco se incrementa. No debería hacerlo. Pero es un cabrón traicionero.

De modo que espero.

Aric no dice nada. Su expresión no delata nada.

Me mira como si yo no fuera nada.

Se eleva sobre mí; medirá fácilmente cerca de dos metros, tal vez más. Su presencia es completamente abrumadora. Eléctrica. Su mirada es aguda y analítica, como si ya hubiera decidido que no valgo la pena para que emplee su tiempo conmigo. O, peor todavía, que tal vez sí que lo valga.

Su pelo ondulado de un negro intenso cae sobre unos hombros anchos, la clase de perfección sin esfuerzo que no debería existir fuera de un sueño, o de una pesadilla. Sus labios gruesos son tan devastadoramente tentadores que no importa si está a punto de hacerme un cumplido o de apuñalarme con una daga.

Los pómulos altos y los ojos del color de la tierra después de llover —oscuros e intensos; es imposible escapar de ellos cuando te has sumergido demasiado— lo convierten en algo casi inhumano, una fuerza de la naturaleza envuelta en furia. ¿Y esas cejas arqueadas? Dudo que alguna vez hayan tenido la audacia de elevarse con algo parecido a la diversión.

Está furioso, como una tormenta eléctrica atrapada en una botella, y lo peor es que no tiene ni idea de la razón.

Un atisbo de confusión cruza su rostro durante medio segundo, una microexpresión de titubeo, antes de que apriete la mandíbula como si fuera de hierro.

Y ahora se está inclinando hacia mí. Mi pulso se acelera, traicionándome.

Finalmente, se agacha como para situarse a mi altura. Su mueca casi me hace dar un paso atrás.

—Bueno, ¿te perdiste o simplemente estás tratando de quemarte de nuevo?

Capítulo seis

REY

Lo observo. No me inmuto. No reacciono. Después de todo, soy yo quien va a derrotarlo.

Además, Padre me enseñó que es más inteligente observar que atacar, a pesar de que las palabras de Aric me atraviesan como un cuchillo. No hay ningún atisbo de la ternura del chico que conocí en la playa, el chico que me dio una esperanza real por algo diferente. Está impasible. Pero ¿qué podría esperar de él, además de un frío que altera el alma por completo?

Me obligo a sonreír.

Muestro los dientes.

Puede que él trate de intimidarme, pero yo sé exactamente quién soy y de lo que soy capaz.

—Está conmigo, por desgracia —dice Reeve, arrastrando las palabras sin apenas levantar la mirada de su iPad—. Solo la estoy ayudando a instalarse. La diligencia debida, requisitos para la graduación, bla, bla, bla.

Su tono de voz contrasta por completo con la advertencia que me dio antes. No hay furia en él, solo aburrimiento.

Aric suelta un gruñido y se abre camino golpeándome con los hombros. Carajo, es fuerte. Aunque por supuesto que lo es. Sinceramente, ya no debería sorprenderme nada de él.

—A mí también me alegra volver a verte —digo, con la voz demasiado animada. Mierda. Ya consiguió alterarme.

Por supuesto, los dos sabemos que tenemos que fingir algo parecido a la cordialidad, solo por si acaso hay gente mirándonos, y puedo garantizar que la habrá, con las palomitas en la mano. Con dos herederos ricos a los tronos de sus padres, ¿quién no estaría interesado? Pero no nos hemos dicho ni una sola palabra en dos años, y después de todo ese tiempo, no puedo evitar que una parte de mí se pregunte si ocurrió siquiera o si simplemente yo lo imaginé todo, por lo desesperada que estaba por conectar con alguien. Con cualquiera. Aunque fuera un Erikson.

Él se da la vuelta, y sus ojos brillantes se detienen en mí durante un momento más de la cuenta antes de que diga con voz áspera:

—Pues eres la única.

Ahí está. El tic en su mandíbula. El parpadeo de algo intenso bajo el hielo. Ah, siempre está muy bien que te recuerden que no significas nada.

Algo se retuerce profundamente en mi pecho; afilado, frío y vergonzoso. Como si me hubieran dado un puñetazo a traición y ahora tuviera que fingir que no me dolió.

No sé por qué me molesté en albergar la esperanza de que Aric fuera diferente. Él no es como yo. Es como él. La clase de persona que hiere con despreocupación, hasta que el cuchillo está hundido demasiado profundo como para que puedas gritar.

Saber que es capaz de esa clase de crueldad tan solo hará que la cosa me resulte más fácil cuando acabe al otro lado de mi cuchillo. Este hombre solo se preocupa por sí mismo; por él, el resto del mundo puede salir ardiendo. Pero, por desgracia para él, a mí me criaron para lidiar con hombres exactamente así. Otro de los regalos de mi padre.

Reeve rompe el silencio arrastrando mi maleta hasta el elevador, haciendo más ruido del necesario. Yo lo sigo sin echarle otro vistazo a Aric.

—¡Estuvo bien la charla! —le grita Reeve a su hermano mientras las puertas del elevador se cierran.

Siento un leve revoloteo en el estómago. Pero eso no tiene ningún sentido. Aric me acaba de demostrar la clase de imbécil que es exactamente. Y aun así…

Una cosa está clara. Si quiero tener éxito en esta misión, necesito matar cualquier atisbo de emoción… y de atracción inconveniente… que Aric inspire en mí. Que *todavía* siga inspirando en mí.

—Al menos su mal genio ha mejorado —murmuro.

Reeve me ignora, con la mirada fija en el iPad.

—Habitación 209, y sí, mi hermano ha perfeccionado el noble arte de ser un idiota. Además, no tiene alma. —Toca la pantalla—. Y, por desgracia para ti… —Hace una mueca—. Estás en la habitación de al lado.

—¿De qué?

Por favor, que diga del baño.

De un balcón.

Del cuarto de lavado.

Necesito al menos un lugar de soledad.

Reeve presiona el botón del segundo piso y sonríe ante su propio reflejo en las relucientes puertas del elevador.

—De él.

Capítulo siete

REY

La tensión se acumula en mis hombros mientras espero a que Reeve salga del elevador. Mantengo una expresión neutra, obligándome a observar a mi alrededor como si realmente me importara cómo decoraron el pasillo.

Se me cae el alma a los pies.

Hijo de puta.

Las leyendas que los seres humanos llaman «nórdicas» cubren las paredes de la residencia como un altar a la historia revisionista…, pero la verdad es más antigua que el lenguaje. Estos no eran mitos. Estos fueron seres. Y no nacieron de las historias: ellos mismos engendraron esas historias.

Casi le doy un puñetazo a la pared cuando veo la pieza central de todo aquello: Padre Odín, flanqueado por Thor, regio e intocable.

Adorado.

Venerado.

Ah, sí. Qué benevolente. Un padre digno de pasar a la historia.

Es evidente que mi padre está detrás de esto. Apostaría dinero a que una parte de sus generosas «donaciones» a la universidad fueron a parar a esta ridícula exhibición. En la época en la que todavía estaba interesado en la paz con los Erikson.

¿Un recordatorio? Posiblemente.

¿Una advertencia? Sin duda.

Esto no es solo mitología. Es historia…, nuestra historia.

Los rostros que decoran estas paredes pertenecen a asesinos, conquistadores, impostores. Convirtieron a los gigantes en monstruos, se convirtieron a sí mismos en dioses, reescribieron el pasado hasta que aquellos que lo habían vivido comenzaron a dudar de lo que había ocurrido en realidad, una verdad que mi padre todavía no me ha revelado por completo.

Dice que el pasado es demasiado doloroso. Y una mierda.

Mi padre quiere que recuerde el dolor que me va a infligir y cómo espera que yo lo inflija en aquellos que comenzaron esta guerra.

No debería sorprenderme. Cada bocanada de aire que tomo aquí es otro recordatorio de lo que está en juego y de lo que podría acabar perdiendo si no cumplo sus órdenes.

Mi padre bien podría haber llenado toda la residencia del olor de la sangre.

Se me crispan los dedos a los costados por la necesidad de golpear algo. En vez de eso, me trago la furia absoluta que siento en el alma.

Reeve extiende ampliamente los brazos.

—Parece que ya te diste cuenta, pero cada piso tiene una temática. Escogimos esta después de ver esa película tan linda sobre…

—Me da igual —lo interrumpo, a pesar de que me siento agradecida por la distracción de la gravedad de mi situación—. Además —señalo el póster de *Thor*, donde tiene un aspecto ridículo, con un martillo gigante en la mano y unas trenzas rubias que le caen por la espalda—, él era pelirrojo.

Seguimos avanzando por el pasillo. Señalo otra imagen y trato de no encogerme.

—¿Y Odín? No perdió el ojo porque sí. Lo lanzó a propósito al Mímisbrunnr, el manantial de Mímir, a cambio de sabiduría sobre el pasado, el presente y, qué suerte para el mundo —trago saliva; es una historia real—, también el futuro.

La sonrisa de Reeve vacila durante apenas un segundo. ¿Qué es lo que dije?

—Entonces ¿eres una friki de los cómics? O… Dios, por favor, no me digas que te vas a especializar en Literatura. Esas fiestas siempre son las peores.

—Solo porque algunos sepamos leer no significa que no podamos divertirnos también.

—No, si los que se especializan en Literatura son muy fiesteros —dice, negando con la cabeza—. Es solo que no aguantan el alcohol. Nada mata más el ambiente que alguien citando a Yeats antes de vomitarte en los zapatos.

Suelto un resoplido, muy a mi pesar. En otra vida, tal vez Reeve me habría caído bien. Hay algo casi envidiable en su forma de no tomarse nada en serio.

Levanta la mirada hasta el póster de Odín sobre su trono, con el rostro ilegible.

Un escalofrío desciende por mi columna, y no es de los que inspiran reverencia. Es de los que te dicen que salgas corriendo antes de que el dios de la pared decida que eres su presa.

—Me pregunto… —musita Reeve.

—¿Qué?

Él se encoge de hombros.

—Solo digo que, después de obtener tanta sabiduría, si conociera todos los secretos del mundo, no creo que me molestara en tratar de salvarlo.

Una sensación profunda y fría me retuerce el estómago, haciéndome sentir náuseas de inmediato.

—¿Y eso por qué?

—Porque… —Reeve hace un gesto para que sigamos caminando—. Conocer todos los secretos del mundo significa que quieres salvarlo de sí mismo. Pero salvar el mundo una y otra vez sin recibir nada a cambio no hará más que amargarte. Hará que despiertes y te des cuenta de la verdad.

—¿Y cuál es la verdad?

—Que siempre deberías dejarlo arder. —Reeve se detiene frente a la puerta con la palabra «Rey» escrita en letras redondeadas sobre un pizarrón blanco colgante y me entrega un paquete negro—. Organiza bien tus cosas. Es probable que hoy sea el último día que tengas libre para ti hasta dentro de un tiempo. —Toca algo en su iPad, y entonces, como si estuviera repasando una lista de puntos, continúa—: Todas tus comidas están pagadas y tendrán lugar en el comedor, pero solo sirven hasta las once de la noche, así que asegúrate de que no se te olvide por echarte una siesta. Necesitarás fuerzas para tu primer semestre.

Casi me río. No voy a estar aquí el tiempo suficiente como para preocuparme por el semestre entero.

—Aquí hacemos las cosas de forma diferente. Ya lo verás. —Reeve me mira de arriba abajo—. Si me necesitas, estoy un piso debajo de ti, desde donde puedo escapar rápidamente por las puertas principales, solo por si acaso a mi hermano le diera por prender fuego a este sitio. Además, si te quedas atrapada en el edificio, yo no te salvaré, así que estás advertida. Ah, y si me molestas por tonterías, te joderé la vida todavía más.

Una buena charla de motivación. Muy alentadora.

Cambio el peso de pierna y tanteo un poco.

—Aric —digo con cuidado, sacando mi tarjeta llave de la mochila—. Parece más enfadado.

Reeve exhala, como si la propia pregunta fuera agotadora, e inclina la cabeza a un lado, como planteándose qué decir.

—Él nunca está enfadado, no de la forma que tú piensas. —Sus dedos toquetean la pantalla del iPad—. Estar enfadado sería más fácil. Sería ruidoso. Predecible. Pero, Aric… Es la clase de calma que te persigue, que te hace sentir paranoico, que hace que se te ponga la piel de gallina alguna vez. —Suelta un suspiro—. Es como dormir con un ojo abierto junto a un depredador, sabiendo que un movimiento en falso —me atraviesa con la mirada— lo despertará.

Me quedo completamente inmóvil. No puedo respirar.

Con una sonrisa torcida, él se apresura a añadir:

—Pero, bueno, da miedo esperar a que a los más tranquilos se les vaya la cabeza. ¿No te parece?

Fuerzo una sonrisa, y después abro la habitación 209 y meto mis maletas.

—Pues ahora que estamos todos tan animados…

Él me saluda con el dedo medio, y entonces levanta el iPad y se aclara la garganta, como si estuviera a punto de ponerse profesional.

—En Endir somos conscientes de que podrías haber escogido cualquier programa universitario. Estamos encantados de que nos hayas elegido a nosotros y prometemos superar tus expectativas a la hora de…

Doy dos pasos atrás y llevo la mano a la puerta para cerrársela con lentitud en la cara.

Se cierra con un suave «clic».

—¡No había terminado!

—¡Yo creo que sí! —respondo, con una leve sonrisa. Puede que sea molesto, pero al menos es entretenido.

Respiro hondo y me doy la vuelta para contemplar mi nuevo hogar.

La habitación está amueblada. La pared derecha está ocupada por armarios empotrados, libreros y escritorios; justo delante de mí hay ventanas; las camas están a mi izquierda; y, a juzgar por el hecho de que todo se encuentra duplicado, es evidente que esta habitación está pensada para dos personas. Probablemente no vaya a tener que compartir, mi padre se habrá asegurado de ello. Menos testigos y todo eso. Aunque no esperaba que me colocaran justo al lado de mi objetivo.

«Gracias, papá».

De todas formas, encontrar a un gigante de hielo de dos metros de altura en el campus tampoco es que fuera a ser la parte más difícil de la misión.

Pero ¿acercarme lo suficiente como para terminar lo que vine a hacer sin perderme a mí mismo en el proceso?

Esa es la parte que podría matarme.

Capítulo ocho

ARIC

Tenía que irme. El aire estaba empapado de su aroma, lo cual suena raro incluso dentro de mi propia cabeza. Carajo, se me está yendo la onda de verdad.

Cuando sé que no hay peligro cerca, vuelvo a mi habitación y me tomo parte de mi medicación, y entonces me miro en el espejo. Mis ojos están claros, pero vacíos. Parece bastante apropiado.

Me sujeto a los laterales del lavabo y trato de respirar hondo unas cuantas veces.

Todo va a salir bien.

Tan solo necesito sobrevivir con *ella* en la habitación al lado de la mía, moviéndose por ahí, respirando, existiendo, haciendo ruido, fastidiándome.

Sé que las paredes son finas.

Al igual que sé que nuestras camas se encuentran pegadas contra la misma pared compartida.

Centímetros.

Nuestros cuerpos estarán a solo unos centímetros de distancia, separados únicamente por una antigua pared de piedra que podría desmoronarse en cualquier momento. Por Dios, espero que no haya un terremoto, y no porque no quiera morir bajo una montaña de escombros, sino porque no quiero tener que pasar mis últimos momentos tirado junto a ella en esa montaña de escombros.

Su olor es característico, a aire fresco y flores silvestres aplastadas bajo los pies. Como la lluvia justo antes de caer. Un aroma claro. Perturbador. Familiar de una forma que me pone nervioso.

Unos golpecitos suaves suenan en mi puerta.

—Sí —respondo.

Reeve entra en mi habitación.

—Pues… me parece que va a ser interesante.

Suelto un improperio y vuelvo a meter mi medicación en el cajón.

—¿Tú crees?

Él le echa un vistazo al cajón y después a mí.

—¿Estás bien?

Me encojo de hombros.

—Tan bien como siempre.

De modo que no, no estoy bien. La próxima vez que mi terapeuta me diga que tengo que escribir lo que siento cuando sufra episodios o tenga sueños extraños, juro que voy a explotar.

Por cómo mi hermano me está mirando con los ojos entrecerrados, me doy cuenta de que va a decir algo estúpido.

—Pareces molesto —dice al fin.

—No jodas, Reeve. ¿Tú crees? ¿Parezco molesto? —Camino con pasos firmes hasta la ventana y concentro la mirada en las montañas al otro lado del lago. Una escarcha aparece entre los paneles de cristal, distrayéndome—. ¿Hace frío fuera?

—¿Eh? —Reeve se sienta en mi cama y se reclina hacia atrás—. Tienes un celular, ¿sabes? Con una app del clima muy útil. No hace más frío de lo normal. Todos los de primero están fuera ahora mismo, haciendo sus mierdas raras de siempre antes de la orientación, lo que significa que el comedor no debería estar demasiado lleno si quieres ir a traer algo de comida para calmar ese genio tuyo. He oído que los hidratos de carbono hacen maravillas.

—Sí, porque las papas fritas siempre me hacen olvidar que estoy enfadado. Buena idea —le espeto, y después me doy la vuelta. Respiro hondo, me siento en la silla de mi escritorio y me giro para volver a mirar a mi hermano—. Lo siento.

—¿Una disculpa? —Reeve levanta las cejas—. Me siento honrado. Y, para que conste, a mí también me molesta que ella esté aquí, ¿de acuerdo? Vamos a tratar de pasar el semestre sin matar a nadie. La gente nos considera un modelo de conducta, ¿sabes? Así que trata de controlar tu mal genio todo lo que puedas, lo que significa que la evites todo lo que puedas. Y, si resulta que te encuentras con ella, pues, bueno, intenta no arrancarle la cabeza del cuerpo. —Entonces titubea—. ¿Por favor?

Frunzo el ceño.

—Es tentador. O sea, ¿por qué carajos vino aquí siquiera? ¿A la universidad que fundó nuestra familia?

Reeve se pasa una mano por la cara y bosteza.

—Todavía estoy tratando de averiguar esa parte. Pero lo importante es que está aquí. Su padre es más que poderoso y lo último que necesitamos es mala reputación para Endir. Por el legado de la familia, ¿comprendes? Nos portamos bien unos cuantos meses, tú te gradúas, y seremos libres. Es fácil.

—Sí —murmuro, y me paso las manos por el pelo—. Supongo.

Me encojo cuando algo se cae al otro lado de la pared.

Rey. Cierro las manos en puños, pero me pongo de pie y me muevo en dirección al sonido.

Reeve mira de la pared a mí y después otra vez a la pared.

—¿Seguro que estás bien?

Yo nunca estoy bien, pero es bonito que me lo pregunte como si la respuesta fuera a ser diferente, cuando los dos sabemos que no he estado bien desde hace mucho tiempo.

Mucho, muchísimo tiempo.

Me froto la cara con las manos.

—Sí, claro, da igual. Mejor nos largamos de aquí.

Él se dirige hacia la puerta mientras yo tomo mi celular de la mesita de noche.

Entumecido, sigo a Reeve fuera de la habitación y dejo que la puerta se cierre detrás de mí. El corazón me late contra el pecho más deprisa de lo normal mientras paso junto a la puerta de Rey, y entonces Reeve y yo subimos al elevador.

Él presiona el botón del vestíbulo.

—¿Sabes qué? He oído que el yoga con cabras es muy relajante.

—Cállate, Reeve.

—¿Qué pasa? —Levanta las manos—. Deja de ser tan hostil. ¡Las cabras son muy lindas! O igual podrías ir a una cafetería de gatos. Puedes tomarte un café, hacer la tarea, acariciar a una gati…

—No termines esa frase —gruño.

—A mí no me parece un mal plan. —Suelta un suspiro—. Pero, bueno, el caso es que tan solo tenemos que mantenerte distraído para que no te obsesiones con ella. —Trata de captar mi mirada, pero yo sigo mirando directamente hacia delante—. ¿Por qué estás obsesionado con ella? A ver, sé que los dos la odiamos por buenas razones, pero no es más que una chica.

No. No lo es.

Y no puedo explicar por qué me afecta tanto, más allá del hecho de que, cuando tuvo la oportunidad de escapar a su control, ella se quedó. No puedo respetar eso. Además, hay algo más profundo en ella, algo más siniestro. Mi abuelo ha hecho su labor, y Reeve también. Sabemos todo lo que hay que saber acerca de su familia y de cómo la criaron. Sabemos que es peligrosa, pero nadie más parece ser capaz de verlo. Tal vez sea eso lo que me molesta. Es problemática, pero, aun así, parece ser capaz de cautivar de alguna manera a cualquier persona que conozca.

Estoy tan sumido en mis propios pensamientos que no me doy cuenta de que olvidé la cartera hasta que llego al vestíbulo.

—Ay. —Empujo a Reeve fuera del elevador—. Tengo que volver por la cartera. Espérame.

—No te preocupes. —Me hace un saludo militar y le echa un vistazo a un grupo de chicas—. Tengo formas de mantenerme ocupado.

Es un baboso; tendría que llevarlo escrito en su camiseta a modo de advertencia para futuras parejas incautas. Él dice que ama el amor. Yo creo que simplemente le gusta la atención.

—Sí, seguro que sí.

Las puertas del elevador se cierran.

Veo mi reflejo en los paneles de cristal: las facciones demacradas, la mandíbula tensa, algo vacío tras los ojos. Casi no reconozco al hombre que me devuelve la mirada.

Recuerdo cuando llegué a Endir en mi primer año. Yo nunca fui lo que podríamos llamar un tipo despreocupado, como mi hermano, pero al menos sabía sonreír. Ahora no logro recordar la última vez que mis labios se curvaron con algo remotamente parecido a la alegría.

Bajo la mirada y espero a llegar a mi piso. Perdí el apetito por completo; mi ansiedad por su cercanía está haciendo que la sangre de mis venas se convierta en hielo.

Cuando vuelvo a mi habitación, le mando un mensaje rápido a Reeve para avisarle que me uniré a él más tarde y que vaya yendo sin mí.

Me siento en el borde de la cama, con los puños apretados contra las rodillas.

Algo va mal.

No en el edificio. No ahí fuera.

Dentro de mí.

Lo he sentido desde el elevador. Desde que ella llegó.

Cierro los ojos, pero la tensión no se desvanece. No se encuentra solo en mis músculos. Se encuentra por debajo de mi piel.

Y, sea lo que sea…

Está despertando.

Capítulo nueve

REY

En el momento en que me quedo sola en la habitación, meto una mano en el bolsillo de mis jeans. Me tiemblan los dedos mientras saco la nota de Laufey.

Está arrugada y cálida, y el corazón se me acelera mientras despliego el papel y lo aplano sobre mi escritorio.

No hay palabras. Ningún mensaje de cariño ni de ánimos, ningún mantra para perseverar.

Tan solo cinco runas.

ᚱ ᛞ ᚺ ᛟ ᚦ

Raido, Dagaz, Hagalaz, Othala y Thurisaz.

Thurisaz es la runa que vi tallada en el adoquín no muy lejos del lugar donde Padre Odín me dejó en la entrada de la universidad. La misma con la que me tropecé y quise maldecir.

¿Qué significa todo esto? Tiene que haber alguna clase de conexión con mi misión. Ella no se arriesgaría a desatar la ira de Odín al pasarme esta nota si no hubiera una razón.

El sonido de la puerta de Aric cerrándose me hace dar un respingo. Camino hacia la pared y le doy un suave golpecito. El eco que recibo a cambio casi me provoca un sobresalto. Genial, así que no están insonorizadas. Mi mente se llena de repente de todas las cosas que podría oír saliendo del otro lado de esta pared, pero enseguida aparto esos pensamientos.

Cuando suena un golpe en mi puerta, me quedo paralizada. Entonces, recojo la nota del escritorio y me la guardo en el bolsillo trasero de los jeans.

Él no golpearía la puerta. ¿Verdad?

Abro la puerta antes de poder darle demasiadas vueltas. Y no es Aric quien se encuentra al otro lado.

Una chica alta —*muy* alta— con el pelo castaño, denso y rizado cuyas puntas están teñidas de un azul eléctrico entra como si fuera la dueña de la habitación, con una gigantesca cesta verde equilibrada contra una cadera.

Mientras observo su atuendo, tengo que parpadear dos veces: shorts de pijama de franela llenos de dibujos de gatos fumando, una camiseta de Metallica *vintage* que parece haber sobrevivido en un campo de batalla, calcetines morados hasta las rodillas y unas gigantescas pantuflas de tiburones. Es… demasiado.

Abre mucho los ojos color café oscuro.

—Por favor, dime que no eres mañanera.

—Eh… ¿qué?

Ella hace un gesto con la cabeza en mi dirección.

—Ya sabes, esa pinta que tienes de haber acabado de bajarte de una pasarela a las… ¿qué son, solo las nueve?

Echo un vistazo a mi ropa, de pronto sintiéndome hiperconsciente de todos los detalles. El abrigo de lana negro, a medida y elegante. Debajo, un suéter holgado de Dior de color gris, metido por dentro de unos jeans entallados que por alguna razón cuestan más que el alquiler de la mayoría de la gente. Unos lentes de sol Celine, que cuelgan del cuello de mi suéter como para darle un toque, y una cadena de oro que refleja la luz mientras me muevo. Y, para completar el *look*, unas robustas botas negras, limpias pero lo bastante gastadas como para parecer que no me esforcé.

—Esto solo… es la ropa que suelo llevar —digo, aunque suena mucho más pretencioso en voz alta que en mi imaginación.

—Me gusta. Me gusta. —Asiente con la cabeza, y después se da un golpecito en la barbilla—: Nuevo objetivo vital: enseñarte el concepto del color. Tal vez hasta de la diamantina, si nos sentimos valientes.

Sonríe mientras lo dice y, por extraño que parezca, no me siento insultada. ¿Quién es esta persona?

Deja la cesta regalo que estaba sosteniendo sobre la segunda cama, y veo que está llena de aperitivos, bebidas energéticas y medio litro de lo que creo que es helado importado enterrado en hielo seco.

—Para ti —dice.

—Eh…, gracias.

—Soy Ziva Morales. Suite 213, bajando por el pasillo. La saludadora guion proporcionadora de aperitivos oficial de este piso. Reina no oficial de los chismes. Tú debes de ser Rey.

Parpadeo.

—¿Es tan evidente?

Ella resopla y se sienta en el borde de mi cama como si nos conociéramos de toda la vida.

—Por favor. Hubo una circular. Princesa de la mafia en la 209. Posiblemente peligrosa. Sin duda, guapísima.

Levanto mucho las cejas.

—¿Perdón?

—Es broma. Pero eres famosa, cielo. Las redes de chismes se encendieron en el segundo en que tu apellido apareció en la lista de admitidos. —Se inclina hacia delante y baja la voz en tono conspirador—. Tu padre es *ese* Stjerne, ¿verdad?

Me encojo un poco de hombros; me agarró con la guardia baja.

—No hablamos de ello.

Ziva sonríe, despreocupada.

—Está bien. Pero no me apuñales ni nada. Estoy muy blandita por debajo de las tetas.

Vuelve a sonreír, ahora con más calidez, y me doy cuenta de lo poco acostumbrada que estoy a alguien como ella. Gente que irrumpe con aperitivos y valentía. Rowen nunca hacía nada como esto. No porque no fuera simpático a su propia manera. Pero él era… más tranquilo. La marea constante contra la orilla. Ziva es todo lo contrario; fuegos artificiales en el cielo y diamantina a su paso.

—Bueno —dice, abriendo uno de los paquetes de papas fritas de la cesta y comiéndose una—, tu habitación está al lado de la de Aric Erikson, ¿lo sabías? La realeza del campus. Está tan bueno que te cagas. —Dice esto último con voz cantarina, moviendo la cabeza y todo—. Pero, tristemente, es intocable. Aunque, si te sientes juguetona, puedes probar con su hermano pequeño. Todo el mundo lo ha hecho. —Sus mejillas se ruborizan un poco ante su propia broma. Yo alzo una ceja—. Ah, yo no, evidentemente —dice, poniendo los ojos en blanco como si acabara de acusarla de un sacrilegio—. Por favor. Tengo estándares más altos. Y un calendario repleto de opciones mejores.

Una risa sobresaltada se me escapa antes de que pueda detenerla.

—Eh…, gracias por el consejo —respondo.

No me molesto en añadir que preferiría nadar en un pozo de aguas residuales antes que «probar» con Reeve Erikson. Creo que las dos tenemos la misma opinión sobre él.

—Ah, tengo un montón de consejos útiles sobre la vida social en el campus —dice, y me mira meneando las cejas.

Sin pararse a respirar, Ziva comienza a recitarme una larga lista de datos sobre la jerarquía de la universidad que ha considerado importantes. Quién se está acostando con quién, quién está libre y hasta a quién le gusta compartir. Es una letanía infinita de nombres y preferencias sexuales, pero apenas escucho ni una palabra.

En algún momento en mitad de su monólogo espontáneo, se me ocurre la idea de que tal vez está siendo tan simpática porque simplemente es más susceptible de lo habitual a mi Aura. Entonces, de forma consciente, dejo de atraer y empujo un poco. No demasiado, tan solo lo suficiente como para ponerlo a prueba.

Pero Ziva no se detiene, no parpadea, ni siquiera se equivoca al pronunciar un nombre. Simplemente sigue hablando, como si yo no hubiera levantado un muro invisible entre nosotras. Como si lo que sea que soy no importara.

Es tan refrescante que impresiona.

Al fin, agita una mano como diciendo «y eso es todo lo que necesitas saber sobre Endir» y se pone de pie, se sacude unas pelusas imaginarias de los shorts de gatos y vuelve a meter el paquete de papas fritas en mi cesta.

—Pero, bueno, mi turno en el carrito del café empieza dentro de diez minutos. Si quieres ver cómo va el tema de la cafeína por aquí, puedo enseñártelo después. —Llega hasta la puerta, y entonces echa un vistazo atrás—. En serio, Rey…, me alegra que estés aquí. Acabo de decidir que vamos a ser las mejores amigas.

—¿Gracias?

Me sale como si fuera una pregunta, pero no sé qué otra cosa decir. Nadie me ha brindado jamás su amistad. Sin condiciones. Sin un precio. Simplemente ofreciéndomela, como si fuera una sudadera.

Ella comienza a girarse hacia el pasillo, pero añade:

—Si sobrevives a la orientación, ve a buscarme después. Te enseñaré dónde están las máquinas expendedoras que no te robarán hasta el alma.

—Gracias —vuelvo a decir, y en esta ocasión, va en serio.

—No me des las gracias todavía. Tú espera hasta que conozcas a mi fantasma. Es superterritorial.

Y, en un abrir y cerrar de ojos, se marcha.

CAPÍTULO DIEZ

REY

Miro fijamente el umbral de la puerta ahora vacío, un tanto desubicada.

Sin saber muy bien qué hacer a continuación, saco el cuaderno de la mochila azul que me dio mi padre. Supongo que, en caso de duda, lo mejor es escoger la guerra.

—No es más que un cuaderno. No muerde.

No sé por qué estoy hablando conmigo misma mientras abro con lentitud la primera página.

Es un dibujo del Mjölnir, el martillo de Thor, el arma más poderosa del mundo. Yo no sé casi nada acerca de la guerra entre los dioses y los gigantes, más allá de lo que Padre ha compartido conmigo, y no me hago ninguna ilusión de que su versión no sea enormemente parcial.

Mucho antes de que «nórdico» fuera una palabra, antes de que los hombres esculpieran a los dioses en piedra, Odín no era solo un nombre. Era una fuerza. Y el Mjölnir no era solo un símbolo estampado en los anillos y los escudos de armas familiares;

era una sentencia, un arma definitiva. Significaba justicia si te encontrabas en el bando de Odín, y extinción en caso contrario. Los gigantes —al menos, así es como los llamaban las historias— lo robaron, aunque no fue por codicia ni para sembrar el caos, como dicen los mitos. Lo utilizaron para destruir el Bifröst y eso lo cambió todo. El Bifröst era un puente que unía nuestro mundo con el de ellos, una conexión viva y resplandeciente entre los reinos. Entre Midgard, es decir, la Tierra; y Asgard, el fuerte de los dioses. El Bifröst era el método que tenía Odín para controlar el flujo de poder, gente, recuerdos y magia.

Pero, en cuanto se rompió, todo se fracturó. Los dioses y los gigantes se quedaron atrapados a cada lado, y Odín se aseguró de que quienes estuvieran atrapados aquí ya no recordaran la guerra que había causado su separación. Empleando su poder, hizo que se quedaran todos dormidos para ganar tiempo. Sus memorias están encerradas, y todo porque el gran y benevolente Padre Odín decidió que quería borrar la historia y reescribirla con sangre y oro.

Él jamás me ha contado lo que significa eso para los que se quedaron atrapados en Asgard. No le gusta ninguna pregunta cuya respuesta pueda exponerlo como algo que no sea un soberano preocupado.

Cada vez que le he preguntado a mi padre por el Bifröst y por qué nadie querría dividirlo, él simplemente me dice que fue un error, una consecuencia natural de la guerra, pero a mí siempre me ha parecido como si estuviera omitiendo algo. Los gigantes ya habían utilizado el Mjölnir para destruir el Bifröst. Ocultarlo no es más que una gigantesca ofensa contra para mi padre. No puede volver a casa sin él, y tampoco puede restaurar sus propios poderes, ya que estos provienen de Asgard. Las únicas personas que pueden blandir el Mjölnir necesitan tener la sangre de Odín o ser dignas de él y, dado que el propio Odín es ahora la maldad personificada…, eso solo me deja, en fin, a mí. Todavía no está claro si soy digna o no, pero al menos tengo el linaje sanguíneo necesario para recuperarlo…, si es que lo encuentro.

Lo más importante es: ¿por qué los gigantes ocultaron un arma ancestral en esta ubicación concreta y por qué Aric es el único que sabe dónde se encuentra? Pienso en las runas que he estado viendo desperdigadas por el campus. ¿Estarán funcionando como hechizos? Y, si el Mjölnir está protegido aquí, lo que significa que mi padre me necesitaba a mí para entrar, ¿estarán las runas haciendo que sea imposible que el martillo llame a mi sangre? Algo lo está reprimiendo. O alguien.

Me levanto de la cama y me paseo de un lado a otro. Se me está escapando algo importante y lo tengo justo delante; simplemente lo sé. Tengo que abrirme camino a través de ello. Paso a paso. Esto es lo que me han enseñado a hacer.

Los gigantes no quieren que el poder absoluto regrese a mi padre. Que hayan ocultado el martillo significa que ellos formaron parte de la guerra y que al menos conservaron sus recuerdos el tiempo suficiente como para elaborar esos planes. Debieron de haberlo hecho después de la destrucción del Bifröst, porque todos ellos siguen estando atrapados aquí.

El corazón me da un vuelco en el pecho y mi mente se acelera, seleccionando y descartando razones. El legado familiar de los Erikson es esta universidad. Si se encuentra protegida por las runas, eso podría significar que también está protegida por un poder más ancestral.

Cuando llegué a Endir, pude oler algo antiguo ardiendo bajo la universidad, a menos que mi imaginación se hubiera desbocado. Carajo, hasta las montañas que rodean el centro parecen míticas e implacables. Tal vez hayan escondido el Mjölnir en una cueva cercana o en las profundidades del bosque. Tal vez acercarme a Aric y ganarme su confianza sea realmente la clave para descubrirlo.

Me siento otra vez en la cama y vuelvo a hojear mi cuaderno.

Voy hasta la página que representa el Mjölnir y recorro el dibujo con la yema del dedo. Rowen me ha contado que el martillo tenía runas grabadas por todo el mango, por donde Thor lo sujetaba firmemente con la mano antes de lanzarlo hacia el cielo.

¿Sería Thurisaz una de ellas?

Los rayos iluminaban el martillo, así como los ojos de Thor, volviéndolos de un plateado terrorífico antes de que soltara el grito de batalla de los Berserkers. Estos guerreros se congregaban alrededor de Thor conforme iban emergiendo de entre los árboles, vestidos con pieles de animales que habían sacrificado a los dioses. Los Berserkers estaban tan enloquecidos que mordían sus propios escudos para demostrar que ni siquiera los necesitaban.

Pero eso fue antes de que todo se hiciera pedazos. Antes de que los dioses cayeran. Antes de que se perdieran vidas y se reescribiera la historia. Antes de que todo lo que la humanidad había conocido una vez quedara o bien borrado, o bien transformado en algo irreconocible.

Los dioses y los gigantes, tanto los traicionados como los traidores, se habían convertido en leyendas retorcidas por el tiempo, verdades a medias y propaganda.

¿Y si las runas del martillo encajan con las de la nota de Laufey? ¿Será la nota un mapa para encontrar el Mjölnir? Por supuesto, eso resultaría demasiado fácil, y aun así, es lo que más sentido tiene. Puede que ella no sea mi madre biológica, pero me ha criado y lo único que sé con absoluta certeza es que Laufey moriría para protegerme.

Tomo su nota y la meto en el dosier, y después paso a otra página sobre las muchas vidas del Mjölnir. Al parecer, antes de que lo robaran, era un martillo de aspecto sencillo, simplemente metal y madera. Pero, como el Mjölnir es un artefacto que vive y respira, continuó cambiando y transformándose de una batalla a otra.

Conforme Thor iba destruyendo mundos y derrotando a sus enemigos, el Mjölnir no solo adoptaba distintos tamaños y formas; también absorbía el conocimiento y la historia de Asgard. De todos los linajes de sangre que lo habían blandido. Rowen me dijo una vez que el martillo estaba forjado para responder solo a una línea de sangre, la de Odín, pero, si eso es cierto, entonces ¿cómo pudo utilizarlo un gigante para destruir el Bifröst? Una vez más, verdades a medias.

Continúo pasando las páginas del cuaderno. Las imágenes cambian enseguida de armas y reinos antiguos a mi objetivo.

Aric.

Las fotos de esta página me hacen detenerme. Es joven y tiene manchas de césped en los jeans. En una, está jugando futbol.

No sé por qué me fijo en eso, además de porque es extraño pensar en él como un niño pequeño común y corriente. En otra foto, está sosteniendo un pez en alto con la mano, uno tan pequeño que probablemente no tuviera nada de carne, pero él está orgulloso.

Su sonrisa es ancha. Luminosa. Cualquiera que mirara esa foto pensaría que Aric era el niño más feliz del mundo. No hay absolutamente ningún rastro de ese chico en el hombre que es hoy.

En la siguiente imagen, sale junto a Reeve, que lleva su birrete y su toga de la graduación de la preparatoria. En esta, la sonrisa de Aric es menos luminosa; su postura está tensa. Comparo la foto con las que le sacaron anteriormente. Ni siquiera parece que sea la misma persona.

¿Qué fue lo que ocurrió para que cambiara?

Las muertes de sus padres, sin duda. Ese pensamiento hace que me dé un vuelco el estómago.

Paso las siguientes páginas. En ellas aparece su horario, información sobre sus aficiones, sus libros y películas favoritos hoy día, y así sucesivamente. Toda la información habitual. Estoy segura de que Sigurd Erikson, como buen jefe de la mafia que es, tendrá un archivo similar sobre mí; probablemente, más voluminoso. Me detengo un momento, preguntándome qué más podrían saber Aric y su familia acerca de mí.

No, mejor no pienso en eso.

Niego con la cabeza y sigo leyendo. Aric sufre de insomnio. Pues ya somos dos.

Leo por encima un recorte de periódico de esa vez que le cayó un rayo encima. Me acuerdo de eso. Odín niega haber tenido nada que ver, aunque tampoco es que me lo fuera a contar en caso contrario.

Paso la página. ¿Tiene alergia al kiwi?

Hum... Eso sí que no lo sabía.

Paso las páginas hacia atrás para ver las fotos de Aric, de su habitación de la residencia, diagramas de la casa que comparte con su abuelo. Hay una foto de su todoterreno y otra del gimnasio donde entrena.

Se me tensa el pecho. El expediente es grueso, lleno de información sin fin acerca de Endir y de Aric, y hasta Reeve tiene unas cuantas páginas aquí. Ningún detalle era demasiado pequeño como para no incluirlo. Y, aun así, además de un dibujo tosco y un par de notas garabateadas, no hay nada acerca de la posible ubicación del Mjölnir.

Es como si mi padre quisiera que me esforzara para después fracasar de forma espectacular.

¿Por qué no incluyó más información sobre el objeto que tengo que encontrar? ¿Ese que tengo que robar? Entiendo que nadie lo haya visto desde hace eones, pero Padre Odín es tan viejo como el tiempo. Más viejo que el martillo, de hecho. Entonces ¿por qué no compartió todo lo que podría ayudarme a tener éxito?

Comienzo a pasar las páginas del cuaderno frenéticamente otra vez, buscando las notas de mi padre. Una página tras otra y otra más sobre la familia Erikson.

Pero no hay ninguna señal de que se haya utilizado el Mjölnir desde la destrucción del Bifröst. Obviamente, eso Padre ya lo sabía. Fue él quien preparó este informe. Quien amenazó a todas las personas que quiero si no encuentro el martillo.

Una cosa es que te guardes algunos secretos para conservar el poder y otra muy diferente que mantengas en la inopia de forma intencionada a alguien cuya vida depende de tener éxito.

Porque el Mjölnir no se perdió. ¿Verdad? A nadie se le extravió; no es como si fueran las llaves del coche. Fue escondido a propósito por alguien que podía blandirlo. Alguien cuyo linaje sanguíneo llamó al arma ancestral, que fue recordado por ella. Eso es. Mjölnir podía recordar…

Mis manos se quedan paralizadas sobre la página mientras las piezas encajan en su sitio.

Aric sí sabe exactamente dónde lo escondieron. ¡Pero lo olvidó por completo!

Lo que se hizo no se puede deshacer sin el Mjölnir. Padre no puede restaurar sus recuerdos. Eso es lo que ha estado ocultando. Esa es la razón por la que me necesita a mí. En realidad, yo no estoy aquí solo para robar el Mjölnir.

Fui elegida para esta misión por una razón. Hay algo más. ¿No es eso lo que siempre pasa con Odín?

La bilis me sube hasta la garganta. Mi padre no me envió a mí porque crea que soy capaz de algo. Me envió a mí porque, como la mayoría de los hombres que temen lo que no pueden controlar, preferiría que una mujer fuera el arma y no quien la tiene en su poder.

Eso es lo que vio en mí hace dos años, mucho antes de que yo lo notara siquiera en mí misma: una soldado a la que puede enviar a la batalla sin que él tenga que ensuciarse las manos. Y esta misión es exactamente igual.

Nunca me permito pensar sobre ese día en la playa. Pero ahora el recuerdo acude a mí de todos modos: el viento, la sal y el silencio entre nosotros.

Se suponía que Aric y yo no debíamos estar solos.

Los demás habían vuelto a entrar en la casa; hartos de la arena, cansados del viento. Pero nosotros nos quedamos. Sentados demasiado lejos como para ser algo, y demasiado cerca como para fingir que no éramos nada.

Recuerdo cómo rompían las olas detrás de él. El intenso aroma de la sal en el aire. El hecho de que no dejaba de lanzarme miradas, como si temiera que estuviera a punto de desaparecer.

—No tienes que ser como él —dije.

No pronuncié el nombre de mi padre; no hacía falta.

Aric alejó la mirada durante un largo rato. Y entonces, con suavidad, respondió al fin:

—A lo mejor no quiero ser nada más.

Creo que fue entonces cuando le toqué la mano. O tal vez él me tocó la mía. No importa quién se moviera primero. Lo que importaba fue que ocurrió.

Solo una vez. Apenas suficiente.

Su mano era cálida. La mía estaba temblando.

No recuerdo lo que dijimos después de eso. Tan solo recuerdo el silencio. De esa clase que parece pesado a causa de las cosas que no estás preparada para querer.

No nos besamos. Ni siquiera nos abrazamos.

Pero algo pasó entre nosotros; algo que nos asustó lo suficiente a los dos como para fingir que jamás había ocurrido.

Y, entonces, el viento cambió.

Una ráfaga atravesó la orilla, desperdigando las conchas y la arena como si algo hubiera exhalado desde las profundidades. La temperatura bajó cinco grados en un suspiro.

Detrás de nosotros, la marea se detuvo. Congelada. Una capa de escarcha se extendió desde el lugar donde estaba sentado Aric y después atravesó la arena húmeda; delgada y precisa, una vena de hielo serpenteando en dirección a las rocas.

La confusión y tal vez un atisbo de miedo brillaron en los ojos de Aric mientras emitían un breve resplandor blanco. Apartó la mano de golpe, como si se hubiera quemado. O si se la hubiera roto. Se le quedaron las manos temblando y las miró fijamente, miró la escarcha, como si fuera una sentencia de muerte.

—Vete —dijo. Su voz no era cruel, pero sí fría. Tajante.

Recuerdo marcharme de allí sin mirar atrás, sin preguntar por qué el mar parecía extraño ni por qué sentía los dedos entumecidos.

Entonces no sabía lo que habíamos desencadenado.

Pero sí supe que después hubo un rápido rechazo del compromiso, y aunque esperaba que mi padre estuviera enfadado, en su lugar estaba casi… complacido, como si todo aquello hubiera sido una trampa y todos hubiéramos caído directamente en sus manos. A él no le importaba lo avergonzada que estuviera yo.

Pienso en la nota de Laufey.

En la escarcha que creó Aric a partir de nuestras manos unidas.

En acercarme a él y encontrar el Mjölnir.

O bien lo sabe y lo está ocultando del mundo…, o va a necesitar un poco de ayuda para recordarlo.

Casi me río. Bien jugado, Padre. Si Aric sabe lo que él mismo es, entonces simplemente se me envió a los lobos. Estará dispuesto a morir antes que decirle ni una palabra a mi padre.

De modo que Padre Odín está apostando por mi habilidad para desmontarlo, para ganarme su confianza, para inspirar lealtad…, todas esas cosas que apenas comparto dentro de mi propia familia, y mucho menos con el enemigo.

Suelto un suspiro y trato de no lanzar algo. Esto no es una misión; es una cacería.

Pero los cazadores siempre olvidan una cosa: tarde o temprano, los cazados aprenden a cazar también.

Capítulo once

REY

Por un momento, me entran ganas de llamar a mi padre. De decirle por dónde se puede meter el Mjölnir.

Pero no voy a hacerlo.

No ha cambiado nada. Siempre supe que era muy probable que esta misión terminara conmigo muerta. La única pregunta era cómo. Y ahora lo sé: muy posiblemente, con un gigante enorme arrancándome los brazos del cuerpo.

Siempre que Laufey pueda escapar de Odín intacta, lo contaré como una victoria.

Que sea mi padre quien me destroce o que lo haga Aric no supone ninguna diferencia. El dolor es inevitable.

Pero, ahora, una sensación de propósito más profunda tamborilea dentro de mi pecho. Por una vez en su vida, realmente necesita a alguien. Me necesita a mí.

Otro sonido desde el interior de la habitación de Aric me saca de mis pensamientos, pero también me da una idea. Si voy a tener que jugar a esto, bien podría empezar a hacerlo ya.

Vamos a ver lo que ocurre si me adentro directamente en la tormenta.

Cierro el cuaderno de golpe y me meto el celular y la tarjeta llave en el bolsillo. Después, salgo de la habitación para llamar a su puerta, tal vez de forma un poco más agresiva de la cuenta.

La puerta se abre y Aric me mira desde arriba.

—Qué.

Le sonrío con los dientes apretados.

—Tan solo pensaba que podría volver a presentarme, ya que ahora somos compañeros de residencia. No te hice panquecitos, pero sí tengo…

Él comienza a cerrar la puerta, pero interpongo el pie en el hueco mientras examino su atuendo a través de la pequeña abertura que queda. Va vestido con ropa deportiva de la cabeza a los pies.

—¿Te toca hacer piernas?

—Rey —dice, pronunciando mi nombre con un gruñido. Me da un jalón para meterme en su habitación.

«Vaya, sí que fue fácil», pienso. Me doy la vuelta justo a tiempo para que me estampe contra la pared.

—Escúchame muy atenta —susurra. Estando tan cerca, su perfil parece algo salido de las leyendas. Sus ojos oscuros de color tierra casi brillan mientras me gruñe.

Trago saliva con fuerza, enfrentándome a la atracción de su mirada.

—Soy buena para escuchar.

—No te soporto. —Sonríe. Su voz, sin embargo, suena baja y letal—. Odio todo lo que representa tu familia. Jamás llegará el día en que vaya a querer tus «panquecitos» o cualquier otra cosa que se te pueda ocurrir. No sé por qué estás aquí, y me molesta el hecho de que realmente me importe. —Su aliento es cálido contra mi piel, pero un escalofrío baja por mi columna de todos modos; su voz arde de forma lenta y deliberada—. No eras nada para mí entonces, y no eres nada para mí ahora. Y, por si acaso necesitas una buena dosis de realidad, tampoco eres nada para tu padre.

Sus palabras me golpean como una cachetada. Pero no me inmuto. Una vez, él y yo tuvimos la playa; durante un momento muy breve, antes de que supiéramos algo sobre el conflicto entre nuestras familias. Con cuánta facilidad cambian las cosas.

Él baja una mano por mi mejilla.

—No eres más que un peón de su imperio, un imperio que está bañado de la sangre de los inocentes. Inocentes como mis padres. —Inclina la cabeza hacia mí y me susurra al oído—: No somos amigos.

Siento un estremecimiento por todo el cuerpo, pero no a causa del frío.

Me enteré de que sus padres murieron hace años en un accidente de coche y me moría de ganas de mandarle un mensaje para decirle cuánto lo sentía. Pero esta furia que me ataca y me culpa es injusta. Sin pensar, le espeto:

—Llamar inocentes a tus padres es ridículo, Aric. Los tuyos no eran mejores que el mío. Despiadados. Fríos. Sedientos de poder. Simplemente resulta que a mi padre se le daba mejor.

Él entrecierra los ojos y se me eriza el vello de la nuca. En voz baja, dice:

—Tú no sabes nada sobre mi familia.

—Puede que no. Pero sé que tú quieres ser igual que la mía —susurro, recordándole lo que compartimos en la playa ese día.

Como si hubiera arrancado un cable de un enchufe, sus insondables ojos caoba se quedan sin vida.

Él titubea, con la boca muy cerca de mi cuello.

—Tú solo céntrate en sobrevivir a este semestre y en evitarme a toda costa.

Y, con eso, se aparta de mí, abre la puerta, me guía hasta el otro lado y después me sigue hasta el exterior.

Se marcha caminando en línea recta hacia el elevador antes de que yo pueda recuperar el aliento siquiera.

—¡Estuvo bien la charla! —grito detrás de él, un poco aturdida por lo agresivo que es conmigo y tratando de no sentir la pérdida del chico que creía conocer.

—Adiós, Rey —me ladra mientras las puertas del elevador se cierran entre nosotros.

Si ese idiota me odia ahora solo por la sangre de mis venas, una sangre que yo nunca pedí, entonces a lo mejor se merece lo que va a ocurrir. Absolutamente todo.

Comenzando con una pequeña invasión a su privacidad, ya que ha sido tan amable como para dejar su habitación desprotegida, y continuando conmigo pegándome a él tan dolorosamente cerca que va a desear estar muerto.

Con una sonrisa, entro a toda prisa en mi habitación y tomo mi ganzúa, y entonces vuelvo a abrir la puerta y me encuentro cara a cara con Reeve mientras aparece por las escaleras.

—Ah. Hola.

Hago como que me coloco el pelo por detrás de la oreja mientras me apresuro a guardarme la ganzúa en el bolsillo de atrás.

Él me mira.

Yo lo miro.

Levanta las cejas.

—Tan solo venía a buscar a Aric. Se suponía que iba a ir conmigo al comedor, pero me mandó un mensaje para que lo recogiera después. ¿Ibas a alguna parte, o…?

—Al baño —digo sin pensar—. ¡Es una emergencia!

De verdad, podría hacerlo mejor.

Él asiente lentamente con la cabeza, comprendiendo.

—Está bien, pues entonces… —Me doy cuenta de que no sabe qué decir mientras retuerce las manos por delante de él—. Que salga bien.

Hago una mueca.

—Podrías haber pensado algo mejor.

—Soy consciente. —Suelta un suspiro—. Ah, y se ha estado yendo la luz en este piso, así que dentro de unos dos minutos van a venir unos encargados para revisarlo todo. Si oyes un montón de ruidos fuertes, no es que te estén robando. Solo son los de mantenimiento.

Mierda.

—Ah. De acuerdo, gracias. Me habría asustado.

—Por alguna razón, lo dudo, pero bueno.

Cruza hasta la puerta de Aric justo cuando el elevador se abre con un «ding».

Genial. Los encargados de mantenimiento ya están aquí, lo que significa que no puedo forzar la cerradura de Aric a plena luz del día. Menos mal que siempre hay un plan B.

Por supuesto, no me gusta el plan B, pero es lo único que tengo.

Espero en el baño el tiempo suficiente para que Reeve se dé cuenta de que Aric no está aquí, y entonces regreso a mi habitación y miro fijamente mi mochila. No es para tanto. Debería ser fácil. Doy unos saltitos para quitarme el estrés de encima y después me crujo los nudillos. Él está fuera de su habitación. Es el momento perfecto para hacer un poco de reconocimiento. Para averiguar lo que hay que saber de él.

—De acuerdo. Vamos —me digo a mí misma, y respiro hondo. Cuando miro por la ventana, veo que la niebla se está tragando los bordes del campus y las puertas de la entrada están vacías. Bien. No hay testigos. Y, aunque los hubiera, mi Aura me cubriría.

Me gruñe el estómago, pero lo ignoro. Tengo cosas más importantes que alimentar.

Me cambio con rapidez: mallas negras, sudadera ajustada, el celular en el bolsillo, la trenza metida bajo la capucha, los guantes puestos, un cuchillo de la mochila de Padre en una vaina a mi cintura. No es ningún teatro, tan solo una armadura.

Únicamente hay dos cosas que me dan miedo, las alturas y las aguas abiertas, pero dado que la habitación de Aric se encuentra justo al lado de la mía, lo único que tengo que hacer es salir por mi propia ventana, caminar por un saliente de veinticinco centímetros a dos pisos de altura, y después colarme en su dormitorio. Todo ello sin caer al vacío, porque me mataría.

Ningún problema.

Capítulo doce

REY

No es más que un saliente. Estoy bien adiestrada en un montón de cosas. *Jiu-jitsu*. Lanzamiento de hachas. Hasta prestidigitación. Pero el equilibrismo no es lo mío. Y eso es algo que recuerdo mientras levanto la ventana y después la rejilla del mosquitero. El aire transporta el aroma del bosque, lleno de pinos y todas esas cosas que deberían proporcionarme consuelo. Me concentro en eso mientras salgo por la ventana y me equilibro sobre el estrecho saliente.

De acuerdo. No es para tanto. Tan solo me encuentro a dos pisos de altura. Si me caigo, podría sobrevivir. A lo mejor.

Deslizo el pie a través del antiguo cemento y pego la espalda contra la pared, moviéndome con lentitud, pero de forma constante. Hace viento, pero me las puedo arreglar. Lo que más difícil me resulta es saber que voy a tener que girar mi cuerpo sobre este saliente cuando llegue hasta la ventana de Aric, para después levantar la rejilla sin hacer ruido ni caer al vacío.

¿Habría sido más fácil la puerta de la habitación?

Sin duda alguna.

Pero ahora que tengo al equipo de mantenimiento rondando por el pasillo, arreglando las luces o lo que sea, estoy bastante segura de que esa opción queda descartada y quién sabe cuándo va a regresar Aric. No tengo suficiente tiempo como para permitir que se me escape de entre las manos ninguna oportunidad de conseguir información. Y, desde luego, no por una debilidad personal como el miedo a las alturas.

En cuanto estoy frente a su ventana, consigo girar mi cuerpo 180 grados sin nada más que un ligero balanceo sobre el saliente que me llena de pánico. Entonces, quito el mosquitero y lo dejo sobre el saliente que tengo a mi lado antes de toquetear los bordes de la ventana en busca de alguna forma de levantar el antiguo cerrojo para entrar.

Tardo unos cuantos minutos en forzar el cerrojo con el cuchillo y después otro para levantar lentamente el cristal desde el exterior. Cada pocos segundos, escudriño los terrenos situados detrás de la residencia, donde, salvo por una pareja que está atravesando el jardín abierto en dirección a la biblioteca, no hay nadie más a la vista.

En cuanto levanto el panel de la ventana lo suficiente, me cuelo dentro y me apresuro a darme la vuelta para volver a colocar el mosquitero.

Su habitación sigue estando a oscuras, y sé que él no está aquí. Tan solo han transcurrido unos minutos y lo habría escuchado regresar; además, llevaba ropa de deporte y los audífonos en las orejas. Estaba claro que se iba a entrenar o a correr.

Si regresa temprano… En fin, ¿realmente Aric podría esperar otra cosa por parte de la hija de mi padre?

Hay un fuerte olor a cedro y lluvia fresca en su habitación. Y aunque trato de impedírmelo, no puedo evitar inhalar ese adictivo aroma. Huele como un hogar al que nunca he pertenecido y que jamás conoceré. Es un pensamiento intrusivo en el que prefiero no ahondar, pero, carajo, eso no me impide respirar hondo otra vez para saborear ese olor.

¿Por qué tengo que obsesionarme precisamente con esto? Me lo quito de la cabeza. Probablemente sea alguna colonia de diseño obscenamente cara y yo no soy más que otra persona que se deja seducir por sus feromonas.

Miro la habitación oscura a mi alrededor y me doy cuenta de que todo está meticulosamente colocado: los libreros llenos de al menos una treintena de libros, su cama inmaculadamente hecha.

Necesito conocer sus intereses para que también se conviertan en los míos. ¿Karate? Genial, puedo apuntarme. ¿El club de atletismo? Preferiría no tener que hacerlo, pero lo soportaré con tal de acabar con esto.

Si tengo razón, voy a tener que despertarlo.

Padre Odín no lo ha llegado a admitir de forma abierta, pero sospecho que ya no tiene el poder de despertar a alguien de la estasis. Que me necesita a mí. Que sus poderes están menguando. Jamás lo reconocerá frente a ninguno de nosotros, pero debe de ser grave.

Mi trabajo es sacar a Aric de la estasis en la que pueda estar metido, ya que sus recuerdos sobre la ubicación del Mjölnir estarán encerrados. Y, si voy a romper esa clase de estasis del nivel de un dios, necesito comprender qué es lo que mantiene a Aric de pie para empezar.

A qué se aferra. Qué esconde. Por qué cosas está dispuesto a sangrar.

No me he permitido planificar mucho más allá de eso.

¿Seducirlo? ¿Casarme con él? ¿Matarlo?

Me río ante mi propia broma. No puedo matarlo. Casarme con él es todavía más gracioso, ¿y si tratara de seducirlo? Me pondría un cuchillo contra la garganta.

Menos mal que yo traje uno.

Alumbro con la linterna del celular la habitación escasamente decorada. Tiene un puf en un rincón donde parece que jamás se ha sentado nadie. Me dejo caer en él, me meto un chicle en la boca y evalúo su librero.

Tiene unos cuantos libros sobre arquitectura y ciencias de la conducta. Varios tomos de historia. Un espacio entero de clásicos. Me niego a respetarlo más solo por ver uno de Virginia Woolf.

Me pongo de pie y me acerco al póster que tiene colgado en la pared. Es una imagen del mar. Apropiado. Apuesto a que quiere regresar y no tiene ni idea de la razón.

—Tú naciste del mar y los bosques. —Le doy unos golpecitos con el dedo a la colorida imagen y me dirijo hacia su armario—. Es de lo más natural que te sientas atraído por ellos.

Con un suspiro, paso la mano enguantada por sus sudaderas y sus pantalones, sus mocasines y sus botas de senderismo, y entonces me llevo una camiseta a la cama e inhalo.

Bosque. Niebla. Fuego. Agua.

Lo capto.

Puede que yo no tenga demasiado poder aparte del de influir en las emociones de la gente, pero mi sentido del olfato es impresionante.

Me meto la camiseta bajo el brazo y sigo mirando a mi alrededor.

¿Se sentiría atraído hacia el escondite del martillo del mismo modo que se siente atraído por el mar?

Camino con lentitud hacia su escritorio cuando suenan unos pasos, junto con la voz familiar de Aric.

—Sí, enseguida voy. Es que se me volvieron a olvidar el libro y la cartera —dice en voz alta—. Ya sabes, la única razón por la que volví a subir antes.

—¡Date prisa! —se queja Reeve—. Me muero de hambre.

Mierda. Parece que solo había salido a correr un ratito.

Un escalofrío desciende por mi espalda, y no lo pienso siquiera. Simplemente me tiro al suelo, todavía aferrando su camiseta en la mano, y me meto debajo de la cama. Menos mal que la hace de verdad. La colcha cuelga lo suficiente como para ocultarme.

Me toco la cintura para asegurarme de tener el cuchillo a la mano. Solo por si acaso.

—Tú siempre te mueres de hambre —grita Aric. Está cerca.

Voy a tener que aclimatarme a su voz hipnótica. Carajo, a lo mejor ese es su superpoder. Aunque… ¿los gigantes tienen siquiera alguna clase de poder, más allá de la fuerza? El enorme abismo entre lo que sé sobre los dioses y lo que sé sobre los gigantes nunca me ha parecido más ancho. Vete a la mierda, Odín, por no haberme preparado mejor.

Examino a toda prisa mis recuerdos sobre las películas de Marvel, que según mi padre acertaban con más o menos la mitad de las cosas. ¿Qué demonios pueden hacer los gigantes? ¿Enfriar las cosas? ¿O es que les gusta vivir en un lugar frío? Niego con la cabeza. Si le daban al Padre Odín suficiente miedo como para borrarles los recuerdos, sin duda debían de tener algo más que un calor corporal excelente y la habilidad de crear muñecos de nieve.

Contengo el aliento en el fondo de la garganta cuando la puerta de la habitación se abre y el viento transporta su aroma a través de la ventana abierta de la que me había olvidado.

Mierda. Va a saber que estuve aquí. Pero primero lo primero…, rezo para que no se dé cuenta de que todavía estoy aquí.

Los tablones del suelo crujen mientras avanza con lentitud hacia el borde de la cama.

—Reeve, te juro que si esto es otra broma en la que metiste a uno de primero, voy a matarte. —Olisquea el aire—. Lo digo en serio. Ya sabes que llevo dos días sin poder dormir; deja de joderme la cabeza. Tú ganas. ¿Podemos irnos a comer ya, por favor?

El suelo cruje con cada paso que da Aric a través de la habitación, hasta que se acerca a la ventana para cerrarla.

Saca algo de un tazón junto a la puerta, murmurando entre dientes algo sobre hermanos imbéciles, y después vuelve a salir y cierra la puerta tras él.

Tengo el estómago tan desbocado después del casi fracaso, que me limito a quedarme recostada bajo su cama durante cinco minutos enteros. No oliendo su camiseta. Simplemente recuperando el aliento.

Cuando estoy segura de que no va a volver a entrar, salgo de debajo de la cama y me detengo solo el tiempo suficiente para alisar la colcha.

Me paso los siguientes cinco minutos registrando los cajones, de forma rápida y metódica. Finjo no darme cuenta de la tensión que me revuelve el estómago tras confirmar lo que ya sospechaba: bóxers negros. Por supuesto.

Todavía tengo la cara caliente cuando abro el cajón situado debajo del lavamanos, en el que tres botes de pastillas traquetean los unos contra los otros. Levanto cada uno de ellos y leo las etiquetas, pero no es nada que reconozca.

Saco el celular y les tomo una foto.

Me digo a mí misma que es por su propio bien. Que tal vez esto me ayudará a liberarlo.

Pero la justificación cae hueca en mi pecho.

Diez minutos más tarde, ya busqué por todas partes y, además de la medicación misteriosa, no averigüé absolutamente nada útil.

Me gruñe el estómago, recordándome una vez más que todavía no he comido nada.

Le echo un vistazo a la ventana cerrada, pero la descarto. Realmente no planeaba volver a salir por ahí. No cuando la puerta de la habitación se cerrará automáticamente detrás de mí sin ningún problema.

Tras apresurarme a volver a mi habitación y cambiar las mallas negras por unos pantalones deportivos, me dirijo hacia el comedor, tomándome mi tiempo para evitar más encuentros indeseados.

El lugar está abarrotado y ruidoso, y me siento bombardeada por los olores: colonia barata, pollo *tikka masala*, galletas de chocolate y toda clase de cosas grasientas. Tomo una bandeja y sigo la fila a lo largo del bufet para llenarla de papas fritas, un sándwich de pavo de aspecto triste y una ensalada que no tengo pensado comerme. Después, encuentro una mesa cerca de un rincón, bien escondida, tal como a mí me gusta.

La primera papa frita es gloriosa. Ya olvidé a medias el día que llevo hasta el momento cuando Aric entra y casi me atraganto. A estas alturas ya deberían haber llegado y haberse marchado.

Está solo. No con Reeve. Y está examinando el comedor.

«No te sientes aquí…», pienso.

«No te sientes aquí…».

No estoy preparada.

El lugar está a reventar, pero las dos sillas vacías junto a mí se encuentran intactas gracias a mi Aura. He estado emitiendo oleadas de amenaza silenciosa desde que entré, pero solo para poder planificar. Al parecer, está funcionando.

Por lo general, eso me gusta.

Pero supongo que los Erikson son inmunes a mi don. De lo contrario, hace tantos años, Aric habría reaccionado a él de alguna forma. Lo habría sentido, ¿verdad? ¿Habría sentido que yo no podía ocultar el rechazo, ni que el corazón me daba un vuelco en el pecho? Y la forma en que se han comportado hoy lo confirma. Provocándome. Acercándose a mí y marchándose de forma demasiado abrupta. Sacándome de quicio.

Miro a mi alrededor, planteándome si debería revertir el efecto y atraer a alguien hacia los asientos libres. Pero los estudiantes que hay cerca de mí están muy ocupados grabándose o mirando el celular como zombis como para darse cuenta de una invitación.

Bajo la mirada y continúo comiendo, de forma lenta y mecánica, como si eso pudiera hacerme desaparecer de alguna manera.

Una silla rechina junto a mí.

«Que sea cualquiera menos él», pienso.

«En serio».

«Cualquiera».

Capítulo trece

REY

—¿Una mañana dura? —me pregunta, sin molestarse siquiera en esconder cómo se fija en el enorme montón de papas fritas que ocupa la mayor parte de mi bandeja.

Lo fulmino con la mirada. Hace nada me pidió que me mantuviera alejada de él y, aunque hay pocos asientos vacíos, suponía que preferiría sentarse en el suelo antes que frente a mí. Entonces ¿a qué viene esto? ¿Sospecha que estuve en su habitación? ¿O está jugando ahora a su propio juego?

Mojo una papa frita en la cátsup.

—Estoy tratando de adaptarme.

Sus ojos —agudos, oscuros y deliberados— me recorren por completo, desde mis zapatos hasta el borde de mi sudadera. Cuando finalmente los levanta para dejarlos caer en los míos, el peso de su mirada me resulta *abrasador.*

Y ni siquiera se ha sentado todavía.

No, optó por quedarse plantado como una torre sobre mí, como un auténtico idiota.

Todo lo que hace Aric está calculado, hasta su forma de observarme. Esto es una estratagema para ejercer dominio sobre mí.

—Por lo que parece —murmura, y sus labios se curvan en una sonrisa de sexy pedantería que estoy deseando borrarle de la cara de un puñetazo—, puede que vayas a tardar un tiempo.

Me obligo a abrir los dedos y dejo caer tranquilamente la papa sobre la bandeja, a pesar del hecho de que mi corazón está latiendo tan fuerte que da la impresión de salírseme del pecho. Es casi cruel lo guapo que es.

Me encojo de hombros, ocultando mis nervios y mis latidos cada vez más rápidos. Balbuceo lo primero que se me ocurre después del escrutinio que hice de su armario.

—Me gusta hacer senderismo. Pero me da hambre.

—Hum… —dice él, evaluándome con la cabeza ligeramente ladeada—. A mí también. Hay un montón de rutas por aquí, pero… —Deja su bandeja junto a la mía mientras ocupa el asiento vacío—. Tú no pareces de las que hacen senderismo.

—Eso es un poco insultante. —Tomo otra papa frita y me la meto en la boca—. Aunque no tanto como lo que me dijiste antes.

Él se encoge de hombros.

—Al que le quede el saco, que se lo ponga.

—A ver, ¿qué estás haciendo aquí, Aric? —le pregunto, sinceramente curiosa—. ¿No me acabas de decir que me mantenga alejada de ti?

Vuelve a encogerse de hombros.

—Hay que conocer al enemigo.

—Ah —respondo—. Bueno, pues está bien. ¿Y cómo va tu día, enemigo? —Me inclino hacia él—. ¿Muy ajetreado?

Él entrecierra los ojos, y entonces se cierra por completo.

—No. He estado leyendo.

Mentiroso.

—¿Qué estás leyendo? —insisto.

—La *Epopeya de Gilgamesh*.

Trato de no parecer impresionada, pero tengo que admitir que no es lo que esperaba. Aunque un poema sobre la inmortalidad y los dioses condenados, un eco de su mundo, me cuadra como algo por lo que se sentiría atraído.

—¿Es una lectura obligatoria? Todavía no he tenido oportunidad de mirar mi plan de estudios, con todo el senderismo que he estado haciendo.

—Leer jamás debería ser obligatorio. —Se reclina en su asiento y el tejido de su camiseta negra se tensa sobre su pecho. Baja la voz, y recuerdo una vez más que su sonido puede ser tan hipnótico como la llamada de una sirena—. Debería hacerse por *placer*. ¿No te parece?

Dirige la mirada hacia la mía, un desafío lento y deliberado.

Trago saliva. Con fuerza. Pero no respondo.

—El libro apropiado puede obsesionarte. Hacer que te olvides de comer, de dormir. —Una sonrisita vuelve a aparecer en sus labios—. Hacer que ansíes leer aunque solo sea una página más, incluso cuando sabes que no deberías hacerlo. —Se inclina hacia mí, lo bastante cerca como para que se me entrecorte el aliento—. Puede ser la tentación personificada.

Continúo comiendo, no porque tenga hambre, sino porque si sigo mirándolo más tiempo, podría hacer algo imprudente. Su forma de decir eso… No es justo.

—Cuéntame, Rey —murmura, con los ojos oscuros y peligrosos—. ¿Alguna vez te ha *destrozado* una historia?

Se me tensa la garganta y aparto la mirada, solo para ver a Ziva saludándome desde los botes de basura detrás de él. Vacía su bandeja con un gesto exagerado, se toca el pecho y después me señala con el gesto universal de «¿necesitas que me acerque?».

Rezo a todos los dioses de los Nueve Reinos para que no haya oído a Aric preguntándome si alguna vez me han destrozado.

Él mira por encima del hombro y baja las cejas.

—Hola, Z —dice, con la voz monótona y fría. Como si ya estuviera aburrido de cualquier historia que puedan compartir.

—Hola, imbécil —responde ella, y yo me atraganto con una papa.

Si Ziva no nos hubiera declarado mejores amigas antes, me arrodillaría en este preciso momento para suplicarle que me dejara adorarla de por vida.

Aric nos ignora a las dos, toma su hamburguesa y le da una enorme mordida.

—Nos vemos luego, Rey —me dice Ziva, guiñándome un ojo antes de marcharse del comedor.

—Veo que se te da tan bien hacer amigos como a mí —señalo, rompiendo el silencio.

—Aparentemente no —responde él—. Tú le caes bien.

Me encojo de hombros y tomo la botella de cátsup de la cesta de condimentos.

—Estás siendo simpático. ¿Por qué?

—No te acostumbres. —Sonríe, y esta vez es pura malicia—. No quiero acercarme lo más mínimo a ti. Pero, al mismo tiempo, me siento incapaz de mantenerme alejado hasta que pueda averiguar por qué estás aquí en realidad. Sé que a ti todo te importa una mierda, sobre todo tu educación.

Me obligo a mostrar una sonrisa educada.

—¿Quién dice que todo me importa una mierda?

—Yo. —Cierra el puño sobre la mesa—. Tú solo aprendes lo que él te dice que aprendas. Todo el mundo lo sabe. Así que ¿de qué se trata? ¿Cuál es la razón por la que este lugar es importante de repente para los Stjerne?

—Estás paranoico.

—Esta universidad es el legado de mi familia. Lo único que no está manchado por *tu* familia. —Baja la mirada—. Y no voy a dejar que lo envenenes.

Un escalofrío me recorre la columna y tomo otra papa frita.

—No sabría decir si estás tratando de intimidarme o de seducirme.

—Eres guapa —dice, poniéndose de pie—. Pero los juguetes más bonitos siempre tienen dientes.

—Entonces ¿soy un juguete y también bonita?

Lo miro con un pestañeo coqueto. Será idiota.

Él levanta los brazos sobre la cabeza como si estuviera frustrado, proporcionándome un vistazo de sus abdominales antes de darse la vuelta y alejarse de mí.

Me niego a dejarme afectar por los músculos. Eso sería ridículo y débil. No es mi culpa que se me haya quedado la boca completamente seca. Es por el clima.

De modo que le gusta entrenar.

Tal vez hacer senderismo.

Me odia, pero se siente atraído hacia mí.

Aparto mi silla de la mesa y me pongo de pie. Supongo que estoy a punto de averiguar lo bien que se le da jugar con los demás.

Capítulo catorce

ARIC

Más que verla, siento que Rey me sigue durante el resto de mi día. En serio, ¿es que no tiene ningún orgullo? Me paso horas en mi habitación, tratando de concentrarme sin éxito, sintiéndola a solo unos centímetros de distancia, al otro lado de la pared. Cuando me marcho, oigo que su puerta se abre para seguirme antes de que haya llegado a las escaleras.

Logro esquivarla en mi segunda carrera del día, mientras el crepúsculo comienza a caer como una manta sobre el bosque. Supongo que sus zapatitos negros no eran suficientes para seguirme el ritmo. Que le gusta el senderismo y una mierda.

Pero está esperando fuera de la residencia cuando regreso. Carajo. Sin embargo, no me está mirando. Está negando con la cabeza mientras observa a los estudiantes que se dirigen hacia el camino que conduce hasta el bosque y baja hacia el lago, a través de una antigua arcada.

El ritual es ridículo, pero la gente sigue haciéndolo un año tras otro.

Me doy cuenta de que Reeve está cerca, apoyado contra una gigantesca secuoya y observando a todos los novatos que encienden sus velas y caminan bajo el arco. Cada vez que alguien lo cruza y la vela no se apaga, todos vitorean.

Reeve levanta una ceja mientras me acerco.

—Es triste pensar en las cosas que quiere creer la gente. No hay ningún dios ahí arriba mirándolos, eligiendo a quién se le va a quedar encendida la vela. —Me encojo de hombros—. Supongo que está bien dejar que se diviertan un poco —musita—. Además, lo más probable es que la mayoría ya estén borrachos de todos modos.

—¿Quiénes son los que están borrachos?

Rey. Reconocería esa voz en cualquier parte. Aprieto los dientes.

Reeve suspira.

—Tanto hablar de Dios y es la mascota de Satanás quien asoma su horrible cabeza. —Le lanza una sonrisa por encima del hombro que suaviza sus palabras—. ¿Necesitabas algo, princesa?

Ella se detiene cerca de nosotros. Doy un paso atrás; no por una cuestión de miedo, sino de necesidad.

Lleva aquí menos de un día y la tensión de mi cuerpo ya empieza a resultarme poco familiar. Una tensión demasiado fuerte, como si no fuera completamente yo.

Aunque siempre ha sido así cuando ella estaba cerca de mí. No puedo evitar fijarme en cómo entra en un espacio y la gente se mueve sin saber por qué. Se suavizan. Se adaptan. Como si la propia gravedad hubiera escogido un nuevo centro.

Me he pasado toda mi vida haciéndome un hueco dentro del mundo de mi abuelo. A ella, el mundo parece hacerle ese hueco de forma instintiva.

No le guardo rencor por ello, pero lo reconozco como lo que es. Ella está hecha para atraer a la gente. Y yo, para abrirme camino a empujones.

Si alguna vez dirige esa gravedad hacia mí de forma intencionada, no sé en qué me convertiré bajo su atracción. Y no creo que ella lo sepa tampoco.

Incluso aunque los dos finjamos que no ocurrió nada, recuerdo la auténtica razón por la que nuestras familias se encontraban en la playa ese día de hace dos años. Nuestros padres habían pactado una tregua, que en realidad era una transacción. Su padre me ofrecía a mí un poder inimaginable y a ella, si yo la quería. Nuestras familias quedarían unidas por el matrimonio, y entonces se terminaría toda una vida de derramamiento de sangre.

Nuestros padres lo tenían todo organizado. Nos casaríamos cuando ella cumpliera los dieciocho años, en caso de que yo quisiera aceptar nuestro compromiso ese día.

Y quería hacerlo. Esa es la verdad que jamás he reconocido en voz alta.

Me acerqué a ella en la playa para decirle que no quería aceptar el acuerdo. Que no quería intercambiar su futuro por el mío. Que ella se merecía algo mejor que ser utilizada como método de presión.

Pero, al estar sentado junto a ella, titubeé. Recuerdo el aire salado y el espacio entre nosotros, lo bastante cerca como para sentir que había algo enorme allí flotando, algo de lo que yo no sería capaz de volver.

Y entonces ella llevó la mano a la mía.

Sus dedos rozaron los míos, cálidos y vacilantes, y algo dentro de mí se torció. Entonces, habló.

—No tienes que ser como él.

No dijo el nombre de Odín, pero tampoco hacía falta.

He pensado en ese momento más de lo que debería en los dos últimos años. He estado acostado en vela mientras lo repetía dentro de mi cabeza una y otra vez. En ese momento, me dije a mí mismo que ella no sabía lo que estaba diciendo. Que no comprendía de lo que me estaba acusando.

La verdad es peor. No se equivocaba.

Durante un momento insoportable, me planteé el acuerdo. Me imaginé cómo sería aceptar el poder que me ofrecía su padre y tomarla a ella con él.

No sé qué me horrorizaba más: si la propia oferta o la parte de mí que se sentía tentada.

Pero, cuando pronunció esas tenues palabras, me sentí expuesto. Juzgado. Como si ella hubiera visto a través de la máscara que yo llevaba y hubiera reconocido al hombre en el que me estaba convirtiendo.

De modo que me marché antes de poder convertirme en él y no miré atrás. Al menos, no hasta que mis padres murieron, menos de una semana más tarde.

Recuerdo la sensación en el pecho después de enterarme de la noticia: tensión, dolor, como si algo se hubiera roto desde dentro hacia fuera. No dormía. No hablaba. Simplemente me quedé mirando al suelo hasta que el abuelo me quitó el teléfono de la mano.

Todo el mundo trató de convencerme de que tan solo había sido un accidente, de que yo no tenía la culpa. Pero sabía que no era cierto. Lo había hecho él, porque yo había rechazado a su hija. Y ella había despertado algo dentro de mí que jamás volverá a calentarse de nuevo.

Al mirar la media sonrisa que permanece en sus labios gruesos, no puedo evitar preguntarme cómo sería mi vida si simplemente hubiera dicho que sí. Al menos, mis padres seguirían vivos.

Se me cierran los puños. Me duele la piel, como si estuviera tensa por tratar de contener algo que no tendría que envolver.

Un sonido, pequeño y frágil, se me escapa de la palma. Bajo la mirada para ver una capa de escarcha que se extiende por mi piel, delicada y reluciente bajo la luz.

Me la froto con rapidez, como si eso la fuera a volver menos real.

No es nada.

Solo ella.

Solo yo.

Por supuesto, ahora sí que quiere salir. En esa época, habría hecho cualquier cosa por despertar a un monstruo que pudiera vengar a mis padres, pero estaba profundamente enterrado.

—Debe de ser otra ola de frío —murmura Reeve, frotándose los brazos mientras levanta la mirada hacia el cielo—. No hacía tanto hace diez minutos.

Rey vuelve a hablar al fin.

—¿Qué están haciendo bajo la arcada?

—Brujería —responde Reeve, inexpresivo—. Es porque han oído todas las historias ridículas sobre la antigua arcada y la gente cree que es una puerta hacia los dioses. La realidad es que Endir se construyó alrededor de la arcada para conservar esta como monumento histórico. —Pongo los ojos en blanco, pero Reeve sigue hablando, siempre encantado de hacer de guía turístico—. Que el lago Stevens tenga alguna clase de influencia vikinga así de vieja es un poco de locos.

Señala las runas antiguas inscritas sobre el arco.

—Nórdica, no vikinga —dice Rey.

Reeve levanta las cejas.

—¿Cómo que «nórdica, no vikinga»?

Rey resopla.

—Ser vikingo era un trabajo, no un pueblo. Por lo tanto, todos los vikingos eran nórdicos, pero no todos los nórdicos eran vikingos.

Lo dice como si fuera algo que se enseñara en primaria, pero tengo que admitir que nunca antes había pensado en ello de esa forma. Y tiene razón.

—Del mismo modo que todos los tenis son calzado, pero no todo el calzado son tenis.

Los ojos de Rey se encuentran con los míos y centellean, y una lenta sonrisa le eleva los pómulos todavía más. Aunque tampoco es que me fije.

—Exacto.

Aparto la mirada de ella y la centro en la arcada. Un chico bajito con una mata de pelo negro la atraviesa corriendo, protegiendo el parpadeo de su vela con una mano, como si solo la velocidad fuera a impedir que algo ancestral apagara la llama. Llega hasta el otro lado y sus amigos estallan en vítores y le dan unas palmadas en la espalda. Levanta la vela sobre su cabeza, con la sonrisa tan resplandeciente como el fuego que ha logrado proteger.

Una chica rubia se acerca a continuación. Pone un pie por debajo del arco y después otro. Avanza centímetro a centímetro, como si cada paso pudiera hacer que el suelo se derrumbara debajo de ella.

Una chica más alta con una larga trenza negra se acerca por detrás y pasa trotando junto a ella, ofreciéndole una sonrisa de ánimo por encima del hombro mientras cruza el umbral en un suspiro.

Más alumnos de primero las siguen; algunos cautelosos y otros confiados, levantando las velas como si fueran trofeos cuando llegan hasta el otro lado.

Fijo mi concentración en eso, fingiendo llevar la cuenta de quién logra atravesar la arcada y quién fracasa. Es más fácil que dejar entrever que estoy pendiente de todas y cada una de las palabras de la conversación que tiene lugar a uno o dos metros a mi izquierda.

Reeve le está haciendo todo el tour del campus a Rey en formato conferencia: nombres, historias, rumores. Probablemente, yo podría recitarlo en sueños. Pero oírlo de su boca parece diferente cuando ella está plantada junto a él.

Lo escucha como si importara. Como si algo de esto —nuestro legado, nuestro pasado fracturado— fuera algo que quisiera comprender.

Reeve señala con un gesto a través del campus, en dirección al viejo camino de piedra que desaparece en el bosque.

—Hay un templo por ahí. Ya lo verás en la visita guiada…

Rey se inclina hacia él, curiosa. Embelesada.

Al cabo de un rato, mi hermano vuelve a llevar la conversación al misterio de la arcada y ella se acerca más a la piedra, a medio metro, o tal vez menos. Se queda a un lado, sin interponerse en el camino de los alumnos de primero que todavía siguen atravesándola, y levanta una mano en dirección al arco como si estuviera tratando de alcanzar algo preciado. Su mano se desliza a través de las runas, moviéndose de arriba abajo con las hendiduras.

Se gira hacia Reeve y le dirige una sonrisa que nunca le había visto antes. Es fácil. Sincera. La clase de sonrisa que provoca calidez en la gente, que abre puertas.

Me saca el aire de los pulmones. No sé por qué me afecta tanto; solo sé que lo hace.

—Es un arco de basalto sólido —dice, con un tono de asombro apenas contenido en la voz.

Reeve se acerca para situarse junto a ella sin titubear. Como si ese fuera su sitio.

Yo me quedo donde estoy. Porque no es el mío.

—Muchos pescadores antiguos aseguraban que ya se encontraba allí antes de que ellos llegaran siquiera a estas tierras, pero quién sabe. Algunos dicen que es un portal, y otros, que es un santuario para los dioses. En cualquier caso, es tradición atravesarlo con una vela. —Señala la arcada con un gesto y le lanza una sonrisa a Rey—. Si la vela se apaga, significa que los dioses se olvidaron de ti y vas a sufrir infortunios. Pero, si tu vela permanece encendida, significa que los dioses todavía te recuerdan y te favorecerán. Por eso los estudiantes vitorean cuando pasan al otro lado.

Rey se ríe.

—Ah, lo que significa que los dioses los recuerdan. ¿Se dan cuenta siquiera de quiénes son los dioses?

Se queda paralizada, como si hubiera dicho algo equivocado, y se muerde el labio.

Inclino la cabeza a un lado y entonces me detengo. No necesito estar pendiente de todas y cada una de las cosas que dice esta mujer. Como para demostrar lo que pienso, me meto las manos en los bolsillos y digo con un gruñido:

—Me voy a la cama.

No espero a que nadie responda, tan solo empiezo a alejarme, y Reeve se apresura a alcanzarme. Me toma del brazo para hacer que me detenga, con un brillo malicioso en los ojos, y dice entre dientes:

—Deberíamos hacer que la atraviese y soplarle la vela para asustarla.

—Sí. —Niego con la cabeza y murmuro—: Porque soplar una vela seguro que asustará a la hija de Satanás. Yo paso.

Reeve pone los ojos en blanco.

—Bro, tú no le has visto la cara.

Yo también pongo los ojos en blanco.

—Entonces ¿por qué tengo que participar yo también?

—Para supervisar. —Se encoge de hombros—. Tienes que supervisar.

—Preferiría no hacerlo.

—¡Oye, Rey! —la llama Reeve; ella se quedó junto a la arcada—. ¡Aric quiere ver cómo lo intentas!

Genial. Ya lo mataré más tarde.

Está armado con su sonrisa más encantadora, lo que significa que ella no va a poder decirle que no. Aunque tampoco es que él le dé tiempo para que lo haga. Ya me arrastró hasta allí y nos está conduciendo a los dos hasta el final de la fila de alumnos de primero que esperan para cruzar.

Rey comienza a alejarse.

—No, no hace falta. La verdad es que estoy muy cansada.

—¿Tienes miedo? —me burlo; las palabras suenan más mordaces de lo que pretendía. Algo se tensa entre mis hombros al verla titubear—. No es más que una arcada vieja. Yo lo he hecho un montón de veces —le aseguro. Es completamente mentira.

Yo jamás he cruzado ese maldito arco. Ni una sola vez.

Hay algo en él que me pone nervioso. No es que me parezca místico o embrujado, tan solo que tiene algo que hace que mis pies se muevan en dirección contraria.

Ya he experimentado suficientes mierdas extrañas en la vida. No necesito añadir «arquitectura universitaria mágica y malvibrosa» a la lista.

—Pues claro, él irá contigo —me ofrece Reeve, dándome una palmada en la espalda.

Sí, lo voy a matar. A mi propio hermano. ¿Cómo se llamaba eso? ¿Fratricidio?

Para cuando llegamos a la fila de alumnos de primero que todavía están esperando para cruzar, muchos han retrocedido, y algunos de ellos hasta están asombrados y en silencio. Reeve y yo tenemos la reputación en el campus de hablar muy raras veces con los de los cursos inferiores, y mucho menos de unirnos a ellos en sus juegos ridículos. Es como si todo el grupo se hubiera quedado en silencio, aturdido, mientras Reeve toma dos de las sencillas velas negras del montón que hay sobre el tocón de un árbol y las enciende antes de entregarnos una a mí y la otra a Rey.

—Vamos, ¡pónganse en marcha!

—Te odio —le dice ella entre dientes—. Te dije que no quería hacerlo.

—El sentimiento es mutuo.

Reeve guiña un ojo y después comparte una mirada conmigo. Claro. Se supone que yo tengo que soplarle la vela a Rey. No se puede ser más infantil, lo juro.

—Esto es una estupidez —digo en voz alta, mientras el aliento se me condensa frente a la cara conforme la temperatura exterior continúa descendiendo. Un escalofrío baja por mi espalda mientras Rey y yo nos plantamos frente a la arcada de basalto—. Vamos a terminar con esta mierda. Estoy cansado.

—Yo también —murmura ella junto a mí.

Los dos caminamos con lentitud bajo la arcada mientras una neblina sale arrastrándose del bosque y baja por el camino en dirección a nuestros pies. En cuanto cruzamos el arco por completo y ya estamos al otro lado, me doy la vuelta para soplar su vela y me doy cuenta de que la llama ya desapareció.

Se extinguió.

Entonces ¿los dioses se olvidaron de ella?

Bajo la mirada con lentitud hasta la mía.

Está cubierta de puto hielo. Completamente cubierta, como si la hubiera mojado en agua y la hubiera congelado.

Tiro la vela de inmediato al suelo y la pisoteo, rompiendo tanto la vela como el hielo que la rodea. Lo último que necesito es que la hija de Odín lo vea.

—¿Qué te decía? Una estupidez.

Rey hace lo mismo y se frota las manos contra los pantalones.

—Sí, qué raro. La mía no duró siquiera. Supongo que los dioses me olvidaron; qué pena.

Si no la conociera mejor, pensaría que parece un poco triste.

Reeve suelta un gruñido.

—Esa estúpida niebla que se acercó se las apagó a los dos. Deberían volver a intentarlo.

Le dirijo una mirada fulminante.

—Si estás tan obsesionado, hazlo tú. Yo me voy a la cama. Ha sido un día muy largo.

Me tiemblan las manos durante todo el camino de vuelta a la residencia. No fue más que una estúpida ráfaga de frío.

Me lo repito dentro de la cabeza una y otra vez mientras me dirijo hacia mi habitación. Todavía estoy murmurándolo mientras me cambio de ropa y me meto en la cama. Todavía sigo repitiéndolo cuando oigo que la puerta de Rey se abre y se cierra, y cuando al fin se mete en la cama también. Me doy la vuelta hacia la pared y la miro fijamente. Ella tampoco logra ponerse cómoda.

Me siento cada vez más fastidiado cuando los sonidos de ella dándose la vuelta solo para volver a dársela de nuevo me taladran directamente el cerebro. Me siento medio tentado a golpear la pared y decirle que se quede quieta antes de que la ate con correas a la cama. Pero, entonces, una ráfaga de imágenes de mí inmovilizándola de verdad en esa cama y pegando mi boca a la suya me llenan el cerebro.

Me siento bruscamente y me golpeo la cara.

—No. Nop. Ni hablar. No.

—¡Deja de hablar! —grita Rey desde el otro lado, golpeando la pared con cada palabra.

Yo la golpeo también.

—¡No estaba hablando contigo!

—Entonces ¡deja de hablar solo! ¡Algunas tenemos que dormir!

A estas alturas, voy a matarlos tanto a ella como a Reeve.

—Para de gritar.

Ella vuelve a golpear la pared.

—Duérmete.

Lo dice como una orden y me sorprendo acostándome de forma obediente para mirar la estúpida pared. Otra vez.

—Imbécil —la oigo decir entre dientes.

Ya está. Levanto el dedo medio hacia la pared.

Un semestre entero.

Solo va a sobrevivir uno de los dos.

Le di la oportunidad de huir hace años.

Pero ahora no voy a sentir ninguna culpa por un poco de sangre derramada, porque ella fue lo bastante estúpida como para quedarse.

Capítulo quince

REY

—*La mayoría de los gigantes están dormidos, al igual que los dioses.*

—Pero ¿por qué? —pregunto.

La sonrisa de mi padre es amenazadora.

—Porque no tienen elección.

La alarma me despierta de golpe de mi sueño y no es la primera vez que la familiar melodía hace que me entren ganas de lanzar el teléfono al otro lado de la habitación. No tengo ni idea de por qué pensé que era una buena idea utilizar a Simon and Garfunkel como tono de despertador. O sea, ¿«The Sound of Silence»?

Quiero silencio. Suelto un gruñido. Necesito dormir más. Pero, por el momento, estoy comprometida con la ironía, de modo que cambiar la canción simplemente me resulta extraño y me estropea el estado mental.

Me quedé despierta hasta tarde, inquieta y dando vueltas tras la extraña experiencia de caminar a través de la arcada. Mi vela se apagó por completo. La única buena noticia es que todo el mundo dirá simplemente que fue cosa del viento, aunque yo conozco la verdad.

En realidad, esa maldita arcada sí que tiene alguna clase de poder ancestral. Lo sentí. Un sutil parpadeo de energía, similar a lo que siento cuando estoy cerca de mi padre. Y, a pesar de ello, él nunca la había mencionado. Tal vez no sea más que otra reliquia que los gigantes están tratando de proteger y que está tan dormida como ellos. Eso es lo que más sentido tendría. En teoría. Ninguna de las runas del arco encajaba con las que Laufey escribió para mí. Tendría que haber investigado la zona en busca de más runas anoche, así que tomo nota mentalmente para hacerlo cada vez que esté por ahí en el campus.

Deseaba desesperadamente ver qué ocurría con la vela de Aric, pero él la tiró al suelo y la destrozó contra la hierba, enfadado como un niño irritable, antes de que yo pudiera ver los efectos del arco.

¿Debería sorprenderme? No.

Pero toda la experiencia me alteró un poco, lo que hizo que me resultara imposible dormir. Tampoco ayudaba el hecho de que la pared entre nuestras habitaciones pareciera estar hecha de auténtico papel. Podía oír todos y cada uno de los sonidos que venían desde el otro lado.

Niego con la cabeza y después me la cubro con la almohada. Tras haber estado dando vueltas durante lo que me pareció una eternidad, oí que su puerta se abría y se cerraba alrededor de la medianoche. Unos minutos después, cuando regresó, pude oírlo paseándose por su habitación. Al parecer, lo del insomnio no era ninguna broma.

Cuando oí sus pasos dirigiéndose hacia la puerta por segunda vez, escogí ese momento para salir al pasillo. Tomé mi neceser a modo de coartada y conseguí encontrarme con él justo cuando pasaba junto a mi puerta. Olía a agua y luz de la luna.

—¿Un baño nocturno? —le pregunté, maldiciéndome cuando se me rompió la voz.

—Por favor, deja de hablarme. Es tarde y ya tuve suficiente de ti para todo el día.

Sonaba cansado, irritado. Respiró hondo, como si se estuviera ahogando. ¿Qué pretendía hacer ahora?

—Solo tenía curiosidad.

Pasé a su lado, decidida a no caer en… lo que fuera ese juego al que estaba jugando.

Pero, cuando llevó la mano a la pared y después me agarró el brazo, sujetándolo como si su vida dependiera de ello, ni siquiera yo podía fingir no estar preocupada.

—¿Estás bien? —pregunté.

Él abrió la boca como si quisiera confesar algo y entonces apretó los puños.

—Los sueños son pesadillas. Las pesadillas son sueños. Tan solo necesito que paren, que paren de una vez…

Y entonces, como si no hubiéramos estado en mitad de una conversación, se alejó de mí con pasos firmes y cerró la puerta del baño detrás de él.

Era de esperarse.

Después de todo, es un idiota. Un idiota que está dormido. *Dormido.*

Un gigante dormido.

Una deidad dormida.

«La mayoría están dormidos».

He oído esa frase durante toda mi vida. «La mayoría». Pero no todos. Entonces ¿quién no está dormido? Es otra pregunta que le he hecho repetidamente a mi padre, y siempre recibía la misma respuesta.

—La humanidad está despierta —me decía, como si eso respondiera a mi pregunta, como si ese fuera el fin de la discusión.

Pero, por supuesto, no lo era. Yo quería entenderlo.

—¿Y los dioses y los gigantes? ¿Alguno de ellos está despierto? —le preguntaba, sin estar jamás segura de si quería que la respuesta fuera un sí o un no.

Su respuesta siempre era la misma.

—Yo soy lo único que tienes en este mundo abandonado por los dioses.

También se lo pregunté ayer por la mañana. Y recibí la misma respuesta: «Yo soy lo único que tienes».

Ayer pude disfrutar de mi primer pastel de cumpleaños de verdad. Yo había estado tan emocionada de que lo fuéramos a celebrar, de que él y Laufey estuvieran reconociendo mi cumpleaños por fin, que le permitió a ella que me diera públicamente un pastel en lugar de hacerlo en secreto, tal como había hecho a lo largo de mi infancia. Casi me sentí querida. Me cantaron las «Mañanitas», soplé las velas, y entonces él me dio un regalo.

Estaba deseando desenvolverlo, con la esperanza de que fuera algo especial. ¿Tal vez un collar? ¿Aretes? La mitad de mí que estaba sedienta de sangre hasta se habría contentado con un cuchillo arrojadizo.

Mi sonrisa era tan grande que me dolía la cara. Y entonces mi padre me dijo que cerrara los ojos. Yo obedecí, por supuesto, y oí el sonido de un papel de envolver siendo desgarrado despiadadamente.

—Extiende las manos —susurró.

Eso hice. El objeto era un tanto pesado. Abrí los ojos y estos enfocaron el regalo con lentitud.

Era una pieza de ajedrez.

La reina, para ser exacta.

La pieza más importante del tablero de ajedrez. Puede moverse en horizontal, en vertical y, en ocasiones, un peón del tablero puede tener la oportunidad de coronarse como reina.

Su mensaje estaba claro. Yo había sido un peón y ahora me estaba convirtiendo en la reina. Se suponía que tenía que sentirme agradecida.

Él me sonrió y susurró entre dientes:

—Lo harás de maravilla sirviendo a la familia. Recuerda que solo se puede confiar en los dioses. —Vi que Laufey se encogía. ¿Cómo no iba a hacerlo, cuando ella misma es una giganta?—. Ya es la hora.

Nos marchamos poco después de eso. Me deshago del recuerdo y me obligo a salir de la cama.

La orientación comienza a las once y esa es la razón por la que anoche puse la alarma a las siete de la mañana, como una idiota. Cuatro horas más de sueño habrían sido lo más inteligente, pero si mi padre me ha inculcado algo, es esto: cuando te comprometes con un plan, tienes que estar dispuesta a sangrar por él.

Así que no lo pienso dos veces. Simplemente tomo mi mochila.

Dentro hay bocadillos, agua, mi cuaderno y mi celular. Los básicos habituales, a excepción de mi cuchillo, que dejo debajo del colchón.

Si alguien me detiene, no soy más que una universitaria explorando el campus y acosando a un gigante muy peligroso en posesión de un recuerdo oculto muy peligroso.

Totalmente normal.

Me marcho de mi habitación y presiono el botón para bajar por el elevador.

El aroma del exterior llena el aire y puedo sentir a alguien acercándose desde el otro lado del pasillo, pero no es Aric.

No tengo que mirar para saber que Reeve tiene esa misma sonrisa fácil que nunca parece abandonar su rostro.

—¿Te vas de senderismo? ¿A meditar?

—Reeve —digo con los dientes apretados—. Te levantaste temprano y estás en el piso equivocado.

—Me gusta observar a los pájaros desde el tejado —dice secamente.

Las puertas del elevador se abren y los dos entramos.

El silencio es incómodo.

—¿Por qué viniste aquí, Rey? En serio.

—Por mi educación —digo con soltura—. ¿Por qué otra razón iba a venir aquí?

—No eres bienvenida aquí y tú lo sabes. Aric cree que tu padre hizo que mataran a los nuestros y no puedo decir que no esté de acuerdo.

Bueno, al menos fue directo y reconoció la gigantesca verdad incómoda que nadie quiere ver. Me sorprende que haya tardado tanto.

—Siento su pérdida —respondo, y lo digo en serio—. Pero, por lo que vi en las noticias, lo de sus padres fue un trágico accidente.

Quiero creer que esa es la verdad, pero una parte de mí siempre se ha preguntado si mi padre —y, por asociación, también yo— tuvo algo que ver con sus muertes.

—Y una mierda —me espeta, y me encojo mientras su voz resuena contra las paredes del elevador.

Probablemente me lo merecía.

—Acabo de decir que lo siento a pesar de que no es culpa mía. A lo mejor simplemente tienes prejuicios en mi contra debido a mi apellido. Si es así, trabaja en ello. Tu familia tampoco es tan inocente.

Apenas soy capaz de contener la rabia. Puede que él no recuerde lo que hicieron los gigantes al destruir el Bifröst, pero a mí me lo han contado y he pasado toda la vida sufriendo bajo el yugo de Odín por ello.

Por suerte, las puertas del elevador se abren y las atravieso antes de que él pueda recuperar el aliento siquiera.

Camino a través del campus, dirigiéndome al comedor para desayunar, pero, en el último segundo, viro a la izquierda, hacia el camino del bosque. Necesito tranquilizarme. No le guardo rencor a Reeve por volver a sacar el pasado, pero eso no sirve de nada y desde luego no ayuda a lograr la paz o la sanación.

Por no mencionar que, pase lo que pase, seguirán considerándome culpable debido a quién es mi padre, debido a lo que es capaz de hacer. A lo que ha hecho.

Aparto ese pensamiento de mi cabeza.

Gracias a la información del cuaderno, sé que Aric normalmente hace alguna clase de meditación en el bosque más o menos a esta hora. Fantástico. Camino más allá de la línea de árboles, con cuidado de evitar la arcada, y bajo por el camino.

La única vez que he visto que ocurriera algo inusual cerca de Aric fue ese día en la playa, con la capa de escarcha. Él se había marchado de allí dándole la espalda al océano, de modo que es posible que no se hubiera dado cuenta siquiera. Pero ¿qué lo había desencadenado?

En un minuto habíamos estado compartiendo un momento, y al siguiente él había sido cruel y se había marchado hecho una furia. En fin, si mostrar tu lado cruel es lo que le da su poder a un dios, no me extraña que mi padre fuera el más poderoso de todos ellos. Ya había dominado eso antes de que a mí me quitaran siquiera los pañales.

Cuando rodeo una curva en el camino, veo a Aric plantado en medio de un claro. A un par de metros por detrás de él, el agua inmóvil de un manantial refleja la espeluznante luz grisácea del cielo.

Me escondo detrás de un árbol y echo un vistazo al otro lado justo a tiempo para verlo quitarse la chamarra, seguida por la camiseta. Las tira sobre un viejo banco de madera y yo contengo el aliento.

Está mirando en mi dirección, como si estuviera montando un espectáculo para mí. Eh..., esto no es lo que esperaba.

No está manteniendo contacto visual conmigo, pero su mirada es tan directa que pienso que tiene que haberme visto escondiéndome detrás de este árbol. Con la boca seca, continúo observando. No puedo apartar la mirada.

¿Tal vez no me ha visto y tan solo es un exhibicionista? Todavía no puedo verlo por completo por culpa de la típica niebla de principios de la mañana de Washington, pero cuando al fin se despeja, me encuentro con él comenzando a desabotonarse lentamente los jeans. ¿Qué carajos?

—¿Esta es tu primera vez? —pregunta. Mierda. Sí me vio, carajo. Pero ¿a lo mejor no sabe que soy yo?

Espera, ¿qué es lo que me acaba de preguntar? La vergüenza hace que me ardan las mejillas.

—¿Reyyy? —Pronuncia mi nombre como una provocación, estirándolo mucho más tiempo del necesario—. O sea, si quieres venir conmigo para nadar desnudos, no voy a quejarme. Pero no te puedo prometer que no vaya a ahogarte.

Atrapada.

Capítulo dieciséis

REY

En serio, puedo hacerlo mucho mejor.

¿Ese va a ser mi nuevo mantra? ¿Que puedo hacerlo mejor? Mierda.

Salgo de detrás del árbol con pasos firmes y hago lo único que se me ocurre para descolocarlo tanto como me ha descolocado él a mí. Comienzo a desnudarme justo delante de Aric, empezando por la chamarra. A esto podemos jugar los dos y, teniendo en cuenta que literalmente podría perderlo todo, voy a comprometerme al máximo.

—Muchísimas gracias por la invitación —le digo, quitándome los zapatos—. Llevo años esperando para desnudarme contigo.

Aric se yergue sobre mí y en sus ojos arde una emoción ilegible. ¿Es furia… o algo peor?

—¿Qué estás haciendo aquí?

Cierro el puño alrededor del dobladillo de mi camiseta y me la saco por la cabeza, tratando de obligar a mi pulso a calmarse de una puta vez. Él es el enemigo. Está furioso. Y está medio desnudo.

«¡Contrólate, Rey!», pienso.

—Tu hermano acaba de hacerme la misma pregunta. Por mi educación —digo con dulzura, como si esto no fuera la peor idea que he tenido desde hace al menos una semana.

Me desabrocho el sostén, lo lanzo al banco y me quito los pantalones con un movimiento fluido. Me dejo los calzones puestos. No se le puede dar a la gente todo lo que quiere.

Nuestras miradas se impactan y después descienden como una. Lleva unos bóxers, iguales a los que vi en su habitación. Siento la piel tensa y la boca húmeda mientras me acerco un poquito más. El aire entre nosotros está cargado, lleno de cosas por decir, confusiones, discusiones acerca de nuestro pasado, de todo.

—Tenías razón —le digo—. Es mi primera vez. —Señalo con la cabeza el manantial situado detrás de él—. Así que, adelante..., enséñame.

Se le queda la cara pálida como la muerte, y entonces, unos segundos después, se pone tan rojo como una alarma de incendios.

—Es más bien algo que se aprende sobre la marcha —dice al fin, con la voz áspera mientras cruza el aire repentinamente helado que me golpea la cara con tanta intensidad que tengo que respirar hondo—. Me voy a meter.

Retrocede hasta el manantial, sin que sus ojos caoba oscuros pestañeen, lo cual ya sería lo bastante enervante de por sí, pero a lo que hay que añadir el hecho de que ni una sola vez rompe el contacto visual, lo que hace que un calor se despliegue en la parte baja de mi estómago... ¿Está tratando de intimidarme?

En fin, ya estoy aquí. Estoy desnuda. ¿De verdad piensa que me voy a acobardar tan fácilmente?

Entonces lo comprendo. No está tratando de intimidarme. Me está retando.

Sus fosas nasales se ensanchan, su mandíbula se tensa, y entonces traga saliva como si lo estuviera haciendo para obligarse a no decir algo. Lo achaco a su odio y a sus enormes dudas de que yo esté aquí por razones benéficas.

Mi pulso es frenético y mi respiración demasiado superficial mientras lo observo desaparecer entre la niebla que se eleva desde el manantial. La calma de primera hora de la mañana solo la rompe el sonido del agua ondeando mientras él se introduce en ella. Sin presión. Sin pánico. Puedo hacerlo.

Lo sigo, pisando con cuidado el camino rocoso hasta que llego al borde del pequeño manantial. No me hace mucha gracia el agua. Desde que era niña, he tenido pesadillas en las que me ahogaba. Probablemente se debieran a que Odín me jalaba por el lado hondo de la alberca de la mansión cuando era pequeña. Su estrategia de crianza era literalmente dejar que nadara o me ahogara. Pero este manantial no desencadena esa intensa sensación de temor en mi estómago; el agua es transparente, y puedo ver las piedras que cubren las paredes y los bordes. El aire es fresco contra mi piel desnuda, pero en el momento en que me hundo en el agua, la calidez me abruma.

¿Qué demonios estoy haciendo?

«Imprudente» no bastaría siquiera para describirlo; debo de estar perdiendo la cabeza…, sabiendo lo que él podría ser capaz de hacer.

Necesito acercarme a él, pero esto es demasiado cerca y demasiado pronto.

Tan solo llevo un día aquí y ya me estoy bañando desnuda con el enemigo.

Ahora que me encuentro lo bastante cerca como para volver a verlo, me doy cuenta de que Aric tiene los ojos cerrados y la expresión ilegible. Yo estoy casi desnuda. Él está casi desnudo. Y no le preocupa lo más mínimo. No sé si debería sentirme ofendida o agradecida por que no haya dicho nada.

El silencio cargado que se extiende entre nosotros es pesado, lleno de un desafío sin expresar en voz alta.

Abro la boca, pero, antes de que pueda hablar, su voz atraviesa la quietud.

—Shhh. —Su tono es bajo, de advertencia—. Esto es un lugar tranquilo. Si haces ruido, podrías acabar devorada.

Pongo los ojos en blanco y lo salpico con el agua mientras me muero un poco por dentro ante el posible doble significado.

Su reacción es instantánea. Abre los ojos de golpe, oscuros e intensos, y entonces, de repente, me empuja contra la pared embarrada del manantial y deja mi espalda pegada a la superficie resbaladiza.

—Vuelve a hacerlo. —Su voz es un reto. Una amenaza. Inclina la cabeza a un lado—. Me gustó.

Sus ojos se desvían hasta mi boca.

Trato de no reaccionar, pero con Aric es imposible. Quiero hacerle preguntas, escarbar profundamente, por mis propias razones personales, pero también porque es la única forma de que vaya a dejarme acercarme.

—Odias que te desafíen.

—No, yo nunca me acobardo ante un desafío. Odio perder —dice con rapidez, y sus ojos se suavizan un poco—. Y, aunque a lo mejor podría ser capaz de perdonarte, te lo advierto, jamás perdonaré a tu padre.

—Es imperdonable. Absolutamente todo.

Y es cierto. Lo que hizo mi padre, lo que ocurrió durante una guerra en la que Aric no puede recordar que su linaje tuviera nada que ver…, todo ello es imperdonable.

Él suspira.

—Lo es, y aun así, lo único que puedo pensar es: «Carajo, los labios de mi enemiga parecen tan suaves que debería permitirme el capricho aunque solo sea por un segundo y darles una mordida».

Esto es parte de mi plan, pero sus palabras no deberían hacer que se me acelere el pulso. Me succiono el labio inferior y me imagino que es él.

—¿Y qué te lo impide?

Sus ojos se dirigen rápidamente de mi boca hasta mis ojos.

—La lealtad. —Ladea la cabeza—. ¿Qué te lo impide a ti?

—El autocontrol.

Se inclina hacia mí y me roza la oreja con los labios.

—Me sorprende que te quede algo después de vivir con Odín.

Me quedo paralizada. Incluso sabiendo que está dormido, me resulta impactante oírlo referirse a mi padre como Odín, sin darse cuenta del poder de ese nombre.

—¿Así es como va a ser todo el semestre? —le pregunto sin aliento.

Él se aparta.

—Probablemente.

—¿Y eso te molesta?

—Como decía, me gustan los desafíos. Además, creo que estás completamente sobrepasada con Endir, y especialmente con mi familia. Sé que viniste aquí por una razón. ¿Quieres acercarte a nosotros y averiguar todos nuestros secretos? Adelante, tú misma, pero cuanto más te acerques a mí, más me acercaré yo a ti. Será mejor que vayas con cuidado.

—Hum, de acuerdo. —Asiento con la cabeza—. Me tomaré muy en serio tu consejo.

Vuelvo a morderme el labio y el calor se acumula en mi panza mientras él me observa. Con el corazón latiendo a toda velocidad, me olvido por completo de la cautela y le lanzo otra gota de agua a la cara.

—Ups —murmuro—. Fue sin querer.

Una sonrisa lenta y diabólica curva sus labios. Su mano desaparece bajo el agua y me roza el muslo. Vuelvo a quedarme paralizada, y mi pulso se acelera mientras sus dedos se mueven hacia arriba, de forma lenta y deliberada, deslizándose por la curva de mi cintura y subiendo por mis costillas, hasta que su palma acaba sobre mi garganta.

Y entonces sus labios están sobre mi cuello. Cálidos y decisivos.

No son vacilantes, no evalúan nada. Simplemente están allí, como si Aric siempre hubiera sabido que acabaría exactamente en este punto.

Se me queda el aire atrapado en la garganta. Mis manos flotan, inútiles, sin saber muy bien si debería alejarlo de un empujón o acercarlo más a mí.

Él avanza más hacia arriba, despacio y con una confianza enfurecedora, arrastrando su boca hasta la línea de mi mandíbula.

Y cuando me muerde, tan solo con la presión suficiente como para hacerme ahogar un grito, odio las ganas que tengo de que vuelva a hacerlo.

—Te lo dije —murmura contra mi mejilla—, yo nunca me acobardo ante un desafío. Hueles bien, por cierto. Es una pena que…

Algo frío y húmedo impacta contra mi mejilla. ¿Eso es… *lodo*?

Me suelta y se sacude el exceso de los dedos, y su sonrisita engreída es oscura y satisfecha.

—Lo siento —murmura, con la voz llena de diversión—. Fue sin querer.

Me limpio el lodo de la cara y lo lanzo contra él, con una sonrisa verdadera en los labios.

—No hace falta que te disculpes. Una buena mascarilla de lodo siempre viene bien.

—Ah, si no lo hacía por ayudarte; es solo que me duele verte la cara.

Lo rodeo con mi cuerpo y lo empujo hacia el agua. Él se deja sumergir con facilidad, y cuando vuelve a salir a la superficie, su expresión está llena de diversión. Puede que esté dormido, pero no está muerto por dentro después de todo. Puede sentir.

Y, mejor todavía…

Quiere hacerlo.

—Ups. —Me encojo de hombros—. Fue sin querer.

Él me vuelve a empujar contra la pared del manantial y sonríe.

—No veas la guerra que das. Es una pena que no vayas a durar demasiado. Podrías haber sido entretenida.

Vuelvo a encogerme de hombros.

—¿Quién sabe lo que nos depara el futuro?

Aric coloca las manos contra la pared del manantial a ambos lados de mi cabeza, encerrándome, y después se impulsa ligeramente hacia atrás. La distancia crece con rapidez entre nosotros.

—Pues sí, quién sabe.

Capítulo diecisiete

ARIC

Recojo mi ropa del banco donde la había dejado y vuelvo a subir por el sendero, deteniéndome a mitad de camino para ponerme los pantalones y no volver medio desnudo a la residencia. Me vibra todo el cuerpo por mi interacción con Rey. No debería haber permitido que me afectara de esa manera, pero, carajo, hay algo en ella que…

Utilizo mi camiseta para secarme el cuerpo mientras camino, hasta que acabo otra vez justo al lado de la arcada.

—Estúpidas leyendas —digo, metiendo los brazos por las mangas de la camiseta empapada y caminando justo debajo del arco. De inmediato, un escalofrío desciende por mi columna. Lo ignoro y sigo caminando, pero noto algo extraño bajo los pies. Frunciendo el ceño, bajo la mirada y levanto el pie. Hay unas huellas perfectas y heladas en la hierba.

Las mías.

Trago saliva con lentitud y miro por encima del hombro, y entonces me fijo en un camino que va desde la arcada hasta el propio sendero. En cuestión de segundos, las huellas desaparecieron. Carajo. A lo mejor sí necesito que me incrementen la dosis de medicina esta vez. Ya han pasado años desde la última vez que me la ajustaron.

No culpo a Reeve por preocuparse de que pueda estar perdiendo el control; no he sido el mismo desde que me enteré de que ella iba a venir al campus.

Estuve a punto de besar a Rey allí, en el manantial. Fue como si algo me invadiera, algo familiar. A pesar de que podía ver el vapor que salía del agua cálida, lo único que sentía era frío por dentro. Era helado, pero al mismo tiempo también ardía. Ardía por Rey.

Continúo con pasos firmes en dirección a la residencia y trato de ignorar a mi corazón, que late tan fuerte que parece como si fuera a salírseme del pecho cuando pienso en la boca de Rey, en la sensación de tenerla entre mis brazos.

Todo lo relacionado con ella está mal.

Viene de un linaje de asesinos y no hay nada que pueda cambiar eso. Necesito volver a concentrarme seriamente y no pensar más de la cuenta en por qué mi cuerpo me está traicionando al responder a ella tal como lo hace. No hay que ser ingeniero aeroespacial para saberlo, aunque moriría antes de admitirlo delante de ella.

Es tan guapa que me resulta difícil apartar la mirada.

Es sarcástica y lista, y también tiene una pizca de vulnerabilidad.

Hasta su voz es hipnótica; me calienta desde dentro hacia fuera, solo para convertirse en un ardor tan abrasador que mi cerebro me dice que una mera caricia valdría la pena, incluso aunque ella me atravesara el pecho con un cuchillo después de hacerlo. Es una viuda negra, y me niego a dejarme atrapar por su telaraña…

Pero ¿no estaría bien poder probarla aunque solo fuera una vez?

Me apresuro a subir al elevador; necesito la seguridad de mi habitación antes de hacerme añicos. Tardo tal vez treinta segundos en llegar a mi piso, pero hasta eso es demasiado tiempo. Mientras avanzo por el pasillo, las luces parpadean en el techo, tal como lo han estado haciendo estos últimos días. Una repentina oleada de náuseas me invade.

Entro deprisa y a tropezones en mi habitación, agarro la botella de agua que hay junto al lavamanos y me la bebo mientras el techo comienza a girar. Mi visión se vuelve doble, triple. Me termino el agua y me sujeto contra el lavamanos, mirándome al espejo.

Tengo el rostro empapado en sangre. Grito y lanzo la botella de agua contra el espejo, a mi propio reflejo.

—¡Para, no!

Las luces se apagan y, cuando se encienden otra vez, mi reflejo ha vuelto a la normalidad. Mi mareo también ha desaparecido y la habitación parece haber dejado de dar vueltas. Pero, aun así, me arde la garganta con un dolor abrasador.

Más.

Necesito más agua.

Lleno la botella tres veces más y respiro hondo otras tantas, y entonces saco mi medicación y me la tomo.

Suena mi celular. Es el abuelo, o Sigurd, como siempre me refiero a él cuando estoy en el campus. Mierda.

Me planteo no responder. Pero seguiría llamándome, de modo que contesto la llamada y su cara aparece en la pantalla. Está en el campus, en su oficina. Me doy cuenta por los artefactos expuestos detrás de ella: cadenas asgardianas de acero llenas de runas; una reluciente réplica de bronce del Gjallarhorn, el cuerno maldito que se cree que podía invocar al propio Ragnarök; un fragmento de basalto volcánico tallado con runas que se rumora que viene de las piedras hechas pedazos de Jötunheim; y un pequeño cofre reforzado con hierro en un rincón, con la cerradura en forma de un ojo de serpiente. Sinceramente, nadie que hiciera una llamada de Zoom con este hombre se sentiría muy animado con respecto a su futuro; la oficina está repleta de recordatorios de la muerte, la destrucción, la ruina y lo que te ocurrirá si lo haces enfadar. Al igual que las runas, se rodea a sí mismo de artefactos poderosos a propósito.

—¿Sí, señor?

—El control es vital, Aric. ¿Necesitas que te lo recuerde?

¿Cómo sabe que el mío está fallando? ¿Es que vio el rastro de hielo que dejé al volver del manantial caliente? No quiero admitir que me está resultando más difícil, pero…

—Probablemente sería mejor que me mudara de vuelta a la casa. Puedo venir todos los días para las clases.

—No.

La palabra se queda flotando en el aire. Sin explicaciones. Simplemente es su decreto.

No me molesto en discutir.

—Estás despertando, Aric.

«No me digas», pienso.

—¿Y Reeve lo sabe? ¿Él es como yo?

—Él todavía sigue dormido.

Me imagino a mi hermano teniendo mis poderes.

—Seguramente será lo mejor.

—¿Tú crees?

Sigurd suelta un ladrido de risa. Es una muestra de emoción auténtica poco frecuente en él. Una que me hace sonreír, porque sí, estamos totalmente de acuerdo con lo de Reeve.

Lo único que puedo imaginar es un montón de muñecos de nieve desnudos o temperaturas frígidas forzadas y una petición para utilizar el calor corporal para sobrevivir. Sí. Un gran poder conlleva una gran responsabilidad y Reeve no tiene ni un poquito de eso.

—Tengo preguntas…

—Y tienes a una enemiga a la que manipular.

Rey.

—¿Por qué vino?

Antes de que pueda expresar todas mis preguntas, Sigurd saluda con la mano a otra persona.

—¡Profesora Higgins! Claro que sí, pasa.

Y, sin decirme nada más, pone fin a la llamada.

Claro. Es la primera semana de clases y mi abuelo es el rector de la universidad. Pero ¿en serio le resultaría tan complicado al viejo dedicar unos pocos minutos para comunicarse de verdad conmigo?

Enfadado, lanzo el celular a la cama y tomo mi cesta de cosas para bañarme. Al salir de la habitación, me encuentro con que Rey justo está volviendo. Cuando pasa junto a mí, rozándome, me doy cuenta de que todavía huele como un día fresco de primavera. Es como si no hubiera estado cubierta de lodo hace solo unos minutos.

Las luces continúan parpadeando en el techo, y eso no atenúa mi mal humor.

—¿Van a seguir haciendo eso todo el semestre? —pregunta ella, como si quisiera iniciar una conversación conmigo, a pesar de todas las señales externas de que estoy a punto de explotar.

Pongo los ojos en blanco y paso junto a ella, dejando mucho espacio de por medio.

—A lo mejor estamos malditos ahora que tú estás en este piso.

—Qué gracioso —dice, con la mirada centrada en la tarjeta llave que está moviendo delante de la puerta cerrada.

—No era broma.

La cerradura emite un «ding» y ella se da la vuelta.

—Oye, Aric…

—Nop.

La ignoro y voy hacia el baño, alejándola de mi vida y de mis pensamientos todo lo que puedo.

En el momento en que la puerta se cierra detrás de mí, puedo exhalar por fin.

Cruzo la estancia de tres zancadas y abro la llave de la regadera —caliente, lo más caliente posible—, y entonces coloco ambas manos sobre el lavabo mientras el vapor se enrosca contra el espejo, como dedos tratando de borrarme de la imagen.

Me desnudo. Me meto en la regadera.

El calor me golpea como un puñetazo y le doy la bienvenida.

Los minutos van pasando mientras me quedo aquí demasiado tiempo, con el agua cayendo a presión sobre mi cabeza, por mi espalda, tratando de quemar el recuerdo de ella de mi piel. No funciona. El calor tan solo hace que parezca estar más cerca.

Su voz todavía resuena en mis oídos. Esa mirada que me dirigió, mitad desafío y mitad invitación, como si estuviera retándome a perder el control.

Y estuve a punto de hacerlo.

Inclino la cabeza hacia delante y pego la frente al azulejo.

Esto no puede seguir pasando.

Desde que mis padres murieron, lo he tenido todo contenido: mi dolor, mi furia, las expectativas de mi abuelo para que me encargue de lo que queda del legado de la familia. Yo no pedí esta carga. Pero la llevo conmigo de todos modos, porque alguien tiene que hacerlo. Alguien tiene que llevar la corona antes de que nos la arrebaten.

Simplemente pensar en Odín y en lo que les hizo a mis padres hace que los músculos se me tensen, que los puños se me cierren de forma instintiva. Maldita sea. Vine aquí para tranquilizarme, no para que mi furia aumente todavía más.

Cierro los ojos y respiro hondo, con el vapor llenándome los pulmones mientras arrastro el calor dentro de mí y lo mantengo ahí. Inhalo y cuento hasta tres. Exhalo y cuento hasta tres. Repito el ejercicio que me enseñó mi terapeuta y mi pulso se ralentiza, mis hombros se aflojan, algo parecido al control vuelve a filtrarse entre mis huesos.

Control. Es una palabra muy simple. Y es lo único que me impide romperme.

Sin embargo, cuando Rey se encuentra cerca de mí, no tengo ninguno.

Ella arranca el suelo de debajo de mí sin intentarlo siquiera. Me mira como si yo fuera un rompecabezas que ya hubiera resuelto y cuya respuesta no le gustara.

Y la odio por ello. Casi tanto como odio a la parte de mí que la desea de todos modos.

El agua se vuelve fría, pero me quedo debajo de ella. Dejo que esa punzada me ancle mientras pienso en lo que debería hacer con respecto a esta mujer. Es evidente que no se va a rendir. Tal vez ni siquiera pueda hacerlo. Pero eso no significa que yo no pueda tomar el control de la situación. Utilizarlo para mi beneficio.

Cuando salgo de la regadera al fin, tomé mi decisión. Me muevo con lentitud, de forma deliberada. Dejo que el plan se asiente contra mi pecho como una cobija familiar.

Tomo mi toalla y la envuelvo alrededor de mi cintura. Respiro.

Arrastrando el puño por la superficie empañada, creo un claro tajo a través del espejo. ¿El reflejo que me devuelve la mirada? Está bien. Parezco un hombre que tiene el control.

Y todo gracias a un simple plan.

¿Que ella quiere acercarse a mí? Se lo permitiré. Le seguiré el juego, le daré lo que piensa que quiere: acceso, proximidad, influencia.

Y, a cambio, yo obtendré lo que necesito: la verdad. Sobre por qué está aquí, lo que quiere su padre y cómo detenerlo.

Entonces tal vez, si soy listo, conseguiré eliminar esta obsesión de mi cabeza antes de que se apodere del último fragmento de mí que todavía parece humano.

Capítulo dieciocho

REY

Aric me cerró la puerta en la cara antes de que pudiera terminar la pregunta siquiera.

Genial.

Nos fue muy bien.

Me quedo ahí plantada un segundo más de la cuenta, con la mano medio levantada, como si fuera a llamar a la puerta del baño y volver a intentarlo.

—¿Sabes? —dice una voz desde detrás de mí—. Algunas personas se tomarían eso como una señal.

Me doy la vuelta para encontrarme a Ziva apoyada contra el marco de su puerta, con un cepillo de dientes colgando del lateral de la boca como si fuera una paleta. Su pelo es un halo salvaje de rizos con las puntas azul eléctrico; todavía lleva los shorts de la pijama con dibujos de gatos caídos sobre las caderas por debajo de la sudadera de Endir. Parece caótica y presumida a partes iguales.

—No es muy mañanero —murmuro.

—Y yo tampoco —dice, sacándose el cepillo de dientes de la boca para señalar con él la puerta de Aric—. Pero al menos yo no lo uso como arma.

Suelto un resoplido sin poder evitarlo.

Ziva sonríe, y entonces deja el cepillo en una taza que lleva en la mano izquierda.

—A ver si lo adivino. ¿Trataste de decirle algo humano, y él te respondió con una mirada letal y una puerta cerrada?

—Básicamente.

Ella cruza los brazos.

—No te lo tomes como algo personal. Es así con todo el mundo. Sobre todo con la gente que piensa que podría importar de verdad.

Levanto una ceja.

—Parece que estás hablando por experiencia.

La expresión de Ziva cambia, tan solo una fracción, pero es suficiente para hacer que me detenga en seco.

—Digamos simplemente que Aric y yo nos conocemos desde hace mucho. Solíamos ser mejores amigos cuando éramos pequeños. Cosas de primaria, él compartía sus postres conmigo y yo le dejaba copiar mis tareas de matemáticas. Algo totalmente platónico, trágicamente adorable.

Yo parpadeo.

—Entonces… ¿qué pasó?

Su boca se curva, pero no hay humor en ella.

—Su abuelo fue lo que pasó. De repente, un día yo ya no era bienvenida. Sin explicaciones. Sin advertencias. Tan solo un recordatorio muy educado de un hombre muy viejo de que algunos nombres no se mezclan.

Siento una tensión en el pecho.

—¿Porque eres…?

Ziva ahoga un grito y se lleva una mano al pecho.

—¿Originaria de México?

Hago una mueca.

—No pretendía…

Ella le quita importancia con un gesto, riéndose.

—Tranquila, Blancanieves. No, al parecer, soy peligrosa porque tengo opiniones. Muy ruidosas. Además, una vez amenacé con prender fuego a los pantalones de un niño por llamarme «picante».

—¿De verdad lo hiciste?

Ziva levanta un dedo.

—Presuntamente.

Río entre dientes; no puedo evitarlo. Hay algo encantador en ella, como si ya hubiera decidido que no soy ninguna amenaza, ni competencia, tan solo… alguien a quien apoyar. Ella no sabe lo poco común que es eso.

—A mí no me gusta Aric —digo antes de poder darle demasiadas vueltas—. Lo que viste en el pasillo…, fue hablarle y cerrarme la puerta en la cara cinco segundos más tarde.

Ziva levanta una ceja, como si ya hubiera oído eso antes.

—No estoy diciendo que me importe, pero ¿si fuera así? Te diría que tuvieras cuidado. Ese tipo de poder no es gratuito.

Asiento lentamente con la cabeza.

—Menos mal que no estoy buscando regalos. Solo respuestas.

Ella me examina un instante más y entonces asiente bruscamente con la cabeza.

—Genial. Entonces, voy a volver a la cama durante quince minutos a fingir que el mundo no existe. —Vuelve a señalarme con el cepillo de dientes—. Si me necesitas, grita. O solo envíame ondas psíquicas. También respondo a eso.

Espero hasta que cierre la puerta tras ella antes de retirarme a mi propia habitación.

Me siento en el borde de la cama y suelto un suspiro largo y grave. Sé que Aric es el enemigo, pero, por un momento, casi parecía que fuera mi amigo mientras nos lanzábamos lodo mutuamente en el manantial. Por supuesto, también amenazó con matarme *y también* arrastró los dientes por mi cuello..., pero me digo a mí misma que nada de eso iba en serio.

¿De verdad estoy tan sedienta de atención?

Probablemente. Juro que, a este ritmo, jamás superaré la necesidad de que me vean o me escuchen.

Nuestro pequeño jugueteo terminó tan deprisa como había comenzado. Pero no va a poder escapar de mí tan fácilmente. Lo digo a pesar de que acaba de cerrarme la puerta en la cara, porque yo estoy jugando una partida a largo plazo. No pasa nada.

Me pongo de pie para acercarme a mi escritorio, me siento y saco el cuaderno.

Mis dedos recorren el trozo de papel de Laufey.

Esto, todo esto... es por ella.

No puedo distraerme. No puedo fracasar. Ella es lo único que tiene mi padre para ejercer presión sobre mí y no dudará en hacerlo. En utilizarla. Sin ninguna piedad.

Me pregunto si estará a salvo. O triste. Siempre ha estado triste, incluso en mis primeros recuerdos. Aunque sonreía mientras me trenzaba el pelo y parecía estar en paz cuando me cantaba para irme a dormir o me contaba historias cuando tenía miedo.

Historias acerca de un reino muy muy lejano, salvo porque era real. Yo era la princesa. Pero el rey era malvado y no había ningún salvador, a excepción de mí misma. La gente solo podía depender de mí y, para lograr derrotar a la maldad, yo debía aprender a ser paciente. Todas sus historias tenían una razón, un significado oculto. Al igual que con sus acciones, Laufey escogía sus palabras sabiamente y con un propósito. Nada era por accidente, todo tenía un motivo, y ahora se está muriendo, o morirá si no encuentro el Mjölnir a tiempo.

No hablamos de Frigga. No hablamos de cómo era la vida en Asgard. Al igual que no hablamos de la razón por la que Laufey se casó con él aquí, salvo porque él salvó la vida de alguien a quien ella quería a cambio de su poder de sanación. Desde entonces, ha sido más una empleada que una esposa.

—Encontraré la forma de liberarte —susurro.

Examino la nota con las runas. Ya vi una de ellas en Endir. Sé lo que significan las demás, así que si me las encuentro por el campus..., tal vez no me conduzcan hasta el Mjölnir, pero ¿es posible que creen una especie de protección o de escudo para mí?

Reviso las notas, buscando cualquier referencia, y vuelvo a detenerme otra vez en el dibujo del Mjölnir.

Leo los puntos clave: «Contiene la historia de Asgard y todas las guerras. Contiene el poder tanto para construir como para destruir mundos. Tan solo lo pueden blandir aquellos que considere dignos. Los enanos Brokk y Eitri lo crearon para Thor; el Mjölnir lo ayuda a controlar su poder. Tiene personalidad, al igual que cualquier otro artefacto; puede sentir, hablar, relacionarse. Dueño original: Thor».

Cierro el cuaderno.

El Mjölnir puede *comunicarse*.

Me pregunto si se habrá comunicado con Aric en algún momento. ¿Tal vez mediante sueños o visiones? ¿Le estaría hablando el Mjölnir a través de las pesadillas que mencionó anoche? ¿Cómo es que se me había escapado esto?

La curiosidad me hace enviarle un mensaje a mi padre, a pesar de que es la última persona con la que querría hablar.

Yo: ¿El Mjölnir habló alguna vez con Thor?

Espero.

Finalmente, los puntos aparecen en la pantalla.

Padre Odín: Thor está muerto.
No hablamos de los muertos.

Yo: Estamos hablando de un martillo. ¿Lo hizo?

Padre Odín: Eran inseparables antes de la guerra.
Como si fueran familia.

Yo: ¿Y durante la guerra?

Padre Odín: Ya conoces la historia.
Thor murió, el Mjölnir fue robado.

Yo: Entonces ¿estará llorando su muerte?

Padre Odín: Al igual que lo hago yo. Cada día.

Me trago el nudo que siento en la garganta.

Yo: Que la tormenta de Thor ruja en el cielo, eterna e indómita, en el Salón de Bilskírnir, el salón más grande de los dioses.

Padre Odín: Que encuentre la paz entre las tormentas que creó.

Dejo el celular y miro fijamente las palabras. Yo nunca conocí a mi medio hermano. Pero hay algo en el silencio bajo las respuestas de Odín que me dice que quería a Thor; de su propia forma retorcida. Y si el Mjölnir se forjó para reflejar a quien lo blandía, entonces ¿qué será ahora sin él?

¿Dolor y poder encerrados en una reliquia que no olvida?

Si el martillo está de luto, entonces lo comprendo mejor de lo que pensaba.

Y hay una cosa que tengo muy clara:

El lugar del Mjölnir está con los dioses. Pertenece a mi familia.

Y voy a ser yo quien lo lleve de vuelta a casa.

Le echo un vistazo a mi celular. Faltan quince minutos para tener que bajar para la orientación; justo el tiempo suficiente para ponerme ropa limpia y recogerme el pelo. Me arreglo la cara en el espejo. Brillo de labios. Polvos. Coleta alta. Parezco una chica que ha dormido bien y no tiene ni una gota de sangre en las manos.

Tomo mi paquete de orientación y me cuelgo la mochila de un hombro. El cuaderno y el cuchillo se quedan escondidos bajo mi colchón; ahí seguirán hasta que los necesite.

Puede que Aric piense que lleva la delantera, pero hoy tentó a la suerte. Me desea. Y yo puedo utilizar eso.

Como le dije a Ziva..., necesito algunas respuestas.

Capítulo diecinueve

ARIC

A veces odio a Sigurd. Sabe que no se me dan bien las multitudes, que no se me da bien la gente y, aun así, ha insistido en que sus nietos —los dos— serán el aliciente que atraiga a los estudiantes para que se apunten a la visita por el campus al atardecer. De modo que aquí estamos.

Tengo que admitir que Reeve es capaz de venderte Endir como nadie, haciendo que parezca como una utopía de la Ivy League. Es casi impresionante, si ignoras el hecho de que jamás ha llegado a clase a su hora, ni una sola vez.

Además, complacer a nuestro abuelo aceptando hacer estas visitas guiadas es algo que le resulta fácil. Todo le resulta fácil a Reeve. Es el chico de oro. Siempre alegre como el sol, siempre popular.

Sin embargo, a pesar de sus muchos admiradores, quien más quiere a Reeve siempre ha sido el propio Reeve. Lo juro, el sonido de su propia voz probablemente podría provocarle un orgasmo a estas alturas. Es muy buen hermano, leal y digno de confianza, pero el narcisismo es muy fuerte en él y ni siquiera se arrepiente de ello.

Estoy esperando fuera de la residencia a que recoja el resto de sus mierdas de espíritu universitario para la visita del campus cuando sale por las puertas principales con una gigantesca bandera verde entre las manos.

—No. —La señalo—. No vas a ir con una bandera como si estuviéramos en un desfile. Vuelve a guardarla.

Él sonríe y le da la vuelta.

—Es que tiene mi cara.

—Maldita sea, ¿es que no puedes parar? ¿Aunque solo sea una vez?

Él inclina la cabeza a un lado.

—No, me parece que no. Además, es alivio cómico para lo que van a ser las dos horas más aburridas de estos nuevos estudiantes. Me sentía seriamente tentado de hacer brownies con un poco de marihuana solo para ayudarles a superarlo, pero entonces me di cuenta de que, aunque sea legal en Washington, estaría drogando a la gente sin su conocimiento de todos modos.

Parece sinceramente triste al respecto.

—Vaya, qué astuto de tu parte.

—Es que tengo mis límites —dice, pero ni siquiera él es capaz de mantener el rostro serio mientras lo hace.

—No, no los tienes.

Me pellizco el puente de la nariz, ya estoy empezando a sentir que se acerca un dolor de cabeza.

Él me lanza una sonrisa torcida, y entonces se pone su estúpido gorro de Gucci sobre la cabeza y comienza a alejarse. Lo sigo hasta el lugar de encuentro para la visita, y cuando llego allí, elijo un lugar cerca del cartel de bienvenida de la

Universidad de Endir, convenientemente situado a un par de metros de donde alrededor de cuarenta estudiantes ya han comenzado a congregarse.

Todo el mundo está charlando y riendo como si fuera a ser la mejor visita guiada de sus vidas. Sé que no es más que la emoción por ser la primera semana de clases del primer curso en la universidad, pero me pregunto cómo sería tener ganas de algo así, con una alegría pura y sin adulterar.

Sé que parte de lo que me impide sentirme de esta forma es la medicación que estoy tomando. Me hace sentir entumecido. Funcionaba mejor antes de que Rey apareciera en Endir. Y, desde luego, prefiero el entumecimiento antes que los sentimientos descontrolados que tengo cuando estoy cerca de ella, la amenaza constante de estar a punto de estallar de un momento a otro.

Y, como si hubiera invocado a Belcebú, ella se une a la multitud, avanzando a través de esta hasta situarse justo delante de mí con una sonrisa enorme y astuta. Lleva unos jeans holgados y unos tenis, una sudadera negra estilo *crop top*, y se recogió el pelo en una coleta alta.

Es guapa sin necesidad de esforzarse.

Y de una forma muy molesta.

No confío en las cosas bonitas. Siempre hay algo acechando bajo la superficie, o, en el caso de Rey, un montón de algos, esperando para saltar y rajarte la garganta.

Me sonríe.

Yo la ignoro y me uno a Reeve.

—Bienvenidos —dice él, levantando la bandera en alto—. Asegúrense de seguir la bandera verde, o sea, a mí, en todo momento. —Unas cuantas chicas sueltan risitas a nuestro alrededor. Por supuesto que sí—. Y sepan que mi hermano y yo nos sentimos muy honrados por poder haceles una visita guiada a la universidad. La mayoría de ustedes ya habrán visto la residencia de estudiantes y el comedor, de modo que los vamos a llevar por el edificio de Ciencias, el edificio de Administración, y el de Artes y Música. —Hace una pausa, y sé que es para lograr un efecto dramático—. Y entonces, para terminar la visita, ¡haremos una parada en el Salón de Ormir!

Todo el mundo comienza a hablar al mismo tiempo. El Salón de Ormir es legendario. Hay muchísimas teorías sobre el templo. Se ha considerado producto de un multimillonario excéntrico. O casa de reuniones de una secta pagana. Otros creen que en realidad es de origen nórdico. Los programas sobre cazadores de fantasmas lo consideran uno de los lugares más embrujados del noroeste de Estados Unidos.

Pero no lo está. Embrujado, digo, aunque se rumora que allí pasan mierdas que dan mucho miedo.

Los susurros que la gente oye en el salón no son nada más que el viento moviéndose entre el antiguo edificio y el agua que lo rodea, pero la gente sigue creyendo.

Porque la gente es idiota.

Reeve sostiene la bandera en alto y la agita.

—Shhh. Ya revisaremos las normas cuando estemos allí. Vamos a empezar primero por las cosas aburridas.

Se da la vuelta y comienza a caminar. Yo lo sigo y, de repente, siento a Rey a mi lado.

Y también la huelo.

—¿Qué? —No me doy la vuelta—. ¿Qué quieres?

—Nada —dice ella con rapidez—. Tan solo estoy caminando. ¿Te parece bien?

Suelto un gruñido.

Rey me sigue el ritmo, lo cual tengo que admitir que es impresionante, porque mis piernas son al menos quince centímetros más largas que las suyas, pero al menos no está hablando conmigo ni tocándome.

Después de visitar el edificio de Ciencias y pasar al de Artes, me siento un poco perplejo de que no haya tratado de utilizar sus encantos conmigo en absoluto.

Una hora más tarde, ya nos encontramos en el último edificio, el de Administración. Reeve está parloteando sin parar sobre Sigurd y otros donantes, cuyas contribuciones hicieron que bautizaran cada ala con sus nombres. Me doy la vuelta para decirle algo al fin a Rey, solo para advertir que se alejó de mí. Escudriño a la multitud y finalmente la encuentro junto a Reeve. Fíjate tú.

Siento que mi ceño fruncido se vuelve más profundo. ¿Por qué carajos me importa siquiera?

Mi hermano comienza a reír por algo que le dice ella y la irritación arde a través de mis venas. Él sabe que Rey es el enemigo. No debería estar riéndose con ella, ni siquiera aunque fuera la persona más graciosa del planeta.

Me toso en la mano para atraer su atención.

Él no levanta la mirada.

—Reeve —le espeto al fin.

Él clava los ojos en los míos. Sabe perfectamente lo que está haciendo.

—¿Sí?

—Deberíamos ir al Salón de Ormir antes de que se haga demasiado tarde.

Es una excusa válida. La gente no tiene permitido cruzar las puertas después del anochecer; demasiados estudiantes se han ahogado o han desaparecido a lo largo de los años. Algunos piensan que los ahogamientos tienen algo que ver con las corrientes del estanque alimentado por un manantial sobre el cual se construyó el salón, mientras que otros dicen que la gente se ahoga porque se queda demasiado tiempo en el agua, pensando que eso le dará poderes especiales. En realidad, nadie sabe nada, a excepción de que no es inteligente estar aquí por la noche. Y que nunca es seguro nadar.

—La universidad es responsable de todas las personas que llevemos a través de esas puertas —le recuerdo a Reeve.

Él asiente con la cabeza.

—Cierto. Cierto. —A los de primero, les dice—: Muy bien, familia de Endir, ¡pongámonos en marcha!

Rey se aleja de él y regresa con el grupo. No se molesta en volver a encontrar su lugar junto a mí mientras Reeve sostiene la bandera en alto y comienza a llevarnos en dirección al Salón de Ormir, en toda su sobrecogedora gloria.

Un escalofrío recorre mi columna y se vuelve más fuerte cuanto más nos acercamos.

Mientras cruzamos las puertas del campus, una brisa fresca se acelera de repente, arremolinándose alrededor del grupo antes de que todo se quede tranquilo y en silencio. No puedo explicarlo, pero de repente el corazón me late a toda velocidad.

—¡Es el fantasma! —grita un chico.

Rey se encuentra de pronto junto a mí, susurrando entre dientes:

—O algún dios furioso.

Pongo los ojos en blanco y finjo ignorancia.

—No me digas que te tragas todas esas mierdas.

Ella se abraza el cuerpo para protegerse del frío que viene del bosque y sigue caminando. Cuanto más nos acercamos al antiguo templo, más frío se vuelve el aire, hasta que puedo ver mi aliento delante de mi cara. Tengo que calmarme de una puta vez, pero no puedo.

Siento un cosquilleo en las yemas de los dedos. Los escalofríos recorren mis venas. La escarcha cubre mis manos.

Otra vez.

En un abrir y cerrar de ojos, vuelvo a estar en una playa azotada por el viento, con las olas rompiendo contra la orilla, el vapor salado en mi cara y la hija de mi enemigo sentada lo bastante cerca como para besarla.

Algo cambió dentro de mí ese día.

Un dique se rompió, una puerta se abrió. No tengo palabras para describir cómo una parte de mí se desvaneció.

Lo único que sé es que Rey es la conexión. Su presencia es una llama para el frío del que no puedo escapar. Cada contacto ensancha más el abismo, haciendo que el monstruo que hay dentro de mí esté cada vez más deseoso de liberarse.

Me meto las manos en los bolsillos. El corazón se me comienza a acelerar y un sudor pegajoso brota por mi frente. Carajo, está pasando.

Cuando le lanzo una mirada furtiva a Rey para ver si se ha percatado, me doy cuenta de que su aliento está haciendo lo mismo, de modo que debe de hacer frío de verdad aquí fuera. Odio el suspiro de alivio que eso me provoca, sabiendo que su aire también se condensa pero a causa de la temperatura real, no por mí.

Una vocecita dentro de mi cabeza susurra: «Por ahora».

La empujo lejos de mi consciencia.

Cada vez me resulta más y más difícil esconderme, explicar lo que ocurre, y sé que algún día acabará siendo imposible.

—Deberíamos quedarnos con los demás estudiantes —sugiere ella, señalándolos con un gesto de la cabeza, y nos acercamos al resto del grupo.

—Muy bien —dice Reeve, deteniéndose frente a la enorme entrada de piedra.

La propia puerta de hierro tiene al menos tres metros y medio de altura. El resto del edificio está construido como un templo antiguo, con íconos y runas grabados en la piedra.

—Van a tener unos treinta minutos dentro. Por favor, no se metan en el estanque que hay bajando las escaleras. Créanme cuando les digo que no volverán. Está acordonado por una razón, así que no sean imbéciles, ¿entendido?

Todo el mundo murmura para expresar que están de acuerdo y comienza a entrar en el edificio. Toman sus celulares y se ponen a sacar fotos y hacer videos en vivo.

—Esta es una de las bestias más enormes que he visto en la vida —susurra Rey junto a mí.

—Bueno, tú vives con Odín, así que no sé yo.

Levanto la vista, siguiendo su mirada hasta la gigantesca estructura. Construida de una antigua piedra negra, se eleva al menos a tres pisos de altura y el bosque parece plegarse a su alrededor; los árboles crecen contra sus lados como si les pertenecieran a ellos. En la parte de arriba, nueve capiteles retorcidos de hierro forman una deidad con aspecto de serpiente que se extiende hasta el cielo, con la boca abierta en un grito silencioso y los ojos vacíos.

El escarpado tejado está cubierto de pizarra negra. Otra serpiente se enrosca sobre la puerta de roble, reforzada con hierro y llena de runas borrosas grabadas profundamente en la piedra.

Todo el lugar parece vivo. Y preparado para comerse a alguien.

Mi padre solía traerme aquí cuando era pequeño. Yo lloraba hasta que él se rendía en sus intentos de explicar los tallados, las runas, las historias en la piedra. Tiene gracia; llevaba años sin pensar en esto, probablemente porque por lo general evito este lugar como la peste.

Rey examina la parte delantera del edificio, recorriendo las runas con la mirada como si estuviera tratando de memorizar cada detalle.

—¿Después de ti? —me pregunta.

Me doy cuenta de que me quedé mirándola. No al templo, sino a ella.

—Sí.

Toco la puerta y retiro la mano de inmediato.

Estoy seguro de que tiene que haberme quemado, pero cuando me miro la palma, está perfecta.

—¿Está todo bien? —pregunta ella, frunciendo el ceño.

—Preocúpate por ti.

Paso junto a ella de un empujón, abro la puerta con el hombro sin tocarla y sigo caminando hacia el interior del enorme santuario. El aire está húmedo por las lagunas abiertas cercanas a la parte de atrás y el agua que corre constantemente hacia el estanque que hay debajo del templo. El olor del incienso sigue siendo espeluznantemente fuerte, como si se hubiera convertido en parte del edificio y se negara a marcharse. Los travesaños del techo se arquean como las costillas de un cadáver; tienen las superficies talladas con rostros sin cuerpo y cada uno de ellos parece ser alguien gritando de dolor.

Rey se acerca más a mí.

—Esto da una puta mala vibra.

Casi me río.

«Nop —pienso—. No permitas que rompa tus defensas».

—Suele pasar con la historia.

Reeve está guiando a los de primero por el salón, sacándose selfis con el grupo entre explicación y explicación. Fiel a su espíritu, las historias están enormemente embellecidas.

Rey se queda atrás, conmigo. Entrecierra los ojos mientras camina hacia la pared más cercana y acerca la mano, pero entonces la retira de golpe.

—¿Por qué hay marcas de quemaduras?

Quiero ser un imbécil y alejarme, pero en vez de eso le respondo, como si estuviera sediento de castigo.

—Dicen que los sacerdotes hacían sacrificios para los dioses aquí, ofrendas para darles la bienvenida cuando regresaran. Pero yo no me lo trago. No eran regalos; eran una penitencia. La humanidad desangrándose a sí misma para compensar todos sus errores.

—Qué… horror. —Se lame los labios y me devuelve la mirada, con el rostro inexpresivo—. ¿Qué dioses?

—¿Acaso importa? —le espeto.

—A lo mejor.

—Nórdicos, supongo. —Me encojo de hombros—. Después de todo, es un templo nórdico, a pesar de que nadie haya sido capaz de fecharlo.

—¿En serio? —pregunta con escepticismo—. Una estructura nórdica antigua en la costa oeste del estado de Washington.

—La historia no siempre tiene la verdad absoluta. —Me encojo de hombros—. Leif Erikson viajó a América mucho antes de que Colón llegara a hacerlo.

—A la costa contraria. Pero… es cierto.

—Se nota por las runas talladas alrededor de la puerta del templo. Nueve runas para los Nueve Reinos.

—Se dice que el Bifröst conectaba nuestro mundo con los demás mucho antes de que se registrara el tiempo. Ya sabes, si crees en esa clase de cosas.

Sus ojos parecen casi expectantes.

—Claro, por qué no. Pues ya está, misterio resuelto. ¿Alguna pregunta más o puedo irme en dirección opuesta a la que tú vayas a tomar?

Su sonrisa parece forzada cuando levanta la mirada hacia mí. Supongo que ya somos dos, aunque ella lo oculta mejor.

—No deberías haberme dado la oportunidad.

—Un error de principiante —gruño.

Ella sonríe con arrogancia y después señala la parte posterior del salón.

—¿Qué es eso?

Contengo un suspiro de fastidio.

—Un espejo de obsidiana muy malvibroso que se inclina hacia abajo para reflejar el agua.

Rey avanza en dirección al estanque y yo la sigo. Pues menos mal que me iba a alejar.

—Ese estanque está completamente negro. —Se estremece—. Seguro que es superprofundo.

—¿No te gusta el agua?

—No demasiado. —Se aleja más del borde del estanque—. ¿Por qué querían reflejar el agua con el espejo?

—¿Por qué me haces tantas preguntas? —contrataco con fastidio—. Puede que Reeve sepa más sobre el tema. A él le gustan todas estas mierdas, pero creo que tiene algo que ver con los dioses atrapados en el agua o algo por el estilo. Sacrificaban humanos a modo de ofrenda y después ponían el espejo sobre el agua y esperaban a ver el reflejo de los dioses saliendo a la superficie para recoger las almas cuando quedaban liberadas de sus prisiones. —Le echo un vistazo y veo que me mira como si tuviera tres cabezas—. Es porque no se puede mirar a un dios directamente a los ojos.

—Eh..., ¿y por qué no se puede mirar a un dios a los ojos?

—Porque los humanos no son dignos. —Giro la mano—. Tienes que utilizar el espejo para verlos. Un poco como Medusa, es otra mitología, pero el concepto es similar.

No tengo ni idea de por qué me siento tan deseoso de ayudarla con esta explicación. Es como si no pudiera controlar las palabras que salen por mi boca más de lo que puedo controlar mi respiración. Además, no sabría decir si está preguntando porque realmente no lo sabe, o si me está poniendo un cebo.

—Ah. Va. —Rey asiente con la cabeza y mira el espejo, observando la oscura agua del lago—. No veo nada más que oscuridad.

—Todo es un mito —digo con rapidez cuando una punzada de frío comienza a crecer dentro de mi pecho. En semejante momento—. Deberíamos irnos. No querrás estar aquí por la noche, da todavía más mala vibra. Claro que, si eso sirve para espantarte y que te largues, tómate tu tiempo.

Rey pone los ojos en blanco.

—No me asusto con facilidad. Creo que he visto cosas peores.

—Bueno, tu padre es un asesino infame. Estoy seguro de que se pone extremadamente creativo cuando desmembra a la gente.

El frío continúa creciendo. ¿De dónde está saliendo?

Ella vuelve a mirar al espejo y entrecierra los ojos.

—Hay algo grabado en la parte superior de la obsidiana —murmura, inclinándose para verlo más de cerca.

El fuerte sonido de un silbato nos hace dar un respingo a los dos.

Reeve.

Ese puto cerebrito vuelve a silbar, y entonces agita esa bandera ridícula, y los demás estudiantes lo siguen fuera del salón como un rebaño de ovejas.

—Nosotros también deberíamos irnos —le digo a Rey.

—Un segundo. Creo que reconozco esta runa.

Se pone de puntitas para verla mejor.

Mi altura superior hace que me resulte más fácil verla.

—Raido —decimos al mismo tiempo.

La puerta delantera se cierra de golpe, haciendo que una ráfaga de viento atraviese la habitación. Rey se da la vuelta, pero ya es demasiado tarde; el espejo gira de repente, la enorme placa de piedra golpea la parte posterior de su cabeza y me corta cuando trato de impedir que vuelva a golpearla. Sus bordes son afilados y con dientes en forma de sierra. Ella cae al suelo.

—¡Mierda! —La sujeto y me arrodillo junto a ella. La alcancé antes de que su cabeza golpeara la piedra, pero hay sangre goteando por su cuello—. ¿Estás bien?

Ella se sienta y se toca la parte posterior de la cabeza con cautela.

—Auch, sí, qué cosa tan ra…

Sus ojos se desenfocan.

—¿Rey? ¿Rey?

Mi pánico aumenta.

Le tomo la cara, pero en el segundo en que mi piel roza la suya, el aire cambia. El estanque antes calmado se agita de forma violenta, las olas salpican los bordes de piedra como si algo de sus oscuras profundidades acabara de despertar. Con el frío mordiéndome, trato de alejarme, pero mis manos no se mueven; están congeladas contra su piel.

Se me enciende la espalda como si estuviera ardiendo mientras mi cuerpo se estremece.

Tenemos que salir de aquí.

Capítulo veinte

ARIC

La escarcha cubre el rostro de Rey por donde la toco. Me aparto de golpe, haciendo que caiga contra el suelo una segunda vez.

Carajo. Vuelvo a sujetarla.

Ella todavía está desorientada y murmurando algo sobre el agua, pero consigo que salgamos los dos del edificio y cierro la puerta detrás de nosotros. No sé por qué, pero me doy la vuelta y miro hacia arriba, con la mirada atraída por la frase grabada encima de la puerta en nórdico antiguo.

Donde el agua recuerda y la sangre lamenta.

Estoy temblando cuando regresamos al camino hacia Endir. Ella todavía está en silencio, pero al menos parece encontrarse bien, aunque uso ese término de forma vaga. Tiene los ojos vidriosos, pero no creo que haya sufrido un golpe tan fuerte en la cabeza como para tener una contusión. La herida sería culpa del espejo, pero la contusión sería totalmente cosa mía por no sujetarla esa segunda vez. Todavía me arde la espalda debajo del cuello, justo en la columna. Carajo, ¿qué hice? Mantengo los ojos fijos en ella.

Reeve me mira levantando una ceja cuando nos acercamos al grupo, pero lo ignoro y muevo a Rey para ocultarla un poco.

—Vamos a volver a la residencia.

Cuando llegamos allí, acerco la tarjeta a la puerta, con las manos todavía temblorosas. Caminamos en silencio hasta el elevador. Presiono el botón de nuestro piso y me quedo en el lado contrario a ella. Ya no nos estamos tocando, pero se encuentra lo bastante cerca como para que pueda sentir su respiración.

—Tendrías que ir a la enfermería de la universidad para que te revisen después de limpiarte esa herida. Dudo que sea una conmoción cerebral, pero nunca se sabe.

El aire parece demasiado escaso; el elevador es demasiado estrecho para los dos. Quiero preguntarle si se siente bien, pero no debería importarme. Es Rey.

Puede lidiar sola con cualquier pesadilla que haya podido ver mientras yo me voy a mi habitación y trato de impedirme perder la cabeza por completo.

—Sí, esa caída me aturdió un poco. —Asiente con la cabeza—. Pero ahora me siento bien. Estaré preparada para las clases después de dormir un poco. —Se toca la parte posterior de la cabeza—. Ya no hay sangre; eso está bien, pero al mismo tiempo es alarmante. Al principio, pensaba que me había hecho una herida enorme en la cabeza.

Pienso en lo que ocurrió cuando le toqué la cara. ¿A lo mejor estaba confundido? ¿A lo mejor Rey se cura con rapidez?

Pero la escarcha, la sensación ardiente… Lo ignoro. Está dentro de mi cabeza. Tiene que estarlo.

—¿Sientes náuseas? ¿Dolor de cabeza? —le pregunto. No puedo dejar que se vaya a dormir como si nada si tiene una conmoción cerebral.

—Absolutamente nada —dice con una pequeña sonrisa—. Tan solo un poco de sangre.

—¿Me dejas ver?

Me acerco a ella y le levanto el pelo; necesito la distracción de mi propia paranoia, aunque sea la asesina de mis padres quien me la proporcione.

Tiene razón; hay sangre fresca.

Pero, donde debería haber un corte por el borde afilado del espejo…

No hay nada. Solo piel lisa y suave.

Mi propia mano ya está sanando, aunque no me sorprende, y ella está demasiado aturdida como para darse cuenta de que me estoy curando con rapidez.

Le suelto el pelo y me alejo de ella.

—Sí, tan solo tienes que lavarte la sangre. Debes de tener el corte entre el pelo o algo —miento. No tengo ninguna respuesta para ella, ni para mí mismo, sobre por qué podría ocurrir eso. Será mejor olvidarlo.

Rey asiente con la cabeza.

—Lo haré. No te preocupes por mí. Estoy acostumbrada a sufrir heridas.

¿Qué demonios significa eso?

Parece perfectamente calmada mientras entra en su habitación y me cierra la puerta en la cara; al mismo tiempo que yo tengo una crisis nerviosa en el pasillo.

Mis manos se convirtieron en gigantescos guantes de escarcha que le congelaron la cara, y ahora ella no tiene ninguna herida, ni mi mano tampoco. Menos mal que no vio mi reacción, pero ¿por qué ahora? ¿Por qué ella?

Me paseo por mi habitación y después me miro en el espejo.

—No estás perdiendo el control. Es ella, el estrés, las circunstancias…, no eres tú.

Pero aun así, incluso mientras lo estoy diciendo, sé que algo va mal.

Flexiono la espalda en un intento por aliviar el dolor que todavía me molesta. ¿Me golpeó algo a mí también? Me quito la camiseta, la tiro al suelo y me doy la vuelta.

Tan clara como el día, una runa de un negro intenso me devuelve la mirada, comenzando justo por debajo de mi cuello.

Raido en la más simple de sus formas.

Una advertencia.

Normalmente te advierte del viaje que tienes por delante, pero ahora bien podría estar saludándome con la puta mano.

ᚱ

Maldita sea.

Y yo que pensaba que controlar la escarcha y mis emociones era el mayor de mis problemas.

Capítulo veintiuno

REY

Es el primer día de universidad.

Y ya llego tarde.

Mierda.

Todavía sigo un poco alterada después de ese extraño encuentro con el espejo mientras me apresuro a tomar las cosas para mi primera clase.

He mirado una docena de veces desde anoche, pero todavía no he podido encontrar la herida en sí. Cuando estaba tirada en ese templo malvibroso de mierda, durante unos segundos podría haber jurado que los ojos oscuros de Aric ardían con fuerza mientras me miraba, preguntándome si estaba bien. Me sujetó brevemente la cabeza y una sensación de frescor me invadió tan deprisa que me olvidé por completo del dolor. Había sido extraño, y entonces, de repente, estábamos fuera del edificio y volviendo a la residencia como si no hubiera pasado nada. Las únicas veces que experimenté esa sensación de frescor fue cuando Laufey me curaba, pero, en todo caso, Aric habría sido el primero en dejarme ahí para que muriera, así que era imposible.

¿A lo mejor él está dormido, pero sus poderes no?

A lo mejor el frío que sentí era por la atmósfera tan espeluznante del templo, o por el hecho de que creía al cien por ciento que en ese estanque se habían realizado sacrificios humanos. Tremenda estupidez, matar gente para invocar a los dioses cuando estos han estado aquí todo el tiempo, solo que inconscientes de su propia presencia.

Aprisionados. Solos. Olvidados.

Casi, solo casi, puedo entender la amargura que emana de mi padre.

La única pregunta real que tengo es a qué dioses estaban tratando de invocar. ¿A los gigantes? ¿A nosotros? Me pregunto si mi padre lo sabrá, aunque tampoco me lo contaría, ya que no tiene nada que ver con el Mjölnir.

¿Podría estar ese templo conectado con el Mjölnir? Me parece que él me habría dicho algo si fuera así, pero, claro, solo habla conmigo con medias verdades.

Me muerdo el labio inferior mientras rebusco en mi mochila, tratando de encontrar mi tarjeta llave. Ninguna de las runas que había fuera del templo encajaba con la nota de Laufey. Pero la del espejo sí. Raido es una runa poderosa, una que está asociada con los viajes y peregrinajes. Por lo tanto, no es sorprendente encontrarla en un lugar de adoración.

Por lo que he visto hasta el momento, el campus está lleno de runas desperdigadas, desde los caminos hasta los propios edificios. Está claro que Sigurd Erikson levantó barreras de protección. ¿Para mantener alejada a la gente? ¿O para mantener a la gente *encerrada*?

Maldita sea, a lo mejor están inactivas. Pisé la runa Thurisaz cuando llegué a Endir y la roca se quedó ahí mirándome como si se estuviera burlando de mí, sin magia, sin nada. Si hay alguna conexión entre la nota de Laufey y las runas, es algo que voy a tener que investigar después. Pero primero lo primero. Ahora que mis dedos se cierran alrededor de la tarjeta llave, tengo que concentrarme en la nueva tarea que tengo entre manos.

Encontrar mi plan de estudios.

Me apresuro a tomar el horario impreso de mi escritorio y lo meto en mi mochila, tomo el celular y me lo guardo en el bolsillo de los jeans, y después abro la puerta. Reeve ya se encuentra al otro lado, con la mano en alto y a punto de llamar.

—Venía para asegurarme de que hubieras sobrevivido a la noche después de ir al Salón de Ormir —dice, meneando las cejas por si eso fuera poco. ¿Por qué todos los guapos tienen que ser unos completos psicópatas?

—La cosa se puso un poco fea ahí durante unos minutos. —Me encojo de hombros y cierro la puerta detrás de mí—. Pero lo conseguí.

—Carajo.

Reeve hace una mueca y yo le enseño el dedo medio como respuesta.

No estoy oyendo a Aric en su habitación. ¿Se habrá marchado ya? ¿De verdad voy tan tarde? Reeve dijo ayer que todos los estudiantes tendríamos que asistir hoy a una breve ceremonia de inauguración antes de nuestras primeras clases.

Siento la repentina necesidad de comprobar cómo está. Él también parecía bastante agitado anoche. Aunque… ¿Por qué me estoy preocupando por mi enemigo? ¿Qué más me da a mí?

—Eh… —Señalo a Reeve—. Deberías adelantarte sin mí. Tengo que ir al baño.

Él frunce el ceño.

—¿Estás segura? Puedo esperar.

—¡Sip! Guárdame un lugar.

—¿En el infierno? Desde luego. En primera fila.

Lo miro poniendo los ojos en blanco mientras las puertas del elevador se abren, y entonces lo empujo al interior.

—Eres un fastidio, Reeve.

Él sonríe.

—No tienes ni idea.

En cuanto el elevador se vuelve a cerrar, voy corriendo hasta la puerta de Aric y pego la oreja contra ella. No logro oír nada.

Me acerco más, hasta que de pronto la puerta se abre. Me tambaleo hacia delante y caigo contra él.

—Lo siento, tan solo estaba…

«¿Que solo estabas qué, Rey?», pienso. No hay ninguna respuesta que pueda ocultar la vergüenza de que me haya descubierto tratando de escuchar a escondidas.

Su pecho es sólido y cálido. Trato de apartarme, pero él me jala hacia dentro y me sujeta contra la pared. Sus fosas nasales se hinchan mientras se inclina hacia mí; su boca casi me roza la piel como si estuviera a punto de inhalarme.

—¿Qué crees que estás haciendo?

¿Preocuparme por ti? ¿Acosarte? ¿Un poco de los dos?

—Me estaba preparando para la ceremonia de inauguración. Reeve ya se marchó, y pensé que podría llamar a la puerta por si acaso te habías quedado dormido y no habías oído tu alarma.

¿Como si me importara? Maldición, ni de broma se va a tragar algo así.

Sus labios se curvan en una sonrisa cruel.

—Claro, porque nos llevamos tan bien que te preocupas mucho por mí.

Sus ojos escudriñan los míos de una forma fría e insensible. Al menos, ha dejado dolorosamente clara la situación en la que nos encontramos.

—¿Al igual que tú te preocupaste por mí anoche? —contrataco.

—Eso era diferente —gruñe—. Te hiciste una puta herida en la cabeza.

Cruzo los brazos con un resoplido.

—Bueno, pues ya estoy bien. —Inclino la cabeza a un lado—. ¿Y por qué no puedo preocuparme por ti? Todos estamos juntos en este semestre. Además, no es que seamos desconocidos. Nos conocemos desde hace un montón de tiempo y ya nos hemos bañado desnudos los dos juntos, así que eso básicamente nos une de por vida.

Tenía que sacar ese temita, ¿verdad? Como si mi cerebro necesitara una excusa real para recordar el aspecto de su piel desnuda. Comienzan a arderme las mejillas.

—Eso fue un error.

Sus palabras suenan bajas y amenazantes.

—Un enorme error —asiento, pero mi voz es apenas un susurro.

—Deberías marcharte. No querrás llegar tarde.

Lo miro parpadeando.

—Eres demasiado alto para escalarte y me tienes aplastada contra la pared. Me marcharé cuando te apartes.

—No te estoy aplastando. —Se pega más a mí—. Ahora sí.

Su cuerpo está duro y caliente contra el mío. Se encuentra tan cerca que puedo sentir los latidos de su corazón como si fueran los míos.

Se me queda el aire atrapado en el pecho. Se supone que debería ser yo quien lo cazara a él, no al revés.

Durante unos segundos, titubeo, entrando en pánico por mi propia debilidad, porque aunque se supone que él es una especie de zombi insensible, tengo que admitir que me gusta sentirlo tan cerca de mí. Recuerdo lo que ocurrió anoche, sus manos sobre mi cara.

Vacilante, deslizo un dedo hacia abajo por su pecho.

Él me sujeta la mano, pero no me la suelta.

No, me la agarra. Con fuerza. Como si estuviera memorizando cómo encajan mis dedos en su palma.

De pronto caigo en un sueño febril. Nos encontramos contra una pared de hielo que nunca había visto antes, y entonces, con la misma rapidez, volvemos a estar en su habitación de la residencia. Su boca desciende por mi cuello, dando pequeñas mordidas mientras me arranca la ropa. Le quito la camiseta, viendo sus ojos de caoba que arden con fuerza y sus labios abriéndose mientras suelta un gruñido que hace temblar las paredes a nuestro alrededor.

Lo siguiente que sé es que me está agarrando por la cintura y subiéndome sobre sus caderas. Me está conduciendo hacia...

Con un jadeo, vuelvo en mí, todavía pegada contra la pared, mareada por lo que carajos sea esa visión que acabo de tener. Aparto la mano de golpe de la suya.

—Tengo que irme.

Capítulo veintidós

REY

Salgo del elevador y atravieso el campus dando traspiés en dirección al salón de actos, tratando de averiguar qué demonios acaba de ocurrir.

Besos. Movernos hacia su cama. Y… ¿hielo? La visión no tenía sentido. Para empezar, yo no tengo visiones. Sí, es un poder que existe, pero no forma parte de mi arsenal. Soy fuerte, soy resiliente y puedo encantar a la gente con mi Aura, hacer que sientan cosas.

Pero ¿proyecciones mentales psicodélicas? Eso no está en mi currículum.

¿Tal vez eran parte del poder de Aric? Pero eso me lleva a otra pregunta: ¿qué otra clase de dones estarán acechando bajo su superficie, simplemente esperando para liberarse en cuanto él haya despertado y sea capaz de acceder a ellos?

Se me retuerce el estómago. Si eso fue un atisbo de su poder, no me extraña que los dioses teman a los gigantes. Se apoderó de mi mente de una forma tan absoluta que no me habría dado cuenta de que era falso ni aunque me hubieran puesto una pistola contra la cabeza.

Sentí sus labios, cómo se deslizaban fríos como el hielo contra los míos mientras su lengua caliente me invadía.

Sentí el calor de su boca, sus dientes raspando mi cuello.

Eso, al menos, fue real.

Me estremezco y cruzo los brazos; comienzo a caminar más deprisa hasta que casi choco con alguien.

—¡Lo siento!

Es Reeve. Tiene un vaso de papel en la mano y está negando con la cabeza como si yo fuera una decepción.

—Casi tengo que enviar a un equipo de búsqueda. —Baja la voz mientras otros dos estudiantes pasan junto a nosotros—. Te traje un té. Descarté el café, ya que no quería que volvieras a cagarte en los pantalones.

Lo fulmino con la mirada.

—No me cagué en los pantalones, idiota.

Llevo la mano al vaso, demasiado agotada como para discutir. Pero, antes de que pueda tocarlo, otra mano me intercepta: la de Ziva.

Se interpone entre nosotros, como un telón cayendo en mitad de la escena, y sus dedos se curvan suavemente pero con firmeza alrededor de mi muñeca mientras me aleja la mano del ofrecimiento.

—No tomes nada que te dé este —dice sin mirarme. Su voz suena calmada, pero hay acero en ella—. Sonríe mientras te apuñala.

Reeve abre la boca. La cierra. Parpadea. Vuelve a intentarlo. Pero no sale nada.

Ninguna burla. Ninguna sonrisa despreocupada. Simplemente es el tipo que no se calla jamás parpadeando como si su alma dependiera de encontrar la palabra exacta y precisa que decir a continuación. Y está fracasando.

Levanto mucho las cejas.

—Carajo, tú —susurro—. Destrozaste a un Erikson.

Me giro para compartir la broma con Ziva, pero lo que veo en su cara congela las palabras dentro de mi garganta. No es triunfo. Ni insolencia.

Es dolor. Silencioso y enterrado, pero inconfundible.

Y yo conozco esa expresión. He mostrado esa expresión. He cargado con ella.

Me muevo ligeramente y meto la mano en mi mochila para sacar el cuchillo… que está guardado debajo de mi cama. Cierto. Las armas no son bienvenidas en un campus universitario.

Es solo… que siempre lo llevo conmigo de forma instintiva.

Mi mano sale vacía. Sin cuchillo.

Ziva entrelaza el brazo con el mío, con los ojos todavía mirando hacia delante.

—Vamos —dice en voz baja—. Él no vale el sufrimiento.

Ella no sabe lo que estuve a punto de hacer. Pero me jala como si lo supiera y me siento agradecida por ello. Por el momento.

Avanzamos a través de las hileras de sillas plegables blancas en dirección al escenario, donde un hombre mayor con todas las galas universitarias está probando un micrófono.

—Sigurd —murmuro.

Ziva hace una mueca.

—¿Por qué todos los hombres malvados se visten como si hubieran estado comprando borrachos en Etsy?

Me asoma algo entre risa y mueca cuando el acople del micrófono resuena por el salón de actos.

Sigurd vuelve a golpear el micro, lo que provoca más ruido. Parece tener sesenta y tantos años, y va vestido de la cabeza a los pies con los colores de la universidad, carmesí y oro. Qué… cliché. Y, a pesar de ello, parece casi alegre. Me han dicho durante toda mi vida que la única persona más peligrosa que Aric y Reeve es Sigurd, y aun así, tan solo parece un abuelo viejo y excéntrico con demasiado dinero y tiempo entre manos.

Los ojos de un café oscuro del hombre se clavan en los míos con agudo interés. Su mirada no es amenazadora. Es más bien una mirada astuta, lo que hace que quiera hundirme en mi silla de todos modos. No me gusta la intensidad que refleja.

Tomo nota mentalmente: sus pantallas de humo son la universidad, su ropa, su forma apacible de comportarse. Pero la forma en que otros lo perciben importa; accesible para unos, intocable para otros.

Letal para mí.

Aric se une a él en la tarima y Sigurd se da la vuelta para darle la mano, y entonces hace un gesto para que su nieto ocupe un sitio en una de las dos sillas vacías que hay al lado del podio.

Él asiente con la cabeza y, de alguna manera, consigue sentar grácilmente su figura de dos metros de altura en la silla desvencijada; después, extiende las piernas y cruza los tobillos. A continuación, cruza también los brazos, se reclina en su asiento y nuestras miradas se encuentran.

Mi ritmo cardiaco se incrementa, la respiración se me queda atrapada en la parte posterior de la garganta mientras ninguno de los dos aparta la mirada. Unas imágenes parpadean dentro de mi mente. Lenguas. Labios. Cuerpos deslizándose con ansia entre ellos.

El momento se extiende entre nosotros y el calor tiñe mis mejillas, pero no puedo apartar la mirada. Me estoy ahogando en sus ojos caoba y los recuerdos de un momento que jamás debimos compartir. La comisura de su boca se eleva, como si él también lo supiera, y hay algo en eso que rompe el control que tiene sobre mí.

Niego con la cabeza, respiro hondo y me miro fijamente las rodillas, como si fueran lo más importante del mundo.

—¿Estás bien? —me pregunta Ziva, inclinándose hacia mí.

Ni siquiera me molesto en negar lo que debe de haber visto.

—Creo que sí.

—No te enamores de él —dice ella, con la voz baja y firme—. O hazlo, pero al menos no confundas la obsesión con intimidad. Así es como ellos ganan.

Las palabras aterrizan en mi pecho como un ancla, hundiéndome y arrastrándome. Es casi como si hablara por experiencia propia. Mentalmente, tomo nota de su observación.

Sobre el escenario, Sigurd todavía está hablando, pero no puedo oír ni una palabra de lo que dice.

Ziva tiene la mirada fija hacia delante, calmada y despreocupada. Pero yo me siento agitada.

«No confundas la obsesión con intimidad».

Me agarro del borde de la silla, con mi corazón dando volteretas. Porque creo que eso es exactamente lo que estoy haciendo. Y lo peor es que no quiero parar.

Él no solo me jala. Está jalando hasta hundirme poco a poco.

Y, cuanto más me enfrento a ello, más cuenta me doy de que nunca estuve destinada a nadar en libertad.

Capítulo veintitrés

REY

Tras una hora escuchando los discursos de antiguos y prestigiosos graduados de Endir —sus palabras, no las mías—, Sigurd vuelve a tomar el micro.

Con una sonrisa resplandeciente digna de un presentador de concurso televisivo, presenta al profesorado como si se tratara de la alineación de un equipo de futbol americano. ¿Cuándo va a terminar esto?

Aplaudo cuando lo hacen los demás.

Estoy aquí. Soy una más. Para nada soy una asesina. No procedo de una archiconocida familia criminal. Formo parte de todo esto. ¡Vamos, Endir!

Sigurd se detiene como si hubiera percibido mi sarcasmo. Se lleva la mano a la ceja y mira al fondo del salón de actos.

—Damas y caballeros. Ahora forman parte de Endir. Esta universidad es parte de su legado. Sus compañeros, así como los antiguos alumnos, se convertirán en sus amigos, cn su familia.

¿Adónde quiere llegar con esto? ¿Por qué suena tan inadecuado en todos los niveles?

Y la risita de villano psicópata entra en tres, dos, uno…

Se ríe.

¡Bingo!

Me enorgullecería de mi predicción si no hubiera sido tan evidente.

—No sean tímidos —prosigue Sigurd—. Se sentaron muy lejos los unos de los otros. Así no hay forma de forjar amistades de por vida.

¿Habla en serio?

—Vamos —nos exhorta—. Acérquense todos a las primeras filas. Nada de dormitar al fondo. No dejen asientos libres, preséntense a sus compañeros. Celebren sus diferencias, sus intereses comunes. ¡Forjen alianzas!

¿Alianzas? Qué interesante que haya usado ese término.

Ziva se ríe demasiado alto, suena forzada. Aun así, se levanta y yo la sigo.

Salgo detrás de ella de la fila en la que estábamos sentadas y nos dirigimos a los asientos delanteros. No es que se me antoje, pero llamaría demasiado la atención si desobedeciera las instrucciones de Sigurd. Mi único deseo es que termine pronto esta jornada de orientación.

La sigo en fila india y nos acomodamos en nuestros nuevos asientos, a unas diez filas de distancia del escenario.

El alumnado que se sienta delante y detrás de nosotras se inclina en nuestra dirección, expectante. Hora de hacer amigos. Guau. Esto está sucediendo de verdad…

—Yo empiezo. —Ziva sonríe alegremente—. Soy Ziva. —Recita de un jalón sus aficiones como si estuviera actualizando el perfil de una app de citas. Menciona el yoga con calor, la elaboración de velas y...—: Me encanta pasear por la playa.

A ver, por favor...

Frunce los labios. De acuerdo, al menos sabe que está siendo ridícula. Nuestros compañeros asienten y aplauden como si acabara de recitar un soneto de Shakespeare.

—Hola, Ziva —dice a coro el alumnado que nos rodea.

Podría aturdirlos con el Aura y pasar desapercibida, pero decido portarme bien.

La chica morena que se sienta en la fila de delante se da la vuelta y levanta la mano.

—Me llamo Gaby Smith. Soy de Tacoma. Estudio el grado de Administración. Me gusta hacer repostería, aunque solo preparo *cupcakes*. Las galletas son muy básicas. Un día abriré una tienda en el puerto y me casaré con un pescador. —Se encoge de hombros cuando no decimos nada—. Para poder vivir de la naturaleza. Seremos sostenibles.

Qué linda. Ser autosuficiente a base de *cupcakes* y salmón. ¿Por qué carajos se ve tan contenta con esa idea?

Al segundo apretón de manos, entra en escena otra estudiante.

—Yo soy más de abrazar.

«Por favor, no me toques. No me toques...».

Acerca los brazos en mi dirección, aunque enseguida retira la mano de una sacudida.

—Guau. Vaya descarga. Tienes el aura superpotente.

Me obligo a sonreír.

—Energía estática. Me pasa a veces.

Se me quedan todos mirando. Mierda. Me toca.

—Hola a todos. Soy Rey. —No digo mi apellido con toda la intención. Utilizo un poco de Aura. No quiero alienarlos por completo, así que uso lo justo para distraerlos—. Todavía no sé qué quiero estudiar. Vengo con muchas ganas de descubrir mi propio camino. Ya saben: la vida es un viaje y todo eso.

—Ni que lo digas —dice Ziva entre toses a mi derecha.

Le dedico una sonrisita. Apenas me conoce y ya se dio cuenta de que lo que acabo de decir es una estupidez. Bien. Alguien con quien puedo contar.

Me siento mientras saludan todos a coro:

—Hola, Rey.

El siguiente en presentarse en Jameson Jacobs. Es un tipo agradable, con aspecto de estudioso. El cabello le cae sobre la frente en un flequillo suelto y luce una piel envidiable. Al parecer tuvo la poca fortuna de llevar el nombre de una estrella del porno. Jamás lo habría averiguado, si no hubiera sido lo primero que nos dijo.

Jillian Merrit, de Arizona, estudia Psicología y juega en el equipo de basquetbol.

Héctor Salas, de California, estudia Medicina.

Ingeniería. Economía. Filología Inglesa. Bioquímica.

Una docena de completos desconocidos nos cuentan sus perspectivas, objetivos y sus rasgos de personalidad.

La verdad me golpea como un rayo: estoy celosa. Pero no un poquito, no. Estoy tan celosa que me pican los ojos.

¿Qué se sentirá hornear *cupcakes* y verse para estudiar? ¿Unirse a una hermandad? ¿Cómo sería planear un futuro de verdad ajeno a la sangre, a la muerte y a la violencia?

Levanto la mirada y me quedo petrificada: Aric me observa desde el otro lado de la sala. Me empieza a retumbar el corazón contra el pecho como si me rogara que le hiciera caso, que lo escuchara. Siento una descarga de adrenalina. Él es mi objetivo, mi enemigo.

También es la primera y única persona que me ha visto como soy de verdad. Por eso me dolió tanto que me rechazara unos años atrás.

¿Tendré que ser yo quien aparte la mirada? No, ya lo hace él. Como si yo no valiera la pena.

Los alumnos siguen charlando a mi alrededor, pero no soy capaz de librarme de esa sensación que me corroe en el estómago. Quién se iba a imaginar que hallarme en medio de un campus universitario me afectaría tanto.

Esa forma en que coexisten los humanos completamente inconscientes de la guerra que conformó el mundo; esa forma en que albergan esperanzas, en que sueñan. Yo jamás podré hacerlo.

Pese a llevar años atrapada y viviendo aislada con mi padre, nunca me había sentido tan sola como en estos instantes. Aunque no es momento de sensiblerías, así que dejo mis sentimientos a un lado.

La ronda prosigue su curso hasta que llegamos a Eira Helian, que me observa con la ceja enarcada.

—Ya nos conocemos, Rey.

—¿Ah, sí?

—Mi padre trabaja en empresas Odín.

La empresa de mi padre, claro. Habría preferido mantener ese dato en secreto. Ziva se me queda mirando, pero esquivo la bala con soltura.

—No intervengo en los asuntos de mi padre. —Vaya mentira—. De todas formas, encantada de conocerte. —Suelto un poco más de Aura y los alumnos que me rodean se centran en otra cosa—. Háblanos más sobre ti, Eira.

Respira hondo como si tratara de tranquilizarse. Enseguida descubro que no era para calmar los nervios ni para ordenar sus pensamientos; toma aire para lanzar un discurso, probablemente el más largo que haya conocido la humanidad. De acuerdo, igual exagero un poco, pero ya sabes a lo que me refiero: a gente adicta al sonido de su propia voz, desesperada por ser el centro de atención.

—Verán, mi día no podía haber empezado de peor manera. Nos quedamos sin plátanos…

De verdad que alguna vez me gustaría equivocarme con estas cosas.

Pone los ojos en blanco.

—Ni que decir tiene que despedí a la sirvienta. No solo por lo de los plátanos, tampoco soy un monstruo. Sabía que era el día que me mudaba y aun así se olvidó de hacer las compras. ¡Y no para de mandarle mensajes a su familia! Pero si solo tiene un trabajo.

—Se pasó —susurro—. Enviarle mensajes a su familia. Qué fuerte.

—¿Verdad? —dice en voz alta—. Gracias.

El sarcasmo no es lo suyo por lo que veo.

—Además de eso —toma aire para intentar calmarse, o eso creo—, a los de la mudanza se les cayeron dos de mis suculentas favoritas, que quedaron destrozadas. Las tenía desde hacía seis meses.

Dios bendito. Que alguien le dé una medalla a esta mujer.

—Luego llegué aquí y nadie parece darse cuenta de lo importantes que son estas cosas para mí, ni siquiera mis padres. Mi dormitorio no es adecuado. Es muchísimo más pequeño de lo que aparentaba en el folleto y estoy casi segura de que la chica del dormitorio de al lado me bufó.

Deja tantos cabos sueltos que me cuesta no responderle. Me muerdo la lengua y asiento, y me uno a los demás cuando dicen:

—Hola, Eira.

Se le escapa otro suspiro entrecortado entre los labios color rojo chillón.

—Hola. Sí. Ay, ya casi llega la comida. —Empieza a teclear en su celular como si el Plátanogate no hubiera ocurrido jamás y el mundo volviera a girar.

—Si te la inventas no te sale mejor —susurro a Ziva.

—Amén.

Para cuando Sigurd nos insta a volver a guardar silencio, me da un tic en el párpado derecho. Los alumnos que me rodean se van callando poco a poco cuando empieza a hablar él. Yo me desconecto por completo. Recibo como una bendición el relativo silencio que reina en el salón después de tanto socializar.

Ziva me pasa un paquete de Oreos.

—Creo que te quiero —le digo.

—Me lo dicen a menudo.

Abro el paquete de galletas y a punto estoy de gemir de placer.

Ya casi he conseguido relajarme por completo cuando vibra mi teléfono en el bolsillo. Utilizo la mano que tengo libre para sacarlo mientras mastico y reviso la pantalla.

Padre Odín: Tic, toc.

Qué cabrón.

Me sudan las manos y la Oreo ya no me sabe a nada. Me llega otro mensaje con una foto de un tablero de ajedrez.

La Cosa Nostra tiene por costumbre enviar un santo patrón después de tu primer asesinato. Odín opta por darte un tablero de ajedrez. Desde ese instante, pasas a formar parte de su juego.

Agrando la imagen con los dedos: le falta la reina.

La foto que envió no es de un tablero cualquiera: es del suyo. Es su forma de decirme que el juego empezó y que está dispuesto a sacrificarme para ganar la partida.

Capítulo veinticuatro

REY

Compruebo la hora en el teléfono. Me duele el trasero de estar sentada estos últimos noventa minutos y estoy hecha un manojo de nervios.

¿Cómo podía parecerme todo tan sencillo hace veinticuatro horas? Despertar a un gigante dormido. Amenazarlo a él o a quien sea necesario para que me lleve hasta el Mjölnir, recuperarlo y marcharme sin dejar huella. ¿Qué problema podría haber? Ah, sí, y hacer todo eso en siete putos días.

Gruño entre dientes. Puede que este sea uno de los peores planes que hayan existido jamás.

Para empezar, en lo que se refiere a «despertar a un gigante dormido», el plan podía ser cualquier cosa: desde hacerle comer un kiwi a prenderle fuego. Voto por el fuego.

Segundo; robar un arma mitológica que al parecer es sintiente... Bueno, eso es ya ridículo de por sí. ¿Y si me deja inconsciente con solo tocar el mango? Pero, claro, según mi padre, es sensible a nuestro linaje, así que no debería —y quiero resaltar ese «no debería»— tener nada de qué preocuparme porque, claro está, confío plenamente en todo lo que dice mi padre.

Por último, que es, en mi opinión, lo más importante: por los valles de los dioses, ¿qué pensaba que ocurriría si conseguía robar el martillo y esconderlo de los Erikson? Sería la primera persona a la que culparían y vendrían por mí. No habría forma de que Laufey y yo evitáramos su ira. Habría conseguido librarnos a las dos de un hombre sediento de sangre para que nos matara otro igual. Suena genial.

En resumen: tengo un plan de mierda para encontrar la reliquia, un plan todavía peor para robarla y un plan de jubilación para enmarcar.

Me revuelvo en la silla, incómoda, y descarto por completo lo que tengo hasta ahora. Necesito un plan nuevo…

Me dispongo a levantarme del asiento para escaparme por una puerta lateral, ansiosa por emplear mi tiempo en planear la muerte de Sigurd en lugar de escuchar su pretencioso discurso sobre el honor y la educación.

—Y por eso le pido a mi nieto que diga unas palabras.

Sigurd da por terminado su discurso y yo me quedo parada en el lugar. Me fijo en los ojos entrecerrados de Aric. Lo disimula bien, pero a mí no me engaña: se nota que no tenía ni idea de que le iba a pedir hablar.

Me siento de nuevo en mi sitio con una sonrisa sincera en el rostro.

—Esto va a ser divertido —murmura Ziva.

Aric se pone de pie y se acerca al estrado sin que haga falta que le insistan. Bien por ti.

—Bienvenidos a Endir.

Los asistentes se vuelven completamente chiflados: dan vítores, silban, se oye algún «hermaaanooo» aquí y allá de algún admirador.

Me quedo mirando a Ziva, que pone los ojos en blanco y susurra:

—Los putos Erikson.

Aric suspira y dice exactamente diez frases, que bien podrían ser diez epígrafes. No bromeo. Legado familiar; orgullo de Endir; futuro profesional; los resultados académicos cuentan para los posgrados; disfrutemos del curso.

Rezuma agresividad, como si prefiriera estar en cualquier otro lugar antes que ahí.

Me fijo en su abuelo, que está de pie a un lado del escenario. Sigurd tiene los brazos cruzados y mira a Aric con una sonrisa fría en el rostro. Interesante... No es lo que habría esperado de un abuelo cariñoso.

Qué raro. Me resulta tan extraño como que Aric sea famoso en este lugar. Entorno los ojos, pensativa. Es más que evidente que odia ser el centro de atención.

De repente ya sé lo que ocurre: Aric no es más que una marioneta en un escenario preparado para él. Igual que yo.

«No sientas lástima por Aric solo porque esté igual de atrapado que tú», me recuerdo mientras él da por terminado el que podría ser el discurso más corto y malhumorado que haya ofrecido alguien.

Agradezco que la gente empiece a hablar de nuevo sacándome de mis pensamientos, que empezaban a descontrolarse. Necesito concentrarme; recordar dónde estoy y a qué vine. Tengo que trazar un plan B.

—Siento llegar tarde. ¿Qué me perdí?

Me doy la vuelta al reconocer esa voz, boquiabierta, y me encuentro con la última persona que esperaba ver aquí.

—¿R-Rowen?

No me molesto en disimular la alegría y le sonrío con sinceridad. Es Rowen. Está aquí, sonriéndome a mí.

La única persona a quien se le puede ocurrir un plan que no sea una mierda. Ayuda de los dioses. Decir que estoy contenta de verlo se queda muy corto.

Ojalá supiera a qué vino.

Capítulo veinticinco

ARIC

Cuando los asistentes empiezan a dispersarse, veo algo moverse a mi izquierda. Normalmente no le daría mayor importancia, pero el tipo es alto. Bastante alto. Está hablando con Rey, cuya cara se iluminó como si fuera una estrella que por fin hubiera encontrado su sitio en el firmamento. Qué raro para ella. Y qué irracional que yo me dé cuenta.

Admito que antes, en mi habitación, me dejé llevar unos minutos. Mi cuerpo reacciona de forma extraña cuando ella está cerca. Eso sí, no hay nada como dirigirse a un auditorio abarrotado de gente conocida para echarle una jarra de agua fría a la libido de cualquiera.

Tampoco ayuda que esté hablando con otro.

Hago rechinar los dientes y esquivo una fila de asientos para ver mejor a quienquiera que la tiene tan entretenida. Enseguida reconozco al chofer que la trajo el primer día. El mismo que se acercó tanto a ella al despedirse.

Parece de mi edad, aunque queda descartado que sea un alumno. Lleva un traje negro de tres piezas, así que deduzco que es de seguridad. Estoy seguro de ello cuando le veo el audífono que lleva en la oreja; parece el guardia de seguridad de un centro comercial venido a menos. Rey continúa charlando mientras él escudriña a los asistentes.

Sigo caminando. Esto no va conmigo. No es mi problema...

Sin embargo, cuando veo que ella se coloca un mechón de pelo detrás de la oreja y lo mira como si se alegrara de verlo, cambio de dirección.

No necesito un motivo. Simplemente lo hago.

Me acerco lo suficiente para entrar en su campo de visión. No se inmuta ni deja de sonreír. No aparta la mirada de ella durante más de un segundo.

—Oye, Aric. —Una morena bajita me toma del brazo al pasar—. Buen discurso.

Me le quedo mirando y le reviso las pupilas. Tiene que estar drogada. Acabo de dar lo que objetivamente es el peor discurso de bienvenida que se haya pronunciado. Era Reeve quien tenía que embelesar al auditorio, pero no lo encontramos por ningún sitio. Así que, cuando Sigurd me pidió que lo sustituyera, no tenía nada preparado. Ningún apunte, ninguna idea. Solo pude recurrir al vago recuerdo de las tasas de graduación de Endir y a mi mal humor.

—Gracias, Beck —murmuro sin detenerme del todo.

—Estaba pensando...

—Genial. Hablamos de ello luego —digo rozándola al pasar por su lado.

Admito que fui muy descortés, pero tengo problemas mayores. Perdí de vista al chofer de Rey.

Avanzo entre los grupos de alumnos, cuyas voces se elevan por oleadas: quejándose de los profesores o intercambiando rumores sobre la asignación de clases. Nada extraño para un primer día de clase.

Envidio lo despreocupados que suenan. No tienen nada ni a nadie que proteger, nada que perder, mientras que yo intento dar caza al chofer de la chica a la que desprecio, sufro ataques de nervios a diario y me pregunto por qué aparece el hielo inesperadamente cada vez que ella está cerca pese a que llevo controlándolo toda la vida. Pero, está bien, seguro que la clase de Anatomía va a ser durísima.

Vuelvo a encontrar al chofer unos minutos después. Está en un rincón del salón de actos. Se apartó de la muchedumbre y se colocó junto a la puerta con las manos en los bolsillos fingiendo que no vigila a nadie en particular.

A mí no me engaña.

Cambio de dirección y me dirijo hacia él con los hombros tensos. Cuanto antes me entere de qué quiere este tipo, podré volver a mi rutina y relajarme.

Enseguida se percata de que me estoy acercando. No se inmuta. Se limita a cambiar el peso de pierna como si me estuviera esperando.

Bien. Acabemos con esto de una vez por todas.

Me acerco con los brazos cruzados.

—¿Eres nuevo?

Se me podían haber ocurrido tantas cosas que decir… ¿Por qué digo eso?

Se le mueve un poco la mandíbula, como si se estuviera planteando si debe contestar.

—Algo así.

Habla con un ligero acento que no puedo localizar. Pero lo que más me llama la atención es su tamaño: no es solo que sea alto, es que tiene la espalda ancha y la envergadura de un escolta de pez gordo. Los músculos parecen querer salírsele del cuerpo bajo ese traje negro. ¿Querrá que la gente aprecie su cuerpo trabajado o es que no le importa que el traje le quede pequeño porque tiene otras cosas de las que preocuparse?

Había pensado que no era más que el chofer, tal vez un guardia de seguridad de poca monta.

—¿Eres escolta?

No me contesta inmediatamente. No aparta la mirada de Rey, quien se desplazó un poco y habla con otra gente. Al cabo de un rato dice:

—No de ella.

—Entonces ¿por qué la miras con esa intensidad? Da mala vibra.

Con eso consigo que me preste atención. Voltea despacio y me mira con sus ojos de un azul gélido.

—¿Quién dice que la miro a ella?

—Lo digo yo.

Se queda pensativo un momento. Luego se encoge de hombros.

—Supongo que las cosas no son siempre lo que aparentan.

Se me tensan los nudillos e intento ignorar el frío que me cosquillea en la yema de los dedos.

—Estás perdiendo un tiempo precioso.

Vuelve a mirarme con sus ojos azules.

—Eso depende de cuánto tiempo dispongas.

No parece decirlo con malicia, sino seguro de sí mismo. Como si él ya supiera el final y yo fuera demasiado estúpido para saltarme los capítulos.

—¿Eres un Erikson? —me pregunta.

Pronuncia mi nombre como si fuera un insulto. Dios, qué ganas tengo de borrarle esa sonrisita de un puñetazo.

—Aric.

Frunce los labios.

—Ya veo. El heredero.

Se me ponen los pelos de punta. No porque haya mencionado mi lugar en la familia, sino por la intrascendencia con la que lo dice, como si no fuera más que una de las reliquias de Sigurd.

—No sé a qué crees que viniste…

Me corta en seco con un movimiento de cabeza.

—Relájate. Por ahora me limito a observar.

No me gusta lo que eso implica. Y todavía me gusta menos que Rey muestre tanta confianza con él y le sonría de ese modo.

¿Qué carajos me pasa? ¿Qué me importa a mí a quien le sonría?

Se me engarrotan los dedos. El frío me desciende por los brazos y tenso los músculos con todas mis fuerzas. Me meto las manos en los bolsillos.

—Disfruta del espectáculo —murmuro por fin antes de girarme para salir de allí.

Debería dejarlo ahí, debería alejarme. Sin embargo, me volteo una sola vez a mirar. Un segundo nada más: sigue observando a Rey.

No lo hace de forma lasciva ni calculadora. La vigila.

Eso es mucho peor.

No sé a qué pensaba que estaba jugando con ella, pero ya no soy el único que juega. Y aunque yo no soy de los que pierden, sospecho que él tampoco.

CAPÍTULO VEINTISÉIS

REY

—¿Qué hay ahora? —pregunto sin apartar la mirada de la espalda de Aric mientras se aleja.

Nos desplazamos hacia un rincón del salón de actos. La mayoría de los alumnos de primer año están asaltando las mesas de la comida, socializan o charlan con sus mentores. Algunos de los estudiantes que se presentaron antes se quedaron cerca de Rowen y de mí. No tenemos muy claro qué hacer ahora.

El auditorio reverbera con el zumbido de un sinfín de conversaciones y me dan ganas de maldecir ese sentido del olfato tan desarrollado que tengo. Percibo el olor a sudor causado por el estrés, la colonia barata, distintas cremas corporales, jabones y café. Me está distrayendo.

Eira suspira y mira el reloj.

—Por favor, que alguien me confirme que esto terminó y que no nos van a forzar a hacer más ejercicios para fomentar el espíritu de equipo. Porque yo me niego.

Rowen, que está a su lado, se aclara la garganta como si dijera: «Tampoco es que tengas elección». En serio, ¿qué hace aquí? ¿Por qué no me ha contado nada aún? Su silencio es peor que las miraditas que no ha dejado de lanzarme, como si pudiera leerme la mente.

Eira lo mira por encima del hombro antes de que pueda decir algo.

—Llevas trabajando una hora nada más, así que cierra la boca.

Levanta las manos en señal de defensa. Lo normal sería que me riera. Suelo ser yo la que mangonea a Rowen, pero me siento demasiado confundida.

—¿Trabajando? —pregunta Ziva—. ¿De qué?

—Eso —añado yo—. ¿Para quién trabajas?

Eira sacude su teléfono como si fuera obvio.

Ziva y yo intercambiamos una mirada. No lo es.

—Soy una *influencer* de maquillaje —dice como si con eso quedara todo explicado. Y la verdad es que algo sí que ayuda.

—No me digas —dice Ziva inexpresiva—. Así que tienes escolta por si alguien intenta robarte el rizador de pestañas.

Eira se encoge de hombros.

—Las amenazas provienen de donde menos te lo esperas.

De acuerdo. Ahí tiene razón.

—Además —prosigue Eira—, mi padre es un pez gordo en empresas Odín. Si me llegara a pasar algo, se produciría un escándalo. ¿Te imaginas?

Claro que sí. Me lo estoy imaginando ahora mismito. Es imposible que no se haya dado cuenta de que yo soy la hija del jefe y no tengo escolta, ¿no?

Admito que es una forma ingeniosa de meter a Rowen en el campus sin levantar sospechas, pero ¿por qué no lo mandaría

Padre como mi guardaespaldas? También podría haber entrado como un traslado de matrícula.

Hace tan solo unos días, Rowen no tenía permitido siquiera ayudarme. ¿Qué ha cambiado?

Aric regresa y se coloca a mi lado, sobresaltándome.

—¿Es amigo tuyo?

—Guau. —Aplaudo lentamente mientras intento controlar mis oscuros pensamientos—. Sabes lo que son los amigos. Estoy impresionada.

Reeve aparece detrás de su hermano y le coloca un brazo sobre los hombros afectuosamente.

—También sabe deletrear la palabra «gato». Es una locura. Todavía estoy sorprendido.

Aric le da un ligero empujón. Reeve finge que le dolió y se agarra el brazo.

Levanto la barbilla.

—Buen discurso, por cierto.

Pone una mueca.

Sigurd carraspea en el micrófono generando realimentación, que se propaga por la sala. Cientos de estudiantes se quejan al unísono.

—Otra vez no —masculla Aric.

—Perdón. No quería… —Sigurd sonríe como si dijera: «Soy un pobre viejito que no sabe cómo funciona un micrófono»—. Con esto concluye la ceremonia de bienvenida. Muchas gracias por asistir. Recuerden descargar la app de Endir en sus teléfonos. Los estudiantes de primero y los traslados pueden recoger el sobre de matrícula en la mesa tres. —Señala a la izquierda de la sala—. Por último, no olviden apuntarse a las actividades de esta semana.

—¿Hay más? —Casi me atraganto al decirlo.

—Mucho más. —La sonrisa que me brinda Reeve me resulta desconcertante.

Sigurd prosigue con su parloteo con ademán ostentoso.

—A lo largo de esta semana, nos reuniremos para comer helado y socializar…

—No pienso ir —dice Reeve en voz baja.

—Seguido de un espectáculo de fuegos artificiales junto al lago.

—Al que tampoco iremos, porque el espectáculo de fuegos que preparamos nosotros para la fiesta del fin de semana es mejor —añade Reeve.

—Y la batalla anual de Atrapa la bandera con lanzadores Nerf.

Reeve levanta la mano de un jalón.

—A eso sí que me apunto.

—Y por último, una de las tradiciones más antiguas de Endir: nos complace invitar a nuestro preciado alumnado, sus familias, antiguos graduados y al profesorado a unirse a la Cacería Salvaje en busca de la buena suerte. Nosotros ponemos la comida y los juegos. Eso si son capaces de atravesar los traicioneros senderos.

Todos se ríen.

—De eso me encargo yo —dice Reeve sonriente.

—También se celebrarán fiestas de bienvenida departamentales para que puedan conocer a gente de su facultad. Buena suerte.

Sigurd suelta el micrófono por fin y se lo entrega a un empleado.

Reeve suspira aliviado.

—Que alguien esconda ese micrófono. Que se lo meta en los pantalones si es preciso y no se le ocurra devolverlo.

Y de esta manera da comienzo mi primera y última semana en la universidad de Endir.

Que los dioses me sean propicios.

Capítulo veintisiete

REY

Descargo sin demora la app interactiva del campus de Endir en el teléfono. Después sigo al rebaño hasta las mesas para apuntarme a las actividades. Finjo leer con detenimiento los formularios de inscripción sin apuntarme a nada. Tras esto tomo el sobre con los últimos documentos de la matrícula y salgo por la puerta.

Quedan dos horas antes de que empiece mi primera clase.

Voy trotando hasta mi dormitorio dispuesta a idear un plan o a conspirar, o incluso a tomar una minisiesta antes de las clases, pero algo me pasa rozando la cara al abrir la puerta. Lo atrapo al vuelo y cierro de un portazo para valorar a mi atacante.

—Una piedra, Rowen. ¿En serio? —Solo que cuando me fijo realmente en ello, me doy cuenta de que no es una piedra, sino una pieza de ajedrez: la que faltaba en la foto que me envió Padre antes.

La reina.

La dejo en la mesita.

—Un regalo de tu padre —dice.

Los dos sabemos que está lejos de ser un regalo. Si acaso, una advertencia.

—No hacía falta que me la tiraras a la cara.

—Sabía que la atraparías —dice como si eso fuera una excusa.

Se levanta de la cama y me mira de arriba abajo. Yo hago lo mismo con él. Lleva el pelo rubio recogido atrás y no se ha cambiado el traje negro.

—Tienes una facha horrible, por cierto.

—Me encantaría que la gente dejara de decir lo obvio. —Se le forman unos hoyuelos junto a las comisuras de los labios. Extrañaba esa sonrisa. No me gusta cuando anda preocupado todo el tiempo, siempre alerta—. Necesito un baño y si me queda tiempo una siesta antes de ir a clase. ¿Todo bien? ¿Dónde dejaste a esa sombra tuya que no para de enviar mensajes? ¿Aparta alguna vez la mirada del teléfono cuando habla?

Se pellizca el puente de la nariz.

—Se está poniendo una mascarilla en la cara delante del teléfono, dónde si no. Se está preparando para las clases y el resto de las actividades de orientación, cómo no, mientras se lo muestra a las masas en directo. Auguro un futuro plagado de eventos sociales.

Suelto una carcajada. Dios, qué bien me sienta relajarme. Aunque sea solo un poquito.

—Tu actividad favorita. Qué suerte la tuya.

—Creo que no entiende que no me contrataron como amigo, sino como escolta porque su padre es un pez gordo paranoico que piensa que alguien quiere acabar con él. —Pone los ojos en blanco. Después se pone serio—. Odín ha intentado apaciguarlo, pero ha recibido amenazas últimamente, así que…

Bostezo.

—¿A quién molestó mi padre ahora?

—No se lo he preguntado. Tampoco es que quiera saberlo. —Mira en dirección a la puerta y luego a mí. No me gusta nada la forma en que lo hace ni cómo toma aire después, como si se estuviera preparando para darme malas noticias—. Odín volvió a tener otro ataque de ira. Son cada vez peores, Rey.

—¿Qué ocurrió?

—No tengo ni idea. Algo lo hizo saltar. Rompió cuatro tableros de ajedrez; cuatro personas muertas sin siquiera pestañear.

—Por los dioses.

Se encoge de hombros.

—La mayoría formaban parte de su círculo de confianza. No eran unos santos. Pero en la empresa trabajan cientos de empleados; es solo cuestión de tiempo que gente inocente acabe herida. Eso no solo sería malo para la empresa, sino que atraería una atención indeseada en un momento crítico.

Pienso en los estudiantes, cada uno con su familia, sus amigos. Acabo de conocer a Eira y, pese a no ser una de mis personas favoritas, tampoco le deseo ningún mal, ni a ella ni a su padre. Y luego está Ziva, quien me ha salvado el trasero unas cuantas veces. ¿Podría vivir con el remordimiento de haber puesto su vida en peligro?

—Su poder se desvanece y con él su sentido de la realidad.

Siempre había sospechado que estaba empeorando, pero oír a Rowen hablar de ello así, sin tapujos…

—La fuerza vital de Odín está vinculada a Asgard. Lleva tanto tiempo lejos de la fuente que ha empezado a debilitarse y lo paga con la gente que le rodea. El poder es como el tiempo: al final se acaba.

—¿Cómo está Laufey? —me atrevo a preguntar.

No le mando mensajes porque sé que mi padre le revisa el teléfono y no quiero crearle problemas.

Rowen suelta un suspiro.

—Ya sabes cómo es: le encanta la repostería y su jardín. Pasa mucho tiempo al aire libre últimamente. Creo que trata de estar cuanto rato puede alejada de Odín, aunque él siempre la vigila.

—Vigila a su prisionera, quieres decir. —Suelto un bufido—. Por lo menos no le ha puesto la mano encima…

—Lo hará. Y pronto. Eso si no acaba con ella antes su enfermedad. Odín no amenaza en vano. —Suspira—. A su manera, no deja de preocuparse por ella…

Pero es que ahí se acaba todo. La poca emoción que es capaz de sentir mi padre jamás le hará cambiar sus planes.

—No lo defiendas, Rowen. Lo único que consigues es que me entren ganas de darte un puñetazo y la verdad es que me caes bien. ¿Dejamos ya esta conversación? Estoy haciendo lo que puedo, pero solo han pasado dos días. No voy a pasearme por el campus haciendo preguntas y tampoco es que me emocione intimar con el heredero Erikson.

Aric se muestra hostil. Enfadado. Parece un compendio de emociones incontroladas y peligrosamente embotelladas a punto de estallar.

—¿Te sientes… —Mi voz se va apagando poco a poco—… diferente en Endir? Ya sé que te gusta mantener tus secretos, pero ¿te sientes más débil aquí? ¿Como si hubieras perdido el control? Por el poder de Sigurd o por la ridícula cantidad de runas que nos rodean, tal vez…

Rowen se pone tenso y agacha la mirada.

—Ya has visto mis cicatrices. Desde que llegué aquí, me duelen como si acabara de hacérmelas. ¿Ya estás contenta, Rey? —Cierra los ojos con fuerza—. Lo siento. No te mereces que te hable así.

Observo su brazo derecho. Parece que alguien le hubiera destrozado la piel con sus largas uñas. Las cicatrices descienden por su brazo hasta los dedos y son tan profundas que parecen quemaduras.

—Los Erikson, su linaje completo, pagarán por lo que te hicieron.

No se inmuta, aunque percibo la ira en sus ojos, los rescoldos de una guerra perdida, de una familia perdida, de haberlo perdido todo.

—Eso no basta, ya lo sabes. Necesitas trabajar más rápido. Aric no es idiota y tampoco lo es su abuelo. Odín y Sigurd estuvieron en guerra durante milenios. Puede que al encontrarse atrapados aquí haya habido una tregua, pero eso es todo. La paz es inalcanzable.

Sus palabras me dejan hundida.

—Te permitieron entrar en su mundo y puede que disfruten jugueteando contigo un tiempo y sean amables, pero no te confundas: los gigantes distan de ser débiles. Anda con cuidado y muévete con rapidez.

Pues vaya ayuda.

—Eres la hija de Odín. El Mjölnir debería responder a tu llamada.

Ya sé todo eso. Aun así, oírlo en voz alta consigue que mi tarea parezca más abrumadora de lo que ya es de por sí. Lanzo el teléfono a la cama y me recojo el pelo en un bulto a la altura de la nuca.

—Odín dice que tú también perteneces al linaje, que llevas la sangre, aunque esté algo diluida. ¿Por qué no habría de reaccionar ante ti? —Termino de recogerme el pelo y me cruzo de brazos—. Todo esto sería más fácil si trabajáramos en equipo.

Se humedece los labios. Suele hacerlo cuando quiere ganar tiempo para pensar la respuesta con detenimiento. Él nunca se limita a contestar sin más. Siempre reflexiona.

—Me gustaría pensar que sí. Pero las pocas trazas de la sangre de Odín que me quedan en la sangre no bastan para empuñar el arma más poderosa del mundo. El accidente que sufrí lo arruinó todo. Perdí tanta sangre que a veces me pregunto si queda algo de lo que verdaderamente importa. —Se le ensombrece la expresión—. ¿Podemos dejar de hablar de esto?

—Perdón, pero es que nunca me lo habías contado. Tal vez nos ayude hablar de ello.

—No estoy de acuerdo. —Niega con la cabeza—. Puedo llenar una vida con los traumas que he superado, Rey.

—No era mi intención sacar el tema.

—Olvídalo —dice con rapidez mientras se acerca a la ventana con los músculos tensos.

Sé que sus cicatrices no son solo externas. Me recuerda a Aric, aunque no debería… Perdió a sus padres en ese extraño accidente: alcanzados por un rayo.

—¿Cuántos voltios se concentran en un rayo? —le pregunto a Rowen.

Se da la vuelta rápidamente con las fosas nasales dilatadas como si le hubiera enojado la pregunta. Enseguida recupera la compostura y se frota los ojos.

—Perdón. Estoy cansado. Tampoco estoy acostumbrado a que me hagas preguntas que no versen sobre la venganza, la lucha, la muerte o las papas fritas. Además, estoy harto de esta obsesión de Odín con el Mjölnir. Entiendo por qué lo necesitamos, pero tampoco es que sea… suyo.

—Bueno, técnicamente sí lo es. Fue mi padre quien encargó que forjaran el martillo.

Rowen sigue frotándose los ojos, pero yergue la espalda y cierra las manos en sendos puños. Me acerco a él, preocupada.

—¿Estás bien?

En cuestión de segundos, me empuja contra la pared. Me tiene agarrada por el cuello con una mano de forma que mis pies no alcanzan el suelo. Jalo su mano, aterrorizada. Me falta el aire. ¿Qué está pasando? Jamás me había puesto la mano encima.

—Rowen. —Me estoy ahogando—. ¡Rowen!

Su mirada es insondable, como dos pozos oscuros. Acerca la cara y me roza con la nariz en el cuello. Su voz suena ronca.

—¡No es de Erikson ni de Odín! Fue un regalo al dios más poderoso del reino. Estoy harto de que la gente pase por alto el sacrificio que tuvo que hacer él.

—Déjame… —le golpeo con las piernas cada vez con más fuerza—… en el suelo.

Si no consigo hacerlo entrar en razón pronto voy a desmayarme.

Voy a morir.

Capítulo veintiocho

REY

En cuestión de segundos, paso de un estado de estupor a sentirme indefensa para acabar con un enojo monumental. Pero si soy como de su familia. Jamás había perdido los estribos conmigo. Ni una sola vez. En el fondo sé que Rowen no me haría daño.

Tampoco quiero hacérselo yo a él, aunque no me queda elección. Le doy un empujón con la mano en el pecho y sale volando hacia atrás, aterrizando sobre la cama de invitados, que se parte en dos por el impacto.

Sé que soy fuerte, pero ¿tanto? Me quedo mirando la mano, temblorosa. No utilicé más que una y mandé a volar a un escolta de más de metro ochenta contra la cama. Eso no es normal.

¿Será mi sangre, que reacciona a este sitio?

Si dejamos a un lado lo raro del asunto, la verdad es que me siento bastante bien. Me alegra que me afecte estar tan cerca del Mjölnir.

Rowen suelta un gruñido.

—Carajo, Rey. ¿Intentas matarme?

—¡Me estabas ahogando, pedazo de idiota! —Con el corazón a mil por hora, le ofrezco una mano y lo ayudo a levantarse. Entorna los ojos antes de aceptarla.

—¿De qué estás hablando? Me dijiste que tenías una pregunta sobre relámpagos y no parabas de hablar de Odín. —Se incorpora y se sacude el polvo de la ropa—. Por cierto, pueden llegar a alcanzar mil millones de voltios.

Mil millones.

De voltios.

¿Cómo pudo Aric sobrevivir a eso? ¿Y salir ileso? Tras nuestro paso por el manantial, puedo dar fe de que así fue.

Pero lo más importante:

—¿Qué te ocurre? —Lo miro con cautela—. Acabas de perder la calma. Nunca me habías gritado. ¿Pasó algo?

—Ay, Dios. —Se le suaviza la expresión de la cara—. Lo siento mucho. Es solo que... Igual a mí también me está afectando todo. Llevo aquí tanto tiempo, tan lejos de mi tierra natal, rodeado de sabe Dios quién.

Aguzo el oído. Nunca me había contado tanto sobre él.

—Entonces ¿no naciste en Washington?

Se mordisquea el labio inferior. Nos interrumpe alguien llamando a la puerta con tanta fuerza que va a acabar echándola abajo.

TOC.

TOC.

TOC.

—¿Qué demonios haces ahí dentro? ¿Estás redecorando la habitación?

Es Aric.

Vuelve a golpear la puerta.

—No me hagas romper la puta puerta.

¿Hoy todo el mundo tomó una dosis extra de ira?

Miro rápidamente a Rowen.

—Lo siento. —Le doy una patada para que se acerque a la cama y Aric no lo vea ni sospeche nada—. ¿Qué quieres? —pregunto mientras abro la puerta solo un poco.

A Aric se le abren los ojos oscuros de par en par. Juraría que entró en pánico al echar un vistazo al interior del dormitorio, al ver la cama rota.

—Me caí.

Enarca las cejas, incrédulo.

—¿Qué hacías? ¿Andar a gatas por el techo? Sabes que va contra las normas romper los bienes de la universidad, ¿no?

—Claro. —Me cruzo de brazos—. Aunque no veo ningún distintivo que te identifique como miembro de la seguridad del campus. Fue un accidente, ¿de acuerdo? Es cierto que me caí.

—La cama de invitados de tu cuarto está partida en dos.

—Peso más de lo que aparento.

—Lo que parece es que pateaste la cama. —Se dispone a entrar en el dormitorio.

—Eso sí que no —digo al tiempo que le cierro la puerta en la cara—. Correré con los gastos. Métete en tus asuntos.

Mierda. Necesito acercarme a él y esta sería la oportunidad perfecta si no fuera porque tengo a Rowen escondido detrás de la puerta. No me puede cachar en una mentira.

—Te oí hablar con alguien —prosigue Aric.

—Estaba al teléfono —siseo—. ¿Puedes irte de una vez?

Entorna los ojos. Tras esto, de un movimiento certero abre la puerta de un empujón hasta casi desencajarla. Rowen queda a la vista y no se ve nada bien: lleva el pelo despeinado tras la caída y la camisa por fuera. Genial. Esto es perfecto.

Aric suelta un improperio. Por unos instantes, no reconozco su mirada, aunque enseguida se vuelve gélida.

—Guau. Me preguntaba por qué tendrías tanta prisa por volver a tu dormitorio y ahora ya todo tiene sentido. Eres la viuda negra que mata después de aparearse. —Se dirige a mí cuando habla, pero no aparta la mirada de Rowen—. No vale la pena, persona que acabo de conocer. Hay mejores formas de vivir que meterse en la cama de Rey Stjerne.

Rowen se ríe, interpretando su papel a la perfección. Da un paso adelante para colocarse junto a mí. Ay, no. ¿Qué está haciendo? Este hombre es prácticamente mi hermano.

—Eso lo dudo mucho.

Voy a matarlo. Aric mira la cama rota y la señala con el dedo.

—Supongo que ahí es donde terminaron.

—O donde empezamos —presume Rowen—. Algunos duramos más que otros.

—Y algunos podríamos vivir una vida entera sin necesidad de saber eso.

Aric niega con la cabeza y se aleja del umbral de la puerta.

No le quito los ojos de encima hasta que vuelve a su dormitorio y, una que vez entra, cierro la puerta y miro a Rowen con reprobación.

—¿No se te podía haber ocurrido nada que diera menos incomodidad? ¿En serio, Rowen?

Pone los ojos en blanco.

—Le dijiste que te caíste del techo como si fueras Spiderman.

—Entré en pánico, ¿de acuerdo? Y ponte bien la ropa. Puede que mi familia psicótica te haya adoptado, pero los dos sabemos que si Odín te atrapara en mi cama te decapitaría con más precisión que una guillotina.

Rowen se arregla el pelo y se mete la camisa en los pantalones.

—No te preocupes, Rey. Por muy guapa que seas, no vale la pena arriesgarse.

¿Qué carajos le pasa? No parece él mismo. Hasta su mirada se tornó oscura. ¿Es por mi culpa? ¿O es la extraña densidad que hay en este campus? A lo mejor el exceso de runas hace que la gente pierda los estribos. ¿Me sorprendería que Sigurd hiciera algo así para mantener a su alumnado a raya? La verdad es que no.

—Deja de hacerte tonto.

Jamás me haría daño… o eso solía pensar. Ahora me planteo cuánto tardaría en alcanzar el cuchillo que tengo escondido.

Nota mental: debajo de la cama está demasiado lejos.

—Yo hago mi trabajo a la perfección —dice como si no hubiera ocurrido nada, como si no hubiera perdido los estribos hace un momento—. Tú eres la que está decepcionando a Odín.

—La historia de mi vida—. ¿Por qué no cambias de táctica?

Me dan unas ganas de saltarle a las cejas enarcadas de un golpe.

—No pienso usar mi cuerpo para seducir a Aric, cabrón.

—A los hombres como Aric no se les seduce con el cuerpo. Tienes que mostrarte poco receptiva y conseguir que quiera averiguar por qué no caes rendida a sus pies como las demás. —Se encoge de hombros y se dirige hacia la puerta—. Además, quién mejor que tú para mostrar una actitud de mierda.

Se marcha dejándome confundida. No quiero sentirme así. Si sigo aquí sola voy a empezar a darle vueltas a la cabeza, a recordar la expresión de Aric cuando abrió la puerta; cuando vio a Rowen, la cama, a mí.

Sé lo que le pasó por la cabeza. Pero ¿a quién le importa lo que piense? De acuerdo, no lo creo ni yo. Vaya falsedad...

Odio que me importe, aunque sea solo un poquito, y también que mi parte más siniestra se alegrara al principio. Porque cuando Aric casi echa la puerta abajo, creo que lo hizo porque estaba preocupado. Preocupado por mí. No siempre nos hemos odiado.

Me agarro a la manija de la puerta y doy un traspié. Me viene a la mente una imagen de sus labios trazando un camino a lo largo de mi mandíbula, su boca rozándome la garganta. Siento cada uno de sus suaves besos como si una ola de escarcha me cubriera la piel. Se me pone la piel de gallina. Tomo aire cuando detiene sus labios sobre el hueco de mi cuello. Se muestra indeciso, pero después sopla su aliento gélido, haciéndome estremecer.

Se me acelera el pulso.

Le clavo los dedos en los hombros para encontrar un apoyo. Necesito más. Lo necesito todo.

Se me nublan los sentidos mientras resuenan los truenos en la distancia en perfecta sintonía con los latidos erráticos de mi corazón. Puede que afuera se esté desencadenando una tormenta, pero con cada beso que me da estalla otra entre nosotros. Deseo rendirme, entregarme al hielo. Dejarme llevar. Le rodeo el cuello con mis brazos mientras nos miramos a los ojos.

Sonríe sin apartar sus labios de los míos.

—Me gusta tu calidez.

Me recorre un escalofrío cuando me sumerjo en él…

Guau. Detente.

Me doy un golpe en la cabeza y descubro que la puerta sigue un poco abierta.

Ziva está al otro lado a punto de darle un trago a su café.

—¿Estás bien?

—Claro —digo demasiado rápido—. Olvidé lo que iba a hacer… Nos vemos después de clase.

Cierro la puerta y me apoyo en ella.

Ojalá tuviera a alguien con quien contar. Quien sea. Incluso Rowen se sobresalta, se olvidó de quién es. Se volvió violento, habla en nombre de mi padre, me vigila… ¿No se dan cuenta de que me estoy esforzando? ¡No han pasado más que dos días!

Caigo rendida en la cama. Busco debajo del colchón la nota de Laufey.

ᚱ ᛞ ᚺ ᛟ ᚦ

Raido, Dagaz, Hagalaz, Othala y Thurisaz.

Leo las runas una y otra vez y pienso en Raido. Es la runa que encontré en el Salón de Ormir.

Busco entre el contenido del sobre que me entregó Reeve con el ceño fruncido y saco el folleto del campus. Rodeo la runa Raido con la pluma. ¿Tendrá Endir un mapa de las runas? ¿Alguna guía? En Google se encuentran guías para todo. También puede que haya un hilo en Reddit. Igual hasta resulta útil. ¿Por qué no voy a ser optimista…?

¿Sería esa la intención de Laufey? ¿Que fuera en busca de algo? ¿O me lo dio como una especie de bendición ancestral porque es una gigante y ellos conocen bien las runas? Al paso que voy no me sorprendería que fuera una puta advertencia para que no me acerque a ellas.

Laufey no habría arriesgado su vida para pasarme esas runas sin un buen motivo. Son demasiado poderosas, su significado, de vital importancia. Laufey no da puntada sin hilo. No puedo olvidar eso. Es una persona paciente, extremadamente inteligente. Tengo que descubrir qué quería decirme. Tendré que prestar más atención a las runas cuando pasee por el campus. Puede que tratando de entender lo que quería decirme Laufey consiga encontrar el Mjölnir más rápido.

Miro por la ventana y veo a Aric, que se dirige al bosque. Parece enojado. ¿Porque me encontró con Rowen?

Está pateando el suelo. De repente se detiene al ver que se está formando hielo bajo sus pies. Lo mira fijamente, confundido, después sigue caminando. Qué interesante. Crea hielo sin querer cuando está exaltado.

Y lo que es más interesante aún: puede que él no esté despierto, pero algo en su interior sí lo está.

Puede que sea hora de que lo ayude a sacarlo afuera.

Capítulo veintinueve

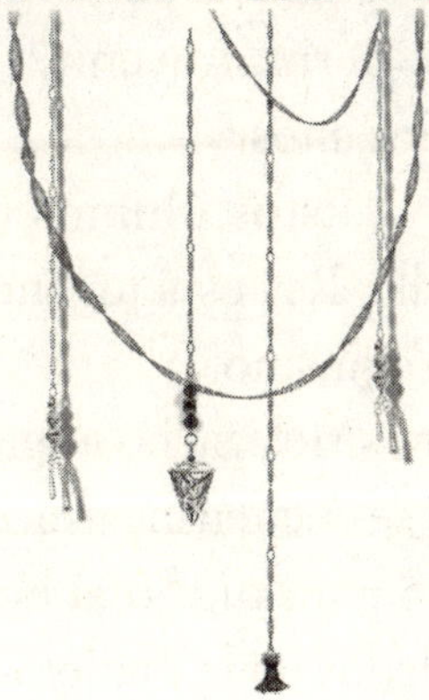

ARIC

Salgo corriendo del edificio. Me cuesta trabajo ver con claridad. No recuerdo haber dado un portazo al salir, pero debí de hacerlo a juzgar por el grito que pega un compañero pidiéndome que vaya con cuidado.

Por eso Reeve no deja de advertirme que me aleje de ella. No puedo controlarme cuando está cerca. No puedo controlar mi genio ni la necesidad de hablar con ella incluso cuando sé que solo va a empeorar las cosas.

Mierda. ¿De verdad tiene que estar en todas partes?

Me detengo y miro hacia el suelo. Me devuelven la mirada mis huellas heladas.

Las pateo e intento controlar la respiración. Después avanzo a grandes zancadas por el sendero que conduce al lago. Voy con los sentidos alerta por si hubiera alguien cerca, pero todo parece tranquilo. Al fin y al cabo es el primer día de clase.

Siento que estoy perdiendo el control, pero lo último que necesito ahora es presentarme ante Sigurd y admitirlo delante de él. Las pastillas han dejado de funcionar y ya no atemperan mis emociones exaltadas con Rey en el campus. ¿Por qué carajos le permitió venir? ¿Está castigándome por lo que sucedió hace dos años?

Estos últimos días he pasado de un detonante a otro. Es ella. Rey está jugando con mis sentimientos y necesito que pare. Ya mismo.

Me agacho a agarrar un tronco que mide tanto como mi muslo y se encuentra atravesado en mitad del camino. Al levantar el brazo para tirarlo al bosque me percato de que dejé marcas de mis dedos en la madera de unos dos centímetros de profundidad.

Lo dejo caer al suelo, sorprendido. Me inspecciono las yemas de los dedos, pero no encuentro rasguños ni nada que demuestre que acabo de traspasar un tronco con los dedos.

Bueno. Esto es nuevo.

«Provienes de un linaje de gigantes —me dijeron una vez—, pero no tienes nada de qué preocuparte. La medicina puede ayudarte. Lo único que debes hacer es controlarlo. Eres el primero que ha nacido lejos».

«¿Lejos de dónde?», pregunté yo.

«De Jötunheim».

De casa.

Casi podía saborearla, olerla, quería experimentarla.

«¿Cuándo podremos volver, Sigurd?».

Se le tiñeron los ojos de negro.

«Jamás. Los dioses arrasaron con ella, la quemaron por completo. No se puede volver a las cenizas».

«¿Hiciste que pagaran por ello?», pregunté.

«Aún no. Pero un día lo conseguiré. —Sonrió y me dio unos golpecitos en la cabeza—. Hasta que llegue ese momento, disfruta de la nieve que nos rodea, céntrate en el frío y todo irá bien».

Se me cierra el estómago.

Estoy agachado para examinar la rama cuando noto un remolino oscuro y siniestro en el interior del pecho. La presión va en aumento. No sé lo que es, pero parece que va a estallar. Quiero gritar al vacío, arremeter contra lo que sea esto. Sin embargo, hago algo que nunca he hecho antes. Algo contra lo que me había prevenido Sigurd. Lo único que me prohibieron hacer, porque este mundo fue diseñado para los hombres, no para dioses ni monstruos. No para alguien como yo.

Me dejo llevar por la oscuridad y me sumerjo de cabeza en el frío devastador que me rodea.

Por primera vez en muchísimo tiempo me siento libre.

Siento la espalda cada vez más caliente y me duele la mandíbula de apretar los dientes. Separo los labios despacio. Al abrir los ojos, cada suspiro que exhalo me muestra el aliento transformado en escarcha.

Pienso en Rey y en Rowen.

La furia contenida se me acumula en el pecho amenazando tormenta hasta que estallo en un grito y golpeo con las manos contra un árbol, que cruje al partirse en dos y caer al suelo.

Hay restos de escarcha y una capa fina de hielo en la grieta del tronco. Noto un cosquilleo en los dedos. Por fin se les hace justicia.

Me tomo un minuto para disfrutar de la sensación, para respirar el aire frío y cortante.

¿De qué soy capaz? No estoy seguro. No creo que nadie lo esté.

Niego con la cabeza.

¿Qué habrá callado Sigurd de lo que significa ser un gigante, de lo que conlleva? Y más habiendo nacido aquí. En cuanto menciono a mis padres o mi pasado, reacciona con advertencias, un discurso o mi favorita: un silencio por respuesta. Me pide que sea paciente; sin embargo, tengo la extraña sensación de que se agota el tiempo.

¿Y qué tendrá ella que ver en todo esto?

Siento otro retortijón en la panza.

Hay un torbellino girando bajo la superficie. Puedo sentirlo: frío, ancestral, sediento de sangre.

Está hambriento.

Observo el árbol roto y esbozo una sonrisa. Debería sentirme aterrorizado por querer destrozar. Entonces ¿por qué me siento tan bien?

Vibra el teléfono en mi bolsillo. Seguro que es Reeve. Lo saco y miro la pantalla.

Reeve: ¿Dónde estás? Estoy a punto de salir para la clase. Los juegos son esta noche. Si no ganamos este año te desheredo.

Estoy tentado a contarle lo de Rey, pero noto que la oscuridad y mis pensamientos retorcidos se van apaciguando poco a poco. No sé lo que me ocurrió, pero vuelvo a tener el control. Por ahora, no tengo alternativa.

Yo: En camino.

Capítulo treinta

REY

Todavía no me he recuperado de esa estúpida pesadilla: me estaba ahogando, cómo no; un remolino me arrastraba a las profundidades marinas, frías y oscuras. Mi padre, Rowen, Aric, Reeve e incluso Laufey contemplaban la escena desde la orilla.

La espiral descendente, el aplastante peso del agua… Está claro que se trata de una metáfora de mis responsabilidades. Es como si mi cerebro hubiera decidido proyectar lo que más me estresa en una pantalla gigante y me hubiera obligado a mirar.

Me arrastro hasta el espejo que hay sobre el lavabo del dormitorio. La imagen que me devuelve tiene un aspecto terrible, pero no hay tiempo para sentir lástima de mí misma. Llevo el pelo recogido en una coleta, unas mallas cortas negras, una sudadera holgada también negra que casi me traga por completo y tenis. Tendrá que bastar. Suelo llevar ropa de diseño, pero vestirme de esta forma me ayuda a pasar desapercibida. Y mejor llevar tenis que zapatos de tacón, por si acabo persiguiendo a alguien, o alguien me persigue a mí. Qué suerte tengo: primera semana de universidad y la posibilidad de caer en una trampa mortal, todo en uno.

Todavía no he llegado al recibidor y ya estoy sudando. Pongo una mueca cuando empujo la puerta de salida de la residencia. Tengo que tomarme los días de uno en uno. Igual que a los idiotas, de uno en uno también, o mejor dicho, un Erikson detrás del otro. Estaré bien…

Saco el teléfono para consultar el plano del campus y comienzo a caminar.

Todo en este sitio, desde los árboles enormes al aire que respiro es tan jodidamente denso que parece que avanzo a través de un caldo espeso. ¿A quién se le ocurriría la brillante idea de construir los edificios tan alejados los unos de los otros? ¿Tengo que ir de caminata por el campo cada vez que voy de un punto a otro?

Dioses, olviden mis antiguas quejas sobre Bellevue. Extraño la ciudad. Mi humor no mejora cuando me golpea la humedad de Everett como si fuera una venganza personal contra mí o los de mi especie.

Igual el campus está maldito. O percibe mi sangre y va por mí. Veo unas cuantas runas en el suelo, separadas entre sí como si dibujaran una versión demencial de la rayuela. Las esquivo. ¿Estaré un poquito paranoica? Por supuesto.

Las runas se utilizan como protectores o talismanes. Ya son poderosas por sí solas, pero si las juntas, te proporcionan una protección muy sólida, además de mandar una advertencia gigantesca que todo el mundo es capaz de percibir. La mayoría de la gente no sabrá identificar lo que es, por qué les falta el aire, pero así es como funciona el poder ancestral: te asfixia lentamente.

Para cuando llego por fin al claro que hay detrás del edificio de Bellas Artes, estoy que echo humo. Entonces tomo aire de repente: es precioso.

Entre los árboles, se levanta una clase al aire libre, rodeada de bancos de cemento en los que se refleja la luz solar que consigue atravesar las ramas. Junto a la clase se encuentra la doble puerta que da acceso a la facultad. Historia Antigua nivel avanzado. Me muero de ganas. Vuelvo a consultar mi horario en el teléfono: salón nueve, doctor Tyrson. Miro la pantalla con el ceño fruncido y respiro profundamente. Todo va bien. Tan solo es un trabajo, una misión. En un instante liberaré a Laufey de las garras de Odín con el Mjölnir en la mano y me largaré de un salto de este campus mientras les dedico un gesto con el dedo a los Erikson.

Si además aprendo algo lindo en el proceso, pues eso me llevo.

De repente se me nubla la visión y se apodera de mi mente la sensación de los ardientes labios de Aric sobre los míos. En serio, siempre en el peor momento. No es posible. Tengo que enterrar esa imagen en lo más profundo. No ha ocurrido y nunca ocurrirá. Solo consigue distraerme. ¿Las runas me producen esas visiones?

Seguro que Sigurd es capaz de eso y más. Para alguien que consiguió robar el arma más poderosa del mundo, provocar visiones tiene que ser un juego de niños. No requiere de ayuda para ser poderoso.

Necesito recordarlo. En estos instantes no jugamos en igualdad de condiciones, aunque mi intención es invertir los papeles a nuestro favor.

Al cruzar las puertas del edificio me invade un aroma a producto de limpieza. Avanzo por la marabunta de entusiasmados estudiantes. Resulta irreal lo cotidiano que es. La gente se limita a existir, a hablar de su área de especialización, de las hermandades, de deporte, de la vida misma. No tienen idea de nada y cuanto más los escucho, más resentida me siento.

Hay muchas vidas en juego y estos chicos inútiles pierden su tiempo en apps de citas. Está a punto de morir gente y hay quien se enfada porque su video de TikTok no se ha hecho viral.

Pongo los ojos en blanco y paso por delante de un grupo de chicos. Algunos se me quedan mirando como si esperaran que les sonriera. Hago caso omiso de las miradas, lanzo un poco de Aura y sigo caminando. No tengo tiempo para ellos. Ya me basta con aguantar a Reeve. Y a Aric.

Por fin llego al salón nueve. Echo un vistazo al interior.

Cómo no, Aric está sentado en la última fila. Reeve se encuentra junto a él, parloteando con una horda de mujeres mientras se da golpecitos con una pluma en el muslo. Las chicas lo escuchan con atención, claro. Entorno la mirada y lo ignoro para concentrarme en Aric. Se diría que preferiría estar en cualquier otro sitio. Si no supiera lo que sé, pensaría que ni siquiera respira. Tal vez le irrite tanto el ruido de las conversaciones como a mí. Irradia intensidad: desde la respiración acompasada a la forma en que hace girar la pluma entre los dedos una y otra vez. Me descubre mirándolo. Me aguanta la mirada un momento, hasta que le asoma una sonrisita a los labios. Los mismos que no puedo parar de imaginarme.

No me mira con dulzura. ¿Será su instinto asesino? Lo viste con total naturalidad como si fuera una segunda piel.

Me acerco a la mesa alargada que hay delante de ellos, sobre la que empiezo a dejar mis cosas. Primero el termo negro, después saco el bolígrafo, un cuaderno, el plan de estudios y mi agenda. ¿Ven? Yo también puedo ser normal. Me siento extrañamente realizada al tomar el libro de texto. Acaricio la portada con la yema de los dedos: Historia Antigua. Una asignatura de la que sé más de lo que me conviene.

—¿Qué hay?

Se me acerca un chico de voz grave. Tiene el pelo rubio claro y lleva un lápiz en la oreja como si fuera un arma y no tuviera miedo de utilizarla. Viste con la sudadera de Endir. Se me queda mirando con los brazos cruzados como si tuviera la obligación de darle mi número de teléfono y acompañarlo de un mensaje de texto muy intenso, rematado con un emoji de corazón.

—Qué hay. —Vuelvo a mirar el libro.

—¿No eres de primero?

Hago chirriar los dientes.

—Sí.

—Esta clase es de nivel avanzado —señala—. Seguro que además de preciosa eres superlista.

—Sí, seguro. —O está tratando de ligar conmigo o no sabe cómo hablarle a una chica. Me pongo de pie—. Mira… —Hago una pausa para que me diga su nombre. Soy una persona educada, lo que pasa es que suelo esconderlo debajo de mi tolerancia cero a las idioteces y a los tipos que creen que el mundo está en deuda con ellos.

—Zane —dice, orgulloso.

—Muy bien, Zane. Voy a ahorrarte el esfuerzo. Estoy a un ataque de nervios de distancia de convertirme en una asesina en serie y tengo un padre que sabe muy bien cómo desaparecer cadáveres. Si yo fuera tú, no me acercaría ni con una vara de tres metros.

—Muy cierto —dice Reeve entre dientes detrás de mí.

Puede que haya deseado que alguien me apoyara de vez en cuando, pero esto no es lo que tenía en mente. Gracias, universo.

Yo sigo con lo mío.

—Sé que parezco divertida, pero no soy un trofeo al que puedas sacar brillo cuando quieras. Soy más de esperar bajo tu cama con un cuchillo…

—O dentro del armario —dice Reeve para ayudarme—. O en el salón con un candelabro, en la cocina con una soga… En serio, amigo, no importa el objeto, siempre acaba en muerte. Si yo fuera tú, no me limitaría a irme caminando. ¡Corre!

Zane se aleja de mí despacio y susurra:

—Zorra.

—Encantada de conocerte —digo contenta y vuelvo a sentarme.

—No es más que tu primera clase y ya hiciste llorar a alguien. Había apostado que sería un profesor, no un chico del equipo de futbol americano —balbucea Reeve—. ¿Sabes sonreír o hablarle a la gente sin ser sarcástica?

—El sarcasmo es un elemento disuasorio semiinteligente para idiotas y por algún motivo a ti no te repele. No se me ocurre por qué.

Reeve le da un codazo a Aric.

—Nos atrae el peligro.

Aric da un resoplido. Confirmado: sigue vivo.

—Tengo que admitir que hay una cosa que despierta mi curiosidad.

—Pero si habla y todo. —Me cruzo de brazos. Por fin—. ¿Y bien?

—Te han educado en casa los dos últimos años y, aunque dieras clases avanzadas, te faltarían créditos y no cumplirías con los requisitos para estar en la clase del doctor Tyrson. Yo digo que todo esto es una farsa. Lo que ocurre es que me estás acosando. Odio ser yo quien te lo diga, pero mi respuesta fue «no» hace dos años y sigue siendo «no» ahora.

Me siento tan indignada que me arde la garganta.

—Comprueba los datos antes de hablar. Saqué dieces en todos los exámenes avanzados. Por desgracia para ti, eso significa que no te queda de otra que aguantarme todo el semestre. Espero que te sangren los ojos de tanto tormento.

—Estoy sentado detrás de ti. Créeme, ya están sangrando.

Sus ojos oscuros se vuelven blancos un instante antes de recuperar la normalidad. De pronto me doy cuenta de que le estoy dando la espalda a un enemigo muy peligroso, que no tiene ni idea del poder que tiene y al que no debería molestar. Tomo la pluma con calma para tener algo que pueda utilizar como arma y espero.

Una voz potente deshace la tensión en el salón.

—Abran la aplicación que les dijeron que descargaran junto con el programa de la asignatura si no lo han hecho ya. Localicen a su compañero y siéntense juntos. Rápido, que no tenemos todo el día.

Siento pavor. Es bueno y a la vez…

Cuento los pesados pasos que avanzan hacia mí.

Casi me estremezco cuando deja caer en la mesa el cuaderno y la mochila, luego una pluma, que rueda hasta golpearme la mano. Levanto la mirada y me encuentro con sus ojos color caoba. Parece enfadadísimo.

—Hazme un lugar.

Capítulo treinta y uno

REY

—Localicen a su compañero y pónganse cómodos. —El vozarrón del doctor Tyrson retumba en el salón, grave y autoritario. No es que hable alto. No necesita hacerlo. Imagino que cada palabra que sale de su boca es deliberada y está cargada de significado. Ni siquiera lo oí entrar.

Está de pie en medio del salón. Es alto, de espaldas anchas y piel color marrón oscuro. Lleva el pelo rapado y salpicado de canas plateadas a la altura de las sienes. Una barba meticulosamente recortada afila una mandíbula ya de por sí marcada. La camiseta negra de Endir que viste lo hace parecer accesible… o casi. Igual es alguna moda entre los profesores. Sin duda, el traje dorado chillón de Sigurd marcó tendencia.

Miro de soslayo a Arle y me quedo helada.

La temperatura no ha bajado ni un grado, pero lo que veo me golpea como una avalancha.

Le puse la mano en el cuello, y él tiene la suya en el mío. Me mira los labios y sigue bajando más y más. Nos acercamos el uno al otro respirando con dificultad. Ante nuestras bocas se forman nubes de escarcha que se entremezclan, tentadoras. Sus labios gruesos susurran mi nombre y me acaricia el cuello hasta la garganta…

—¿Terminaste? —me pregunta Aric. Sonríe con lentitud, deliberadamente—. No me malinterpretes, solo estaba midiendo para ver cuánta cuerda vamos a necesitar. Me gusta ir preparado.

Está jugando con mi cabeza. Esas visiones…

Esta complicación no me la esperaba. No estoy preparada.

La clase bulle con el ruido de los cierres de las mochilas, el clic de las laptops al abrirse, los chismes a media voz que se transmiten con el arrastre de las sillas. Hay un ligero aroma a café en el ambiente y a libros viejos cuando me reclino sobre el escritorio con la cabeza ladeada y miro a Aric.

—Guau. Hasta te sabes mi mayor fantasía: que me aten. Tú sí que eres un buen compañero.

Puedo hacerlo. Puedo engatusarlo. Me humedezco los labios y lo miro con intensidad. Suelto un poco de Aura… solo un poquito. Se desprende de mí, cálido y suave, y envuelve el ambiente como si hubiera agitado la mano en el aire débilmente. Quiero ponerlo a prueba. Ver si le afecta.

Se aferra a la pluma con tanta fuerza que por un momento creo que la va a partir en dos, pero, poco a poco, dolorosamente, aparta los dedos. Relaja la mandíbula y los hombros. Como si hubiera cortado los hilos invisibles que lo asfixiaban.

Suelta un gruñido entre dientes, casi inaudible, pero Reeve lo oye y da una patada en el respaldo de la silla de Aric.

—¿Estás bien?

—Claro. —La voz de Aric suena fría como el acero. Me mira a los ojos con dureza, dejándome clavada en el sitio—. Para.

Abro los ojos con inocencia.

—¿Que pare qué? Ni siquiera dije nada.

El Aura es complicado: puedes sentirlo como un abrazo, una sensación de calidez que se expande por tu pecho, como si alguien te acariciara el pelo y te dijera que todo va a salir bien... Sin embargo, no le puse la mano encima. Ni siquiera estoy cerca. Simplemente lo percibe. Es consciente de ello, pero el Aura no lo fuerza, solo hace que se sienta... relajado. Le costó un segundo darse cuenta de lo que sucedía.

La ironía es dolorosa. Puedo hacer que los demás se sientan seguros, relajados, deseados..., pero yo no sé lo que significa sentirse así.

—De acuerdo. —El doctor Tyrson nos silencia a todos—. Abran el plan de estudios. Sí, ya lo sé, aquí empieza el trabajo duro. Por si no lo han averiguado todavía, están en Historia Antigua Avanzada.

Zane, tenía que ser él, suelta una ovación. Reeve no tarda un segundo en golpear el respaldo de mi asiento como si fuera un niño en un cuerpo de adulto. Estoy rodeada de niños.

—Ustedes y sus compañeros tendrán que hacer varios proyectos en el transcurso del semestre. Para empezar...

Oh, no. Aquí llegan las malas noticias. Lo presiento.

—Les asigné un lugar histórico de la zona que tienen que visitar. Espero sus trabajos terminados al final de la semana; entréguenlos antes de que lleguen las fiestas y el caos de las hermandades.

Los asistentes prorrumpen en quejidos y alguna que otra ovación. Leo el plan de estudios y se me cae el alma a los pies. Ahí aparecen nuestros nombres, juntos, al lado del monumento que nos asignaron: las cuevas de hielo.

Perfecto. No podía ser mejor.

El problema no es que no nos hayan dado mucho tiempo para hacerlo, es que la sola idea de estar atrapada en un coche con Aric Erikson me parece una especie de tortura. Sé por qué nos pusieron juntos para esto: fue cosa de mi padre. A él no le interesa que entregue el trabajo, lo que quiere es que pase tiempo con Aric.

Juntos a la fuerza. Despertarlo a la fuerza.

Sabe que sé cuidar de mí misma, pero ¿sabe acaso lo que me sucede cuando estoy cerca de él? Y no hablo solo a nivel emocional, después del rechazo de hace unos años. Me refiero a mi Aura, a mi salud mental. ¿Sabe acaso lo peligroso que es esto?

No le importa. Su objetivo es echarme a los leones.

Las cuevas de hielo: donde los gigantes de hielo son más fuertes. ¿Qué podría salir mal?

—Genial. —Aric deja caer el teléfono sobre la mesa con un golpe seco y levanta la mano como si se hubiera hartado de este circo. El doctor Tyrson ni siquiera mira en su dirección. Vuelve a bajar la mano y se inclina hacia mí—. Me gustaría sobrevivir a mi último año en la universidad —murmura—, así que te agradecería que te limitaras a asentir con la cabeza y dejaras de causar problemas. Si encima haces alguna aportación, sería increíble.

Me roza la mano sin querer, aunque yo no lo siento así. Lo siento como una descarga que estalla bajo mi piel. La retira de inmediato y yo cierro la mano en un puño para que no se percate del miedo —o la excitación— que me atenaza el estómago.

—¿Cuándo quieres que nos reunamos para hacerlo? —le pregunto inexpresiva al tiempo que abro la agenda como si no me sintiera desconcertada—. Los martes y los jueves tengo clase de Introducción a la Empresa y laboratorio de Biología después.

Agarra mi teléfono sin pensarlo dos veces y lo gira para desbloquearlo con la imagen de mi cara. Desplaza los pulgares como un rayo por la pantalla y después me lo devuelve con su número guardado en la agenda.

—La gente normalmente tiene que esforzarse más para conseguirlo.

Me quedo mirando la pantalla y escribo su nombre: «Idiota Gigante».

—A mí no me verás suplicar, Erikson.

Entrelaza el pie con la pata de mi silla y la arrastra para acercarme a él.

—Es una lástima. A juzgar por lo que he visto hoy, estás muy cómoda de rodillas.

Me quedo petrificada. Noto un calorcito en la cara.

Reeve carraspea a nuestra espalda.

—¿Y qué se supone que has visto hoy?

Aric lo ignora. También a mí. Mira al frente como si no hubiera ocurrido nada mientras yo contemplo la pantalla del teléfono. Me fuerzo a respirar hondo y procuro que su ademán frío no me afecte más de lo que ya lo ha hecho.

Los demás siguen con su parloteo fútil. Aric y Reeve se fueron antes de que me haya dado tiempo de recoger mis cosas.

El doctor Tyrson está concentrado hablando con Sigurd. ¿Por dónde vino? ¿Cuánto tiempo lleva ahí?

Está apoyado contra el marco de la puerta, paciente, vigilante, ancestral.

Me gusta menos de lo que le gusto yo a él. Pero sé con quién trato. Sé a lo que me enfrento. Los rumores sobre Sigurd son igual de siniestros que los de mi padre. Más antiguos, más fríos. No pertenece a la realeza, pero es lo más allegado. Mi padre me contó una vez que su linaje no se ha arrodillado ante nadie durante siglos.

Todas las culturas cuentan con una historia sobre su origen, un mito fundacional. El de la mía lo tengo delante de mí.

Cuando el doctor Tyrson mira su teléfono, contesta una llamada y se aparta un poco, no lo pienso dos veces: entro en acción. Me llevo dos dedos a los labios y alargo el pulgar hasta la garganta. Un gesto antiguo. Solía ser un símbolo de lealtad, significaba que preferirías silenciar tus labios y rajarte el cuello antes que decepcionar a los dioses.

Ahora se ha convertido en una pantomima.

Sigurd me mira con los ojos entrecerrados mientras salgo de la clase. Hay un brillo feroz, inescrutable en ellos.

Capítulo treinta y dos

ARIC

La comida no me sabe a nada. Han pasado dos horas de mi clase con Rey y su presencia perdura en el ambiente. Lo peor es que pensaba que me relajaría cuando se fuera; sin embargo, sigo nervioso.

Tengo un dolor de cabeza brutal. Aparto el plato de comida y tomo la lata de Coca-Cola. Reeve se sienta a mi lado.

—No estarás pensando en domarla, ¿verdad?

—¿De quién hablas?

—De Satán.

—Eso jamás. —Frunzo el entrecejo—. Me basta y me sobra con verme obligado a trabajar con ella.

Ziva elige justo ese momento para sentarse a la mesa y abarcar todo el espacio con sus dos bandejas de comida. ¿Cuantas papas fritas es capaz de consumir una persona?

—Hombre, los Erikson. Diría que es un placer, pero el único motivo por el que estoy aquí es porque el resto de las mesas están ocupadas. La gente les tiene miedo.

Apoyan otra bandeja en la mesa: es Eira.

Separa la comida unos milímetros de su cuerpo. El cabello rubio le brilla bajo las luces fluorescentes. Lo lleva recogido en una trenza colocada alrededor de su cabeza como una corona. La mayoría de los alumnos parecen recién salidos de la cama mientras que ella lleva sombra brillante en los ojos y los labios pintados de rojo. Le dedica a Reeve una sonrisa resplandeciente.

—La mayoría de la gente —puntualiza Ziva entre papa y papa, como si esa fuera su réplica a un mal chiste.

Rowen no se separa de Eira. Escanea la estancia con sus ojos de lince; siempre vigilante, sin perder detalle. ¿Qué importancia tendrá ella? Se rumora que su padre es un pez gordo, tal vez sea un miembro del consejo o algo peor.

No es más que Odín alardeando.

Debe de resultar doloroso para Rey ver que su padre protege la descendencia de otra persona mientras que a ella la lanza a los leones.

Pero Rey se las sabe arreglar sola.

—Rowen. —Eira da unas palmaditas en el asiento vacío que hay a su lado—. Siéntate. Estás poniendo nervioso a Aric.

No estoy nervioso. Siento curiosidad.

—¿Trabajas para Odín? —le pregunto reclinándome en el asiento—. Como si te hubiera contratado de escolta para una gira.

Rowen no se inmuta.

—Mis padres llevan años trabajando para él. Es lógico.

—Ya veo. —Me encojo de hombros—. Entonces ¿nunca fuiste a la universidad?

Se muestra momentáneamente divertido.

—Para ser sincero, con todos los trabajos que he tenido y toda la gente a la que he protegido, me da la impresión de haber vivido un millón de vidas. Lo último que desearía es pudrirme en clase de Química Orgánica.

Eira aparta la vista de su teléfono por fin.

—Oí que celebran una fiesta este fin de semana.

Reeve levanta una mano.

—Solo para invitados. La casa no es lo bastante grande para todos.

Lo mira de arriba abajo despacio.

—¿Y qué tengo que hacer para ganarme una invitación?

Reeve arruga la nariz con desagrado.

—Nada de lo que estás pensando.

Ziva da un resoplido.

—Para ser justos, tratándose de ti, es normal que haya llegado a esa conclusión.

La tensión que existe entre ellos es agobiante, implacable, cortante por mucho que ellos se lo tomen a broma. Me entran ganas de echar la silla hacia atrás para escapar del resentimiento que arrastran.

—Se me había olvidado que estabas sentada aquí —le responde Reeve.

A Ziva se le borra la sonrisa de golpe.

—Estoy acostumbrada. Se te olvida el teléfono, las llaves, que tienes novia…

Me quejo en voz baja.

—¿Podrían no traer su drama a la mesa?

—Como quieras. —Reeve se levanta al tiempo que vibra mi teléfono—. Están todos invitados. Solo asegúrense de no arruinar la vibra.

Miro al teléfono. Es un mensaje de un número desconocido.

Desconocido: Acaban de terminar mis clases. ¿Quieres que hagamos ahora el trabajo o habías pensado en otro día?

Es Rey. Quién si no.

Por supuesto elige ese mismo instante para entrar en el comedor.

Ziva le hace un gesto con la mano para que se acerque. Le doy la vuelta al teléfono de forma que se vea la pantalla con el mensaje en «leído». Pasa de mirar la pantalla a fulminarme a mí con odio. De alguna forma, consigue afectarme.

De pronto siento que puedo respirar de nuevo.

—Acabo de mandarte un mensaje —dice inexpresiva.

—Ya —le sonrío mostrándome en control de la situación.

—Oye, Eira. —El tono de Rey suena engañosamente desenfadado—. ¿Puedo pedirte prestado a Rowen un segundo?

Los celos me golpean con tanta fuerza que casi me atraganto. Aunque, más que celos, yo diría que es ira, irritación, molestia.

Eira se encoge de hombros como si no le importara en lo más mínimo y Rowen se acerca a ella y le pasa un brazo por encima del hombro como si nada.

Aprieto la lata de Coca-Cola hasta que cruje el aluminio. Una capa densa de escarcha se extiende por la superficie como si fueran venas; el hielo corre por mis dedos hasta que la lata está completamente congelada.

Eira toma aire, sorprendida.

—Guau. Tiene que estar superfría. Voy por una.

Yo no puedo moverme. Me cuesta respirar. Lo único que veo es a Rowen y Rey salir juntos del comedor. Están tramando algo.

Y la runa que tengo en la espalda está al rojo vivo. Está viva. La siento arañarme la piel, llamando mi atención.

No dejo de repetirme que no significa nada. No es más que un truco. Un poco de magia que conjuró Rey de forma accidental en el Salón de Ormir.

Ahí fue donde empezó todo. Aunque tiene que acabarse aquí.

Una vocecita me recuerda que esto empezó hace muchos años, aunque al principio no fuera así. Por aquel entonces podía controlarlo todo. Sin embargo, ahora…, ahora todo ha cambiado. Me revuelvo, incómodo.

Esta noche se acabó lo de disimular. Esta noche voy a preguntarle a Sigurd por qué carajos tengo una runa vivita y coleando en la espalda como si fuera una marca de ganado.

Y cómo carajos me puedo librar de ella.

Capítulo treinta y tres

Rey

—¿Qué ocurre? —Rowen se cruza de brazos y se inclina ligeramente—. Con este numerito no vas a acallar los rumores sobre mi visita a tu dormitorio y la cama que rompimos.

Miro alrededor del comedor con los ojos abiertos de par en par. La gente no nos quita la vista de encima. Genial. Justo lo que necesitaba.

—¿Hay rumores sobre nosotros?

Asiente con la cabeza.

—Aunque en la versión más extendida, estabas desnuda.

Le tapo la boca con la mano, luego la aparto.

—Eso es ridículo.

—Bienvenida a la universidad. —Suena melancólico al decirlo—. Eres joven y guapa y yo tampoco es que sea un trol. La gente sumó dos más dos. Es verdad que rompimos la cama. Qué importancia tiene. Mejor que hablen de eso y no de ti y Aric.

Me parece justo.

Levanto el teléfono para mostrárselo.

—Lleva el celular encima todo el tiempo. Le acabo de decir a Aric que podemos hacer el trabajo ahora. Nos vamos de excursión a las cuevas de hielo.

—Qué idea más genial, Rey.

—Aprecio tu sarcasmo.

Sé que Rowen tiene razón, pero es lo único que me queda. Me encantaría creer que todo esto forma parte de la normalidad, que me dedico únicamente a ir a clase, a incitar alguno que otro rumor y que voy camino de provocar un escándalo con video íntimo incluido antes de correr desnuda por el campus.

Pero no es así. Hay vidas en juego.

—No me pasará nada. Sé cuidar de mí misma.

—Espero que tengas razón, porque aquí viene.

Aric me mira con sus ojos oscuros y, sin decir palabra, me indica que lo siga con una inclinación de cabeza.

Le muestro una sonrisa forzada a Rowen.

—Me toca.

Sigo a Aric hasta el exterior del edificio y nos dirigimos al estacionamiento. Un cúmulo de nubes de tormenta avanza hacia nosotros, todas densas y cargadas. El día se apaga de repente con una oscuridad que parece equivocada, como un mal presagio escrito en el cielo.

No pronosticaban lluvia para hoy. Y menos aún tormentas.

Me estremezco y mantengo la mirada al frente, aunque eso no evita que vea por el rabillo del ojo los puños de Aric. Los tiene tan apretados que se le pusieron blancos los nudillos, como si estuviera a punto de dar un puñetazo a una pared.

De las nubes centellea un relámpago dentado y sobrecogedor.

Aric se detiene de repente, voltea hacia mí y me dice con la voz entrecortada, salvaje:

—¿Tienes idea de lo que estás haciendo? ¿De lo que siento cuando estás cerca? ¿Piensas que todo esto es un juego?

Doy un paso atrás. Me falta el aliento cuando un viento helado me acaricia la mejilla. Se le hincha el pecho una vez… Otra. Se frota la cara con la mano como si tratara de tragarse las palabras que acaba de soltar.

—Olvida lo que te dije —murmura en voz baja, aunque sigue alterado—. Sé que tenemos que viajar en el mismo coche, pero si pudieras… mantener la distancia… en la medida de lo posible… Te lo agradecería.

La tormenta ruge sobre nuestra cabeza, cada vez más amenazante.

Nos acomodamos en su Defender negro. Aric se aferra al volante con tanta fuerza que hasta el cuero se queja. Mira al frente con la mandíbula apretada como si estuviera pendiendo de un hilo. Pestañea continuamente y niega con la cabeza como si le costara concentrarse.

Se me acelera el pulso.

Por primera vez me pregunto si soy yo la que estoy atrapada con él en su coche, o si es él quien está atrapado conmigo.

No tuve oportunidad de echarle un vistazo al mapa, así que no pude calcular la distancia. Doy por hecho que disponemos de unas horas para avanzar en nuestra relación.

Aric no confía en mis indicaciones. Saca su teléfono del bolsillo y abre la app de navegación. Introduce la dirección y espera a que se sincronice con la consola del coche. Procuro no mostrar mi irritación.

Esta prueba de resistencia va a acabar conmigo.

—Las cuevas de hielo son antiguas —dice Aric con voz grave, entrecortada pero lo suficientemente firme como para que suene a lección—. Datan de miles de años. Albergan una de las formaciones glaciales más antiguas del noroeste. La gente las ha utilizado como refugio, lugar de enterramiento e incluso como sitio de reunión. Por eso nos las asignó el doctor Tyrson. Hay que tomar apuntes de las estructuras, averiguar cómo se han mantenido en pie tantos años.

Corto su perorata con una sonrisa aguda.

—Yo también tengo los apuntes, profesor. Y ¿sabes qué? Sé leer. No hace falta que me digas lo que debo hacer. Somos compañeros, ¿recuerdas?

Le tiembla la mandíbula.

—No confío en ti. Y a uno de los dos le preocupan las calificaciones, graduarse, escapar de aquí.

Esa palabra me golpea con más fiereza de la esperada.

Mantengo la vista fija en la carretera, azotada por la tormenta.

—¿Qué te hace pensar que yo no quiero escapar?

El silencio que llena el coche es denso, asfixiante.

Por fin añade:

—Tuviste una oportunidad y la pasaste de largo.

Suspiro entrecortadamente y me dispongo a mantener una charla a corazón abierto para la que no creo estar preparada.

—Tienes razón: tuve una oportunidad, hubo un rayo de esperanza. Por un instante, cruel y efímero, los planes que tenía mi padre para mí parecían una forma de escapar. Me atreví a albergar esperanzas… —Se me hace un nudo en la garganta—. Los percibí como una grieta en el vacío, una ranura por la que se filtraba la luz y por la que pensé que podría salir de allí.

Se queda callado, así que sigo hablando yo. Las palabras me queman la boca.

—Pero me había olvidado de las cadenas, las que seguían ancladas a mis tobillos. Puede que mi mente se sintiera libre, incluso mi corazón, pero ¿podía correr…? Seguía atada.

Sigue sin abrir la boca, aunque juraría que oí algo, un susurro ligero como una brisa que sopla en el interior del coche y que trae palabras que jamás se atrevería a decir en voz alta: «Igual que yo».

Miro el teléfono. Necesito distraerme. Tengo tres llamadas perdidas de mi padre y tres mensajes sin leer. Se me acelera el corazón.

Mierda.

—De acuerdo, así que las cuatro enormes cuevas de hielo, ¿no? —pregunto esforzándome por sonar decidida.

—Eso es —contesta sin mirarme—. Nos vamos al hielo.

Un escalofrío me recorre la espalda. Dibujo una sonrisa que estoy muy lejos de sentir.

—Muy bien, pues al hielo.

Vuelve a sonar mi teléfono. Respiro hondo y me armo de valor para leer los mensajes.

Padre Odín: ¿En clase? Ponme al día.

Casi nunca pide las cosas por favor, así que no sé por qué esperaba que lo hiciera ahora.

Padre Odín: Estoy seguro de que ya te encontraste con Rowen. Lo envié para que tengas presente lo que está en riesgo si fracasas. El hielo es quebradizo, hija.

Siento que me falta el aire. Mierda. No quería tener razón en eso.

> **Padre Odín:** Rowen me dijo que saliste del campus. No te mandé ahí para que entres en sus jueguitos. No eres una de ellos. No lo serás nunca. Tienes trabajo. No me decepciones.

¿Le contó Rowen lo del viaje? ¡Es un trabajo universitario! ¿De qué lado está? Supongo que tenía la obligación de contárselo a su jefe. Seguro que no entró en detalles, así que no todo es culpa suya.

Vuelve a sonar el teléfono.

Padre Odín.

Me envió una fotografía de Laufey.

Se me encoge el estómago. No parece herida, pero eso no significa que no lo esté.

No hace falta que me recuerde que ella está esperando, que el tiempo pasa, que su vida está en juego. He visto a mi padre matar. Es despiadado. Laufey se arriesgó a sufrir la ira desatada de Odín al entregarme esa nota. Tiene que tener algún sentido. Me niego a pensar lo contrario.

Repaso las runas mentalmente de nuevo.

Raido. La encontré en el Salón de Ormir. Significa «viaje».

¿Significa que va a ser este mi viaje?

Observo la figura firme y concentrada de Aric. Ya estoy acostumbrada a que me decepcionen; me baño a menudo en el miedo que me da mi padre. Lo último que necesito es sentir debilidad ante mi enemigo y desear lo que nunca he tenido: un amigo.

Capítulo treinta y cuatro

REY

Tras una hora de lenta tortura —sin música, acompañados únicamente por el ruido del motor y el de mi propia respiración—, por fin llegamos al estacionamiento de gravilla situado a la entrada del sendero.

—Guau. —Se me escapa la palabra antes de que pueda impedirlo.

He visto cosas extraordinarias en mi vida, pero nada igual a esto. ¿Seguimos en Washington? Parece que hubiéramos aterrizado en medio de Noruega o en Suiza. Sobre nosotros se ciernen cumbres nevadas, que proyectan sus sombras alargadas y frías por el estacionamiento. Rocas escarpadas se erigen en ángulos imposibles. Te hacen plantearte cuánto tiempo llevan allí y lo que habrán presenciado.

El aire viene frío, denso para el clima montañoso, extrañamente pesado. Hace que se me pongan los pelos de punta, como si nos advirtiera de que no debemos entrar. Como si debiéramos volver al coche. Ahora mismo.

El viento sopla más fuerte. Se está fraguando una tormenta.

Aric cierra el coche de un portazo y se fija en la indicación del sendero semicubierta por la nieve. Menos mal que me puse unos jeans antes de acudir al comedor. Las mallas cortas no eran adecuadas para esta caminata.

—Este sendero lo utilizaban para el cortejo fúnebre —dice entre dientes—. Las tribus antiguas traían hasta aquí a sus muertos y dejaban ofrendas en las cuevas. Todavía quedan huesos atrapados bajo el hielo.

Siento un retortijón en la panza.

—Genial. Cuevas encantadas: la ubicación perfecta para trabajar con mi compañero.

Hace caso omiso de mi comentario.

Nos adentramos en el sendero. El sonido de la gravilla cruje bajo nuestras pisadas. El bosque se vuelve más denso a cada paso que damos; el aire, más cortante, más frío. Parece que abandonamos el mundo y nos adentramos en uno completamente diferente. Me pregunto si este sitio, igual que ocurre con Endir, cuenta con sus propias leyendas y alberga oscuros secretos del pasado que nadie debería averiguar.

De repente me siento emocionada, aunque enseguida aplasto la sensación. No estoy aquí para hacer un trabajo universitario, aunque sería genial que fuera así.

Hay más de kilómetro y medio hasta la primera cueva. Ojalá lo hubiera sabido antes. Por cada zancada de gigante de Aric yo tengo que dar tres pasos, así que llego resoplando a la primera cueva. Tiene una entrada enorme, enmarcada por blanquísimo hielo formado por la nieve caída y congelada una y otra vez a lo largo de muchísimos años.

El interior es más luminoso de lo que me había imaginado. El techo va descendiendo conforme te adentras en la cueva. Aric desaparece en su interior sin esperarme ni cerciorarse de que esté bien. Avanzo con mucho cuidado tras él por culpa de las rocas y los bloques de hielo que se esparcen por el suelo.

Se oye una corriente de agua a mi izquierda, el sonido del goteo no me ayuda en nada a mantener la calma. Queda patente que la cúpula de hielo que pende sobre nuestra cabeza se está derritiendo.

—Oye, Aric —digo en voz alta en la fantasmagórica oscuridad azulada—. ¿No habías dicho que íbamos a explorar primero la entrada? Comprobar que fuera seguro, tomar apuntes y sacar fotos.

Sigue caminando delante de mí. Lo sé porque oigo el sonido de sus pisadas retumbar en el suelo. El techo de hielo está cada vez más cerca de nuestra cabeza y siento claustrofobia. Estoy aterrorizada.

Odio el frío. Odio el hielo. Fue muy mala idea. Un error garrafal.

Hay otras formas de mantener cerca al enemigo, ¿no? Si se produce una avalancha o un derrumbamiento, estamos muertos.

Estoy tan preocupada por agachar la cabeza que casi choco con la espalda de Aric.

La cueva se abre a una galería y nos vemos rodeados de un manto blanquiazul.

La mandíbula de Aric se relaja.

—Es espectacular. —Habla con voz profunda, maravillada, casi temblorosa.

El mundo helado que nos rodea es su hogar. Hasta ahí llego. Para mí esto es frío, pero para él es lo que su mitad durmiente extraña. Sé mejor que nadie que no hay nada comparable a descubrir quién eres. Y una parte muy importante de ello pasa por saber de dónde provienes.

—Aric. —Noto que está temblando al tomarlo del brazo—. No parece estable.

Lanzo un poco de Aura para comprobar si en verdad es inmune. Se estremece como si se lo estuviera quitando de encima.

Si se despierta aquí no podré luchar contra él. ¿Y si se percata de repente de que sabe dónde está el Mjölnir y lo utiliza? Soy mujer muerta. ¿Acudirá a su llamada sin mi ayuda? ¿O se limitará Aric a desangrarme para ver si así consigue que funcione?

Respiro hondo y le miro la mano derecha, que sigue temblorosa. La levanta y se la pasa por el pelo oscuro.

Sacude la cabeza y pestañea como si tratara de concentrarse.

—Sí, hay algo raro. Deberíamos irnos de aquí.

Gracias a los dioses.

—Por fin estamos de acuerdo en algo.

Me giro demasiado rápido y resbalo en el hielo, pero Aric me agarra de los hombros. Los dos suspiramos aliviados justo antes de oír un crujido estruendoso que retumba en la cueva.

—No te muevas —susurra. Su cálido aliento me roza el cuello enviándome una descarga eléctrica por la espalda.

No hace falta que me lo repita. La cueva sigue quejándose con estridentes crujidos. Me acerca a su cuerpo y me rodea con los brazos. Noto su poder, el calor que mana de su interior.

Otro crujido ensordecedor se oye a la entrada de la cueva al tiempo que la nieve y el hielo empiezan a derrumbarse sobre nosotros.

—¡Corre! —grita.

Hago lo que me pide, esquivando los fragmentos de hielo mientras el techo se sigue derrumbando. Vamos a morir. Voy a morir en la cueva de hielo con un gigante de hielo. Vaya ironía.

Tal vez, si salgo viva de esta, sea capaz de reírme de lo absurdo que suena, pero ahora mismo me concentro en esquivar dagas de hielo. Una estuvo a punto de clavárseme en el pie. La cueva se está desmoronando en tiempo récord y no puedo correr más rápido.

Otro gran bloque de hielo cae a mi derecha, aunque ya veo la entrada de la cueva delante de nosotros.

Vamos a salir con vida de esta.

Aric se da la vuelta para comprobar que sigo detrás de él cuando un nuevo fragmento de hielo cae entre los dos. Me toma de la mano y me acerca a su cuerpo justo cuando el suelo empieza a ceder bajo nuestros pies.

Cae otro bloque de hielo más y esta vez me golpea entre los ojos. Siento un dolor agudo y lo último que pienso antes de perder la conciencia es que de esta no salimos con vida.

Capítulo treinta y cinco

ARIC

Toso y me aparto un montón de hielo de la cara. Me pican los ojos al mirar al frente. Rey sigue inconsciente en mis brazos. La cueva se derrumbó a nuestro alrededor, pero enfrente de mí veo luz pura. Alargo el brazo para tocarla, pero siento náuseas y como si mis ojos dieran vuelta hacia el interior de mi cuerpo.

—¡No te lo mereces! —grita el hombre que hay parado frente a mí—. Destrozarás el mundo y provocarás el Ragnarök. ¡Nunca fue tuyo!

Estoy empuñando un martillo sobre mi cabeza. Un rayo cae del cielo y golpea sobre el martillo y sobre mí.

—¿De verdad crees que te mereces vivir? —suelto un rugido cuando aparece un segundo hombre—. ¿Con la gente a la que has matado? ¿Crees que lo merece alguno de los dos?

—¡Nosotros somos dioses! —retumba en mis oídos como un trueno, como una verdad, pero me niego a aceptarla. Los ignoro mientras el Mjölnir ruge en mis manos heladas.

—¡Son débiles! —digo en un rugido mientras lanzo un rayo directo a los dioses.

—Vas a acabar con todos nosotros. —El hombre que luce un martillo roto en su armadura dorada y que lleva un casco partido por la mitad da un paso al frente. Los ojos le brillan de un blanco ardiente al señalarme y derrumbarse en el suelo mientras escupe sangre plateada.

Volteo hacia la mujer que está a mi lado, ensangrentada y mallugada: es Rey. ¿Qué carajos hace aquí?

Alza sus brazos hacia mí al inclinarse, con los ojos desorbitados, como si la hubieran golpeado con algo. Está demasiado oscuro. Mierda. ¿Por qué no veo nada? Un cuchillo sobresale de su vientre.

—¡Aric!

—Con el sacrificio perfecto —susurra una voz ronca— ha comenzado el Ragnarök.

Me vibra todo el cuerpo por la electricidad. Siento el poder que se concentra en el martillo. El cielo vuelve a iluminarse con un rayo y me percato de que estamos en un campo de batalla sangriento. Todos luchan; perdemos la guerra a pesar de tener el martillo.

No podemos perder.

Es imposible.

Lo necesitamos. El martillo lo necesita.

Escarcha. Necesita escarcha.

¿Qué?

Suena como un susurro apagado, pero ¿de dónde sale? ¿Fue el viento? ¿El martillo?

—¡Hazlo ahora! —se oye gritar.

Hacer ¿qué? ¿Qué se supone que debo hacer?

—¡No! —dice el hombre con el martillo en su armadura—. ¡No lo hagas, engendro!

Lo miro fijamente mientras oigo una voz a mi espalda que me susurra:

—Sabes perfectamente quién eres.

Rujo con fuerza y me despierto sobresaltado. Estoy vivo, en el interior de la cueva.

La espalda me quema como si todo el fuego del infierno me lamiera con sus llamas. Siento el latido a flor de piel, acelerado. Veo a Rey tendida a mi lado y aun así lo único que oigo durante unos segundos es la palabra «escarcha».

Capítulo treinta y seis

REY

Estoy recubierta de hielo y nieve. El único calor que siento procede del pecho de Aric y de la sangre que me resbala por la sien. ¿Es mía? Por extraño que parezca no siento ningún dolor. ¿Será de él?

Levanto la mano y me la limpio.

—¿Aric? —Me aparto de él con dificultad y me le quedo mirando.

Está inmerso en un trance extraño. El derrumbamiento del hielo derretido no nos afectó solo a nosotros. También se llevó parte del suelo de la cueva. Por suerte parece que solo caímos un par de metros. Deberíamos poder salir.

Aric se sienta erguido y se lleva la mano al omóplato derecho. Luego la retira y la mira para descubrir restos de sangre moteada de plata.

¿Se habrá dado cuenta? ¿Verá la sangre plateada de un gigante? Soy hija de Odín. He sangrado muchas veces. Sé que mi sangre no es así.

Se limpia la mano con rapidez en el agua helada y embarrada que hay a nuestro lado y se pone de pie. Ya. Así que ha visto la plata antes y ha aprendido a esconderla antes de que la gente empiece a hacer preguntas. ¿Habrá hecho él esas preguntas? ¿Qué le habrá respondido Sigurd?

—¿Estás bien? —me pregunta.

Me sorprende el tono calmado de su voz, como si no acabáramos de librarnos de una muerte certera.

Asiento y me levanto despacio.

—He sobrevivido a cosas peores. Por cierto, gracias.

—Yo no soy tu padre, Rey. Yo no me quedo de brazos cruzados mientras veo morir a la gente..., aunque se lo merezcan.

Se levanta de un jalón como si nada y me ofrece la mano.

Veo algo brillante por el rabillo del ojo.

—Espera. —Me arrodillo sobre el montón de hielo que cayó con nosotros—. Vi algo.

Aric se queja con un gruñido.

—Otra runa.

Se trata de una sencilla lámina de piedra con Dagaz tallada en ella.

—¿Una runa? ¿Aquí?

Aric se encoge de hombros.

—Esta zona está repleta de runas antiguas. Cada vez que alguien encuentra una la llevan al campus para que la identifiquemos. El departamento de Antropología tiene una colección muy completa.

—¿Y qué me dices de las runas que hay diseminadas por el campus?

Sonríe.

—Ya veo que las has notado.

—Es imposible no hacerlo.

—Sigurd las colocó por toda la universidad. Es muy supersticioso. Cree que nos protegen.

—Qué extraño. ¿De quién necesitará protegerse el villano? —Me echo a reír—. La vida es muy rara a veces.

Apoya la piedra de la runa en el suelo junto a sus pies y me ayuda a levantarme. Pierdo el equilibrio y me apoyo sobre sus enormes pectorales, pero me aparta de un empujón. Tras esto vuelve a agarrarme rápidamente como si se acabara de acordar de que estuve a punto de morir.

—Perdón. Lo hice por instinto.

Sí, apuesto que sí.

—No te preocupes. Ya sé que no te gusta que te toquen.

—Solo te tengo alergia a ti. Los demás tienen vía libre.

Empieza a caminar. El corte que se hizo en la espalda ya tiene mejor aspecto.

Caminamos en un silencio gélido hasta el coche. Estamos a punto de llegar cuando empieza a llover con fuerza. Del cielo cae granizo y agua en cascada como si la naturaleza se hubiera enojado con nosotros por alterar la paz.

«Dar marcha atrás es juego limpio, Madre Naturaleza. Estuviste a punto de matarme».

Me castañetean los dientes cuando entro al coche de Aric. Entre la caída en la cueva y el aguacero lo más seguro es que se me haya corrido el rímel por las mejillas, que tenga el pelo apelmazado en mechones empapados y la ropa pegada al cuerpo de forma muy poco atractiva.

Tampoco es que quiera estar atractiva para él. Nada más lejos.

Aric se quita la camiseta mojada y sucia de sangre y voltea para tomar una bolsa de lona del asiento trasero.

—Toma.

Me lanza una toalla con tanta fuerza que me golpea en la cabeza.

Aprieto los dientes.

—Gracias.

«No le mires los pectorales. No te fijes en sus abdominales».

Pero ¡vaya! ¿Cuándo se hizo esos tatuajes? Ayer en el manantial no le vi ninguno. No alcanzo a leer el que tiene en el costado. Parece como si estuviera borroso. Sin embargo, el que lleva en la espalda… No hay duda de que se trata de una runa.

Raido.

¡Qué carajos!

Se pone con rapidez una camiseta negra limpia y se me queda mirando. Yo me hago la tonta, pero mi cerebro está rebosante de actividad. Por muy durmiente que esté, conoce el poder de las runas. ¿Se los habrá hecho Sigurd? Parecen dos. Me va a explotar la cabeza de las posibilidades que se despliegan ante mí.

Una vez vestido, Aric vuelve a meter la mano en la bolsa de lona y saca dos frascos de pastillas. Son los mismos que encontré en su habitación.

—¿Qué es eso? —pregunto fingiéndome inocente.

—¿Esto? —Aric abre una botellita de agua—. Nada que te incumba. —Saca una pastilla de cada frasco y devuelve la bolsa al asiento trasero—. Vamos a esperar a que pase la tormenta.

—¿Y eso se debe a que quieres que pasemos más tiempo juntos o porque te da miedo conducir en la lluvia? —le pregunto. No es el único que sabe ser lapidario.

Se inclina sobre el volante.

—Tres, dos, uno… —Acto seguido, el aguacero se intensifica hasta el punto de que no se ve nada a través de las ventanillas—. Conozco las tormentas.

Cómo no. Es un gigante de hielo.

—Buen truco —murmuro—. ¿Y cuánto tiempo crees que vamos a pasar aquí atrapados?

—Una hora más o menos. Las tormentas de este tipo no duran mucho, aunque provocan accidentes. Los conductores tienden a salirse de las carreteras. Olvidan que la ausencia de hielo no significa que no sea peligroso. Estamos hablando de la naturaleza al fin y al cabo. —De pronto reclina su asiento, se cruza de brazos y cierra los ojos—. Voy a tomar una siesta.

—¿Eran somníferos lo que te acabas de tomar? —le pregunto.

¿Cuánto tiempo voy a quedarme aquí atrapada con él?

—Los somníferos no me ayudan con lo que tengo. Créeme. En eso tendrás que confiar en mí.

—¿Y qué tienes exactamente?

—Sueños —susurra—. Mucho peores de lo que puedas imaginarte.

Capítulo treinta y siete

REY

La respiración de Aric se vuelve acompasada.

Me miro las uñas como si solo estuviera dándole conversación y no tuviera el menor interés.

—¿Qué tipo de sueños?

—No te pedí que hagas de psicóloga. —Sigue con los ojos cerrados—. ¿Qué te hace pensar que te lo contaría precisamente a ti? Tu padre trafica con secretos. Estás igual de indefensa ante él que los demás, pero no dejas de ser su hija.

Me siento resentida.

—Solo te estaba haciendo una pregunta. Tampoco hace falta que me insultes.

O que me recuerdes cuál es mi sitio. Me viene a la cabeza la imagen del tablero de ajedrez.

—No era solo una pregunta. Te olvidas de quién soy, Rey. Mi familia es igual de poderosa que la tuya. E igual de peligrosa a su modo. Tú, mejor que nadie, deberías entender cómo fui criado.

—Hablas mucho, pero dudo de que tu crianza haya sido peor que la mía.

Abre un ojo.

—Mis padres no están. Murieron. Jamás me verán graduarme. Jamás volverán a celebrar mi cumpleaños, ni nos iremos de vacaciones ni me preguntarán qué tal me fue en el día. —Se detiene para tomar aliento—. Mi madre era una mujer amable, Rey. Muy dulce. Cada día me obligaba a darle un abrazo antes de salir de casa. Y ya ni siquiera me acuerdo de cómo me hacía sentir eso.

Me echo hacia atrás con un escalofrío.

—Yo sentiría pánico si mi padre intentara abrazarme. Él es más de amenazarme con un cuchillo.

—Ya no recuerdo los abrazos de mis padres —prosigue Aric—. Lo único que recuerdo son las lágrimas de mi abuelo.

Nos quedamos los dos en silencio un rato, perdidos en nuestros recuerdos y en nuestras penas.

—Imagino que al menos tu madrastra te mostró algún tipo de afecto —dice por fin.

Me lo ofrece como una invitación, una tregua pasajera en la que puedo conectar con él. Los dioses saben que lo necesito.

Lo miro con seriedad.

—No con abrazos. Sin embargo siempre tenía una historia para mí. Hay quien dice que las historias son mejores que los abrazos porque duran más. Me contaba cuentos de Jötunheim, historias de guerra y de traición, de indecibles pérdidas y de amor eterno.

Se me forma un nudo en el estómago. Laufey no se merece la ira de Odín.

Aric me observa con expresión impenetrable.

—Así que historias…

—Sí —digo con una sonrisa vacilante mientras me seco las mejillas húmedas—. Siempre tuve una favorita.

Dibuja una mueca con los labios.

—Una historia de traición, muerte y maldad, imagino…

—Por supuesto… —Le lanzo una mirada penetrante—. La verdad es que no. Es una historia de amor verdadero: «El anillo de la escarcha nocturna».

Levanta la cabeza con rapidez y se me queda mirando con sus ojos cafés.

Prosigo antes de que pueda interrumpirme.

—La historia de cómo Thor se enamoró locamente de la giganta Alvaldi y de cómo le encargó a los enanos, los maestros herreros del Svatálfheim, que forjaran un candado para el Mjölnir para demostrarle su devoción. Un anillo que atenuara el poder del martillo. Quería a una igual a su lado. No quiso una asgardiana, ni nadie que su padre hubiera elegido para él. Eligió el amor verdadero.

Aric suelta un bufido como si acabara de darle un puñetazo en las costillas.

—¿Ya acabaste?

Frunzo el entrecejo.

—Me preguntaste tú.

Se pasa la mano por la cara y dice entre dientes.

—¿Qué habré hecho yo para merecer esto? —Luego levanta la voz y dice con toda intención—: Sabes que eso es una sarta de mentiras, ¿no? La historia de la escarcha nocturna es legendaria, de eso no hay duda, pero Thor la traicionó. Esa es la parte que no cuentan. El anillo lleva perdido desde entonces. Algunos cuentan que Alvaldi se sintió tan devastada que lanzó una maldición a los dioses y lo escondió. Otros dicen que murió con el anillo todavía en sus manos en el bosque de Jötunheim, pidiéndole en susurros a Thor que la rescatara. Quién sabe. —Se le oscurecen los ojos y se le forma una capa de escarcha sobre los nudillos—. No deja de ser una traición. Es la historia más antigua que existe: confías en alguien y esa persona te da una cachetada en la cara.

—Guau. De acuerdo —digo verdaderamente desconcertada.

Siempre me ha encantado esa historia y siempre la había considerado de una pureza inigualable.

Suavizando la voz, añade:

—Si adoras esa historia entonces sabrás que es mejor así.

Levanto la mirada y me encuentro su boca a centímetros de distancia de la mía.

—¿Qué es mejor?

—Mantente alejada de mí, de mi familia, antes de que acabes como la mujer del cuento: muerta.

CAPÍTULO TREINTA Y OCHO

ARIC

El regreso a casa sucede sin más sobresaltos, en un silencio tenso de mierda. Podría haberme esforzado más con la amenaza de muerte, la verdad, y creo que se percató de que estaba a punto de perder la paciencia con todas esas preguntas en cuanto subí el volumen de la música para dejar de oírla. ¿Cómo iba a contarle que estaba sufriendo un ataque de nervios?

Necesito espacio y a Rey no se le escapa una.

La observo caminar hasta la residencia desde el coche. Todos los sentimientos que no debería albergar se me concentran en el pecho. Un momento estoy enojadísimo y al siguiente, muerto de pánico por si vio demasiado, como las motas plateadas que acuden a la superficie de mi sangre como gotas de mercurio. O cómo me afecta que esté a mi lado, cómo enciende un interruptor que no soy capaz de controlar. Enfurecerme o besarla, matarla o quedarme con ella: mis instintos han entrado en conflicto y estoy perdiendo terreno. Golpeo con las manos el volante y conduzco hasta el lago. Me estaciono, salgo del coche y me apoyo en él.

Respiro hondo. Necesito silencio o algo que me ayude que no sea escribir un puto diario de lo que me pasa.

Levanto la vista al cielo al notar la energía borboteando hasta la yema de mis dedos. Me quedo mirando las manos y me concentro en sacar el frío a la superficie. En unos instantes se me cubren los dedos de escarcha. Deslizo la mano por el suelo y la escarcha se extiende en patrones intrincados. Espero a que llegue la calma cuando un trueno retumba a lo lejos. Puedo sentir las vibraciones del tiempo meteorológico en la piel como si fuera electricidad estática.

Mejor dicho, la vibración proviene de mí, soy yo quien dirige la tormenta.

Levanto la mano derecha al cielo y la bajo de golpe al tiempo que un rayo golpea el árbol que tengo delante. Retrocedo tambaleándome y solo entonces llega la calma. No lo hace antes de la tormenta, sino en su transcurso.

Dejo que el poder crezca, se concentre y salga despedido, libre.

Tal vez si acepto el poder que albergo en mi interior pueda acabar con todo esto de una vez por todas. Tal vez pueda entregarle a Sigurd la cabeza de Odín en una puta bandeja de plata.

Me tomo mi tiempo en regresar del lago y acercarme al edificio de Administración. La oficina de Sigurd está en el último piso. Una terraza rodea la estancia por la que Sigurd pasea a veces durante el día, aunque más a menudo de noche. La mirada de Sigurd siempre está puesta en el arco y en las runas que hay esparcidas por el campus.

Una vez le pregunté si sabía cuántas tenía. Se echó a reír. Me dijo que las cuidaba como un campesino cuida su huerta, que debía estar agradecido por la protección que me brindaban. Sigurd siempre sabe lo que hace. Le obsesiona el basalto con el que está construido el arco, este lugar. Para él Endir es sagrado.

Es complicado pasar desapercibido en el campus, así que avanzo saludando con una inclinación de cabeza y sonrío a los que me saludan. No puedo evitar hacerme una pregunta. ¿Y si un día levanto la mano para saludar y sucede algo siniestro? Abro de un empujón la puerta acristalada del edificio, que cruje como si casi la hubiera desencajado.

Hay algunos profesores esperando el elevador. Lo último que necesito ahora mismo es llevar una conversación educada en un espacio tan reducido, así que cruzo el recibidor y me dirijo a las escaleras.

Las subo al trote de dos en dos hasta las oficinas del tercer piso. La suya se encuentra al fondo del pasillo. La puerta negra e inmensa está un poco abierta. Avanzo por el pasillo de las astas con una mueca. Los ojos de sus presas me miran inexpresivos. No me gusta la caza. Nunca entenderé el motivo de su afición o por qué siente la necesidad de decorar las paredes con todo lo que mata.

Igual no es más que eso precisamente. No deja de ser un asesino.

La ropa de colores chillones, la sonrisa de Santa Claus y todas sus buenas intenciones no dejan de ser superficiales, un disfraz que viste para esconder al gobernante despiadado que lleva dentro.

Agito la runa en el aire antes de dejarla sobre su escritorio justo en el mismo momento en que cuelga el teléfono. Lleva un traje negro, el pelo engominado hacia atrás y la barba perfectamente recortada. El mundo piensa que es un ser excéntrico y generoso; sin embargo, aquí, en su oficina, el verdadero poder que ostenta percute como un tambor de guerra.

—Fuiste a las cuevas de hielo con la chica Stjerne. Supongo que salió todo bien, aunque en la tarea no decía nada de robar ninguna reliquia. ¿Quién de los dos no puede seguir unas simples instrucciones?

La verdad es que ninguno de los dos puede hacerlo.

—Se cayó. —Me cruzo de brazos—. Después de que se derrumbara el hielo de la cueva sobre nosotros.

Se queda parado.

—¿Sobrevivió? —No distingo si está contento o decepcionado.

Suelto un bufido.

—¿Crees que estaría así de tranquilo si se estuviera desangrando en mi coche?

Sigurd se encoge de hombros.

—De ser así, daría por hecho que eres un chico listo por traerme a mí su cuerpo en lugar de entregárselo a su padre.

—Guau. Si eso es lo que piensas, no quiero ni imaginarme por qué querías obligarme a que me casara con ella.

Se queda mirando la runa y luego levanta la vista hacia mí con semblante serio.

—Sabes, puede que esto te venga bien. Que esté aquí reavivando la llama. —Se inclina un poco hacia delante frotándose las manos—. Si acaso, puedes planteártelo como una oportunidad para volver a congraciarte conmigo. Quedó patente que no podía confiar en ti. ¿Puedo hacerlo ahora? El linaje antes que la… ¿lástima? ¿Fue eso? ¿Sentiste lástima por ella? Es tu enemiga. Aquí no hay espacio para la lástima. Somos Erikson, Aric.

No puedes sentir lástima por la familia responsable de la muerte de tus padres.

Sus palabras me atormentan y a la vez parecen una burla. Con él nunca sabes a qué atenerte.

Con ella nunca sabes a qué atenerte. No había previsto lo mucho que me afectaría Rey. Ni en el pasado ni ahora.

Hace dos años ella estaba aterrorizada y llena de esperanza. Esa forma de mirarme me hizo sentir como si midiera tres metros. Por supuesto su padre estuvo dispuesto a sacrificarla de la misma manera que yo estaba jodido con mi familia. Tenía la esperanza de que mis padres me ayudaran a encontrar una forma de escapar como juraron que harían.

Ella no habría sido más que un títere, primero en las manos de su padre y luego en las mías.

Casi me sentí agradecido por lo que ocurrió aquella noche: el agua se congeló y, por un segundo, tuve esperanza. Después mis padres murieron y mi esperanza con ellos.

Enterré lo que ella había despertado y juré no volver a sentir esperanza jamás. Así estaríamos los dos más seguros. Nosotros.

Otra mentira, porque la seguridad no es más que una ilusión.

Míranos ahora.

Hemos vuelto al principio. Obligados a estar juntos por dos viejos manipuladores. Aunque de eso se trata, ¿no? No son hombres. Son dioses, gigantes atrapados en el mundo de los mortales, encarcelados e iracundos mientras su poder se desvanece poco a poco.

Medidas desesperadas para tiempos desesperados.

Doy un paso hacia su escritorio.

—En este campus, en este estado, no ocurre nada sin que hayas intervenido tú.

Sigurd me sonríe.

—Le permitiste a Odín, o a uno de sus secuaces, que meta mano en Endir e inscriba a su hija aquí. Y en todas mis clases nada menos.

No me responde. Desprecio ese silencio arrogante.

Espero a que hable. Está claro que tiene algún plan. No habría admitido a Rey si no fuera así. Fue mi abuelo quien diseñó su horario o como mínimo decidió pasarlo por alto. ¿Qué trama?

Tamborilea con los dedos sobre el escritorio: una vez, dos, cada vez lo hace con más fuerza, suena más alto, hasta que clava las uñas en la madera.

—¿Tan mal estaría que hubiera paz entre nuestras familias? —me pregunta.

Vaya puta mentira. Nunca hace nada que no le beneficie y Odín es igual que él. ¿Paz? No es eso lo que buscan. Lo que buscan es poder.

—Podríamos firmar una alianza. Piénsalo. Yo lo he hecho. Me estoy haciendo viejo, Aric. Es hora de pasar la batuta. Llevas mucho tiempo solo. ¿Por qué no aceptas lo que te han ofrecido sin ataduras?

—No la necesito. No la necesitamos ni tú ni yo. Deja que te diga algo: tal vez acabe matándola antes de que termine el semestre.

¿Le gustaría eso?

Me sonríe como si le resultara cómico.

—Si matar te resultara tan sencillo, no habrías sido tú el elegido.

¿El elegido? ¿De qué está hablando?

—Sé amable en el recreo, no te olvides de compartir tus juguetes y acuérdate de que siempre mantenemos cerca a nuestros enemigos. De esta forma cuando llegue el momento de atacarlos no tenemos que perseguirlos.

Me agota hablar con él.

—Vive en el dormitorio contiguo al mío. Perseguirla no será un problema.

Ensancha la sonrisa. Está claro que fue idea suya.

—Pensemos en lo que vendrá después.

—¿Lo que vendrá después?

—Tu graduación, el legado de tus padres, el mío, tu futuro, lo que eres… —Me ofrece una mano.

—¿Se supone que te tengo que dar la mía?

—Prométeme que harás todo lo que esté en tu poder para no decepcionarme a mí o a tus padres…

Le doy un apretón a su mano. Está fría como el hielo, igual que su actitud. En el fondo sé que se preocupa por mí, lo que pasa es que el odio que siente por los Stjerne se ha convertido en una obsesión. Necesita vengarse por la muerte de mis padres. Eso lo entiendo.

Me meto las manos en los bolsillos al sentir el hielo que se me forma en la yema de los dedos.

Me mira con rapidez las manos.

—¿Hace frío?

¿Me puede leer la mente?

—No, señor.

—Puedes irte.

Me da la espalda. Como para preguntarle por la runa que me quema en la espalda. Cuando Sigurd te dice que puedes irte, tienes que irte.

Me marcho con dos preguntas. Una: ¿puede leer la mente? Y dos: ¿por qué está empeñado en que pase tiempo con la única chica que puede destruirlo todo?

Capítulo treinta y nueve

REY

—¡No dejes que se cierre el elevador! —grita Reeve en cuanto pongo un pie dentro. No le hago caso.

Aun así, Reeve consigue deslizarse entre las puertas antes de que se cierren del todo y se me queda mirando de arriba abajo. Yo me cruzo de brazos.

—A juzgar por la cara de pocos amigos, las manchas de lodo y la ropa húmeda, adivino que las cuevas de hielo no fueron todo risas y garabatear tu nombre en el trabajo.

Procuro no pensar en todas las maneras en las que podría empalarlo con la pluma.

—Casi morimos en nombre de la historia antigua, pero por lo demás fue todo sobre ruedas.

No le cuento lo de la posible runa que descubrimos y todas las cosas raras que han sucedido porque, para empezar, no es de su incumbencia y prefiero ahogarme a pedir su opinión, pero sobre todo porque es un Erikson: sería la última persona del planeta en ofrecerme ayuda.

Reeve pulsa el botón de seguridad del elevador, que se detiene con una sacudida. No me despierta el miedo a las alturas, pero desplomarme al vacío en un elevador no es la forma en la que quiero abandonar este mundo. Apoyo la espalda contra la pared.

—Voy a serte franco —dice, y por una vez suena serio.

—¿No podías ser franco conmigo en otro sitio? —le pregunto.

Cualquier otro sitio valdría. De acuerdo, puede que tenga miedo. Odio las alturas, aunque sean pequeñas.

—Si se desploma el elevador lo peor que podría pasarte es que te cayeras de sentón. Igual hasta la gravedad te quita los restos de lodo y suciedad del pelo. —Sonríe.

Y yo pensando que se había puesto serio… Le muestro el dedo medio.

—Vamos, sé franco para que pueda salir de esta trampa mortal.

—No tienes ni idea de las ganas que tengo de saltar aquí dentro ahora mismo. —Me sonríe con malicia.

—Sería lo último que harías.

Se decanta por apoyarse contra la pared y vuelve a ponerse serio de repente.

—No se puede forzar a Aric. Ha pasado por un montón de terapeutas, y aun así no puede superar… —Suelta un suspiro y se inclina hacia mí—. Carajo. Prométeme que te llevarás esto a tu tumba.

—Seguimos suspendidos en el aire. Date prisa, Reeve.

—Te acuerdas de que después de morir nuestros padres y de que te rechazara y toda esa mierda… —Me encanta que me lo recuerde. Genial—. Se encontraba en su cuarto sintiendo pena de sí mismo como suele hacer Aric cuando explotó. Y no me refiero a «ups, se me escapó un pedo. Qué mala suerte». Estallaron las ventanas, la puerta, su silla se derritió. Los bomberos concluyeron que había sido un rayo anómalo.

Ya sé que lo sacudió un rayo. Todo el mundo lo sabe por estos lares. Salió en todos los periódicos. No que había sido por culpa de Aric, sino que había ardido la mansión de Sigurd.

Reeve niega con la cabeza. El pelo castaño le cubre la cara esculpida y sus pómulos altos.

—Entré en la habitación esperando encontrármelo en llamas, pero solo encontré ceniza. Todo se había reducido a ceniza menos él, que estaba perfecto. O algo así.

—¿A qué te refieres con «o algo así»?

—Estaba enfadado, confuso, y hay una cosa que jamás olvidaré.

—¿Qué?

—Sus ojos —dice Reeve con voz áspera—. Eran de un blanco cegador.

Doy un paso hacia Reeve fingiendo que estoy preocupada.

—Suena horrible. Seguro que estaba aterrorizado.

«Cuéntame más».

Reeve se detiene.

—Para serte sincero, creo que le pareció increíble, aunque jamás utilizó esas palabras. —Reeve vuelve a pulsar el botón y el elevador da otra sacudida. Mi estómago también se sacude—. Dijo que el rayo lo había atravesado por completo.

—¿Te lo creíste?

Me sonríe.

—No olvides que yo también voy a terapia.

Cuando se abren las puertas, salgo tras él del elevador.

—¿Pero él...?

—Pregúntaselo tú. —Se encoge de hombros—. Eso si lo agarras de buenas, cosa que dudo. No le gusta la gente, principalmente porque lleva toda la vida decepcionándolo o diciéndole que está loco. Bueno, eso es en parte culpa suya. Hubo un tiempo en que no se callaba con las visiones: engendros monstruosos, pilas enteras de cadáveres, un puente negro y dorado... Eso no le ayudó nada.

Me entran sudores de repente.

—¿Un puente?

Lo deja pasar sin responderme.

—Y eso antes de los ataques que ha tenido este último año. Sigurd lleva prohibiéndole salir del recinto desde el otoño pasado, ¿lo sabías? Por su propio bien.

Nos detenemos delante de mi puerta.

—No lo sabía —admito.

—Han intentado secuestrarlo —dice con voz cansina. Se apoya en la pared junto a mi puerta—. ¿Sabes algo de eso, hija de Odín?

No, aunque de repente todo tiene sentido. Descubrimos la ubicación del Mjölnir hace un año. Seguro que mi padre ha estado intentando apoderarse de Aric desde entonces. Y por supuesto Sigurd no iba a dejar que su nieto saliera del campus, fuera del alcance de su protección. Me pregunto si es por eso precisamente por lo que ha estado añadiendo más y más runas, para mantener alejado a mi padre.

Y por ese motivo Odín me envió a mí.

—Así que no lo fuerces demasiado —continúa Reeve—. Está a punto de estallar. Esta no es una de esas historias en las que puedes intervenir para evitar el naufragio. No me malinterpretes: quiero a mi hermano, pero está condenado. Hay que huir de él. Ignoro qué degenerado juego cree tu padre que está jugando, pero no van a ganar. Es mi última advertencia.

—Guau —digo despacio—. Pues sí que te preocupas por él.

Reeve frunce el entrecejo.

—Por supuesto, Stjerne. Y ahora vete. Igual te vendría bien ponerte ropa calientita. Y no olvides la batalla con pistolas Nerf. Es esta noche. Es una de las pocas actividades divertidas que hacemos por aquí.

—Ya. —Asiento despacio mientras lo medito—. Nos vemos en una hora o algo así.

—Elige bien —dice guiñándome un ojo.

Entro en mi cuarto como una exhalación y cierro la puerta tras de mí.

¿Sería de verdad una buena elección ignorar a Aric, darle espacio?

¿Sería capaz de alejarme ahora, aunque quisiera hacerlo?

CAPÍTULO CUARENTA

REY

—Guau. —Ziva estudia su lanzador Nerf de disparo rápido con admiración, lo levanta y se coloca más munición por el cuerpo.

Aric y Reeve son los capitanes de los Berserkers. Tremenda sorpresa. Ziva y yo nos ofrecimos voluntarias para comandar el equipo Vikingo mientras que Eira se dedica a cazar mariposas. Bueno, eso no es del todo cierto. Pero la encontré dando saltitos con el lanzador Nerf por encima de la cabeza un par de veces y no deja de apuntarle a Reeve. No sé decir si él lo ve como una amenaza o si cree que se fijó en él.

Rowen se quedó a un lado del campo para no perder detalle. Probablemente esté sacando fotos para demostrarle a mi padre que de nuevo estoy «jugando» cuando debería haber salido de caza.

Pero se equivoca. Sí salí de caza.

Con todo este caos que nos rodea, no será difícil escabullirse durante el juego e investigar un poco. Primera parada: la oficina de Sigurd.

¿Y por qué allí precisamente? Porque el señor Coleccionista de huertas de runas escalofriantes puede que guarde allí las que me interesan.

Si Sigurd se parece en algo a mi padre, entonces querrá guardar sus tesoros cerca.

Aric y Reeve se colocan en el centro del campo de juego. Yo apunto con mi lanzador al estómago de Aric y disparo dos veces. Qué bien me cayó.

—Perdón. Solo quería comprobar que funcionaba.

Aric entrecierra los ojos. Reeve se coloca delante de él.

—Guárdate la ira para el campo de batalla, amigo. Guárdatela.

Por lo que parece, lo organizaron como un torneo, por lo que los equipos tienen que enfrentarse unos a otros para poder pasar al siguiente nivel.

En la banda colocaron un marcador, junto al que esperan en formación un grupo de sudorosos estudiantes. No esperaba tener que enfrentarme sin piedad al equipo de Aric en la primera ronda, pero, gane o pierda, estará distraído.

Sigurd camina por la línea que separa a los dos equipos con su pants negro, rematado de nuevo con su gorra de Endir.

—Muy bien. El objetivo es atrapar la bandera del equipo rival en su propio campo. La bandera de los Vikingos está en el salón comedor y la de los Berserkers, en la fuente.

Está en la misma zona del campus que el edificio de Administración. No está justo al lado, pero sí en las inmediaciones.

—Lo primero es la seguridad —nos advierte Sigurd— y el juego limpio. Si te alcanza un dardo Nerf, hay que abandonar el campo.

—Un código de honor entre estudiantes universitarios durante una guerra Nerf —reflexiona Ziva.

Ya. Esto se va a convertir en un sálvese quien pueda.

—Tienen diez minutos para idear un plan de ataque —prosigue Sigurd—. Una vez más: les doy la bienvenida a…

—La universidad de Endir —contestamos todos a la vez en tono aburrido.

Nos ha enseñado bien. ¿Sería ese su plan? Conseguir el martillo, controlar el mundo y llenarlo de descerebrados.

—Estupendo, estupendo —Sigurd aplaude cuando la gente a nuestro alrededor salta con vítores.

Ladeo la cabeza y me quedo mirando esa cara inconsciente.

—Podríamos dispararle —susurro.

Ziva exhala despacio.

—Lo sé. Creo que se pasa el día drogado, ajeno al mundo que lo rodea. He oído por ahí que tienes que aprender a levantar barreras cuando eres un genio, del mal o de lo que sea. —Amartilla la pistola Nerf.

Procuro no obsesionarme con lo que acaba de decir Ziva. Yo no me considero un genio, pero sé lo que significa necesitar el silencio.

Me sorbo la nariz y preparo el arma. Miro a mi alrededor y pongo una mueca. La mayoría de los de mi equipo tienen cara de no haber participado en una competencia deportiva en su vida, por no hablar de disparar con lanzadores Nerf, aunque apuesto a que juegan videojuegos. Con eso me basta.

Carraspeo.

—A ver, tropa, acérquense.

Reconozco algunas caras de la ceremonia de bienvenida. Sonrío de modo alentador a Hector y Jill, del grado de Psicología, al recoger los brazaletes: amarillo para nosotros; azul para los Berserkers.

—Levanten la mano —digo gritando— si han jugado alguna vez Call of Duty.

Casi todos la levantan.

—Perfecto. Asegúrense de tener buen tiro, munición suficiente y ayúdense los unos a los otros en caso de que se queden sin ella.

Me giro hacia la mitad derecha del grupo.

—Existe un sendero bien iluminado que muchos de ustedes utilizan como atajo desde la residencia. Seguro que esperan que lo tomemos para llegar más rápido a la fuente. Tienen que ser más rápidos que el viento, línea ofensiva. ¿Me oyeron, Vikingos? ¡Corran como si los persiguiera el mismísimo diablo!

Ahora me dirijo a los que están en medio del grupo.

—Van a esconderse en los árboles y en los arbustos que hay al otro lado del sendero. La oscuridad los ocultará, así que nuestra mejor opción es conducirlos a campo abierto y aprovecharnos del caos que se forme. Ese será el momento en que entrarán en escena ustedes; se sacrificarán como maniobra de distracción. Ustedes, mis nobles y valientes amigos, los mantendrán entretenidos. A algunos los alcanzarán con sus pistolas mientras protegen a sus compañeros para que ellos puedan seguir adelante. Así son las cosas.

Esperaba que reaccionaran con entusiasmo, pero me miran todos inexpresivos.

Me aclaro la garganta y me giro a la izquierda.

—Ustedes cuatro van a ir al comedor. Defiendan la bandera con su vida. Hay que protegerla como sea. —Hago chasquear los dedos—. A ver, Jameson, la estrella del porno. —Este se cuadra de hombros al oír su nombre—. No te estoy pidiendo que les enseñes el trasero si se acercan demasiado, pero por algo tienes ese nombre. Todos tenemos un destino.

—Por Dios —murmura Ziva.

Me giro hacia Gaby.

—Van a entrar en tu cocina. ¿Vas a dejar que se lleven los *cupcakes*?

Niega con la cabeza.

—Defiende lo tuyo, Gaby. Patéales el trasero como una amish.

Eira levanta la mano y yo me le quedo mirando.

—Mataron a tus suculentas.

Suelta un gruñido.

—El equipo azul está acabado.

—En efecto. En efecto. Muy bien, equipo. Contra ellos. En el beisbol no hay cabida para el llanto. Ni en Atrapa la bandera. ¿Me oyeron? Quedar en segundo lugar significa perder.

El equipo lanza una ovación.

Y unos segundos después ya están todos de nuevo formando grupos.

Miro el marcador: quedan dos minutos para que empiece el juego.

Justo a tiempo.

Ziva aplaude con parsimonia a mi lado.

—Buena arenga. Los amish están en contra de la violencia, así que ahí me perdí un poco. O sea, te escuché un rato, pero luego me distraje pensando que vikingos de los de verdad, como nuestra mascota, iban a hacer acto de presencia y nos conducirían a la batalla todos vestidos de uniforme, en plan tradicional. ¿Llevaban armadura o luchaban con el torso desnudo? Bueno, qué más da. Es mi sueño, así que yo voto por que iban con el torso desnudo.

Estamos todos en posición cuando comienza la batalla.

Echo a correr hacia los árboles con Ziva y Eira a mi lado. Atajamos por el gimnasio para dirigirnos al salón, donde Ziva me jala para esconderme tras un roble gigantesco.

Me apoyo en la corteza y me agacho. Entonces todo a mi alrededor parece detenerse. Ya no veo pistolas Nerf ni oigo a los alumnos reírse ni gritar.

En su lugar veo lanzas heladas, rojas de sangre, que sobresalen del suelo. Tienen las puntas cubiertas de hielo.

Gente con runas dibujadas en las mejillas y líneas azules que les dividen la boca gritan de terror mientras el mundo arde a su alrededor, mientras las llamas naranjas se propagan por los bosques.

Los gritos de desesperación, la pestilencia de la muerte, la destrucción de la gente.

«Encuéntrame».

Cierro los ojos y me llevo las manos a los oídos. Cuando la visión se termina entro en pánico. Es lo mismo que me ocurrió en el dormitorio de Aric. ¿Será porque estoy cerca del Mjölnir? No puede estar lejos. Solo el martillo recuerda las batallas y el derramamiento de sangre.

Abro los ojos de golpe cuando Ziva me jala para que me ponga de pie.

—Vamos, Rey. —Ziva los está distrayendo—. ¡Date prisa!

Pero soy incapaz.

No puedo apartar los ojos del roble. Entre las iniciales y los corazones tallados en la corteza, se encuentra una única runa: Hagalaz.

Se me corta la respiración.

No sé si es a causa de la runa o de la visión espeluznante que me dejó sin fuerzas.

¿Qué carajos pasa? No consigo recuperar el aliento.

—Concéntrate en el juego, soldado —me susurra Ziva que se acerca corriendo adonde estamos. Me toma del brazo y me coloca detrás de ella—. ¡Vamos!

Nos unimos al pequeño muro de escudos y cruzamos el campo. Tras esto nos dispersamos como había planeado. Los Berserkers se adentran en el bosque como habíamos anticipado. Oímos risas cuando empiezan a atrapar gente.

—Por aquí —nos llama Ziva.

Eira sale detrás de ella. Hay unos cuantos enemigos escondidos tras los setos. Disparo varias veces y alcanzo a dos de ellos, pero son muchos más que nosotros.

—¡Váyanse! ¡Yo las cubro!

Cargo la pistola con munición de gas pimienta mientras cuento mentalmente los dardos para saber cuándo tengo que volver a cargar.

Observo a Aric dirigir a su equipo hacia el comedor.

Por supuesto tenía que estar en el ataque. No me lo imagino haciendo otra cosa. Reeve está a su lado riéndose y gritando como un demente.

Localizo a Ziva y corro hasta el árbol tras el que se esconde.

—Voy a acercarme a comprobar si queda alguien en el edificio —digo—. Está bastante oscuro y podrían haberse escondido.

Es mentira, pero necesito separarme del grupo.

Se oyen unos truenos. No es buena señal.

—Tú puedes hacerlo, Z. ¡Atrapa esa bandera!

Me hace el saludo militar y se marcha corriendo.

Perdimos a Eira; sin embargo, veo a parte del equipo amarillo colarse por el sendero en dirección a la fuente. Cuando giran a la izquierda, yo doblo hacia la derecha.

Rodeo el edificio de Administración para acercarme a la entrada de los empleados. Como esperaba, está abierta. Hay un cenicero junto al bote de la basura. El olor que perdura en el aire es de algo más fuerte que el tabaco.

Miro a mi alrededor antes de colarme dentro.

Las oficinas aparecen en un panel informativo que hay colgado en la pared. Oficina del rector: tercer piso.

Me acerco a las escaleras y las subo sin hacer ruido. Al llegar a la puerta de acceso al tercer piso, me giro para cerciorarme de que nadie me sigue y coloco con sumo cuidado la pistola Nerf en el suelo junto a la puerta para mantenerla abierta. La oficina de Sigurd está al fondo del pasillo.

Dejo atrás las espeluznantes cornamentas y me agacho a la altura de la cerradura que tengo que abrir para investigarla. Pongo la mano sobre la manija y, de repente, se abre. Eso sí que no me lo esperaba.

El interior está bañado de sombras excepto por un rayo de luz de luna que se filtra por las oscuras cortinas y que ilumina el enorme escritorio de caoba de Sigurd. Doy un paso atrás. ¿Son eso marcas de uñas sobre la superficie de madera? ¿Por qué demonios habrá clavado las uñas en su propio escritorio?

Inspecciono el escritorio con más detenimiento: hay seis runas formando un círculo perfecto alrededor de la computadora. Levanto la mano en dirección al círculo y siento una pequeña descarga que me hace apartar la mano de golpe.

Mierda.

Bueno, tampoco es que tuviera tiempo de piratear el sistema. Me pregunto cómo le explicaría esto a cualquier humano o a los custodios que lo visitaban. Igual tiene otras defensas para que la gente no se acerque. Me fijo en la línea de piedras.

Raido. Dagaz.

Las runas que aparecieron en Aric las dos veces que estuve con él.

¿Habrá sido una coincidencia? No lo creo…, aunque tampoco se explica que el resto de las runas no coincidan con las de la nota de Laufey.

Empiezo a abrir cajones con mucho cuidado, pero sin perder el tiempo. Si Sigurd se parece en algo a mi padre, habrá escondido sus pecados a simple vista. Necesito algo que me dé ventaja. Todo lo que pueda encontrar.

En el cajón de arriba solo encuentro plumas, libros de contabilidad, recibos… En el segundo cajón guarda un cuaderno negro completamente en blanco. Sospechosamente en blanco, como si estuviera esperando una especie de tinta que solo Sigurd fuera capaz de leer. Se me acelera el pulso.

Sigo buscando. Encuentro montones de expedientes de alumnos, todos ordenados por colores. Algunos de los nombres me suenan del día de orientación: récord de asistencia, calificaciones… y anotaciones extrañas en los márgenes: «¿Potencial?».

¿Potencial para qué?

Uno de los expedientes tiene dos marcas: el de Aric.

Al fondo de todo, enterrado bajo un montón de planes de estudio antiguos, hay algo más pesado: una pequeña llave de acero. El frío que desprende me pica en la mano cuando la levanto. ¿Qué abrirá?

Echo un vistazo por la oficina: libros, reliquias y cerámica antigua.

Tiene que haber algo especial por aquí escondido…

—¿Encontraste algo de tu interés?

Capítulo cuarenta y uno

REY

Me relajo en cuanto oigo la voz de Aric, lo que parece absurdo. Mi plan depende de que sea yo la que pueda hacer que se relaje él cuando está conmigo, no al revés.

En lugar de empuñar el cuchillo que llevo atado debajo de las mallas, alargo la mano para tomar un libro.

—Claro. Quiero ponerme al día con la lectura. —Es una mentira, y no de las mejores. Me coloco el libro debajo del brazo—. Si no quieres nada más… —Me rozo con él a propósito cuando paso por su lado para comprobar si aparece la escarcha, si reacciona.

—El libro. Devuélvelo a su lugar. Ya.

Me doy la vuelta. La luz de la luna le ilumina la mitad de la cara, que refulge plateada. Sus ojos cafés resplandecen y se oye un trueno en la distancia.

—¿Por qué no estás con tu hermano jugando ahí afuera? Ganar desde aquí va a ser un poco complicado.

—¡Dame el libro, Rey! —Su voz suena atronadora en el interior de la oficina. El candelabro se agita sobre nuestras cabezas.

Mierda. Es aterrador cuando se enfada. Parece que hubiera crecido unos centímetros delante de mí.

Le entrego el libro despacio.

Lo echa a un lado y apoya los brazos en la pared, uno a cada lado de mi cuerpo. Me tiene atrapada. Juraría que vi restos de escarcha cubrirle el labio inferior que acaba de humedecerse.

Puede que él esté durmiente, pero está claro que su poder no lo está.

—¿Hola? ¿Hay alguien ahí?

Oímos la voz avanzar por el pasillo. Aric abre los ojos de par en par. Miramos a nuestro alrededor, pero no hay donde esconder a un tipo de dos metros en un espacio tan pequeño.

Una mujer de edad avanzada entra en la oficina. La reconozco enseguida: es la profesora Higgins. Habló en la ceremonia de bienvenida de Sigurd. Su discurso fue corto, rígido, sin adornos y ahora mismo despide la misma energía.

Genial.

Me encuentra enseguida.

—Estaba con Aric… —digo atropelladamente. Mierda. Esto no va a acabar bien.

—La oficina del rector no es lugar para los estudiantes. Ni siquiera para ti, Aric. —La profesora Higgins se cruza de brazos.

Aric se pone tenso. Está tan cerca que puedo sentir el enfado que le azota por oleadas. Le paso el brazo por la cintura. Está congelado y tan tenso que parece que estoy abrazando un trozo de acero.

Me aprieta contra él, con firmeza y con la voz tranquila, aunque la mirada sigue siendo salvaje.

—Es cierto. Estábamos hablando y necesitábamos un poco de intimidad.

Lo agarro de la camiseta, melosa. No sé por qué me está ayudando, pero lo último que necesito es que Sigurd se entere de que estaba fisgoneando.

La profesora Higgins frunce el ceño más de lo que ya lo tenía.

—Ya sabía yo que había algo raro cuando visitaste antes a tu abuelo, Aric. Jamás vienes a verlo. Y ahora, esto…

Nos echa un discurso sobre la falta de disciplina de los Erikson, la falta de respeto que supone profanar la oficina del rector Sigurd. Habla con voz aguda y cortante. Cada palabra mina un poco más la paciencia de Aric. Siento cómo se va tensando, su ira se intensifica y el aire se está enfriando. La lluvia comienza a golpear los cristales de la oficina.

Lo tomo de la mano como si fuera el único hilo que lo conecta a la realidad, al presente, a mí.

—Tranquilízate —susurro.

—No puedo —dice en un rugido.

No suena a palabras huecas. Suena como un mal augurio.

Hay cierto peso en su voz, está cargada de ira que espera a ser desatada. No me gusta nada. No me gusta la forma en que está perdiendo el control.

Le lanzo el Aura con rapidez, desesperada, potente. No funciona. Casi puedo notarlo físicamente. Como si hubiera rebotado de su cuerpo.

Mierda.

Recupero el Aura y lo proyecto sobre la profesora Higgins. Da un traspié como si la hubieran golpeado con algo. Ups, ¿me habré pasado un poquito?

Volteo para mirar a Aric, que me observa con ojos preocupados, inestables, a punto de volverse completamente blancos. Una capa de escarcha le empieza a cubrir los labios.

—Si tus padres pudieran verte ahora... —prosigue la profesora Higgins. ¿Qué carajos le pasa a esta mujer?—. Después de todo lo que sacrificaron por ti y aquí estás tú, escabulléndote y...

No. No vayas por ahí. Aric va a explotar.

Lo tomo de la nuca y le planto un beso en los labios. Tal vez la pasión y el factor sorpresa apacigüen un poco el enfado y podamos salir de aquí.

Esperaba que se quedara petrificado. Lo que no me esperaba era sentir su cálida lengua. O la forma en que sus labios se acoplan a los míos.

Me abraza más fuerte y durante un vertiginoso latido, el mundo desaparece. Sabe a invierno y a menta. Sus labios son suaves, mucho más de lo que imaginaba, y los embates de su lengua tan ardientes que estoy a punto de levitar. Me quedo sin aliento. Aric me estrecha entre sus brazos con fuerza.

La tensión se propaga por la oficina como un latido irregular: las luces parpadean y la temperatura desciende con rapidez. En ningún momento me olvido de que tenemos público o por qué lo estoy besando.

Me aparto un poco dando por terminado el beso.

—Tenemos que irnos.

Frunce el ceño mientras levanto nuestras manos. Le empezó a salir una capa de hielo sobre la piel.

—¡Ya!

Lo empujo hacia la puerta aprovechando que la profesora Higgins se quedó pasmada y no acierta más que a balbucear.

Ya lidiará Aric después con ella. Por ahora nuestra prioridad es esconderlo antes de que pierda el control por completo.

Le tiembla todo el cuerpo, me agarra con la dureza de una roca mientras bajamos corriendo las escaleras y salimos del edificio. Estaba muy oscuro en la oficina, así que cabe la posibilidad de que no haya visto el hielo sobre su piel, en sus ojos. Con los truenos y relámpagos de la tormenta que nos tomó por sorpresa, puede que achaque lo que vio a un efecto de la luz.

Cuando salimos al exterior, una línea dentada de hielo se extiende por la banqueta perdiéndose en la hierba hasta el bosque cercano. Sigo su dirección. Nos encontramos con unos cuantos jugadores de Atrapa la bandera, que corren para refugiarse de la lluvia, así que no llama la atención que nos unamos a ellos. Una vez que dejamos atrás a la mayoría de la gente, arrastro a Aric a la profundidad del bosque, lejos de los senderos.

El viento ruge al tiempo que un rayo divide el cielo en dos.

Aparta su mano de la mía de un latigazo y comienza a dar puñetazos al árbol que tenemos delante.

Una y otra vez.

La sangre plateada le brota de las heridas, que sanan inmediatamente con el hielo que le aparece por los nudillos.

Respira agitado y aprieta los dientes con fuerza, como si estuviera esforzándose por mantenerlo todo bajo control y a la vez dejarlo salir. Con un rugido, cae de rodillas al suelo y un rayo irrumpe desde el cielo atravesando a Aric de parte a parte. Otro rayo golpea seguidamente en el árbol que hay junto a mí.

Carajo. ¿Estará bien?

No tengo tiempo de apartarme. Aric me rodea con sus brazos y caigo de espaldas al suelo. Me protegió la cabeza con las manos, que es un gesto que no comprendo del todo, pero que consigue enternecerme.

Rodamos por el suelo sobre las piedras y las agujas de los pinos para apartarnos del árbol quemado. La ropa de Aric está hecha jirones, quemada por el rayo. Me sigue protegiendo con su cuerpo mientras los troncos arden a nuestro alrededor.

Sus ojos encendidos se detienen sobre mi boca antes de recuperar su color café habitual.

Es imposible que siga en estado durmiente.

Me quedo callada.

Le cuesta respirar y tiene una mirada enajenada. Todavía le tiembla el cuerpo con los restos de su propio poder.

Es hermoso.

Pestañeo para librarme de ese pensamiento y frunzo el entrecejo.

—Gracias por salvarme.

Sigue con el pecho agitado mientras se inclina sobre mí.

—No quería que murieras sin estar en deuda conmigo —dice con voz áspera.

—Guau. Qué considerado. —Me apoyo sobre los codos de forma que nuestras caras están a unos centímetros de distancia—. Oye, ¿estás bien? El rayo…

—Estoy bien. Fue menos de lo que pareció. El rayo no me alcanzó.

Eso es precisamente lo que pasó y ambos lo sabemos. Pero le debo una, así que no insisto. Le sonrío con complicidad y asiento con la cabeza.

Baja la mirada hasta mis labios.

Sonrío.

—Perdón por el beso.

—Voy a tener pesadillas por culpa de eso. —Lo dice en broma, aunque no suena sincero. Parecería que no pudiera sacarse de la cabeza lo que ocurrió en la oficina, que estuviera repasando las palabras horribles que pronunció la profesora Higgins.

Se da la vuelta y se pasa la mano por el pelo. Le queda a la vista la espalda, apenas cubierta por los harapos de la camiseta.

Me quedo sin aliento.

Runas.

Esta vez queda claro que hay dos. En la cueva la segunda runa se veía borrosa, como si estuviera a medio formar. Sin embargo, ahora se ven nítidas como la luz del día. Descienden por su columna vertebral y brillan levemente.

Raido y Dagaz en todo su esplendor.

Parecen enfadadas.

Nuevas.

Capítulo cuarenta y dos

REY

El mundo se detiene a mi alrededor. Me tiemblan las manos al recordar el mensaje: Primero Raido. Después Dagaz. Faltan Hagalaz, Othala y Thurisaz.

Es hora de que Aric y yo mantengamos una charla. Debemos poner nuestras cartas sobre la mesa.

Como acabamos de sangrar, quemarnos, besarnos y protegernos mutuamente de la destrucción de un árbol, tal vez, solo tal vez, sea este un buen momento.

—Anda —dice—. Vamos a refugiarnos de la lluvia.

Mientras nos dirigimos despacio de vuelta al campus, me pregunto si sabe lo que significan las runas. ¿Son estos tatuajes el camino que me llevará al Mjölnir? No tengo muy claro cómo las activé, pero…

No puede ser tan fácil.

La poca información que he recibido de mi padre me hace plantearme que tal vez él tampoco tenga todas las respuestas. Igual nunca las ha tenido. No es que eso cambie mucho las cosas: sigo necesitando el martillo y solo Aric puede llevarme hasta él. Tengo que confiar en que el mensaje de Laufey sea mi brújula.

Alargo la zancada intentando seguirle el paso al gigante. Salvo por el olor a madera quemada que perdura en el aire y el ligero aroma a ozono que levantó la tormenta, el bosque sigue apacible.

El ruido se intensifica conforme nos acercamos al campus. Se oyen silbatos, megáfonos, gritos y... ¿suena también música? Cuando llegamos al campo de juego parece que no nos hubiéramos ido nunca. Los estudiantes siguen gritando y lanzando ovaciones. Las únicas pruebas que hay de que les agarró la misma tormenta que a nosotros son su pelo y las ropas mojadas.

El equipo de Reeve celebra la victoria en medio del campo. Supongo que consiguieron atrapar la bandera. Se detienen cuando se percatan de que nos acercamos.

—¿Hubo otra batalla de la que no me haya enterado? —pregunta.

—¿Por qué llevas puesta solo media camiseta? —Eira inclina la cabeza hacia Aric—. ¿Te prendiste fuego a ti mismo?

Todos se ríen.

Yo me uno a ellos porque no deja de ser cierto, ¿no?

Mi aspecto no puede ser mucho mejor. Llevo el pelo lleno de agujas de pino y tierra. En serio, me sorprende que Ziva no me pregunte cómo estuvo el revolcón en el bosque, porque, salvo por la camiseta de Aric, eso es exactamente lo que parece. Hasta tenemos mirada de culpa.

Aric sigue temblando levemente a mi lado. No sé si se siente traumatizado, enojado o las dos cosas a la vez. Eira toma a Reeve del brazo.

—A los Erikson les gusta duro, por lo que veo.

Ziva pone una mueca.

—Amiga, está herido. A ver si aprendes a interpretar las señales.

Aric se encoge de hombros como si nada, aunque sigue sin desaparecer la mirada salvaje, como si retara a la gente a que dijera algo más.

—Estamos bien. Parece que ganamos. Bien por el equipo azul.

Un trueno retumba en el cielo seguido de un rayo. Sigurd enciende uno de los megáfonos.

—Desalojen el campo por riesgo de rayos —grita—. El resto de las celebraciones quedan canceladas.

Le lanza una mirada matadora a Aric.

—Revisen sus horarios durante esta semana de orientación y no se olviden de marcar en su calendario la Caza salvaje.

El rugido de otro trueno consigue que se dispersen los estudiantes.

Me atrevo a mirar a Aric. No consigo quitarme de encima la sensación de que todo era como debía ser cuando estaba entre sus brazos. Me engaño a mí misma. No hay lugar en el mundo donde lo nuestro pudiera funcionar. Eso lo tengo clarísimo. Y él también. Entonces ¿por qué me late el corazón tan desenfrenado? ¿Por qué lo que deseo es acercarme a él en lugar de alejarme?

Trago saliva. ¿Por qué me preocupa si está bien?

Sigo el ritmo del grupo de camino a las habitaciones. Reeve agita su pistola Nerf en el aire mientras relata su victoria como si hubiera sido épica. Eira no se pierde detalle. Rowen y Ziva parecen simplemente aburridos.

Al llegar al escalofriante arco de basalto, el mismo que extinguió la llama de mi vela, me detengo.

No podemos seguir fingiendo. Ya no hay marcha atrás.

Lo único que nos queda es avanzar.

—Aric —lo llamo—. ¿Puedo hablar contigo un momento?

Reeve se detiene a su lado y le dice algo al oído. Aric niega con la cabeza y le da un empujón para que siga avanzando. Se da la vuelta y se cruza de brazos mientras el resto del grupo se aleja.

—¿Necesitas algo?

La tercera runa. Tengo que comprobar una cosa. Ha llegado la hora de sacar a la luz a Hagalaz y sé a quién quiero en mi equipo.

Ha llegado la hora de arriesgarme. De revelar mis cartas.

—A ti. —Me cruzo de brazos—. Te necesito a ti. O para ser más exactos, necesito un gigante.

Capítulo cuarenta y tres

ARIC

Un gigante.

Suelto el aire al oírlo. Hay algo poderoso en que alguien sepa quién eres, que confirme lo que sabes. No puedo evitar sonreír.

—¿Qué me delató? ¿Los rayos? ¿La escarcha? ¿Las dos cosas a la vez?

Me tiemblan todos los músculos. Mi cuerpo sigue recuperándose de la pérdida de control, de la ira y la tormenta que desaté con ella. Cuando pensaba que no iba a poder aguantar más delante de la profesora Higgins, fue Rey quien consiguió apaciguarme. Su beso, su voz. Sus actos aplacaron mis emociones anclándome al presente, me calmó lo suficiente para aguantar, aunque fuera solo durante un tiempo.

—Guau. —Durante un instante se muestra sorprendida, luego sonríe—. Gracias por la confirmación.

Me encojo de hombros. Esconderse es agotador.

—No es un secreto lo que soy. Al menos para ti. —Entonces ¿por qué me siento tan emocionado de que alguien me vea como soy?—. A ver, puede que para los demás sí, pero tú eres la hija de Odín.

Lo que solo consigue empeorar muchísimo las cosas.

Debería haber dejado que ardiera. No debería haber sentido ninguna emoción. Pero ella intentó protegerme en la oficina de mi abuelo y de nuevo cuando nos adentramos en el bosque. La mayoría me habría dejado destruirme a mí mismo.

Cuando perdí el control y el rayo cayó sobre aquel árbol, mi instinto fue protegerla. Así que eso fue lo que hice. No lo pensé dos veces.

Le pedí a Sigurd otra oportunidad, que me dejara demostrar mi lealtad a la familia, hacer lo que no pude dos años atrás. Y a la primera oportunidad que tengo le salvo la vida a mi enemiga.

Pero, visto de otro modo, a lo mejor tampoco incumplí mi promesa. Protegí a Rey como medio para alcanzar un fin.

Mis poderes se están despertando. Las runas que me han aparecido en la espalda son muestra de ello. Por algún motivo, ella parece ser el detonante. Si soy capaz de controlar mi poder, tal vez pueda canalizarlo hacia Odín y matarlo de una vez por todas. ¿No sería esa una dulce venganza? Utilizar a su hija para acabar de una vez por todas con él me parece un acto de justicia.

Me le quedo mirando. Se rodea el cuerpo con los brazos. De repente siento que el corazón se me parte en dos.

No sé qué dije o hice para que haya agachado la mirada y le tiemble el labio. Hace tan solo un par de minutos me dijo muy segura de sí misma que me necesitaba. Supongo que, técnicamente hablando, estuve a punto de matarla, ¿será por eso? ¿Será esta una respuesta tardía a haber estado a punto de morir?

Se mordisquea el labio inferior y, al segundo, vuelve a ser ella misma. Puede que no lleve puesta su ropa de diseño ni tenga el pelo impecable ni vaya maquillada, pero sus defensas vuelven a estar en alto. Casi me alegro por ello.

La sola idea de Rey Stjerne llorando resulta espeluznante y muy triste.

Mierda.

Significaría que está destrozada.

Significaría que fue en parte culpa mía. ¿Por qué siento que se me encoge el corazón al pensarlo? ¿Por qué me cuesta cada vez más odiarla cuanto más tiempo paso con ella?

Algunos estudiantes nos esquivan al pasar por el camino. Llevo la camiseta rota. Ella está cubierta de lodo y tiene hojas en el pelo. Tenemos un aspecto terrible. Lo extraño de todo esto es que nadie parece darse cuenta.

—Dijiste que me necesitabas, Rey. ¿Vas a explicármelo?

Me toma del brazo y me jala hasta que dejamos atrás la biblioteca y estamos solos de nuevo. El aire sopla más frío aquí. La luz de la luna se filtra entre los árboles. Pero la tormenta terminó, la que ocurrió sobre nuestra cabeza y la interior. Se detiene junto al viejo roble cerca del Salón de Dallas. El tronco está lleno de iniciales talladas. Salvo en el centro de la corteza.

Hagalaz: llama la atención porque es más grande, pero también porque nadie se ha atrevido a escribir alrededor.

No entiendo por qué me siento tan atraído por ella, como si me resultara familiar por algún motivo que desconozco.

—¿Qué significa? —me pregunta Rey, que se percató de mi interés. Señala a Hagalaz—. ¿No es tu abuelo un experto en runas? —Su mirada es perspicaz, inquisitoria.

Trago saliva y aprieto los dientes.

—¿Por qué no me lo dices tú? Pareces tener todas las respuestas.

—No todas. —Da un paso en mi dirección y dice bajando la voz—. Tenemos que ponerla a prueba. Comprobar cómo te afecta.

Me río sin ganas.

—Claro, porque no he tenido ya suficientes experimentos esta noche con los rayos y los árboles en llamas.

—Aric. —Suena tan seria que consigue que le preste atención. Nos miramos a los ojos—. Quiero enseñarte una cosa.

Saca su teléfono y se coloca a mi espalda.

—Quédate quieto.

Frunzo el ceño.

—¿De qué se trata todo esto? ¿Por qué me necesitas?

Vuelve a colocarse delante de mí con el teléfono en alto. No titubea cuando dice:

—Necesito saber por qué tengo un mensaje igual a esto de la única persona que se ha comportado como una madre conmigo.

En la pantalla hay una foto de mi espalda. Junto al tatuaje de la runa, apareció una segunda.

Me quedo helado.

Rey prosigue hablando.

—Antes de que comenzara el curso, antes de que mi padre me asignara esta misión, ella me pasó este mensaje. Se arriesgó muchísimo para hacerlo. Arriesgó su vida. Necesito averiguar si hay alguna conexión y si… ¿Me sigues?

—Vas a tener que contarme algo más, Rey.

—Los truenos. —No aparta la mirada de mis ojos—. Las tormentas eléctricas, la escarcha… ¿Y si te dijera que está todo conectado y que puedo ayudarte? ¿Me ayudarías tú a cambio?

Sus palabras me arañan la piel. Ojalá fuera tan sencillo. Pero no lo es. Esperaba una pelea, medias verdades que pudieran pasar por verdad.

—¿Me estás pidiendo que confíe en ti?

Asiente con la cabeza despacio.

Me reiría, solo que no tiene gracia.

—Y esta confianza... ¿funciona en ambas direcciones? —La miro con detenimiento.

—Así será.

De acuerdo.

—Te ayudaré —digo por fin, haciendo de tripas corazón. No puedo hacer otra cosa—. De momento, pero necesito algo a cambio.

Enarca las cejas, sorprendida.

—Es normal, nada se recibe gratis, gigante. —Su sonrisa es tan espontánea, tan deslumbrante, que casi doy un traspié. No me puedo creer que consiga desarmarme con una simple sonrisa.

Aparto la mirada.

—Quiero que me cuentes lo que no me cuenta Sigurd. Quiero saber por qué tengo esas runas en la espalda. Quiero saber por qué murieron mis padres, porque ni de chiste fue un accidente y tú lo sabes. —Rey no dice nada—. Estoy cambiando, transformándome en algo diferente. Antes conseguía controlarlo, pero ahora me resulta casi imposible y esas runas... Bueno, ya viste lo que pasó con el árbol.

Abre la boca y dibuja una mueca que se asemeja demasiado a la lástima.

—¿Es ahora cuando se supone que tengo que decirte que eres un gigante de hielo muy especial, chocar los cinco contigo y darte una palmadita en el trasero?

Suelto una carcajada, pero hasta a mí me parece poco apropiada.

—Tiene usted que mejorar en el trato al paciente, doctora. Y qué quieres que te diga. Sea lo que sea el poder que hay en mi interior, necesito entenderlo.

Soy consciente de que estoy siendo impreciso, pero no puedo sentir confianza como quien enciende un interruptor. La confianza hay que ganársela.

Aparto la mirada con la mandíbula tensa. «Concéntrate».

—¿Y tú? ¿Qué quieres tú?

Rey se muestra dubitativa. Le brillan los ojos a la luz de la luna. Por fin me responde.

—Esta es mi teoría: en tu espalda hay cinco runas, pero solo dos han sido activadas, por eso podemos verlas. Con cada runa que activas, tu poder durmiente se despierta un poco más. Hasta que tu poder sea desbloqueado por completo y explotes —hace un movimiento con la mano para imitar una explosión—, o seas por fin libre.

Me late el corazón a doble velocidad al oír sus palabras. Será mi fin... o un nuevo comienzo.

—Cuando eso suceda —prosigue Rey con una despreocupación que sé que está lejos de sentir—, sabrás dónde encontrar mi recompensa.

Se me cierra el estómago.

—¿Encontrar qué?

Se cruza de brazos apoyada en el tronco del árbol. Se muestra tranquila, infalible.

—El arma más poderosa del mundo. Algo que nos fue robado. Algo que necesito que me devuelvas para salvar a mis seres queridos.

Me quedo petrificado.

—¿El arma más poderosa del mundo?

Y ¿qué pretende hacer con ella? ¿Guardarla y no usarla jamás? Me pidió que confíe en ella, pero esto es un abuso.

Asiente con la cabeza con mirada perspicaz.

—Mi arma. El arma de mi familia. La que fue robada durante una guerra sangrienta en la que participaron nuestras familias. El Mjölnir está escondido en alguna parte y tus runas… creo que son el mapa. Pero alguien te bloqueó y mientras sigas callado, con todo bajo control, aparentando normalidad, el arma perfecta seguirá escondida.

Las palabras me aplastan con más fiereza que los rugidos de la tormenta.

—¿Y si yo no soy un arma? —susurro—. ¿Y si soy justo lo contrario de lo que necesitas? ¿Y si soy el malo del cuento? ¿El monstruo?

Por un momento la aparente calma de Rey se resquebraja.

—Entonces tendremos que afrontarlo. Juntos. Además, todos nacemos con un pequeño monstruo en nuestro interior. ¿Por qué eso habría de ser malo? Tiene que existir algo que nos ayude a salvarnos de nosotros mismos.

Tuerce un poco la boca y una leve sonrisa se le dibuja en los labios. Me gusta más de lo que debería, su sencillez y lo bonita que es. Necesito desesperadamente ser yo quien provoque esa sonrisa.

—Por cierto, no es Hyde quien salva. Es Jekyll.

Sus palabras perduran en el aire, peligrosas, reconfortantes.

Ya no sé si la tormenta que albergo en mi interior la provoca el miedo… o la esperanza.

Capítulo cuarenta y cuatro

ARIC

Estoy de pie delante de la runa tallada que, según ella, debería ser la tercera en aparecer en mi espalda. El contorno se ve desdibujado a la luz de la luna. Tomo aire, extiendo el brazo y acaricio Hagalaz con la yema de los dedos.

No sucede nada.

Hay tanto silencio que me pongo nervioso. No se ha oído el más mínimo chisporroteo de energía, tampoco se ha desatado una tormenta. Solo se oye mi respiración.

Rey suspira y dice con voz dulce.

—Debe de ser aterrador… ser consciente de que te puedes despertar de un sueño sin saber en qué te habrás convertido. Supongo que es apropiado que Hagalaz sea la tercera runa.

Da un paso hacia mí sin apartar la mirada de la runa.

—Es un símbolo del despertar, la toma de conciencia, la esperanza, el equilibrio, la transformación… —Sus palabras se van apagando, después resurgen con más fuerza—: Es el punto de no retorno, Aric. Ha llegado la hora de mirar atrás y alejarse o de dar un paso adelante.

Noto la corteza rugosa al tacto al seguir el contorno de nuevo. Noto la garganta seca.

—Si lo que dices es cierto y encuentro el Mjölnir…, ¿podré empuñarlo?

No responde.

Me le quedo mirando.

—¿Podrías empuñarlo tú?

Se muerde el labio inferior y se encoge de hombros. Tiene la duda escrita en el rostro.

¿Podría ella blandir el arma? ¿Cómo mide un arma la valía? Su sangre llama al martillo…

La sangre. En el Salón de Ormir, en las cuevas de hielo… Los dos sangramos.

Acaba encogiéndose de hombros.

—Firmemos una tregua. Colaboraremos hasta que lo encontremos. Tú tienes tus motivos para buscarlo y yo tengo los míos. Una vez que estés completamente despierto y encontremos el Mjölnir… —asiente como para sí misma—. Cada uno por su lado.

«De vuelta al campo enemigo», me digo a mí mismo.

Se gira y dice con voz más calmada:

—No creo que nos quede más remedio. ¿Tú sí?

Contemplo la runa, la oscuridad opresiva que nos rodea.

—Algo me dice que no vamos a evitar las muertes. Sé que no debería preocuparme, pero ahora que lo he experimentado: el trueno, el rayo atravesando mi cuerpo, esa incapacidad para controlarme sin saltar… No me apacigua, Rey. Es como estar a los pies de una tormenta interminable. —Respiro hondo—.

Tal vez tengas razón. Tal vez despiertes al gigante y el mundo se arregle. Tal vez mate a Odín… y a ti te deje con vida.

Ella suelta una carcajada aguda, aunque no se ve reflejada en los ojos.

—Directo al asesinato, ¿eh?

—Para vengar a mis padres.

—Por lo menos eres sincero.

Ambos sabemos que tenemos las de perder cuando encontremos el Mjölnir y también sabemos que nadie se va ileso en esta guerra ancestral. Nadie.

Aun así, asiento con la cabeza. Un pacto. Una tregua.

Saco la navaja del bolsillo, me hago un corte en la palma de la mano y la pego a la corteza. Hagalaz comienza a iluminarse. La sangre se esparce por el contorno hendido. Sin dudarlo, Rey agarra la navaja y también se hace un corte en la mano, apoyándola después en la corteza junto a la mía.

La runa estalla en una luz cegadora. El árbol vibra con la energía bajo la palma de nuestra mano como si respirara con nosotros.

Tras esto un dolor punzante me quema la espalda.

Capítulo cuarenta y cinco

REY

Aric se inclina hacia delante resollando, gritando de dolor.

—¡Aric! —lo agarro por los hombros con rapidez, después desplazo las manos hacia la espalda: ahogo un grito en el silencio de la noche.

Nos sobresalta el crujido de una rama al quebrarse. Nos giramos con rapidez hacia el lugar de donde proviene el ruido con el corazón desbocado. La runa sigue brillando a nuestras espaldas.

Antes de que nos dé tiempo de reaccionar, una silueta vestida de negro sale disparada de las sombras y echa a correr por el sendero. Sus movimientos son ágiles, rápidos, muy rápidos. Para cuando quiero reaccionar ya desapareció entre los árboles.

No nos molestamos en perseguirlo. No lo alcanzaríamos.

Me siento atemorizada. ¿Cuánto habrá visto esa persona? ¿Y qué hacía persiguiéndonos?

—Demasiado ágil para ser la profesora Higgins, pero aun así. Otra persona que añadir a la lista —murmuro mientras me sujeto la mano ensangrentada.

Aric frunce el ceño. Respira de forma irregular, supongo que porque le sigue doliendo.

—¿De qué lista hablas?

Busco por la oscuridad del campus.

—La lista de gente a la que no le gustan nuestras familias.

Aric suelta una carcajada.

—Seguro que es larguísima. Escribe «todo el mundo» y así ahorras tiempo. —Se pone serio y contempla las inmediaciones. Sigo su mirada hasta que se detiene en las ventanas silenciosas, los pasillos amenazantes desde donde nos vigilan en la sombra sin contarnos nada. Siento una presión en el pecho. Hay tantos secretos ocultos tras ese silencio, tantas verdades acalladas—. No te olvides de nuestro entorno más cercano.

Me estremezco y añado en un susurro apenas audible:

—Sobre todo los de nuestro entorno más cercano.

La tormenta ruge, interrumpiendo una verdad que ninguno de los dos quiere admitir.

Me observa la mano ensangrentada y la cubre con su mano sana. Un escalofrío me recorre el brazo cuando me toca.

Al retirar la mano, descubro que está curada.

Es evidente que sabe muchísimo más sobre sí mismo, sobre la situación en la que se encuentra, de lo que mi familia me ha hecho creer. Decido concentrarme en la mano, donde sigo sintiendo un cosquilleo allí donde me curó, y en el hecho de que no me mintió cuando le pregunté. Puso sus cartas sobre la mesa y confió en mí.

Sigo con los nervios de punta en el camino de vuelta a los dormitorios. Aric lleva la camiseta destrozada y las tres runas brillando debajo de los jirones y yo todavía estoy sorprendida de que haya aceptado ayudarme a encontrar el Mjölnir. ¿Por qué no me siento aliviada?

Puedo salvar a Laufey, salvarme a mí, incluso finalmente lograr que mi padre se sienta orgulloso, pero ¿de verdad voy a poner el arma más poderosa del mundo en manos de Odín?

¿Y de verdad me la van a entregar sin luchar los gigantes que la han tenido escondida? ¿Tendremos la mínima posibilidad, nos la concederá el Mjölnir?

—Entonces… —digo con la intención de volver a la tregua que firmamos en el bosque—. ¿Esto es nuevo?

Enarca una ceja.

—El acosador del bosque. Que alguien te siga, te vigile…

Se frota la barbilla mientras nos acercamos a la residencia.

—Ha habido precedentes. ¿Crees que vieron algo?

Me encojo de hombros.

—De ser así, podríamos decir que estaban borrachos. ¿Quién iba a creérselo? Nos vieron hacernos un corte en sendas manos y ponerlas encima de una runa, que se iluminó. ¿Tú te lo creerías?

—Claro. Pero yo sé quién soy.

—Yo también. —Miro a mi alrededor—. Según mi padre, hay más como nosotros, pero como el Bifröst está…

¿En serio estoy a punto de revelar un secreto?

Sonríe.

—Roto. Puedes decirlo.

Guau. Por algún motivo, me han hecho creer que no sabía nada de este asunto. Pero ¿cuánto sabe realmente?

—De acuerdo —digo mientras lo proceso—. No pueden acceder a su poder ni a sus recuerdos y se limitan a vivir despreocupadamente, sin poderes y… ¿felices?

—¿Por qué no iban a serlo?

—¿Son felices Sigurd u Odín? ¿Viven felices con sus recuerdos? Tú sabes quién eres, así que doy por hecho que también sabes quién es Sigurd —lo tanteo, pero no reacciona ni cambia de expresión—. ¿Es más feliz por ello?

Aric frunce el entrecejo.

—A veces creo que haber ostentado poder de verdad hace que el enojo sea mucho mayor cuando te lo arrebatan.

—Sin duda.

Los dos nos quedamos mirando el edificio de Administración.

—La historia tiende a repetirse de manera muy trágica —murmura Aric—. ¿De verdad crees que nuestra historia acabará de otro modo?

—Lo creo —digo muy en serio—. Porque yo soy un caso atípico. El Mjölnir reconocerá mi sangre y yo tengo algo de lo que Odín carece.

—¿Y qué es, si puede saberse?

—Corazón —susurro.

Capítulo cuarenta y seis

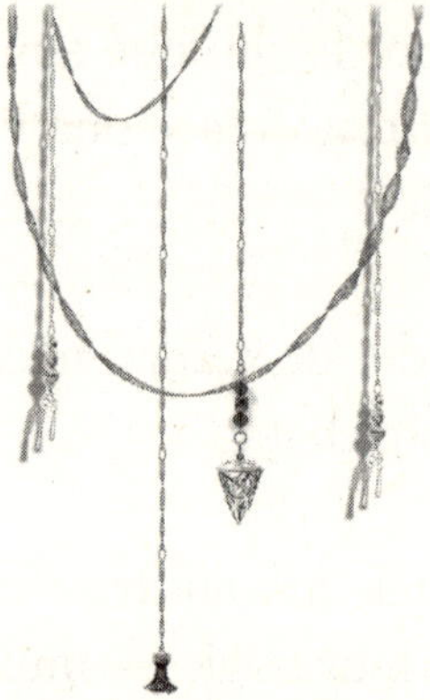

REY

Siento un dolor en el pecho desde que apareció la tercera runa en la espalda de Aric. No es solo físico. Tengo la sensación de que extraño algo que ni siquiera sabía que tenía.

Tal vez mi sangre se esté despertando al mismo tiempo que sus runas, provocándome este dolor en el pecho del que no consigo librarme y una sensación profunda de soledad, aquí sentada en mi dormitorio.

Estoy acostumbrada a pasar tiempo sola, incluso lo deseaba a menudo cuando vivía en aquella casa con el monstruo. Pero ahora lo único que deseo es que alguien me estreche entre sus brazos. Suena ridículo. ¿Cuándo fue la última vez que alguien me abrazó? ¿Lo ha hecho alguien alguna vez? Rowen me da algún abrazo de vez en cuando, pero lo de ahora es diferente.

Hablo de que alguien te abrace con todas sus fuerzas, con la certeza de que esa persona lleva buscándote toda la vida. Saber que te conformarías con un solo segundo entre sus brazos.

He leído muchísimo sobre el amor, aunque nunca lo he sentido. Me refiero al amor romántico. He tenido mis escarceos amorosos, bien porque necesitaba saciarme o para molestar a mi padre, pero eso no cuenta. Las dos veces que lo hice fueron tan decepcionantes que me dormí entre lágrimas mientras me preguntaba si alguna vez encontraría a alguien que me hiciera sentir que encajaba.

Siempre la intrusa.

Siempre un arma.

Siempre la hija obediente.

Dormir. Necesito dormir. Aun dejando a un lado la misión de vida o muerte que tengo entre manos, mañana debo asistir a un montón de clases y escribir el trabajo sobre las cuevas de hielo.

Con Aric.

Ya sé que pensar en trabajos y las clases y los amigos y las relaciones suena ridículo. Pronto se acabará todo esto. Lo más seguro es que se termine por completo, literalmente. Pero no se trata de la vida universitaria. Esto es sobre él, sobre pasar tiempo con él. Y qué si lo estoy disfrutando. Qué problema hay si finjo que estas amistades van a durar más de una semana… Que me denuncien.

¿Tan malo sería pasar unos días juntos antes de que llegue el trágico final?

Mi padre no me ha enviado ningún mensaje desde el mediodía. Igual está teniendo un buen día. Rezo para que Laufey sea capaz de soportar sus rabietas y sus pesadillas. Su único poder de giganta es la curación física y mental, pero he sido testigo de cómo le afecta cada vez que usa su poder con Odín.

La consume.

Entre la enfermedad que sufre y lo que la maltrata mi padre, acabará muriendo. Puede que tarde un tiempo, pero aun así.

Conseguir el Mjölnir significaría mucho más que encontrar un arma. Significaría la libertad.

Pero ¿qué hago una vez que lo tenga en mis manos…, una vez que Laufey esté a salvo? Temo darle a Odín lo que quiere: un arma que lo convertiría en omnipotente.

Niego con la cabeza. Tengo la sensación de que me estoy perdiendo algo. Saco el expediente que me entregó mi padre y lo leo.

Antes del Mjölnir se forjaron varios martillos. Los primeros dos casi parten Asgard por la mitad cuando Thor intentó empuñarlos. Según el texto, carecían de límite y Thor era demasiado joven e inestable. El entrenamiento que había recibido para controlar su poder solo había conseguido volverlos inestables e impredecibles. Interesante. No parece que sean las runas lo que hace a Aric inestable.

Y la runa reaccionó ante mí.

A su propia identidad.

Y lo más importante de todo: reacciona a nuestra sangre.

¿Estaré yo ayudando a agitar la tormenta interna de Aric? ¿Y qué sucederá si los recuerdos, los suyos y los del Mjölnir, lo golpean todos a la vez? ¿Morirá alguien por ello? No lo hemos hablado abiertamente, pero tengo la sospecha de que los poderes de Aric están parcialmente durmientes para protegerlo.

Por otro lado, el rayo no lo mató, así que tal vez esté ya protegido. Qué suerte para Aric tener un destino, un propósito, un mapa de runas que le muestre el camino y la protección del arma fundamental que, de entre todo el mundo que habita este planeta abandonado, lo eligió a él.

Yo solo he sido elegida para la muerte.

Me pregunto si esta será la oportunidad de Aric de elegir la vida.

Capítulo cuarenta y siete

Aric

Llaman a la puerta tan fuerte que casi me caigo de la cama. Miro de reojo el despertador y descubro que es todavía de madrugada. Si el que está ahí afuera es Reeve, borracho y con ganas de hablar, voy a matarlo. Abro la puerta de golpe con el corazón a mil por hora.

Me encuentro con Rey, descalza y con la mirada perdida. Se ve vulnerable. Tiene el mismo aspecto que una víctima de una serie de asesinatos antes de que se le caiga el segundo zapato.

Lleva en la mano una taza descascarillada con el lema: «Los gatos también son personas». Sin decir una palabra, pasa por mi lado rozándome, se dirige al lavabo de mi habitación, llena de agua la taza y se la bebe de un trago como si llevara una semana perdida en el desierto. El agua le cae por la barbilla y en las piernas desnudas. Me doy cuenta de lo desnudas que están.

Piernas. Piernas desnudas. ¿Dónde carajos dejó los pantalones?

Levanto la mirada con rapidez. Lleva puestos únicamente los calzones y la parte de arriba de una pijama de seda que le queda algo grande y a la vez no deja nada a la imaginación. Me doy cuenta de que se le marcan los pezones en la tela. Noto la boca seca.

—¿Rey? —digo con voz trémula—. Rey, despierta. En serio, no quiero morir mientras duermo y tú tampoco. Vuelve a tu habitación.

No me oye. Me empuja en el pecho con la taza todavía en la mano y me lanza sobre la cama. ¿Será alguna secuela por haber activado la tercera runa? Antes de que me dé tiempo de reaccionar, se recuesta a mi lado y me jala hacia arriba hasta que estamos a la altura de la cabecera de la cama.

—Rey —le aviso. Me comprometí a estar de su parte temporalmente, pero en ningún momento me refería a compartir la puta cama. «Olvídate de sus piernas». Lo último que necesitamos es complicar aún más las cosas—. No me hagas llevarte en brazos…

Me pasa una pierna por encima inmovilizándome sobre la cama. De repente me siento relajado.

Muy relajado.

Sentí lo mismo cuando me besó en la oficina de Sigurd, cuando intentó evitar que reaccionara. Igual que cuando tocamos la tercera runa.

¿Y qué pasaría si lo hiciéramos? ¿Qué pasaría si descansara con ella de esta forma? Si me sumergiera en la calma que me ofrece en medio del caos…

Noto su peso firme sobre mi cuerpo, anclándome a la realidad, como si la tormenta que ruge en mi sangre se hubiera acallado por fin, hubiera encontrado la paz.

Su aliento me roza en el cuello.

—Solo cinco minutos —susurra en sueños.

Que Dios me ayude, porque me pesan los párpados. Tal vez valga la pena morir si consigo dormir.

La última imagen que me viene a la mente es la de una casa que ni siquiera conozco. Los árboles son tan altos que tapan la luz solar. Las ramas están cubiertas de hielo que nunca se derrite. A lo lejos, se erigen montañas de hielo escarpadas cuyas cumbres se esconden detrás de nubes tormentosas. El aire huele a acero y a nieve, pero por debajo se percibe la calidez del humo de pino, como si hubiera una fogata encendida en la distancia. Me recuerda a los rayos del sol, al tacto cálido de Rey.

Me despierto sobresaltado al oír la alarma. Ocurren dos cosas al mismo tiempo: Rey me mira desde la cama y grita mientras me da un puñetazo en la cara.

—¡Carajo! —digo enfadado—. ¿Qué rayos te pasa? Es demasiado pronto para esto. ¡Sal de mi habitación!

Se baja con torpeza de la cama y se cae al suelo. Tras esto se levanta y vuelve a gritar.

—¿Qué hago en tu dormitorio? ¿En tu cama?

También está enfadada. De acuerdo, ha quedado claro que estaba sonámbula.

Me froto el ojo malherido.

—Claro, todo tiene sentido: fui a tu habitación, forcé la puerta, agarré ese cuerpecito peleonero, con cuidado de no olvidarme de la taza de gatos tan impropia de Rey Stjerne, y decidí utilizarte como osito de peluche. ¿Tengo cara de querer dormir con un cactus cubierto de espinas y un chuchillo escondido?

Se acerca a la puerta y la entreabre para marcharse, pero antes de hacerlo voltea hacia mí:

—Para que lo sepas, me gusta mucho esa taza gatuna, gracias. ¿Y por qué tengo que ser un cactus? Los cactus no llevan cuchillos, Aric. Lo que tienen son… esas cosas puntiagudas, ya sabes… Mierda, ¿cómo se llamaban? Es muy temprano para acordarme. ¿Por qué estoy aquí? ¿Qué hago contigo? ¿Por qué no estoy…?

—En serio, Rey. Deberías ponerte pantalones para dormir.

Acabo de meter la pata. Se le oscureció la mirada como si después de todo fuera a acuchillarme.

Da un salto hacia atrás cuando alguien llama a la puerta antes de abrirla de un empujón.

Reeve se cuela dentro con una taza de café en la mano y se queda helado. Pasa la mirada del uno al otro con la boca abierta.

—Ni se te ocurra decir algo —lo amenazo con voz soñolienta y molesta.

¿Dónde quedaron las tormentas ahora? Cabría esperar que cayera un rayo entre nosotros en este mismo instante.

Levanta la taza de café.

—No abrí la boca. Se me cortó la respiración. Por suerte tengo el mismo autocontrol que un anciano. Cuéntame qué pasó: ¿salió de su ataúd y vino hasta aquí para asesinarte? ¿O lo habían planeado?

Le lanzo una mirada matadora.

—Estaba durmiendo tranquilamente cuando Stjerne la Acosadora…

—Suena bien —se ríe.

—Yo también lo creo —sonrío.

—¡Oye! —se queja Rey.

—Como iba diciendo, esta de aquí entra en mi dormitorio, se bebe mi agua con su extraña taza gatuna, me lanza a la cama y se duerme.

—Así que se duerme… —Reeve guiña un ojo—. Ya lo entendí.

—No, Reeve. No estoy hablando de sexo. Me inmovilizó y se durmió tal cual.

—¡A quién quieres engañar! —Rey toma una de mis sudaderas y se la pone—. Como si tuviera fuerza suficiente para inmovilizarte. ¡Eres un gigante!

Se pone pálida al darse cuenta de que me acaba de delatar, pero Reeve ni se inmuta.

Sabe que procedo de un linaje de sangre fuerte. Eso es todo lo que le ha contado Sigurd. Cualquier cosa con tal de protegerme. Nunca le han importado los secretos, sobre todo después de mi accidente. Reeve tampoco es que sea el tipo de persona que va por el mundo desentrañando misterios.

Frunzo las cejas.

—Ya sé que soy bastante alto, pero tú eres decidida y fuerte. Además puede que me haya quedado dormido. Fue una noche dura.

—No hay quien los aguante. —Da una patada en el suelo—. A ninguno de los dos. —Se queda mirando a Reeve y al café que lleva en la mano—. Agarro eso y me voy volando.

Antes de que pueda hacer o decir algo, le quita el café de las manos y cierra la puerta tras de sí de un golpe. Consiguió que me sienta culpable sin haber hecho nada.

Reeve se reclina en la puerta.

—¿Te inmovilizó? ¿Puedes contarme de nuevo cómo pudo hacer eso? De verdad que siento curiosidad. Un tipo de dos metros contra una chica de un metro cincuenta… No me salen las cuentas.

Suelto un rugido y le lanzo la almohada.

—Estaba sonámbula.

—Por supuesto. —Asiente antes de ponerse completamente serio—. ¿Estarás bien hoy? Después de la tormenta de anoche… —No le respondo. Carraspea y vuelve a intentarlo—. Así que runas en la espalda, ¿eh?

Asiento con la cabeza. No sé hasta qué punto entrar en detalles. Ya le mandé un mensaje anoche con lo esencial.

—Ya sabes que tengo habilidades.

—Lo sé. —Se cruza de brazos—. ¿Sabe Sigurd lo de…? —Mira en dirección a las sábanas revueltas.

—Lo que sabe Sigurd es que tengo una estrategia a largo plazo. —No es del todo mentira—. A veces vale la pena tener al enemigo cerca.

Reeve pone una mueca.

—Dudo que Sigurd se refiriera a que se desnudaran. Pero haz lo que te satisfaga. A ti y a ella, por lo que parece…

Le lanzo una mirada reprobatoria.

—No fue intencional. Aun así, me parece una buena forma de ganar algo de ventaja. Si consigo que confíe en mí, que comparta conmigo sus pensamientos, su cuerpo, su alma…

Me siento sucio, despreciable al decirlo, pero no puedo confiar en nadie. Ni siquiera en mí mismo.

Es la primera vez que hago algo por mí mismo, la primera vez que Sigurd confía en mí para una misión importante desde que rompí el compromiso. No tengo intención de fracasar. Además, me ofreció una forma muy real de acabar con su padre: el Mjölnir. Intercambiaremos una vida por otra. La sangre de su padre será derramada. Debería haber pasado hace años. Lo borraré de la faz de la tierra de la misma forma que él borró a mis padres.

Esto no pone en riesgo la tregua que tengo con Rey. Hasta me lo agradecerá.

Reeve suspira y chasquea los dedos.

—Quítate la camiseta. Déjame echarte un vistazo.

—No eres médico y tampoco es que esté enfermo.

Me dejo la camiseta puesta.

Enarca una ceja.

—Amigo, soy tu hermano. Llámame curioso. Además, no todo el mundo puede decir que su hermano puede construir un muñeco de nieve con el trasero.

—Jamás he construido un muñeco de nieve con el trasero.

—No pierdas la esperanza. —Me guiña un ojo—. Enséñamelo, anda.

Suspiro, me quito la camiseta y me doy la vuelta. El aire frío me pica en la piel mientras espero.

Silencio.

Cuando volteo para mirarlo, está todo pálido sin apartar la mirada de las runas que tengo marcadas con fuego en la espalda como si fuera ganado.

—Es una mezcla interesante de runas, Aric. Muy interesante.

Se reclina y me inspecciona de arriba abajo como si sopesara qué hacer.

—Espero que sepas lo que haces con Rey. —Habla con voz profunda, con seriedad—. Puede que parezca simpática, pero los Stjerne mataron a nuestros padres sin pensarlo dos veces. ¿Te has preguntado alguna vez por qué? ¿Qué sabían para que los sacrificaran? Sabemos que no fue un accidente.

Sus palabras aterrizan como una losa, más hirientes de lo que había esperado.

—Esto no es un juego de niños, Aric. Odín Stjerne es un ser poderoso. No te olvides nunca del poder que ostenta en este... —duda un instante—..., en esta ciudad.

Frunzo el entrecejo. ¿En esta ciudad? Reeve disimula con una sonrisa, pero la metedura de pata me provoca un escalofrío; la forma en que dudó y esa diversión repentina me dan que pensar.

—Aquí estamos a salvo —prosigue Reeve—. Nos protegen las puertas de Endir. Sigurd se ha asegurado de eso. Pero cuídate de abrir la caja de Pandora, hermano. —Vuelve a mirarme la espalda—. No se puede cerrar una vez abierta. Y cuando lo hagas... —Tuerce la sonrisa como si se sintiera impaciente—. ¿Cómo si no se destruyen los mundos? El caos.

La palabra perdura entre nosotros, amarga, como si hubiera lanzado una maldición.

Me giro y me vuelvo a poner la camiseta. Necesito ese pequeño alivio para no tener que mirarlo a los ojos. La palabra reverbera en mi cabeza: caos..., caos..., caos...

De repente ya no estoy seguro de si Reeve me protege o simplemente está esperando para verme arder.

Capítulo cuarenta y ocho

REY

La humedad de la tormenta de anoche perdura en el aire, al igual que el aroma de Aric sobre mi piel pese al baño de agua helada que me di en cuanto me largué de su habitación. Ziva sujeta el ventilador que enganchó al teléfono a la altura de la cara mientras me espera en el pasillo delante de mi puerta.

—Pensé que Reeve había dicho que los de mantenimiento iban a arreglar las luces parpadeantes. Parece que vivimos en un pasillo encantado.

No soy capaz de concentrarme en más de una cosa a la vez y los pasillos encantados son una nimiedad si los comparas con la absoluta vergüenza de haber entrado sonámbula en territorio enemigo. ¿Qué carajos? ¿Y por qué dormí como nunca en brazos de un gigante?

No puedo compartir con mis compañeros los motivos por los que me lleve un susto de muerte al despertarme en brazos de Aric sin sonar como una loca de remate.

—De hecho —respondo por fin a Ziva—, están empezando a gustarme estas luces. Si tuviera que apostar, diría que Reeve se olvidó de decirles a los de mantenimiento que lo que hicieron no sirvió de nada.

—Esa falta de fe en mí… Vaya decepción —bromea una voz.

Le lanzo una miradita a Ziva.

—Me podrías haber avisado de que estaba en el pasillo.

—Pensaba que todo el mundo percibía su presencia maligna. Mis disculpas. —Me guiña un ojo.

Reeve pasa de largo entre nosotras. Aric sale de la habitación también. Lleva una camiseta gris holgada y unos jeans más anchos todavía, aunque sigue estando para comérselo. Se pone una gorra de beisbol y sigue a Reeve por el pasillo sin mirar siquiera en nuestra dirección.

—Y pensar que acabamos de pasar la noche juntos —farfullo sin querer.

Ziva da un golpe en el marco de la puerta como si le acabara de contar que me comprometí.

—Perdón, ¿qué acabas de decir?

—No, no… —Le hago una señal con la mano para quitarle importancia mientras tomo la llave electrónica y el teléfono—. No es lo que te imaginas. Dormimos en la misma cama, pero solo porque entré sonámbula en su habitación. Me autoinvité y pasé allí la noche.

La cara que pone Ziva me deja bien claro que no es que no se lo trague, sino que no se lo tragaría ni aunque le pagara.

—En su cama, dices —confirma mientras avanzamos por el pasillo.

Me froto los labios y me mordisqueo el inferior para que no se me escape el grito que estalla en mi cabeza.

—Eso dije. En su cama.

—Tú y Aric.

¿Por qué no deja de procesar la información en voz alta? ¡Como si no hubiera sido suficiente tener que pasar por ello!

—Eso parece.

Aprieto el botón para bajar y entramos en el elevador.

Las puertas se cierran y vuelven a abrirse antes de que empiece a moverse. Rowen y Eira entran con nosotras. No sé qué es lo que me molesta de esta chica, pero me pongo de nervios en cuanto la veo. Lleva una camiseta extralarga que le llega debajo del trasero, lentes de sol oscuros y no aparta la vista de su taza de café. Tal vez me moleste que monopolice el tiempo de Rowen cuando este podría —y debería— estar ayudándome a mí. Como mínimo podría haberse ofrecido.

—¿Una mala noche? —pregunta Ziva al contemplar la escena—. ¿O un mal despertar?

Eira se encoge de hombros y le da un codazo a Rowen.

—Este de aquí no paró de quejarse en sueños en toda la noche.

Esto sí que no me lo esperaba.

Rowen hace contacto visual conmigo un segundo antes de agachar la mirada al suelo. ¿Se siente culpable? A ver, por mí, que salga con quien quiera. Es solo que no parece su tipo. Por no hablar del conflicto de intereses que supondría.

Salimos del elevador y avanzamos a la par por el sendero arbolado hasta llegar a clase. Yo cierro el grupo. Puede que el aire sea denso por la niebla, pero huele espectacular, a fresco. A pino y a otoño y a lluvia recién caída. Casi podría fingir que es un día cotidiano en la universidad y que me dirijo a clase con mis nuevos amigos.

Casi.

Estoy tan metida en mis pensamientos que no me percato de que tengo a Rowen al lado hasta que carraspea. Redujo el paso como si quisiera esperarme.

—Fue por las pesadillas. Por eso dormí en su habitación —dice en voz baja—. Son unas pesadillas de mierda de lo más espeluznantes. Siempre acabo muriendo. Pensé que tal vez dormiría mejor con alguien en la habitación.

—Está bien... Eso incomoda a cualquiera. ¿Crees que pudo ser por algo que comiste? O... —me mira muy molesto— a lo mejor tiene que ver con tu pasado, con tus cicatrices... —Odio sacar el tema, pero sigo creyendo que en algún momento tendrá que enfrentarse al trauma. Tal vez sea lo que intenta hacer en sueños—. Has tenido una vida dura. Quizá te ayude hablar con un profesional.

Suelta una carcajada.

—Claro. Ahora mismito me voy. Ya me lo imagino: «Verá doctor. El caso es que trabajo para Odín. Efectivamente. Ese mismo, el rey de Asgard. Como así de alto, porte atormentado, no es el héroe que pensabas; tiene un montón de tatuajes, no come pescado, cualquier día de estos me mata, pero por muy extraño que parezca soy incapaz de cerrar los ojos sin soñar con mi muerte».

Frunzo el entrecejo.

—Lo que quería decir es que igual te da alguna pastilla.

—Muy útil. —Frunce el entrecejo y mira a Eira, que no puede oírnos—. Tu padre no debe enterarse. Por algún motivo cree que puede solucionar cualquier problema, y si no lo consigue, hace desaparecer cualquier cosa que le recuerde esa debilidad. No quiero ser el siguiente, Rey.

Suena desesperado, atemorizado. Le acaricio el brazo.

—No dejaré que eso ocurra.

—Ya tienes bastante con lidiar con los Erikson y encontrar el Mjölnir.

Me planteo contarle lo de las runas en la espalda de Aric, pero no estoy segura. Aric y yo firmamos una tregua. La sellamos con sangre. Odio admitirlo, pero me sentó bien colaborar con mi enemigo y no me parece adecuado traicionar su confianza.

Además, una parte de mí no quiere contárselo todo a Rowen. Tiene la obligación de informarle a mi padre y lo pondría en una situación imposible.

Llegamos a la facultad de Arte y entramos en el edificio. Avanzamos por el pasillo uno al lado del otro porque su clase con Eira es en el salón contiguo al mío. Veo a Aric sentado solo en el mismo sitio de ayer. Sin embargo, yo me siento distinta. Los dos hemos cambiado. El odio absoluto se ha transformado de un extraño juego del gato y el ratón a una posible tregua. No sé si meterme en su cama habrá mejorado las cosas o las habrá empeorado. Me muero de ganas de averiguarlo…

—Rowen, ¿puedo preguntarte una cosa? —Lo tomo del brazo sin acordarme de que es el herido. Toco con los dedos la piel maltrecha, las profundas cicatrices, el dolor. Sin embargo, lo que siento por encima de todo es un calor inmenso seguido de tanto odio que se me corta la respiración.

Mi Aura nunca se había comportado así. Jamás me había mostrado las emociones de otra persona directamente.

Aparto la mano.

—Perdón.

Cierra el brazo y se encoge de hombros.

—No pasa nada. ¿Querías preguntarme algo?

—Sí. ¿Sabes dónde guardaba el martillo Thor cuando no lo utilizaba? Supongo que nunca se me ha ocurrido preguntárselo a mi padre. ¿Lo sabes tú por casualidad? ¿Dónde descansaba el Mjölnir?

Sonrío.

Rowen sigue serio.

—Es sintiente. Supongo que descansaba donde se sentía a gusto, en casa. —Vuelve a encogerse de hombros—. Hubo un tiempo, antes de la guerra, en que ese lugar estaría junto al corazón de Thor.

Junto al corazón de Thor. La sola idea me hace sentir ternura, aunque es efímera. Thor ya no está entre nosotros. El martillo está de luto, escondido por los gigantes que lo robaron hasta que la persona adecuada lo encuentre. Deseo con todas mis fuerzas ser yo esa persona. Hay tantas vidas en juego…

—¡Rowen! —lo llama Eira.

—Parece que me llaman. Mantenme informado. —Se detiene y me pone una mano sobre el hombro para infundirme ánimo—. Si hay alguien que puede conseguirlo, Rey, esa eres tú.

Ojalá me lo creyera.

Capítulo cuarenta y nueve

ARIC

Rey yo salimos juntos de la facultad de Arte. Sigue callada. En clase hablamos de terminar el trabajo de las cuevas de hielo, aunque los dos teníamos claro que estábamos trazando un plan para encontrar el Mjölnir. Ninguno de los dos menciona lo del sonambulismo. Estoy convencido de que, de haberlo hecho, habría explotado delante de todos y no habría sido culpa de las runas.

Se enciende el teléfono y miro a la pantalla.

Reeve: ten cuidado.

Reeve: no pienses con el pene.

Reeve: Sigurd te vigila.

El celular vuelve a sonar.

¿Otro?

Reeve: No la subestimes. Es un error que no nos podemos permitir.

Reeve: En serio. No pienses con el pene.

Maldigo entre dientes. Sé que tiene razón, sin embargo me cuesta creer que ella sea capaz de traicionarme. Y si por casualidad fuera capaz de hacerlo, también lo sería yo. Por ahora nuestro único objetivo es activar las dos runas que faltan. Lo demás puede esperar.

Estoy muy cansado de este letargo. Cansado de sentir que no sé quién soy en realidad, cansado de sentirme débil contra un enemigo intocable. Ha llegado la hora de resurgir de las cenizas de mis padres. El reinado de los dioses, el reinado de Odín, debe concluir. Rey tiene que saberlo, aunque le cueste admitirlo.

—¿Pasa algo? —me pregunta Rey.

—Todo bien —le miento y me guardo el teléfono en el bolsillo. Avanzamos hacia el estacionamiento para el alumnado.

Abro el todoterreno y Rey se sube en el asiento del copiloto sin mediar palabra.

Continúa en silencio hasta que atravesamos las puertas de Endir:

—¿Adónde vamos?

—A algún lugar donde podamos planear los siguientes pasos.

—Ah. Muy bien.

¿Adónde creía que íbamos? ¿Pensaba que esto era una cita?

La miro con detenimiento. ¿Se puso colorada? Mierda. ¿Lo dije en voz alta?

—Sería la primera vez. —Se ruboriza todavía más—. Bueno, no sería mi primera vez. Quiero decir, no me refiero a ese tipo de primera vez.

Soy incapaz de borrar la sonrisa de la cara.

—¿Eres virgen en citas o virgen del todo, Rey?

—Cierra el pico. Tampoco estoy tan protegida. He tenido mis escarceos amorosos pese al encierro al que me somete mi padre. Pero la única gente con la que me he relacionado son hijos de los empleados de mi padre, por lo que la mayoría solo querían secuestrarme para poder pedir un rescate y forzarme a casarme con ellos… —Me mira desafiante. Eso duele—. O solo querían comprobar lo que se sentía estando con la hija del gran Odín. Jamás nadie me trajo flores. Puaj. ¿Podemos dejar de hablar de esto? Estoy empezando a divagar…

No voy a decirle que la encuentro entrañable.

—Eso es cierto. Aunque me gusta descubrir todas las grietas que hay en tu armadura. Tengo una lista mental de todas tus debilidades por si acaso. Voy a añadir «citas en las que todo lo que tiene que hacer el tipo es llevarle flores».

Pone los ojos en blanco.

—En efecto. Soy muy fácil de contentar.

Me incorporo a la carretera que conduce al lago. Conforme nos vamos acercando a una zona abandonada, el bosque se va tornando hermoso y espeso. Salgo de la carretera comarcal y me dirijo a unas puertas de hierro forjado. Rey da un silbido en cuanto las ve.

—Qué aspecto más opresivo.

—Es intencional.

Sigurd es el dueño de estas tierras y no soporta a los intrusos.

Estaciono el Defender. Rey sale del coche. Dejó la mochila de la computadora en el asiento trasero. Se acerca al portón mirándome con dureza para luego inspeccionar los remates decorativos que hay tallados en ella. Abre los ojos de par en par al percatarse del tamaño de los balaustres. Cada barra metálica lleva una runa protectora.

—La valla entera está bajo protección.

—Sigurd no escatima en nada cuando quiere precintar una zona. Si alguien de la universidad viniera paseando hasta aquí, sentiría el deseo irrefrenable de dar media vuelta y no volver jamás. —Me sienta bien hablar sin tapujos de estas cosas con alguien. Al tocar el portón, el hierro forjado se sacude y se queja, aunque se abre para mí—. Por aquí.

Duda un segundo, pero acaba siguiéndome.

El camino que conduce al lago está salpicado de piedra blanca (o algo que se le asemeja). No aparto la mirada del frente. Nada de mirar a derecha o izquierda para no reconocerlas. Tengo la respiración entrecortada. Necesitaba encontrar un lugar privado donde poder hablar, pero me había olvidado de cómo me afecta estar aquí.

—Espera un momento. —Rey se detiene delante de mí y mira a su alrededor—. Aric, esto no son piedras. Son…

—Huesos. Lo llamamos el Bosque baldío. En este lugar están enterrados la mayoría de los caídos en el campo de batalla o más concretamente donde cayeron.

Me pone la mano sobre el brazo. Lo aparto de golpe por instinto.

—Hablas de los gigantes que mató Odín.

—Así es. Sus restos te rodean. Estos gigantes no tuvieron un entierro digno. En lugar de eso, los congelaron en el suelo para siempre. Sacrificaron su vida por este mundo y nadie lo sabrá nunca.

—Suele ser así en las guerras —admite Rey—. Lo siento. Sé que no sirve de mucho, pero de verdad que lo siento.

—Llegará el día en que pague por sus crímenes. —La aparto con un ligero empujón para ponerme delante—. Y si estás de su parte, por mucho que me guste tu sonrisa, tú también pagarás por ello.

Son palabras duras, pero también es duro recordar a los que están enterrados aquí.

La traje hasta aquí para trazar un plan, pero ahora mismo no parece la prioridad, su importancia quedó atenuada por la carga de energía de este sitio. Caminamos en silencio por un terreno cada vez más pedregoso hasta llegar al borde del agua. El lago se extiende a nuestros pies como una lámina de cristal negro, quieto como las piedras que bordean el camino.

Rey se detiene al llegar y se queda observando las profundidades negras como la tinta. Yo me apoyo en un muro de piedra negra pulida y la observo.

—Me gustaría saber por qué siempre tiene que haber agua en estos sitios —dice.

—Porque el agua es vida. Lo atraviesa todo: horada montañas, perfila la tierra, convierte en polvo los metales más resistentes. —Me encojo de hombros—. Los dioses temían a los gigantes precisamente por ese poder; el poder del hielo, del agua, de la vida misma.

Me sonríe.

—Eso tiene sentido.

Me gusta cuando se muestra así: con la guardia baja.

Quiero confiar en ella. Pero luego me vienen a la mente los cadáveres. ¿De verdad se puede confiar en una descendiente de Odín?

Recuerdo los mensajes de Reeve.

El aire se está enfriando, viene húmedo con la bruma de una pequeña cascada que se formó en la roca que tengo al lado. El agua cae a un arroyuelo que corre a nuestros pies antes de desaparecer en el lago. Rey lo cruza con cuidado y pasa la mano por el agua vaporizada con el cuerpo apoyado en la piedra.

Deja escapar un suspiro.

—Este sitio es precioso.

—Creo... —se me quiebra la voz al hablar— que no hay otro lugar donde me sienta más cerca de casa que aquí.

Se me queda mirando con tanta empatía, con tanta paz interior, que se me corta la respiración.

El viento se levanta arremolinándole el pelo sobre la cara. Transporta un aroma a tierra, embriagador e intenso, que me golpea los sentidos junto con la palabra «mentira».

Por un instante me dejo llevar y la tomo de la mano.

No voltea a mirarme. Nos limitamos a quedarnos ahí de pie, tomados de la mano. Creo que nunca en mi vida había sentido tanta tranquilidad; jamás un instante había sido tan perfecto.

Un calor que me golpea en la palma de la mano nos devuelve a la realidad. Rey gritó, así que imagino que también lo sintió.

Descubro una luz que emana de la roca que tenemos delante; un brillo antinatural que emite la cascada. Me acerco con el corazón a mil por hora.

—¿Qué... qué es eso? —pregunta Rey en voz baja, casi reverencial.

Tallada sobre la impoluta roca, un tanto escondida detrás de la cortina de agua, reluce una runa dentada.

Capítulo cincuenta

REY

Se me detiene el pulso; en parte por la forma en que me mira y en parte porque soy consciente de que esto es muy probable que lo cambie todo. El momento que acaba de pasar fue… intenso. Inesperado. Me gustó…

Y provocó que aparezca una nueva runa.

Aunque se me cae el alma a los pies cuando me doy cuenta de que no es una de las que aparecían en el mensaje de Laufey.

—¿Sabes qué? —le digo mientras cruzo los brazos y trato de romper la tensión chisporroteante que hay entre nosotros—. Conozco las leyendas; lo de los gigantes y el hielo. En serio, ¿lo único que sabes hacer es que aparezcan runas? Solo he visto un poquito de patética escarcha. —Enarco una ceja—. ¿Estás atorado acaso? ¿O es que solo usas balas de salva?

Por un segundo me mira en silencio. Después, con un movimiento suave, me acerca contra su cuerpo. Me falta el oxígeno. Me echa el aliento sobre los labios, frío y cortante, y enseguida los noto entumecidos: el hielo los atraviesa como un cristal.

Tomo aire. Me pasa el pulgar despacio, intencionadamente, para calentármelos de nuevo.

—Buen truco —susurro.

Puede que muera en sus brazos aquí mismo. En este instante.

—Hazlo otra vez.

Sus labios se tuercen en una mueca que se acerca peligrosamente a una sonrisa. Habla con una voz grave que ya me había afectado antes, pero nunca con esta intensidad: la noto vibrar dentro de mí; cada palabra retumba en mi pecho como el percutir de un tambor, con una cadencia que me invita a acercarme cuando sé que debería salir corriendo en dirección contraria.

—Sé hacer más cosas. Muchísimas más.

Levanta la mano, gira la muñeca y empieza a caer nieve del cielo. Los copos son enormes. Parece que estamos en un cuento de hadas. Me río, incrédula.

Por un momento, dejo de pensar en el Mjölnir. Solo existen Aric y el hielo. Aquí es donde quiero habitar, con él, en este lugar, exactamente como ahora.

—Entonces... ¿quieres hacer un muñeco de nieve? —le pregunto.

Por primera vez desde que nos conocemos, se echa a reír. Es una risa sincera. Le sale del alma, profunda y honesta. Su sonido me deja maravillada. Muchísimo más que el hielo.

—Por lo menos no lo dijiste canturreando.

De repente se oye el crujido de unas ramas a nuestra espalda. ¿Otra vez nos están siguiendo? ¿Aquí? Y, ¿qué hay de las runas protectoras?

Con un movimiento de su brazo, Aric levanta unas paredes de hielo a nuestro alrededor, creando una cueva de hielo de la nada. Me arrastra al interior respirando con dificultad. Le salió una capa de escarcha por la piel.

Esperamos hasta que vemos a dos cervatillos acercarse despacio al lago helado en busca de agua. Aric maldice entre dientes con los ojos encendidos. Son completamente blancos. El gigante lucha por salir a la luz. Ay, dioses.

—Creo que ya se fueron —murmura sin dejar de escuchar. Su voz reverbera en el hielo con una cadencia tan profunda y constante que casi consigue que me olvide de que estamos escondidos.

Levanto la cabeza para mirarle a la cara. La luz rebota en las paredes cristalinas.

—Tus ojos…

Nuestro aliento se entremezcla formando nubes de vapor entre los dos. Sus ojos blancos se suavizan. No tiene aspecto de monstruo. Es hermoso, como un rayo atrapado en el hielo. Levanto la mano y le tomo la suya. Él me agarra con fuerza como si fuera incapaz de soltarla.

—Ahora es cuando te aviso —dice. Su voz me cala hasta los huesos—. No creo que pueda seguir controlándome si seguimos activando runas. De ahora en adelante…

Me encojo de hombros. El corazón me late a mil por hora, pero, aun así, sueno tranquila.

—Procura no estar en medio y así no me matarás.

Apoya su frente en la mía: el calor y el frío colisionan entre los dos.

—Las runas son poderosas, Rey. Son lo único que mantiene al monstruo durmiente. Quién sabe en qué me convertiré cuando dejen de reprimirlo.

Trago saliva despacio. La verdad me quema en la garganta.

—A veces pienso… que estoy más destinada a un monstruo que a un hombre.

Separa los labios. Percibo un brillo en sus ojos, un brillo salvaje deseando liberarse. Se me acelera el pulso, aunque no me muevo.

Detrás de sus ojos habita una tormenta.

Levanto la cara como si quisiera quedarme atrapada en ellos.

Entonces me rindo y lo beso en los labios.

CAPÍTULO CINCUENTA Y UNO

ARIC

Todavía perdura la escarcha en el ambiente cuando me aparto un poco de ella para mirarla.

Tiene los labios hinchados, la respiración entrecortada y unos ojos que me atrapan como cadenas de las que jamás podré liberarme.

Así que dejo de fingir.

La beso en los labios con más hambre esta vez. Le rozo la lengua con los dientes punzantes para que no se olvide de lo que soy. Se estremece y lo tomo como una invitación.

Tengo la boca fría y a la vez ardiendo. ¿Cómo puede ser? El hielo se desprende de mí, cristales diminutos que se posan en su pelo en un torbellino de copos de nieve creado para nosotros. Se quedan atrapados en sus pestañas, en sus labios, brillantes como si el mismísimo invierno quisiera tocarla.

Me empuja contra la pared de hielo con su cuerpo, fiero y pertinaz. Siento el escozor del frío en la espalda, aunque poco me importa. No existe nada a mi alrededor excepto sus labios, sus cálidas manos que me acercan a su cuerpo.

—No voy a pedir disculpas —digo sin separar mis labios de los suyos.

—¿Por? —Su susurro me acaricia la piel.

—Por besarte.

Se ríe con ternura y algo temblorosa.

—Juraría que te besé yo primero.

Me rodea el cuello con sus brazos y enseguida me percato de que fue un error. Un error fatídico. Porque ya no hay quien me detenga.

Abro los labios, desesperado, y la reclamo, quiero más, me tiembla todo el cuerpo con un anhelo que jamás había sentido antes. Su sabor, su aroma, el calor de su aliento contra la tormenta que se alberga en mi interior.

«Esto no está bien. No está nada bien».

Tan solo unos minutos más. Unos cuantos besos robados más. Sé que no debería, pero no me cuesta nada encontrar excusas. Cualquier cosa con tal de seguir.

Con cada beso me desato un poco más. Le beso las mejillas y desciendo hasta el cuello y sigo bajando marcándole un camino de besos. Cada uno de ellos me roba otra brizna de control hasta que por fin averiguo la verdad: jamás podré olvidar esto. Me perseguirá hasta mi último aliento.

Su sabor, su trascendencia. El sueño imposible de estrechar a esta mujer hermosa entre mis brazos, con los cuerpos peligrosamente, deliciosamente juntos, y la esperanza, dolorosa y traicionera, de que exista una versión del mundo en la que ella pueda ser mía. Sin pasado. Sin un futuro incierto.

Su boca es al mismo tiempo fuego y hielo. Sé que debería parar, pero tiene las manos enredadas en mi pelo y su cuerpo se mueve acompasado al mío. Prefiero morir aquí que detener esto.

Entonces sucede.

Le clavo los dientes con demasiada fuerza en el cuello y su sabor me llena la boca: cálido, punzante, vivo. Su sangre.

Me aparto de un jalón pero ya es demasiado tarde. Tengo en los labios unas cuantas gotas, un sabor cúprico desciende por mi garganta, me quema. Tendría que sentir asco, sin embargo mi cuerpo anhela más, cada célula de mi ser la reconoce, hambrienta.

Se le abren los ojos de par en par.

—Aric...

Me aferro a la pared de hielo, trastabillando. Tengo la respiración entrecortada. Se me nubla la visión, el color argénteo se funde en negro como si la tormenta me hubiera dejado vacío. El mundo gira sobre su eje y, cuando por fin consigo decir algo, no es mi voz lo que oigo.

—La sangre de Odín.

Las palabras susurradas me pican en la garganta, suenan guturales, como si llevaran siglos esperando a ser pronunciadas.

Me tiembla el cuerpo de terror y de deseo. La miro fijamente a los ojos y, por primera vez, no sé si el monstruo que habita en mi interior se está despertando o si ya está despierto.

Capítulo cincuenta y dos

ARIC

Rey se gira a mirar el borde del hielo, luego hacia mí y se separa lentamente. No la culpo. Yo haría lo mismo.

—Dame un minuto —le digo con un gesto de la mano para indicarle que espere.

—Tarda cuantos quieras —dice con voz ronca—. Te espero ahí.

Sigue con los labios hinchados y se le ve la marca de los dientes en el cuello. ¿Qué carajos nos está pasando? ¿Qué me está pasando a mí?

—No sé qué me ocurrió. Lo siento mucho. No sabía que tu sangre me haría reaccionar de ese modo.

Me siento como si me hubieran dado un puñetazo en el estómago.

—Siempre podemos culpar a las runas. —Suelta un suspiro ronco—. ¿No te parece?

Intento ordenar mis pensamientos, pero en lo único que pienso es en besarla de nuevo, sumergirme en su sabor. Mi cuerpo bulle con las ganas de poseerla. En tiempos remotos, se decía que los gigantes devoraban a sus presas, pero eso no son más que mitos, leyendas para asustar a la gente. Necesito un minuto, un instante para pensar con claridad. No quiero ser un monstruo.

Me tiemblan las manos y la cabeza me palpita al compás de las runas. Necesito distraerme. Levanto la mirada. Rey se atusa el pelo como si fuera una ofensa ir despeinada.

Casi me echo a reír.

—Antes no te importaba.

Levanta la cabeza.

—¿Cómo dices?

Hago rechinar los dientes. Céntrate. Ten esta conversación. «No has perdido el control… todavía».

—La noche que… —Me infundo ánimos para continuar—. La noche en que rompimos el compromiso. Ibas toda despeinada, sin embargo, no parecía importarte. Eso me gustó de ti. —Me encojo de hombros—. Me gustaste. Un poquito.

Entorna los ojos.

—Gracias… ¿supongo? Al parecer no te gusté tanto como para aceptar el compromiso.

—No le habría deseado un matrimonio para aplacar la furia de Odín ni a mi peor enemigo.

—Quedó claro —se ríe—. Ahora me toca a mí. —Se acerca un pasito—. Ese día te odié. Eras hermoso…

—¿Lo era? —insisto un poco para hincharme el ego y por verla sonreír otra vez.

—¿Me vas a dejar hablar, gigantón?

Me gusta esta Rey.

—Continúa.

—Como iba diciendo… —Se cruza de brazos—. No me avergüenzo con facilidad. Ya se preocupó Odín de sacarme la vergüenza a palos del cerebro. Sin embargo, ese día sentí vergüenza. No me enorgullezco de ello.

—¿Porque ibas despeinada? —No sé adónde quiere llegar.

Sigue con la mirada fija, como si me estuviera atravesando con ella.

—Porque eras este ser alto, hermoso, poderoso y a mí me daba vergüenza que mi padre me estuviera ofreciendo a ti como un sacrificio. Un sacrificio que, a la luz de las cosas, ni siquiera lo valía. No te culpo por echarte atrás en cuanto me viste.

Mi percepción del mundo cambia en ese instante.

¿Ese concepto tiene de sí misma?

—Rey, no había nada de lo que avergonzarse. Eras perfecta. No me quedé contigo porque no debía ser decisión mía. Y, claro está, tampoco debías ser moneda de cambio de Odín.

Da un paso hacia mí, pero parece pensarlo mejor y se da la vuelta. Yo le miro la espalda y oigo lo que parecen sollozos mientras se seca los ojos.

¿Está llorando?

—Para que conste, sigues siendo hermosa, aunque no me gustes.

—Tú sigues siendo alto.

—Guau —respiro intentando encontrar la calma—. Ten cuidado con los cumplidos. Nunca es buena idea pasarse.

—Lo apunto.

Carraspeo y aparto la mirada.

—Oye, como firmamos esta tregua temporal hasta que encontremos el Mjölnir y por una vez estamos hablando sin llegar a los gritos… ¿Puedo hacerte una pregunta?

Me sonríe y se sienta sobre el hielo.

—Guau. Esto está más frío de lo que esperaba. Y, contestando a tu pregunta: por supuesto.

Dudo un instante. La sensación de haber perdido el control ha desaparecido por completo.

Camino hasta ella, me siento en el suelo y me la subo al regazo.

Se apoya en mi pecho, temblorosa.

—Mi héroe.

—Tenías frío.

—Claro. Por eso me sentaste encima de ti.

—Es la verdad, pero está bien.

La levanto, pero enseguida me pasa los brazos por el cuello para quedarse donde estaba.

Siento tanto alivio que se me escapa un suspiro.

—De acuerdo. Dispara tu pregunta. Después de este acto heroico te mereces al menos una respuesta.

Siento dolor físico al tenerla sobre el regazo, pero es un dolor agradable. Está tan caliente, huele tan bien… Me muero de ganas de besarla de nuevo.

Algo ha cambiado entre nosotros. No quiero pensar mucho en ello, solo quiero dejarme llevar por esa sensación…

Carraspeo.

—¿Crees en la magia? ¿En los mitos? Aparte de lo que ya sabemos sobre nosotros y de dónde venimos.

Se queda muy quieta.

—¿A qué te refieres? ¿A magia con varitas y esas cosas? ¿Como los mitos sobre los dioses romanos? ¿Como Hércules?

—A todo eso, sí.

No se oye más que nuestra respiración y el sonido del hielo derritiéndose lentamente, inalterable, a nuestro alrededor, cuyas gotas se desprenden hasta el lago. Es un sonido reconfortante.

Rey se gira en mis brazos para poder mirarme a la cara. Tiene unos mechones de pelo aplastados contra la suya. Sigue con los labios hinchados por mis besos y sus pestañas continúan recolectando mi escarcha. Me hace sentir posesivo, celoso de mí mismo al mirarla.

—Sí —contesta.

—¿No tienes nada más que decir? ¿Solo sí?

Levanta la mano despacio y me acaricia la cara. Está caliente. Me gusta tanto la sensación que cierro los ojos un instante.

—Creo que hay mucho de verdad en las historias sobre dioses y monstruos.

—Dioses y monstruos —repito mientras pongo una mano sobre la suya para que no la aparte de mi mejilla.

No consigo librarme de la sensación de que se me agota el tiempo. En cuanto localicemos el Mjölnir, nos iremos cada uno por nuestro camino, enterraremos este vínculo que sentimos ahora en las profundidades y volveremos a ser enemigos en lados opuestos de una guerra que no empezamos nosotros.

—En los dioses sí que creo. No todos son perversos. Quiero creer que existe algo poderoso que vino a salvar el mundo. Pero ¿qué ocurre si eres el monstruo? Entonces ¿qué?

Me mira a los ojos fijamente.

—Si el monstruo conoce su naturaleza, será capaz de cambiarla. ¿No crees?

—¿Y si tiene motivos para acabar con este mundo? ¿Y si es necesario que lo haga? Entonces ¿qué?

Le tiembla el labio inferior.

—Entonces supongo que ya encontraste la respuesta a tu pregunta. Tal vez seamos todos monstruos que fingen ser héroes, Aric. A lo mejor los héroes de verdad son los monstruos. Si sé algo de todo esto, es que cada uno escribe su historia. No te desvíes del camino que crees que debes seguir solo porque algo parezca predeterminado.

Le aparto con ternura unos cuantos mechones de la cara. Están tan suaves. Luego retiro la mano.

—Creo que es más fácil decirlo que hacerlo. Sobre todo teniendo en cuenta cómo son nuestras familias. Aunque la idea de que tengamos elección en todo esto es una fantasía agradable. ¿No crees?

Tiene los ojos llorosos.

—Sí que lo es.

Muevo un poco el cuerpo.

—Deberíamos volver a la residencia.

—Espera un momento. —Se humedece los labios—. No se me dan especialmente bien las matemáticas, pero, si no me equivoco, diría que nos queda un minuto de alto el fuego antes de volver a la realidad. Un minuto con las armas sobre la mesa. Un minuto más para fingir.

—Un minuto. —Asiento—. Claro.

—De acuerdo. —Me coloca las manos en las mejillas y me acerca la cara a la suya para besarme.

¡Por todos los dioses! No debería volver a confiar en mí. Y menos después de lo que ocurrió.

Que lo haga me deja completamente desarmado de una forma esencial.

Lo significa todo.

Gimo de placer sin separar los labios de los suyos, devorándola por completo. Sabe a casa. A un hogar que nunca he conocido, pero al que deseo conocer. Le meto la lengua en la boca mientras entrelazo los dedos con su pelo. Dejo de pensar, de tener esperanza. Solo existo para saborearla y para tocarla.

Rey desliza los brazos por mi cuello y se acomoda en mi regazo. Yo ladeo la cabeza para llegar mejor a sus labios.

Odio el tiempo.

No quiero que esto se acabe.

Quiero más. Necesito más.

Rey se aparta con brusquedad.

Y en ese momento, vuelve a ponerse su armadura. Lo noto en la forma en que levanta la cabeza, en la serenidad de su mirada, en el modo en que se cuadró de hombros como si se estuviera preparando para recibir un golpe. Yo vuelvo a colocarme la máscara de la ira sobre el rostro. El sentimiento de cólera, tan familiar y cómodo que me acompaña desde hace tanto tiempo que hace que momentos como este parezcan irreales, como si nunca hubieran ocurrido. Dejo que arda hasta que se me quitan las ganas de tenerla cerca.

Es la única forma en la que podremos salir ilesos de todo esto.

Qué poco me cuesta creerme mis propias mentiras.

—Se acabó el minuto —susurra.

—Bien.

Rey se levanta de mi regazo con parsimonia. Yo me pongo de pie y me separo unos pasos.

Oigo sus pasos acercándose.

Muevo la mano frente a los muros de hielo, que se derriten al instante.

—Vamos por la cuarta runa esta noche —susurro—. ¿Cuál es? La busco y te mando un mensaje.

—Othala.

No llego a sentir miedo, sin embargo algo se revuelve en mis entrañas, un malestar que se mezcla con un sentimiento de satisfacción.

—La runa del linaje de sangre. De los antepasados. —Me reiría si no quisiera gritar al viento—. La cuarta runa es de las más poderosas. Ni siquiera Sigurd se atreve a nombrarla en alto.

Entorna los ojos.

—¿Cómo lo sabes?

—Porque la guarda en la oficina que tiene en casa. —Me froto la nuca. El calor de las runas se intensifica en mi espalda como si quisieran más—. De todas las historias que memoricé de niño, esa es la única que mi padre insistió en que me aprendiera palabra por palabra. Creo que es una locura que Sigurd guarde…

—Guarde ¿qué?

—La estatuilla que lleva la marca. —Me río con amargura sin poder evitarlo—. Audhumla. La mismísima vaca que, según se cuenta, dio vida a Ymir y ayudó a crear a los dioses. Y créeme cuando te digo que es la estatuilla con la pinta más rara que existe en el mundo.

Abre la boca como si estuviera dispuesta a discutirlo, pero en su lugar suspira aliviada.

—Por no decir que está en casa —añado—. Eso significa que podemos posponer la búsqueda de las runas unos días más. Sigurd la guarda bajo llave, pero no va a acudir a la fiesta que armamos en casa para celebrar el fin de la semana de orientación. Entonces podremos verla.

Hunde los hombros como si se sintiera aliviada. Yo me siento igual.

Acabo de encontrar la excusa perfecta para darnos un respiro.

¿Qué son unos días más?

Unos días más mintiéndonos a nosotros mismos.

Unos días más creyendo que todo va a salir bien.

Unos días más para seguir fingiendo.

Capítulo cincuenta y tres

ARIC

Sigo pensando en la conversación que mantuve con Rey y en el beso cuando llego a mi habitación. Y no me sorprende encontrarme a Reeve dentro, de pie frente a la ventana, perdido en sus pensamientos.

—¿Debería preocuparme?

Mierda. ¿Lo llevo escrito en la cara?

—¿Por?

Estoy agotado y atemorizado por haber perdido el control con Rey y me muero de hambre. No tengo ganas de que me sometan a un interrogatorio. Lanzo mi teléfono a la cama y me acerco a él. Siempre puedo hacerme el tonto, aunque sé perfectamente por qué me pregunta eso y sí, debería preocuparse.

Por favor, universo, haz que vuelva a colarse en mi cuarto sin querer, aunque traiga la taza.

—Rey —afirma Reeve desganado.

Me apoyo en el alféizar de la ventana y contemplo el cielo nocturno.

—Por supuesto que no. Sé el lugar que ocupa cada uno. Marqué los límites con fuego. Si lo que estás pensando es que huelo a ella, es solo porque casi se muere en mis brazos hace un momento. Perdí el control.

Espero que eso satisfaga su curiosidad y no quiera saber los detalles.

Reeve voltea de golpe hacia mí.

—¿Qué dijiste? —Tiene una mirada salvaje—. ¿Te importa repetirlo?

—Estábamos en el lago. Ya sabes que mi obligación es acercarme a ella. —Es una verdad a medias—. Así que creé una pared de hielo a nuestro alrededor y… discutimos. —Nos besamos—. No hay nada de qué preocuparse. —Vaya mentira.

—¿Te acercaste al agua y levantaste muros de hielo? —repite Reeve—. ¿Le mostraste tu poder? ¿Decidiste utilizarlo delante de ella?

—Tampoco es que no lo supiera ya… —Omito la parte en que nos besamos apasionadamente—. Sé lo que hago.

Trato de quitarle importancia, lo que, a juzgar por su reacción, es buena idea. Además, ni siquiera yo lo entiendo. Puede que las habilidades de Reeve no se hayan despertado, pero sabe lo peligrosas y poderosas que pueden ser las mías.

Reeve se mueve de un lado a otro de la habitación.

—Te das cuenta de lo que significa ese lugar, ¿verdad? O cualquier lugar que esté cerca de esa agua dejada de la mano de los dioses.

—Un lago enorme que según Sigurd transporta las almas de los caídos en batalla. Sinceramente, al principio no fue nada…

—¿Me lo dices en serio? Es una puta tumba, imbécil.

Levanto la cabeza despacio.

—¿Te refieres a los sepulcros?

—Lo llaman el lecho de las tumbas, que van a desembocar al lago. ¿Te acuerdas de eso? Ya conoces las historias. ¿O es que te olvidas de lo que no te conviene? —Reeve se pasa la mano por el pelo—. El río de las tumbas refleja a aquellos que han caído en honor de los dioses. Es un terreno sagrado. De la misma forma que el espejo en el Salón de Ormir refleja las almas de los dioses. El sendero del lecho del río transporta las almas al lago, donde quedarán atrapadas hasta el Ragnarök.

Casi me echo a reír.

—Lo único que vi yo son corrientes fuertes y agua revuelta… y un doloroso recordatorio de lo que Odín le hizo a los de nuestra especie.

—Necesitas despertar de una puta vez —dice Reeve de un rugido—. Alguien como ella jamás debería poner un pie en un lugar tan poderoso, tan trascendente. Lo último que quieres que ocurra es caerte al agua, tener un accidente o, que los dioses no lo quieran, tener un momento de debilidad y que ella lo use en tu contra.

—¡Oye! —le doy un empujón—. Estoy vivo y en perfectas condiciones. Ella también lo está y volvemos a ser enemigos. No ocurrió nada.

«Mentiroso…».

Reeve agita los brazos en el aire.

—Si te contara que fue enviada para matarte, ¿me escucharías?

Me mordisqueo el labio inferior.

—¿Escucharte? Por supuesto. ¿Serviría de algo? No. Llevamos años dirigiéndonos a un ajuste de cuentas.

Además, Rey lo admitió.

—Así que no eres tan tonto como aparentas —dice Reeve entre dientes. Tras esto mira al techo y suelta un rugido—. Escúchame. No voy a contarte nada que pueda hacerte perder la cabeza, lo que sí te diré es esto: Rey no vino aquí a hacerse amiga tuya. Necesitas mantenerte con vida pase lo que pase. O todo el tiempo que he pasado protegiéndote habrá sido en vano.

Lo dice como si hubiera sido él, sin ayuda de nadie, quien me hubiera evitado todos los peligros cuando, al final, con el poder que tengo en los dedos, ¿no seré yo quien acabe salvándolo a él?

Entorno los ojos y me llevo la mano al pecho. Noto una presión en el interior, algo que quiere salir, que intenta ser libre. Entonces oigo el ruido de una puerta al cerrarse y movimiento al otro lado de la pared. Rey volvió.

—Vete —le digo a Reeve con desprecio—. Estoy harto de hablar de estas cosas.

Reeve entrecierra los ojos. La ira se concentra en su piel como si fuera energía estática, pero al segundo relaja los hombros.

—Perdí la cabeza. Discúlpame. No quiero perder a mi hermano. Ya hemos perdido a bastante gente.

Cierto. Me duele pensar en nuestros padres. Me acerco a Reeve y le doy un abrazo. El dolor que compartimos está vivo, respira.

—Me voy a la cama. —Se da la vuelta para marcharse, pero se gira cuando llega a la puerta—. Rey es un ave de mal agüero. Te está utilizando, Aric. Sé que parece sincera, sé que te sientes atraído por ella. Pero ¿te has preguntado alguna vez por qué?

Cierra la puerta tras de sí.

Me acerco a la cama y me acuesto en ella. Me quedo mirando la pared que separa su dormitorio del mío.

Me cuesta creer que sea capaz de matarme después de lo que ha pasado, pero ¿por qué iba Reeve a mentir sobre algo así? ¿Qué ganaría con eso? ¿Y por qué consigue, con unas pocas palabras, que me cuestione tantas cosas después de lo que hemos compartido Rey y yo?

Me late el corazón cada vez más deprisa.

Lo odio. Odio todo esto.

La única forma de salir es atravesando la tormenta. Ojalá tuviera la certeza de que sobreviviríamos a lo que nos encontremos al otro lado.

Cierro los ojos y me duermo por fin.

Invaden mi mente imágenes de derramamiento de sangre. Vuelvo a ver el arco, el sendero centelleante cubierto de cadáveres.

Oigo una voz que grita.

—¡Es el único camino! ¡Debes destruirlo!

—Quedaremos atrapados —grita otra voz.

—¡Que así sea! —Suena un rugido, y después la nada.

Me despierto sobresaltado y miro por la habitación.

Está nevando. En el interior.

Cómo no.

Me levanto de la cama despacio y me quedo de pie en mitad de la habitación mientras los copos de nieve vuelan en espiral a mi alrededor. Saco la mano y dejo que giren alrededor de mis dedos. Cuando miro por encima del hombro hacia el espejo, la imagen que me devuelve no soy yo.

Se parece a mí, pero tiene los ojos de un blanco plateado, el pelo largo y trenzado, cubierto de escarcha.

No puedo respirar.

Porta sobre la cabeza una corona de ramas que imita las astas de un alce.

Capítulo cincuenta y cuatro

REY

—¡Oye! —Ziva llama a mi puerta—. Ábreme. Me enteré de que casi te nos vas, tenemos que hablar de eso. Quiero detalles. No te guardes nada. Me aburro.

Abro la puerta de golpe.

—Las buenas noticias viajan deprisa, ¿eh? ¿Cuándo estuve a punto de morirme? Acabo de estar con Aric.

—Sí. Lo que significa que tu vida está constantemente en peligro según mis cálculos, porque, a menos que hayan liberado toda esa tensión sexual, uno de los dos va a explotar.

Me guiña un ojo y después señala mi puerta. El pizarrón blanco que cuelga allí tiene unos cuantos números de teléfono desperdigados y, después, garabateado en letra cursiva, *MUERE, ODÍN*. Con un corazón a su alrededor.

—Olvídate de Eira; eres tú la que necesita un guardaespaldas. No te ofendas. Ella es de las que probablemente interrogarían tanto al secuestrador que, o bien la dejarían en libertad, o se disculparían y se entregarían de todos modos.

Me cubro la boca para reírme.

—Tampoco es tan mala.

—Tengo clase de Biología con ella. Confía en mí cuando te digo que es mala. Además, tampoco es que Rowen la esté vigilando de verdad. Siempre está al teléfono, o con ella en el gimnasio bebiendo unos licuados de proteínas verdes que tienen un aspecto asqueroso. Creo que Eira lo hace para torturarlo.

Entrecierro los ojos. ¿Qué?

—¿El gimnasio? ¿Licuados de proteínas?

—Sí, por ahí se dice que Rowen va mucho al gimnasio, como si se estuviera preparando para las Olimpiadas o algo así. Y Eira siempre está por ahí, revoloteando a su alrededor con licuados de proteínas a mano, como si el mundo se fuera a terminar si él no tomara suficiente combustible. Pero lo raro es que a Rowen no parece fastidiarle. A lo mejor está empezando a agarrarle cariño.

Me muerdo el labio inferior. Pensaba que ella le molestaba. ¿Estará simplemente aburrido? A lo mejor así es como se libera de todo el estrés; tendría sentido.

—Sí, la verdad es que nunca presto mucha atención a los chismes cuando se trata de Rowen. La gente siempre inventa cosas por eso de que es increíblemente guapo. —Ignoro la sensación de intranquilidad en el estómago y continúo hablando—. De todos modos, lo más probable es que Rowen esté aburrido, y además su trabajo como guardia de seguridad es enfrentarse a la gente, así que no me parece supersorprendente que quiera ponerse fuerte.

Al menos, no del todo, pero tomo nota mental para preguntarle al respecto más tarde. Son los pequeños detalles como estos los que me estoy perdiendo. En casa, él no tomaba licuados de proteínas. ¿De verdad está tratando de ponerse más musculoso? ¿Hasta qué punto se ha involucrado en los asuntos de negocios de Padre? ¿Y por qué no me había dado cuenta antes?

Odio la sensación de que tal vez no lo conozca tan bien como creo.

Todos tenemos nuestros secretos, y no puedo quedarme sentada en mi pedestal y decir que yo no tengo los míos. Obvié un montón de detalles al proporcionarle información a Rowen.

Todos estamos simplemente tratando de sobrevivir, ¿verdad?

Veo a Reeve bajando por el pasillo, en dirección a la habitación de Aric. Pero ¿no acaba de marcharse?

—Supongo que no tendrás ganas de ser mi guardaespaldas esta noche, por si acaso a ese se le va la cabeza, ¿verdad? —le pregunto.

—No puedo. —Ziva hace un bailecito delante de mí—. Esta noche tengo una cita. Es de primero, es virgo, le gustan los juegos de mesa y es muy bueno en el disc golf. Puede que vayamos a una lectura de poesía o a lo mejor le meto la lengua hasta la garganta para olvidarme de todos los bobos que he besado en la vida. Ah, hola, Reeve.

Él se detiene delante de mi puerta.

—He estado aquí por lo menos cinco segundos y he oído cada palabra, ¿sabes?

Ella se encoge de hombros.

—¿Ups?

Él imita su postura inocente y después me mira de arriba abajo.

—Siento lo de la puerta. Es una pena que lo de «muere, zorra, muere» no haya funcionado.

Vaya, alguien está de mal humor. ¿Qué le habrá dicho Aric?

—Seguro que te preocupa mucho.

—Siempre nos quedará la próxima vez, ¿eh?

Sus ojos brillan como si quisiera pelear conmigo. Me encojo.

—Eso es caer muy bajo, hasta para un Erikson.

Estamos pecho contra pecho cuando Ziva se interpone entre nosotros.

—Chicos, paren, me están estropeando la emoción previa a la cita.

—Claro, lo siento. —Reeve se pasa las manos por el pelo—. Estoy cansado. Lo siento, Rey. —Gira sobre sus talones y comienza a alejarse, con las luces parpadeando en el techo—. Volveré a llamar a los de mantenimiento.

Ziva se queda mirándolo.

—Está actuando más extraño de lo normal.

Aric y él se pelearon. Lo sé.

La culpa me invade.

Se suponía que no iba a ser tan difícil.

Se suponía que Aric iba a ser tan odioso que yo sonreiría cuando lo hiciera sangrar, pero no lo es. El juego ha cambiado y apenas reconozco cuál es mi posición en él.

Ziva está comprobando la hora en su celular.

—Tengo que irme. Ten cuidado, ¿a lo mejor deberías quedarte en tu habitación durante el resto de la noche?

Mensaje recibido.

—Sí, estoy cansada de todos modos.

Suelto un gruñido, desbloqueo la puerta y entro tropezándome.

—Estuviste ocupada hoy.

La voz de Rowen suena desde un rincón de la habitación, haciéndome saltar como dos metros.

—¡¿Qué carajos, Rowen?! ¿Te metiste aquí por la ventana?

—¿Sabes? Realmente tendrías que tener más cuidado con lo descarada que eres cuando te marches del campus con Aric —continúa él, ignorando mi pregunta—. Eso, a menos que tu plan sea que toda la universidad piense que están saliendo y quieras que la información llegue hasta Odín. Me parece arriesgado, incluso para ti.

Me desplomo en la cama.

—¿Viniste hasta aquí para recordarme que mi padre va a matarnos tanto a Laufey como a mí si no despierto a Aric y encuentro el maldito martillo, o querías algo más? Porque no estoy siendo descuidada. Me estoy acercando al enemigo basándome en las instrucciones de mi padre.

—Claro. —Rowen suelta un suspiro—. Pero es mi trabajo contárselo cuando piense que estás hasta el cuello y creo que tirártelo por diversión probablemente no estaba en la lista de ideas brillantes de tu padre.

Me levanto de golpe.

—¿Es broma o qué? Primero que nada, ¿qué derecho tienes tú siquiera para asumir eso? Y, en segundo lugar, aunque lo estuviera haciendo, ¿a quién le importa? Solo es un trabajo.

Ni siquiera yo me sigo creyendo mis propias mentiras.

Él suelta un suspiro. Sé que no quiere discutir más de lo que yo misma deseo hacerlo.

—Puedo ver cómo Aric te mira y me doy cuenta de que ya está parcialmente despierto. Este tipo es muy malo para esconder la escarcha. Además, te conozco bien, ya sabes exactamente cómo terminar el trabajo, ¿no es así?

Solo faltan dos runas.

Asiento lentamente con la cabeza.

—Esto podría matarlo. Tú no ves lo que ocurre cuando empiezo a despertarlo. Parece como si fuera doloroso. Todas y cada una de las veces, sus ojos se vuelven blancos, como si apenas fuera capaz de controlar el poder que explota desde dentro de él.

Me doy cuenta de que Rowen cambia el peso de un pie a otro. Está inquieto. Quiere discutir, pero no puede. ¿Por qué? Un escalofrío desciende por mi espalda.

Lo adiestraron en la crueldad. Al igual que a mí.

Rowen prefiere observar a sus enemigos muriendo con lentitud mientras la vida abandona sus cuerpos; Odín siempre ha dicho que observar una vida marchándose al Valhalla es el mayor honor de un dios. Un recordatorio de que la verdadera vida solo sale del propio aliento de una persona.

Pero este es mi amigo más cercano en el mundo. No tengo ninguna razón para no confiar en él.

—Mira… —comienza, y entonces suelta un suspiro—. Aric parece un tipo bastante decente ahora mismo. Siento que esté sufriendo, pero tienes que comprenderlo: él no es el único. Tu padre…

Rowen se detiene; da la impresión de no tener muy claro si debería continuar. Pero entonces sus palabras parecen simplemente salir fluyendo de él.

—No solo está perdiendo su poder, Rey, sino también el contacto con la realidad. Es tu padre… y, da igual que creas que es un monstruo o no, se está muriendo aquí, en este mundo. No se puede permitir esperar otro año. Necesita el Mjölnir para regresar, para recuperar su poder. Y punto. La única forma de que termine esta guerra continua entre los dioses y los gigantes es conseguir el martillo. Los gigantes lo escondieron porque es la única cosa con el poder suficiente para destruir a Odín, pero no han sido capaces de averiguar cómo utilizarlo. Destrozaron el Bifröst, encerrando a quién sabe cuántos de nosotros aquí… ¿y para qué? ¿Por el poder? ¿La posición? Dicen que fue para proteger los mundos, pero ¿a qué costo cuando el Padre Odín, que a pesar de todos sus errores es el creador de los mundos, está aquí?

Abro la boca, pero me resulta casi imposible saber qué decir.

—Ojalá Thor estuviera vivo —pruebo—. Él sabría qué hacer. Porque ¿de verdad piensas que el único plan de Odín es regresar a Asgard y hacer como si nada de esto hubiera pasado? ¿De verdad piensas que no va a destruir a los últimos gigantes y después ir por quienquiera que lo desafíe a continuación?

—¿Y qué? Si se lo merecen… —susurra Rowen—. Los dioses van a reinar siempre y ha llegado el momento de que decidas de qué lado estás en realidad. —Una sonrisa aparece en su rostro—. Yo odio a Odín tanto como tú. Sé que es escoger el menor de dos males, pero no permitas que te distraigan. —Le echa un vistazo a la pared que nos separa a Aric y a mí—. Ya sabes lo que tienes que hacer. Despierta al gigante. Él te guiará hacia el Mjölnir. En el momento en que esté completamente despierto, el martillo no solo lo llamará, sino que él se sentirá obligado a dártelo a ti, pase lo que pase.

¿De verdad podría ser tan fácil? El corazón se me acelera.

—¿Y eso por qué?

—Tu sangre le canta. El Mjölnir siempre estuvo destinado a estar con Thor, contigo. Hasta respondería a Hela si ella estuviera en este mundo.

Frunzo el ceño. Llevaba años sin escuchar el nombre de mi hermana. No llegué a conocerla, ni tampoco a la madre biológica a la que ni siquiera puedo imaginar. A veces me siento como si fuera un sueño distante.

—Extraño mi hogar —dice Rowen.

Abro la boca para preguntarle más sobre ello, pero él ya está caminando en dirección a la puerta.

—Rowen, espera. —Hace una pausa y yo le tomo la mano. Sus cicatrices se iluminan de nuevo, quemándome los dedos—. ¿Decidiste de qué lado estarás tú al final de todo esto?

Él sonríe y me sujeta la mano con más fuerza.

—Yo siempre estoy de tu lado.

—¿Incluso aunque Odín te obligue a elegir?

—Incluso aunque pierda la misma vida que inspiró dentro de mí.

Guiña un ojo y yo inclino la cabeza a un lado.

—Oh. Entonces ¿él los creó a tu familia y a ti?

—Adiós, Rey. —Me hace un saludo militar y se aleja—. Intenta no acostarte con el gigante esta noche.

—¡Fue sin querer! —digo tras él, y vuelvo a acostarme en la cama.

Familia. Sacrificio. Traición. Amor. Elecciones imposibles.

Todo da vueltas por el cerebro hasta que me siento cansada; de repente estoy *demasiado* cansada. Tengo que prepararme para meterme en la cama antes de que me quede dormida sin más.

Pero, en vez de eso, le echo un vistazo al celular. Es miércoles, lo que significa que Laufey probablemente estará fuera para comprar más flores para el invernadero; la única afición que tiene permitida.

No pienso. Simplemente llamo a su número. La necesito.

Ella responde al segundo tono.

—¿Rey?

—¡Hola! —digo con demasiada rapidez—. O sea, me alegra oír tu voz. —La mía se me rompe—. ¿Va todo bien?

—Odín me está tratando tal como lo hace siempre, por supuesto, pero él está en la oficina y yo en la mansión.

De modo que está a salvo por ahora, aunque encerrada bajo llave.

—Pero… ¿estás bien?

No puedo evitar preguntarlo de nuevo. Ella permanece en silencio durante un momento.

—Estoy… cansada, hija.

Se me encoge el estómago de forma dolorosa. Estoy aferrando el celular tan fuerte que tengo que separar cada dedo a propósito para no destrozar la pantalla.

«Hija». Me encanta cuando lo dice, pero jamás me llama así delante de Odín por miedo a un castigo. Eso hace que me duela el corazón.

—Bueno, ¿y por qué me estás llamando tan tarde? —me pregunta suavemente.

No es tan tarde. Lo que solo puede significar una cosa.

Nos están escuchando.

—Solo quería decirte que te extraño.

«Y que te quiero —pienso—. Y que lo siento».

—Ay, cariño, es mejor que sea así.

Puedo oír la sonrisa en su voz.

—Cuéntame una historia —balbuceo, con lágrimas en los ojos—. No puedo dormir. Qué tontería, ¿verdad?

Me seco las lágrimas de las mejillas y tomo aire para no ponerme a hiperventilar. No me había dado cuenta de lo mucho que me afectaría escuchar su voz. Llevo mucho tiempo siendo demasiado fuerte.

—¿Una historia para dormir? Claro, ¿cómo podría negarme? —Suspira—. Acuéstate y cuando te pesen los ojos, quiero que asientas con la cabeza.

Me pongo cómoda, acostada sobre mi espalda, y después asiento lentamente con la cabeza, sonriendo porque, por supuesto, sé que no puede verlo.

Cuando era pequeña, mi padre solía decirme que mi voz podía conjurar monstruos. No tenía idea de que lo había inventado para conseguir que dejara de hablar tanto. En esa época, él era el centro de mi universo y yo orbitaba a su alrededor, bañándome en su gloria. Así que por supuesto que me creí esa historia y me aterrorizaba. De modo que, cuando Laufey me contaba sus cuentos de antes de dormir, yo me limitaba a asentir con la cabeza.

La ausencia de palabras era mi espacio seguro.

—Muy bien, lo sentí. —Suelta una risa baja en la garganta—. Asentiste muy bien esta noche, Rey. —Me duele la garganta mientras más lágrimas se deslizan por mis mejillas—. ¿Recuerdas la historia del cachorro de lobo? —me pregunta con su voz firme y melodiosa.

Siempre tiene una presencia tranquilizadora, incluso cuando el mundo da vueltas hasta caer en el caos. Es como si me estuviera arropando, como si yo volviera a tener siete años.

—El cachorro era pequeño y desaliñado —continúa—. Seguía a los cazadores de la aldea, hambriento y cojeando, con la esperanza de conseguir alguna sobra. Ellos se reían de él. Le decían que era débil. Decían que jamás sobreviviría al amargo frío de las montañas. Pero, aun así, él los seguía. Noche tras noche, un paso tras otro. Y una noche, cuando el fuego se estaba apagando, los cazadores se traicionaron entre ellos por el último trozo de pan. Pelearon hasta que no quedó ninguno en pie. Pero el cachorro sabía que no necesitaba luchar. No necesitaba ser el más fuerte, ni el más rápido. Tan solo necesitaba sobrevivir mientras ellos se peleaban. Fue paciente y persistente y, al final, ellos se destruyeron a sí mismos. Y entonces, él lamió las migajas de pan de la nieve. Fue el último que quedó allí para aullar mientras sus cadáveres se desangraban en el suelo.

Se le entrecorta la respiración, apenas un poco, como si estuviera conteniendo sus propias lágrimas.

—El valor, Rey, no siempre consiste en ganar la pelea —susurra—. A veces consiste en mantenerse totalmente al margen de la pelea. En aullar.

Me cubro la boca con la mano para contener el sollozo, pero este se me escapa de todos modos, haciendo que me tiemble todo el cuerpo. Porque, incluso aunque ella nunca haya dicho las palabras directamente, lo sé. Esto, sus historias y su voz, son su forma de quererme.

Y es lo único que mi padre no ha podido detener jamás.

Nos sumimos en el silencio cómodo de la familia. Me doy la vuelta sobre un costado y observo la pared que comparto con Aric.

La sangre de Odín. Puede que yo tenga su sangre, pero no voy a permitir que eso me defina.

Voy a ser yo quien aúlle.

Capítulo cincuenta y cinco

ARIC

Sé que es Rey antes del tercer golpe. ¿De verdad está haciendo esto esta noche? Tiene que estar agotada después de lo de hoy.

Aunque estaría mintiendo si dijera que no me alegraba al menos un poco de verla. Abro la puerta.

La misma rutina que anoche: entra en la habitación con los pies descalzos, aferrando su taza descascarillada como si fuera sagrada; la llena en mi lavabo; se la bebe como si mi agua fuera de algún modo diferente a la suya. Entonces, camina directamente hasta mi cama, le da una palmadita al espacio junto a ella —como si necesitara el recordatorio— y se estira como si fuera la dueña de este sitio.

Debería marcharme. Irme a dormir en el suelo de su habitación. Cualquier lugar menos este.

Pero la tentación está ahí, mirándome fijamente, sin remordimientos e innegable.

«No significa nada. No significa nada». No dejo de mentirme a mí mismo incluso mientras cedo, me subo a la cama junto a ella y la pego contra mí.

Porque, cuando no digo nada, lo significa todo.

Ella lo significa todo.

No puedo explicarlo, y una parte de mí tiene miedo de que tan solo sean las runas o el monstruo de mi interior los que la desean, no yo. O a lo mejor es la situación. No estoy seguro.

Por ahora, la abrazaré porque puedo hacerlo, y por la mañana, la alejaré de mí porque es lo que debería hacer.

Ella acerca la cara a mi cuello, suave y cálida, y yo contengo el gruñido que trata de subir por mi garganta.

—Eres más tolerable cuando no hablas —digo en voz alta, tratando de mantener las paredes en pie.

Sus labios me rozan el cuello. Mierda. Eso no me lo esperaba. Mi cuerpo sufre una sacudida, como si acabara de prender una mecha. Me obligo a permanecer inmóvil, a respirar, pero entonces sus manos se deslizan hacia mi espalda, lentas y explorando, hasta que se cuelan por debajo de mi camiseta.

Pega ambas palmas contra las runas.

El constante ardor bajo mi piel… se tranquiliza. Simplemente… descansa. Su tacto me ancla, me arrastra bajo la superficie, y me doy cuenta de lo agotado hasta los huesos que estoy en realidad.

Mis ojos se cierran antes de que pueda detenerlos.

El sueño me traga por completo.

Y eso es lo que ocurre durante las dos noches siguientes.

Dejo la puerta abierta con un zapato para que no tenga que llamar siquiera. Mantengo las sábanas retiradas como un cobarde, esperando algo que jamás admitiré que quiero. Me quedo ahí acostado, mareado por la expectación como si volviera a ser un preadolescente, escuchando para oír el suave sonido de sus pasos por el pasillo.

Y ella siempre viene.

Por la mañana, hacemos como si nada. Fingimos que ella no durmió entre los brazos de su enemigo. Fingimos que no es más que una extraña peculiaridad suya que yo tolero. Fingimos tan jodidamente bien que casi parece nuestra nueva normalidad.

Fingir que esto está bien. Fingir que no nos estamos perdiendo el uno en el otro.

Tal vez fingir sea como tener esperanza; da igual cuántas veces lo hagas, el resultado final sigue siendo el mismo: decepción cuando aparece la realidad.

Pero ¿por ahora? La euforia por la subida hace que el riesgo de caer valga la pena.

Capítulo cincuenta y seis

ARIC

—Así que la fiesta es esta noche —dice Rey, mirándome por el reflejo del espejo mientras nos lavamos los dientes.

Traducción: esta noche conseguimos la cuarta runa.

Me empuja a un lado y se echa un poco de agua en la cara. Es tan puto normal, tan cotidiano, que no puedo evitar sonreír.

—Sí, me invitaron a mi propia casa —confirmo—. Al parecer vuelvo a caerle bien a Reeve, porque ya no te fastidio durante el día.

No. Pero tenemos las noches.

Y, mientras pueda abrazarla durante toda la noche, estoy tranquilo. Puedo dormir un poco. Ni siquiera siento dolor. Me siento… *normal*.

Es adictivo.

Me pregunto si esto la afectará a ella de la misma forma, como si los dos hubiéramos estado bajo una tensión tan fuerte durante tanto tiempo que por fin le estamos haciendo a nuestros cuerpos el gran favor de tranquilizarnos.

Aunque tampoco es que siempre esté tranquilo cuando ella se mete en la cama.

Me jala del pelo.

Sus labios se han encontrado con mi piel más de una docena de veces.

Le he tocado el trasero sin querer. Dos veces.

Ella me ha dado un rodillazo en los huevos; juro que eso lo hizo a propósito.

La cuestión es que, sea cual sea la tregua que pactamos, esta tiene lugar en mi cama. Pero, durante el día, veo la tensión en ella. Siento la furia de Rowen cuando hablan, comprobando constantemente cómo está. Percibo la ansiedad de Reeve mientras nos observa, preguntándose si habré hecho ya lo que tengo que hacer.

Rey mira nuestro reflejo en el espejo. Sigo su mirada y después la bajo. El agua con la que se lavó la cara cayó en mi mano y se convirtió en hielo.

Mis nervios se incrementan conforme el hielo se va volviendo más grueso por el dorso de mi mano.

—Parece —susurra— que ahora está ocurriendo a todas horas.

—Ya ni siquiera pienso en ello cuando estoy contigo. Es como agradable, no tener que ocultarlo…

—Recuerda nuestro objetivo final.

De repente se volvió más fría que mis manos. Como si hubiera tomado la decisión por los dos y ya estuviera volviendo a encerrarse en sí misma. Me siento como si me hubiera dado una cachetada. Sus ojos, una vez cálidos, son distantes.

La miro de forma intimidante a través del espejo. Ella no tiene derecho a decidir una mierda por mí.

—Cierto. —Mis ojos emiten un destello de advertencia—. El objetivo final en el que no te mato.

Ella me da un puñetazo en el hombro.

—El objetivo final en el que yo no te mato a ti. Vamos a terminar con esto, ¿de acuerdo?

Sus palabras atraviesan la estancia, rompiendo el hielo que acabo de crear, haciendo que mi cuerpo hierva de furia.

—Sí, bien pensado. Es demasiado raro cuando no nos odiamos y, además, Reeve ha estado fastidiándome tanto como Rowen a ti.

Ella aparta la mirada.

—Sí, parece que todo el mundo del Equipo Odín está… estresado.

—¿Equipo Odín? —repito—. Pensaba que tú estabas en el Equipo Punto Medio, en el que intentas no matar y que no te maten.

Vamos a ver, ¿me esperaba que estuviera en el Equipo Aric? Desde luego que no. Así que no sé por qué de repente estoy deseando que lo confiese. Tengo que dejar de pensar en ella como en la persona a la que podría necesitar eliminar para sobrevivir. Tal vez esta conversación es el recordatorio que necesitaba.

No somos amigos.

Jamás habrá un mundo en el que podamos coexistir sin odio ni heridas viejas supurando en cada bando.

Jamás habrá paz.

Ahora se aparta de mí, de forma física y emocional.

—Nos vemos en la fiesta. Intenta estar tranquilo. Ya casi se termina.

—Claro.

Casi se terminó.

La observo marchándose y me digo a mí mismo que es lo mejor. O sea, ¿qué estaba pensando siquiera? ¿De verdad había perdido la cabeza por un momento y estaba sintiendo esperanza? Reeve tenía razón.

Los dioses son malvados.

Tal vez ella no lo sea.

Pero su familia sí lo es y se merecen lo que les pase.

Trato de no permitir que me afecte mientras me preparo y me dirijo hacia el elevador. Justo cuando levanto la mirada y las puertas se están cerrando, lo veo.

Ahora tiene un significado diferente.

La estúpida imagen de un cómic de Odín enfrentándose a Ymir al final del pasillo.

Odín. Loki. Thor. Todos juntos, como si fueran héroes.

Y un mundo entero, Jötunheim, ardiendo a su alrededor.

Ellos destruyen mundos.

Fui un estúpido al pensar que yo tenía algún lugar en el de ella.

Capítulo cincuenta y siete

ARIC

No estoy de humor.

Si una persona más menciona la fiesta de esta noche, voy a pegarle un puñetazo en la cara.

Rey ha estado distante todo el día, a propósito. Todo lo que hace tiene una precisión quirúrgica. Lo que significa que probablemente sabe dónde se encuentra la última runa y quiere arrancarme el vendaje de golpe sin importarle lo mucho que yo pueda sangrar.

Las clases pasan como un borrón. Mis apuntes son una serie de líneas que podrían ser runas o un cardiograma, pero que desde luego no me van a ayudar a aprobar Biología. Estaría bien que pudiera emborracharme deprisa y quedarme aquí esta noche, pero mi cuerpo quema el alcohol como si fuera gasolina barata. Soy muy caro de emborrachar… y eso no va a arreglar el auténtico problema.

Corrección: los problemas.

Doblo la esquina en dirección al comedor… y me encuentro con Rowen plantado junto a la puerta, como una gárgola. El tipo se ha convertido en la sombra de Rey durante toda la semana, demasiado tranquilo, demasiado guapo, la clase de belleza que mejora cuando la salpica la sangre. Cicatrices que dicen que disfruta coleccionándolas.

Giro sobre mis talones. Lo último que necesito ahora mismo es a él.

—Aric.

Hasta su voz me resulta irritante. Me habla como si tuviera una razón para darme órdenes y eso me molesta.

Suelto un suspiro y me giro hacia él.

—¿Qué pasa, idiota?

Él pone los ojos en blanco.

—Es sobre la fiesta de esta noche.

—¿Puedo retirarte la invitación?

—¿Asumo que habrá supervisión? —me pregunta, ignorando mis palabras.

Suelto una risa, pero él no lo hace.

—¿Quién se murió y te convirtió a ti en chaperón? Tranqui. Hay cámaras por todas partes, el personal de la casa estará de servicio, no va a morir nadie. Rey puede arreglárselas sola.

Sus ojos azules brillan con un tono más frío.

—¿Y quién te vigilará a ti? ¿Quién te controlará cuando pierdas el control?

Miro el pasillo vacío a mi alrededor; baldosas pulidas, una vitrina de trofeos que refleja nuestras formas.

—Es mi casa, así que tengo pensado existir en ella. Vivir. Pasármela bien. Olvidar durante un rato y tratar de evitarte a toda costa. Ese es mi plan.

Él da un paso hacia mí; se encuentra lo bastante cerca como para que pueda oler su estúpido chicle de menta.

—Bien. Siempre que ese plan no la involucre a ella.

Sonrío.

—¿Me estás advirtiendo para que me aleje como si ella no pudiera tomar buenas decisiones? Es una mujer adulta; no hace nada que no quiera hacer.

Él aprieta la mandíbula.

—Ah. Ese es el problema. Lo que ella quiere…

—Es a mí. —Me inclino hacia él y le pongo una mano fría sobre el hombro—. ¿Y quién soy yo para negarle que me pruebe, Rowen?

Su puño es más rápido de lo que esperaba. Impacta en mi mandíbula, hace que me tiemblen los dientes y me obliga a retroceder contra la vitrina de trofeos. El cristal explota mientras el dolor estalla por toda mi espalda.

Carajo. Pega con la fuerza de un camión.

Unas gotas de sangre de entre rojo y plateado caen de mi nariz, y él ya tiene el puño cerrado sobre mi camiseta, acercándome más a él. Se lo permito.

—Eres una abominación —me gruñe—. No deberías existir. —Frunce los labios—. No te mereces las runas que te protegen.

Me da un empujón y se aleja como un puto cobarde.

—¿Qué pasa, vas a huir? —Mi voz resuena por el pasillo, y él se detiene—. Además, ¿quién te convirtió a ti en juez de quién es «digno», eh? Yo no he hecho nada malo en esta vida. Mis padres lo sacrificaron todo para que yo pudiera seguir viviendo para hacer algo, algo importante. ¿Tú puedes decir lo mismo sobre los tuyos?

Algo brilla tras sus ojos; culpa, rabia, ambas cosas. Se abalanza hacia mí.

Me deslizo hacia un lado, lo agarro del cuello de la camisa y lo empujo contra el bloque de cemento de la pared. Preparo el puño…

Y de repente Reeve está aquí, interponiéndose entre nosotros como una palanca humana, con las palmas sobre mi pecho.

Me empuja justo cuando su fuerte risa llena el lugar, junto con los gritos ahogados y los susurros de los estudiantes que están empezando a congregarse.

—Pero bueno… A ver, no, Olaf, hoy no. No es Navidad. —Me empuja para hacerme retroceder un paso y me golpea las manos frías, luego se gira con una sonrisa radiante como el sol. Me apresuro a meterlas en los bolsillos—. Rowen, ¿qué tal si te metes en peleas que puedas ganar? Amigo, estás dando vergüenza.

Antes de continuar lanza una mirada al otro lado del pasillo, a los estudiantes que se congregaron allí.

—¡No hay nada que ver, gente! ¡El exceso de creatina mata! ¡Hidrátense mucho! ¡No usen drogas!

—Podría haberle dado una paliza —digo, lo bastante alto para que Rowen lo oiga.

Él nos señala, respirando con fuerza.

—Aléjense de ella. Los dos. La próxima vez, no me detendré.

Se marcha con pasos firmes, con los hombros rígidos y la furia contenida bajo ese exterior de perro guardián. Sonrío con suficiencia cuando agita la mano derecha, como si le doliera por haberme pegado en la cara. Espero que se la haya roto.

Me estoy limpiando la sangre de la nariz cuando Reeve murmura, casi para sí mismo:

—Ese tipo y su genio.

—¿Rowen? Está enojado todo el tiempo. ¿Tú no lo estarías si tuvieras que trabajar para Odín?

Algo brilla en los ojos de Reeve.

—Carajo, claro que estaría enojado. Anda, vamos a darte de comer antes de que te pongas a redecorar el pasillo con el bazo de alguien.

Me pone la mano sobre el hombro y se aparta un poco al sentir lo frío que estoy, pero no comenta nada al respecto.

Me levanto la camiseta para limpiarme el resto de la sangre de la cara con el interior mientras mi hermano corre hacia los encargados de la seguridad del campus que están viniendo. Dos tipos que parece como si apenas acabaran de graduarse se acercan con uniforme completo, *walkie-talkies* en las manos y la preocupación grabada en los ojos.

Reeve les sonríe.

—No se preocupen, ya informaré al rector Erikson de todos los detalles escabrosos. Pero tómense la libertad de hacer su trabajo y rellenar un informe: destrucción de la propiedad, agresión… Ah, y asegúrense de incluir que el culpable fue la seguridad privada de Eira Helian. Ya deberían tener su información a mano.

Charlan durante unos minutos, y entonces Reeve me hace un gesto para que lo siga. El cristal roto cruje bajo mis pies mientras pasamos junto a los estudiantes impactados y volvemos caminando al comedor. Ya ni siquiera me importa que vean el blanco de mis ojos, la escarcha que se muere por quedar en libertad.

Puto Rowen. La línea de runas por mi espalda palpita al ritmo de mi pulso (caliente, fría, caliente…), como si hubiera oído la palabra «Jötunheim» y hubiera decidido despertarse furiosa.

—Un té. —Reeve chasquea los dedos de repente después de empujarme contra una silla de una mesa vacía—. El té siempre calma los nervios.

—No quiero un té.

—La gente te está mirando —dice él, con los dientes apretados—. Te vas a beber el puto té y vas a sonreír de forma agradable como si no quisieras prenderle fuego a la universidad ni hacer pedazos a Rowen miembro por miembro para lanzar dichos miembros al fuego… Deja de sonreír, para, das mala vibra. Volveré enseguida con el té. Piensa… en cosas que no sean violentas.

Lo que significa que, en el momento en que se aleja, pienso en Rey. Lo que me lleva a pensar en Rowen. Es un círculo vicioso estúpido, porque ahora estoy centrándome en que ella no me devolvió la mirada en clase, lo que me indica que ella sabe adónde vamos a ir después de esta noche, aunque yo no esté enterado.

Necesito aceptar lo que va a ocurrir y, en vez de enfrentarme a ello o tratar de sobreanalizar las cosas, abrir la puerta y dejar que entre la tormenta.

CAPÍTULO CINCUENTA Y OCHO

REY

Rowen lleva tal vez diez minutos conduciendo, y esta es la vez que más callado lo he visto, por no mencionar a Eira y a Ziva, que están sentadas en silencio en el asiento de atrás. Nos dirigimos hacia la casa de Sigurd para la fiesta de celebración del fin de la primera semana. Eira toquetea su celular detrás de mí y veo a Ziva abriendo la boca por lo menos cuatro veces, antes de al parecer pensarlo mejor y volver a cerrarla. Rowen me ha estado lanzando miradas incómodas, como si supiera que estoy molesta.

Y es que estoy enfurecida. Me enteré de todo con respecto a la pelea, después de haber estado sintiéndome ya mal de por sí por haberme alejado de Aric esta mañana.

Saber que le estaba haciendo daño a propósito antes de que él me hiciera daño a mí primero era tan horrible como ver el dolor en su rostro.

Pero no hay ninguna cláusula de salida para nosotros.

Ninguna escapatoria.

Solo podemos seguir adelante.

Me di cuenta demasiado tarde de que estaba tranquila cuando me encontraba con él y de que tocarlo también lo tranquilizaba a él. Y también era algo más que simplemente mi Aura. Podía sentirlo en el aire cuando me despertaba en su cama. Me sentía atraída hacia él y él se sentía atraído hacia mí. No era un accidente, lo que significaba que cada vez sería más difícil seguir mintiéndole cuanto más nos acercáramos a conseguir las dos últimas runas.

De forma egoísta, lo deseo. Y, de forma estúpida, me miento a mí misma y me digo que puedo lidiar con todo esto, que los dos podemos hacerlo. Pero una cosa que tanto los dioses como los humanos tenemos en común es que no hay forma de prepararte para que te rompan el corazón. Ninguna cantidad de poder puede protegernos de ello.

Eira sigue siendo en su mayor parte inconsciente de la tensión que hay entre Rowen y yo. La observo ahora mientras se retoca el brillo de labios en el reflejo de la cámara de su celular. ¿Cómo puede sentir tanta despreocupación por la vida en general? Soy incapaz de decidir si estoy impresionada o si me fastidia no poder unirme a ella.

Mi celular elige este momento para sonar. Con temor, miro los mensajes. Es Padre. Otra vez. Me ha mandado más mensajes en esta última semana que en los últimos años.

> **Padre Odín:** Rowen está preocupado y él nunca se preocupa. ¿Dice que tienes información que no has compartido?

Sujeto el teléfono con fuerza mientras la furia palpita a través de mí. Jamás debería haberle dejado caer a Rowen que sabía cómo despertar a Aric.

Yo: Tendrán noticias esta noche o mañana. En cualquier caso, el Mjölnir es prácticamente mío.

Espero su respuesta con el estómago tenso.

Padre Odín: Bien. Eso está bien. Sabía que podía contar contigo. En cuanto él haya despertado, sabrá dónde está el Mjölnir y tan solo podrá centrarse en recuperarlo. Sigue su hielo y déjame todo lo demás a mí.

Creo que ya terminó de escribir cuando una imagen aparece de repente en la pantalla. Es Laufey y está atada a una silla en la sala.

Ahogo un grito en el coche silencioso. Pero entonces aparece un video.

Silencio el volumen y le doy play.

Mi padre se mueve delante de ella con su omnipresente bastón del cuervo. Lo levanta muy despacio sobre su propia cabeza, y entonces golpea las manos de Laufey una y otra y otra vez, hasta que lo único que veo es la sangre goteando de sus nudillos. Ella se desmaya. La cámara enfoca a mi padre. Su sonrisa es siniestra.

Lo disfruta.

Creo que voy a vomitar.

¿Qué demonios va a pasar cuando tenga el Mjölnir a su disposición?

Pero este video me dejó una cosa extremadamente clara: no tengo elección si quiero albergar alguna esperanza de salvar la vida de Laufey. Además, Rowen está aquí, conmigo. Si yo la cago, Padre lo culpará a él. Y entonces lo hará pagar.

Me guardo el celular en el bolsillo y trato de concentrarme. El video de mi padre es un duro recordatorio de que me estoy quedando sin tiempo.

Como si no lo supiera ya.

Rowen estaciona el coche delante de una gigantesca casa de tres pisos junto al lago; fácilmente tendrá cerca de mil quinientos metros cuadrados. La casa se alza como un mal presagio, y su elegante exterior tostado y blanco destaca contra los gigantescos árboles de hoja perenne que la rodean.

Cuando salimos del coche, Eira camina por delante mientras Rowen me toma de la mano.

—Siento no haberte dicho nada sobre la pelea con Aric.

De pronto quiero liberarme de él de un jalón.

—No ocultes secretos; al menos, no a mí. Y deja de meterte en peleas. Puedo arreglármelas sola.

—Tú no lo entiendes —comienza a discutir—. Tu padre…

—Mira, lo entiendo. Estamos en esto juntos, pero ¿de dónde viene toda esta hostilidad? ¡Estamos en el mismo bando!

Sin embargo, creo que lo sé. De repente, su arrebato de furia en mi habitación tiene sentido. Es por el hecho de que mi padre me eligiera a mí, ¿verdad? Y porque yo no haya cumplido con mi misión, a pesar de haber recibido la oportunidad por la que creo que Rowen mataría.

Se muerde el labio y después se pasa una mano por el pelo.

—Eres diferente con él. Pero ya sabes lo que es él para nosotros, lo que somos nosotros para él. Es solo que… Haznos un favor a todos y termina ya con toda esta mierda, Rey. Antes de que lo mate.

—Es mío —le espeto con una voz que ni siquiera reconozco mientras una furia protectora se apodera de mí—. Me corresponde a mí cazarlo. Me corresponde a mí matarlo.

—Vaya. —Rowen da un paso atrás—. Tus ojos. Han… —Parpadea—. Por un momento, se volvieron terroríficos. ¿Estás segura de que no eres todopoderosa como Odín?

Está tratando de quitarle importancia a la situación. Yo todavía estoy enfadada, pero le sigo el juego.

Finalmente, exhalo.

—Vamos a terminar con esto de una vez, ¿de acuerdo? Estamos yendo a una fiesta. Se supone que tenemos que pasarla bien.

—Estoy seguro de que tú te las arreglarás —se burla él.

Le doy un golpe con el hombro mientras caminamos intentando parecer normales, pero mi corazón aún late acelerado después de mi propio arrebato.

—Seguimos siendo mejores amigos.

Su tono se vuelve serio, y sé que lo dice con total convicción cuando responde:

—Hasta la tumba.

Capítulo cincuenta y nueve

REY

—Dime que quieres intimidar a la gente sin decirme que quieres intimidar a la gente —comento mientras nos acercamos más a la casa. Miro hacia un barranco lleno de árboles y estatuas que conduce desde la ladera de la montaña hasta el borde del lago a cuya orilla se encuentra el edificio—. Por mucho que guste este sitio, es un poco demasiado.

Rowen suelta un resoplido, calladamente de acuerdo.

La pasarela de madera que conduce hasta la casa es casi tan impresionante como el propio edificio. Se extiende por encima de un cañón rocoso que cuenta con un pequeño arroyo rodeado de rocas y árboles. El estómago me da un vuelco por las náuseas —¿Alturas y agua? Gracias, Sigurd—, pero contengo el aliento y cruzo. Mis botas vaqueras negras resuenan contra la pasarela mientras Rowen y yo avanzamos el uno al lado del otro en dirección a la puerta de entrada.

Llegamos junto a Eira, que ya está esperando en la puerta con su hermoso rostro lleno de fastidio.

—No contesta nadie —dice, poniendo los ojos en blanco.

—Qué raro —murmuro.

Llegamos tarde, así que supongo que la fiesta ya estará en su máximo apogeo, lo que significa que probablemente la gente lleve una hora tomando malas decisiones vitales.

La puerta es enorme. Tiene al menos tres metros y medio de altura, o puede que cuatro y medio. La cantidad de cámaras de video casi me hace querer bromear con el miedo que tienen a los intrusos. Pero, por supuesto, donde hay miedo también hay debilidad, ¿verdad?

Suelto un suspiro de frustración, pero justo cuando levanto la mano para tocar yo también, la puerta se abre de repente. Los jeans de Aric parecen estar a punto de explotar como protesta contra los músculos de sus muslos mientras se inclina contra el marco de la puerta, con los brazos cruzados y vestido con una camiseta blanca.

—Llegan tarde.

Varias cadenas sencillas cuelgan de su cuello y en la mano derecha lleva un anillo similar al de mi padre. Casi le muestro una sonrisita burlona: parece un dios enfadado. Carajo, es tan guapo.

Su mirada de aprecio pero crítica casi me resulta demasiado mientras me repasa de arriba abajo. Escogí un *crop top* blanco y una larga chamarra militar que podré ponerme alrededor de la cintura más tarde. Me trencé ligeramente el pelo y me puse lo que me gusta llamar «el maquillaje para salir», a fin de que Aric se centre en mis ojos.

Lo único que me falta es el cuchillo, pero es que no es un accesorio del todo apropiado para una fiesta universitaria.

—Tarde pero con estilo —digo, y después señalo las cámaras con la cabeza—. ¿Les da miedo algo?

Él se inclina hasta quedar a solo unos centímetros de mi cara. Inhala hondo, cierra los ojos y susurra tan bajo que solo yo puedo oírlo:

—Casa. —Esa única palabra hace que el corazón me palpite con fuerza dentro del pecho, al menos, hasta que se aparta de mí y dice algo más para nuestro público—: O tal vez sea «sin hogar». No puedo decidirme, pero la verdad es que hueles a algo que probablemente querría olvidar.

Aparto a Aric a un lado y entro a la fuerza.

—Eso da mala vibra hasta para ti, Erikson.

Él mira por encima de mi cabeza mientras cierra la puerta.

—Rowen. Pudiste venir. —Tiene un tic en la mandíbula—. Y te pusiste otro traje. ¿Tienes algo diferente o es que esto no son más que negocios para ti? ¿Nunca placer?

—No lo sé, ¿tú alguna vez te pasas un cepillo por ese pelo ridículo que tienes? —contrataca Rowen.

—Algunos podrían decir que está descuidado, mientras que otras podrían decir que así es más fácil jalar de él.

Aric me guiña un ojo.

Siento que se me calienta la cara.

De hecho, es cierto que le he jalado el pelo, en muchas ocasiones.

Aparto la vista de la mirada astuta de Rowen.

—Siéntanse como en casa —continúa Aric—. La fiesta es abajo, junto al agua: bebidas, comida, fuegos artificiales, ya saben cómo va la cosa.

Eira le toma el brazo a Rowen.

—¡Necesito a mi guardaespaldas!

Entrelaza el brazo con el suyo y se marchan por ahí. No soy capaz de decidir si estoy fastidiada o simplemente siento curiosidad por saber por qué Rowen le permite tratarlo como si fuera su dueña.

Aric vuelve a traerme al presente inclinándose sobre mí y rozándome la mejilla con los dedos.

—Pareces sumida en pensamientos profundos y también te estás ruborizando. ¿Estás imaginando cosas impuras, como caer en mis brazos como si me pertenecieras?

Se me entrecorta el aliento.

—Primero que todo, yo no le pertenezco a nadie, salvo por la taza de un gato tan linda que tengo. Segundo, de verdad que tienen que parar con esta competencia de ver quién la tiene más grande. Él solo está… asustado por mí, creo. A Padre no le va a emocionar la idea de una fiesta y Rowen no quiere tener que enterrarme. Y yo tampoco quiero que me entierre.

—Imagino que esa es una opinión que comparten todos los seres vivos.

—Cierto. —Nuestras palabras flotan entre nosotros mientras paso junto a él de un empujón—. Pareces contento y eso que hoy te pegaron un puñetazo en la cara.

—Me curo deprisa. Además, eso es parte de mi encanto. Reírme en la cara del peligro. —Me da un golpe con los dedos en la nariz y después se agacha como si yo midiera medio metro—. Y, solo por si acaso no fueras consciente ya…, ten cuidado esta noche. Sobre todo cerca de… —Traga saliva—. Del personal. ¿De acuerdo? Todo lo que digamos o hagamos se informará directamente a Sigurd.

—Bueno, teniendo en cuenta que siempre estamos bajo vigilancia en público, creo que podré soportarlo.

En privado, la cosa es completamente diferente.

Él me muestra una sonrisita.

—No estoy seguro de que podamos lograrlo, sobre todo cuando tú me miras de esa forma.

—¿De qué forma? —pregunto.

—Como si quisieras besarme otra vez —responde con voz áspera.

—A lo mejor es así como miro a la gente que quiero matar.

Él suelta un gruñido bajo.

—Ya estás durmiendo conmigo todas las noches… «por accidente». —Traza unas comillas en el aire—. Y estás haciendo que cada vez me resulte más difícil mantenerme alejado, mientras que tus palabras y tus acciones señalan que tú haces de todo menos retirarte.

Ignoro el hecho de que está muy cerca de la verdad.

—Algo accidental sería meterme borracha en tu habitación. Ni siquiera recuerdo haberme levantado de la cama para irme a la tuya esa primera noche.

Su sonrisa es deslumbrante.

—Pero ahora lo recuerdas, ¿verdad? Mi cama.

Soy tan consciente que me chisporrotea el cuerpo entero. Oh, sí, su cama, sus brazos, todo lo prohibido e intocable rodeándome por completo, como una crisálida. Era perfecto. Adictivo.

Hay una miembro del personal observándonos desde un rincón. Me di cuenta porque lleva toda nuestra conversación limpiando el polvo del mismo sitio. Aric toma nota y retrocede ligeramente. Ella se marcha, pero solo para que otro venga a ocupar su lugar.

El recién llegado nos echa un vistazo. Lo miro de arriba abajo, desafiante, y después me inclino más hacia Aric, que me contempla con una sonrisa. Él también se acerca más a mí. No me lo esperaba. Despliega su sonrisa arrogante y lo único en lo que puedo concentrarme es en sus labios, su boca, en cómo es la sensación de tenerla sobre mí, y entonces comienzo a preguntarme por las cosas que puedo hacer.

Pensamientos malos.

Pensamientos muy malos.

Estamos tan cerca que cualquiera que estuviera observando pensaría que estamos casi besándonos, lo que significa más poder para ellos. El miembro del personal camina hasta una habitación contigua, comprueba un armario, y después escribe algo en su celular, como si estuviera controlando una lista o algo. No engaña a nadie. Bueno, si quiere dar un pequeño espectáculo sobre lo bien que nos estamos llevando…

—Ah, me acuerdo de tu cama —lo provoco—. Recuerdo las ganas que tenía de dormir allí, y nada más.

Él se acerca más a mí y se encoge de hombros, y entonces se acerca aún más y susurra tan peligrosamente cerca de mi boca que casi dejo de respirar.

—A lo mejor eso es todo lo que haremos jamás —dice—. Pero a lo mejor quiero hacer algo para que pongas a prueba tu propio autocontrol. Dios sabe que lo has estado haciendo todas y cada una de las noches desde que entras «sonámbula» en mi habitación.

No me retiro. Me quedo justo delante de su cara. Él abre mucho los ojos por la diversión, con lujuria, y casi puedo ver que están comenzando a brillar. Todavía tenemos público y me pregunto si habrán sentido el cambio en la habitación.

La conversación se volvió real.

Juro que todos y cada uno de los gramos de tensión que se han acumulado entre nosotros durante estos últimos días están a punto de entrar en combustión.

Sonrío.

—Te dejo ponerme a prueba cuando quieras.

Él se inclina sobre mí, tan cerca que es casi como si estuviera besándome el cuello.

—Me parece que ya lo hice.

Capítulo sesenta

Rey

—Dios, ¿tienen que ser tan insoportables ustedes dos todo el puto tiempo?

Aric y yo prácticamente nos separamos de un salto ante el sonido de la voz de Reeve.

—O sea, en serio —continúa—. Tienen que ir por una bebida y separarse. Su intensidad está estropeando el ambiente por completo.

Le lanzo una mirada fulminante a Aric, cuyos ojos brillan, pero puedo ver que está preparado para dar su brazo a torcer.

—¿El baño? —pregunto.

Reeve señala hacia el pasillo y después me apunta con un dedo.

—Si no vuelves dentro de cinco minutos, voy a enviar a un equipo de búsqueda. O a un pelotón de fusilamiento. Y tú. —Señala a Aric con el mismo dedo—. Pido perseguir a esta para echarla de aquí si se le ocurre siquiera darse una vuelta por ahí. Tú no deberías acaparar toda la diversión.

—Como si tuviera que perseguirla siquiera para atraparla... —dice Aric con voz sombría.

Un escalofrío desciende por mi columna.

Reeve entrecierra los ojos, pero hay un brillo burlón en ellos.

—Basta ya de dobles sentidos, imbéciles. Salgan de mi casa y bajen a la playa. El sol se está poniendo, hay música, comida y un montón de gente más que tampoco se decide entre querer matarse o cogerse.

Siento que se me calienta todo el cuerpo.

—¿Por qué elegir? —le pregunto a Aric.

—No podría estar más de acuerdo —dice él, inclinándose hacia mí, y sus ojos se desvían hasta mi boca. Se lame los labios. ¿Es una advertencia o una promesa? Un escalofrío desciende por mi espalda.

Reeve alterna la mirada entre nosotros y suelta un improperio.

—Tú. Al baño. Vete de una puta vez.

—Cierto. —Asiento con la cabeza—. Sí.

Iba a tratar de llevarme a Aric para poner en marcha nuestro plan para la fiesta. Mis ojos se desvían hasta los suyos, pero él sigue mirando a su hermano, que ya se está distrayendo con una alumna de primer curso que entró en la cocina buscando el barril de cerveza.

—¡Reeve! —suena la voz de Ziva desde el exterior—. ¡Sal de aquí ahora mismo! ¡Tienes una serpiente de mascota!

Reeve palidece; se olvidó ya de la alumna de primero.

—¡Dejen en paz a Jory! No le gusta la gente ruidosa y muerde, ¡es rescatada!

Y, entonces, sale corriendo para salvar a su serpiente, dejándonos a Aric y a mí riéndonos en voz alta por la ridiculez de su hermano.

Y entonces me doy cuenta de que así es como debería ser todo.

Esta realidad, aquí mismo.

Riendo. Disfrutando de la vida.

Decido que, por breve que sea, voy a hacer eso, disfrutar de este momento, porque ¿quién sabe cuándo voy a volver a tener algo parecido a esto?

Me doy la vuelta y me alejo en la dirección que me indicó Reeve. Unas pisadas firmes me siguen, haciéndome sonreír. Ahora ya conozco los pasos de Aric. Esto no es bueno. No puedo dejar que haya sentimientos. *No pienso hacerlo.*

Pero ya lo hice.

¡Carajo! Desde esa conversación sincera junto al lago, las cosas parecen diferentes, sin importar cuántas veces trate de alejarlo de mí o de trazar una línea que no debemos cruzar.

Entonces ¿podría ser el destino? ¿Nuestro viaje? ¿Que el Mjölnir me llame a través de él? ¿O es que se trata de algo más? ¿Qué está causando este cambio en mí hacia él?

Simplemente tendré que añadir estas cuestiones a la lista de preguntas para las que probablemente jamás encontraré respuesta.

—Es esa puerta —dice Aric desde detrás de mí.

Dejo de caminar y me doy la vuelta para darle las gracias, pero me detengo. En el pasillo junto al baño hay tres cuadros.

Cuadros familiares.

—Parece que no soy la única que creció con la parte feliz de la historia —digo.

Aric resopla.

—Mi abuelo colecciona arte y estas son interpretaciones de ellos.

—La Escarcha nocturna —susurro—. Son impresionantes.

Uno muestra a una mujer preciosa con el pelo hasta los pies mirándose la mano, donde descansa un diamante azul. El siguiente es de Thor levantando su martillo hacia el cielo. Sin embargo, están solos. Separados.

La otra obra es de los dos siendo separados por Odín, con un anillo cayendo de la mano de la mujer del mismo modo que el Mjölnir cae de la de Thor. Me encojo. Así que tal vez, al final, los dos perdieron, o a lo mejor no es más que una historia de amor prohibido, traición y todas las cosas tristes en las que probablemente no debería concentrarme cuando estoy tan cerca de conseguir el martillo.

—Aunque estaría bien —susurro—. Si las historias de amor como esa fueran reales.

Aric se inclina sobre mí hasta que siento su aliento sobre mi cuello.

—Es una pena que no lo sean.

—Cierto. —Asiento con la cabeza y señalo el baño—. Bueno, probablemente deberías volver ahí para que Reeve no se enoje. Solo tendremos que guardar las apariencias hasta que podamos escaparnos de forma segura.

—No te pierdas.

Parece como si quisiera decir algo más, pero, en vez de eso, gira sobre sus talones y se aleja por el pasillo.

Cierro la puerta detrás de mí, como si una simple puerta pudiera salvarme de mí misma. Porque la verdad es que no necesito un arma mítica que me atraiga hacia Aric.

Siempre me he sentido atraída por él.

«No tienes que ser como él», le dije en la playa, antes de que nuestras manos se tocaran, el océano se congelara y todo se estropeara.

«A lo mejor no quiero ser nada más».

¿Seguirá siendo cierto eso? ¿De verdad Aric es un monstruo como mi padre? ¿Quiere serlo?

Y lo único que podía pensar yo en ese momento, lo único que puedo pensar ahora, es que Aric era igual que todos los demás. Me entregaron a él, e incluso entonces, no me quiso.

Aparto esos pensamientos de mi cabeza, mirándome a mí misma en el espejo.

—Tranquila, Rey, tú tranquila.

Salgo del baño y vuelvo a detenerme frente a los cuadros.

—Aunque la verdad es que estaría bien —repito para mí misma—. Si las historias de amor como esa fueran reales.

Capítulo sesenta y uno

REY

Cuando bajo hasta el lago, todos están participando en un gran juego de lanzar pelotas a vasos de cerveza, lo que me distrae de mi habitual miedo al agua abierta. Me río cuando me doy cuenta de que Reeve formó equipo con Eira, y después me quedo pasmada al ver que sus oponentes son nada menos que Aric y Rowen.

Hace días, habría utilizado esto como una oportunidad para investigar el campamento enemigo sin supervisión, pero hace días no tenía a un cómplice para mis crímenes. Me estoy dando cuenta de que tal vez no me gusta trabajar sola tanto como pensaba; además, está bien tener a alguien de tu parte por una vez, por muy breve que pueda llegar a ser.

—Alianzas inesperadas —bromeo mientras camino furtivamente hasta Aric.

—Tan solo estoy preparando nuestra coartada, tal como decías —murmura él—. En cuanto les dé una paliza, nos iremos a conseguir esa runa.

—¡Reyyyyyy! —me llama Eira, arrastrando la palabra—. ¡Ven a jugar conmigoooooo!

Por los dioses. Parece que ha estado perdiendo.

—¿Te importa entrar como suplente? —me pide Reeve—. No te preocupes, Stjerne. Las cosas no son lo que parecen. Puede que yo parezca perezoso a veces, pero no pierdo jamás.

Clava los ojos en los míos como retándome a llevarle la contraria. Entonces, sin ningún esfuerzo, lanza la pelota. Un arco perfecto. Una caída perfecta. Justo en el vaso.

Muy bien. Que empiece el juego.

Tardo unos cuantos lanzamientos en darme cuenta de que en realidad esto es… divertido. Rowen y Aric forman un equipo perturbadoramente bueno. Reeve y yo los insultamos de todas las formas posibles hasta que llegamos al último vaso. Le toca a él.

—¡Concéntrate! —Le doy un golpe en el pecho—. ¡No decepciones al equipo!

Él se frota el pecho como si le hubiera hecho daño de verdad.

—¡Deja de pegarme y lo haré!

Entonces, se da la vuelta, lanza la pelota descuidadamente por encima de su cabeza… y esta aterriza con un satisfactorio «plop».

La multitud explota.

—¡Victoria! —exclama Reeve. Y tengo que admitir que me siento bastante bien mientras nos chocamos los cinco.

—Bien jugado —murmuro mientras le doy la mano a Aric. De un momento a otro, podremos escaparnos a escondidas mientras el siguiente juego atrae al público.

Pero Reeve parece tener otros planes. Le brillan los ojos mientras levanta las manos, pidiendo atención.

—¡Antes de que continuemos! —La gente comienza a parlotear a nuestro alrededor—. Llegó la hora de honrar una antigua tradición de Endir. ¡El yelmo!

Un cántico recorre la multitud hasta convertirse en un rugido perturbador. La ligereza que había burbujeado dentro de mi pecho durante el juego desapareció.

¡El yelmo!

¡El yelmo!

¡El yelmo!

Entonces emergen de la casa con él: un yelmo gigantesco y ennegrecido. Hacen falta dos personas para llevarlo; ¿cuánto pesa esta cosa? Tiene franjas de pintura azul y cicatrices de guerra; está abollado como si hubiera visto múltiples batallas y hubiera vivido para contarlo. Ese cacharro irradia la sensación de que algo va mal. Cuanto más se acerca, más tensión siento en el pecho, hasta que me duele respirar.

El aire está permeado por el olor del incienso y la sangre completamente mezclados. El timbre retumbante de la voz de Aric suena desde su posición junto a Rowen. No puedo descifrar lo que está diciendo, pero siento cada palabra como un martillo contra mi pecho.

No, un martillo no.

Un tambor.

Un grito de guerra.

Reeve lo levanta muy alto en el aire y su voz resuena como un sacerdote en alguna ceremonia antigua.

—Todos los nuevos estudiantes honran a los dioses y gigantes caídos. Esta noche, le damos la bienvenida a Rey Stjerne para que haga los honores bebiendo del yelmo de Ymir. —Se inclina hacia abajo y niega con la cabeza—. No te preocupes…, en realidad no es el yelmo de Ymir. Tan solo es una reliquia que desenterraron en Asia hace unos cuantos cientos de años. El tipo debía de haber sido enorme, pero vamos a seguir con nuestras tradiciones de Endir.

Levanta los brazos frente a la multitud una vez más mientras yo sufro una crisis interna solo por oírlo pronunciar el nombre de Ymir. Sigurd lo empalaría con su espada antes de permitir que unos universitarios borrachos bebieran de su yelmo.

—¡Que se oiga!

Vítores. Pisotones. El suelo vibra bajo mis pies.

Mi risa es demasiado aguda.

—A mí esto me suena a novatada.

—No —dice Reeve con voz melosa; la luz del fuego se refleja en sus ojos mientras grita—. Es la tradición de Endir.

De repente, siento a Aric detrás de mí.

—No es más que otra onda ancestral de Sigurd. Puedes sumarla a la lista.

Le doy un codazo.

—Lo desenterraron en Asia, ¿eh? ¿Seguro que esa cosa es higiénica?

Él se ríe y el sonido me rodea como un abrazo cálido que no me merezco. Es sincero. Que los dioses me ayuden, es hermoso.

Ese pelo oscuro que cae en ondas irregulares, esos ojos caoba que chispean incluso entre las sombras, esa mandíbula fuerte y tozuda que refleja el brillo de las luces del patio… Es todo bordes afilados y perfección imposible, tallado en algo demasiado antiguo y demasiado peligroso para tener un lugar aquí siquiera, para poder permanecer oculto o contenido alguna vez.

La multitud me empuja hacia delante, sacándome de mi entumecimiento. Mis manos se cierran sobre los bordes fríos del yelmo y una tristeza me golpea el pecho con tanta fuerza que me tambaleo. Justicia. Rabia. Pérdida. Está gritando. ¿Es que no pueden oírlo?

Aric se inclina hacia mí y susurra con calidez contra mi oído:

—Skål, pequeña valquiria.

«Salud». Significa «salud».

Los escalofríos descienden por mi espalda.

Quiero que su boca se quede ahí tan solo un poquito más.

Por desgracia, se aleja de mí. Me doy la vuelta y miro dentro del yelmo. El líquido que contiene apesta a alcohol fuerte; hidromiel, whisky y algo metálico y dulce como el cobre. ¿Sangre? Siento náuseas ante esa idea, pero la multitud está coreando, y me doy cuenta de que al menos esto me ofrece la oportunidad de volver a entrar en la casa y encontrar la runa.

De modo que le doy un sorbo. La mezcla me quema la garganta y se me derrama por la barbilla. El peso del yelmo me hace arquear los brazos, como si quisiera aplastarme hasta dejarme de rodillas. Por los dioses, vaya simbolismo sería eso.

Los vítores aumentan de intensidad. Aric me estabiliza con una mano sobre mi espalda, enviando pequeñas chispas a través de mi cuerpo que deberían ser frías, pero en vez de eso tan solo avivan más el calor. Casi se me doblan las rodillas por el contacto con él. Sus ojos se clavan en mi boca, su lengua recorre su labio inferior como si se estuviera imaginando que es el mío. A lo mejor no sobrevivo a él esta noche.

La multitud se vuelve todavía más ruidosa, coreando ahora su nombre. Aric gruñe, pero levanta el yelmo con una mano. Le da un sorbo y hace una mueca, como si estuviera bebiendo cristal fundido.

—Delicioso —murmura, secándose la boca—. Salido directamente de la mejor colección de horrores de Sigurd.

Un buen toque.

—Hablando del tema —susurro para que solo él pueda oírlo. Y entonces, más alto, añado—: No me siento muy bien. Por mezclar bebidas y todo eso. Creo que necesito entrar en la casa.

Solo por si acaso, empujo apenas lo suficiente con mi Aura para que la multitud pase de forma colectiva a cosas más interesantes.

Y nadie parece darse cuenta siquiera mientras volvemos a entrar en la casa.

Sin embargo, una vez dentro, Aric se detiene en la sala de estar.

—Oye. Ven aquí —murmura.

Entonces nos sentamos, él en una silla y yo sobre su regazo. Sus manos rodean mis caderas y aprietan con fuerza; la escarcha florece bajo sus dedos. Se me escapa la respiración con un jadeo y él suelta un gruñido grave y gutural.

—Espera —le digo—. ¿Qué pasa con la runa?

—La puta runa puede esperar. Esto no.

Me sostiene con más firmeza contra él y sus ojos se oscurecen mientras vuelve a gruñir, un sonido grave en su garganta. No sabría decir si se trata de una advertencia o de una promesa. Una parte de mí espera que sean ambas cosas. Los sonidos de la fiesta se disuelven por completo, el ruido, la música, las risas. Nada de eso tiene ningún sentido. Lo único que asimilo es el agarre de hierro de sus manos, el calor abrasador de su cuerpo bajo el mío, y el hambre inconfundible en sus ojos mientras me recorren la boca como si ya estuviera saboreándome en la mente, una y otra vez.

Siento un revoloteo en el pecho, y contengo la necesidad de retorcerme mientras sus manos se aflojan, con sus dedos moviéndose lenta y deliberadamente desde mis caderas sobre la piel desnuda bajo mi camisa, deslizándose por encima de mis costillas, hasta detenerse justo debajo de mis pechos de una forma que me hace enloquecer. Con el corazón latiendo con fuerza, contengo el aliento mientras él se inclina hacia mí, exhalando escarcha sobre mi pecho mientras su otra mano serpentea alrededor de mi cuello para hundir los dedos en mi pelo.

—Dime que no debería tomarte aquí. Ahora mismo.

Su petición hace que me invada una ráfaga de emoción.

—¿Donde cualquiera podría entrar y vernos? —lo provoco sin aliento—. ¿Incluido tu hermano?

—Que se joda Reeve. Te haré mía delante de todo el mundo.

No puede estar diciéndolo en serio. Pero es embriagador. Pensar que me elegiría a mí por encima de todo lo demás me resulta increíblemente tentador.

Con una sonrisa que dice «rétame», me acaricia con el pulgar en un arco perezoso por encima del pecho, muy cerca del pezón, y contengo un gruñido de frustración.

Le echo un vistazo a la puerta. Si alguien nos viera, la noticia, sin duda, llegaría hasta Sigurd y Odín.

—¿Deberíamos parar? —susurro.

Su mano se tensa sobre el pelo de mi nuca.

—No pienses en ello siquiera. Estoy harto de preocuparme por lo que piensen los demás. Estoy harto de enfrentarme a esto…

—¿Qué?

—Enfrentarme a lo que siento por ti.

Nuestras frentes se tocan.

—Es agotador —digo.

—Estoy de acuerdo —admite—. Y ahora, por favor..., ¿puedo destrozarte tal como tú me has estado destrozando a mí cada noche que te subes a mi cama y te aferras a mí como si yo fuera lo único en el mundo que hace latir tu corazón?

La distancia entre nosotros es como un único aliento mientras mis labios rozan los suyos.

—¿Eso es un sí? —pregunta, y me muerde el labio inferior—. ¿Hum?

El sonido vibra ligeramente contra mi boca, pero me siento como si estuviera palpitando a través de mi cuerpo. Apenas soy capaz de pensar con claridad.

—No. —Casi no puedo hablar—. Para.

—¿Que pare o que no pare? Ya tomé la decisión, Rey. Y voy a reclamar lo que me pertenece. Última oportunidad...

En esta ocasión, la yema cálida de su pulgar acaricia mi sostén de encaje por encima del pezón dolorido. Ni siquiera trato de contener el gruñido.

—Sí.

Su boca impacta contra la mía y lo es todo. *Todo.*

—Sabes tan bien —consigo suspirar entre besos abrasadores.

—Pues entonces aliméntate bien, porque, cuando termines, te voy devorar de la cabeza a los putos pies.

Lo único que veo es a él. Un rey. Una deidad.

Me voy a alimentar, sí. Lamo mis labios y le sonrío.

—¿Crees que podrás soportar los efectos colaterales?

—Estoy deseando sentirlos.

Niego con la cabeza y susurro:

—Solo un gigante diría eso.

Sus manos se deslizan por mi cuerpo hacia abajo, hasta terminar sobre mi trasero.

—No. Di mi nombre.

—Aric.

Sonrío.

—Y nunca lo olvides.

Capítulo sesenta y dos

ARIC

Estoy embriagado pero no borracho, al menos, no de alcohol. Y eso suena estúpido incluso dentro de mi propia cabeza, pero Rey está sentada sobre mi regazo. Pegada a mí. No puedo acercarla lo suficiente a mí.

—A la habitación. Ahora —dice.

—El alcohol… —digo, pero me pone un dedo en los labios.

—Estoy completamente sobria —me asegura—. Reeve se lo bebió prácticamente todo en el juego.

Oigo el suave rugido de la música, la gente riéndose, un nuevo juego de meter pelotas en la cerveza mientras la conduzco por el pasillo y subimos las escaleras hasta la parte posterior de la casa.

—¿Esta es tu habitación? —pregunta cuando llegamos.

Frunzo el ceño y miro a mi alrededor.

—¿Cómo te diste cuenta?

—¿La cama enorme y el hecho de que literalmente no hay absolutamente nada aquí dentro? Ni decoración, ni fotos. Casi como si te diera miedo asentarte.

Me trago el nudo de mi garganta.

—No es que no quiera asentarme. —Con lentitud, la hago entrar en mi habitación y cierro la puerta detrás de mí—. Es que destruyo todo lo que tengo, o, al menos, durante un tiempo parecía que así era. Desde el rayo y las tormentas, hasta la escarcha y... mis padres. Todo a mi alrededor acaba muriendo. ¿No es eso lo que hace el hielo? ¿El frío amargo? ¿Arrebatar la vida?

Ella se encoge de hombros y se acerca más a la cama, llevándome de la mano.

—Algunos podrían decir que en realidad da la vida. Los médicos utilizan frío extremo todo el tiempo para ralentizar los corazones de la gente para que puedan sanar. Literalmente los congelan para frenar la muerte. Así que a lo mejor tú das vida, no la tomas.

Asiento con la cabeza.

—¿Y qué es lo que crees *tú*, hija de Odín?

—Creo en la vida. Creo en ti. —Se pone de puntitas y, bajo el manto de oscuridad y un rayo de luz de la luna, mi enemiga me besa con suavidad.

Con una caricia, ya no me siento como un monstruo esperando a que lo liberen. Me siento como un hombre. Como yo mismo. La rodeo con los brazos y profundizo el beso. Ya no hay vuelta atrás.

Y no quiero volver atrás.

Sus manos se deslizan por debajo de la camiseta, la levantan y me la sacan por encima de la cabeza. Nuestros ojos se encuentran, los suyos ardientes, y los míos..., por los dioses, seguro que los míos ya están descontrolados. La tomo en brazos y nos hago retroceder hasta que su piel desnuda choca contra la madera del marco de mi cama.

Ella se desliza hacia abajo por mi cuerpo y jala mis jeans. Echo la cabeza atrás mientras su calor abrasa mi cuerpo. Mis manos quieren llegar a todas partes: su pelo, su garganta, agarrándole el trasero como si no fuera a soltarla jamás.

Esto es perfecto.

Nosotros.

Juntos.

Mi corazón palpita con una hambrienta cadencia, pidiendo más. El propio mundo vibra a su ritmo, como si la tormenta que crece en el exterior fuera un eco de mí.

Sus manos se enredan en mi pelo y jalan lo bastante fuerte para que duela, y yo suelto un gruñido.

—Dijiste que era para jalar de él —murmura contra mis labios.

Echa la cabeza atrás y la risa se derrama como la luz del sol, y yo le beso la garganta, bebo de ella, memorizando el sonido.

Mis labios dejan una fina capa de escarcha por dondequiera que tocan, como si mi cuerpo estuviera marcándola, reclamándola, no con cadenas ni fuerza, sino con todo lo que soy. Con el monstruo que ella jura que puede darle vida.

Con la elección que nunca pensé que tenía.

No elijo la muerte.

Ni siquiera elijo la vida.

La elijo a ella.

Rey se estremece contra mí, parpadeando mientras los cristales de hielo brillan y flotan por el aire, atrapados entre nuestra respiración. Un trueno ruge en la distancia. Sé que soy yo; mis emociones están partiendo el cielo, pero no me importa. Que el mundo lo escuche. Que lo sepan.

Nuestras bocas vuelven a impactar, frenéticas y desesperadas, una batalla que ninguno de los dos quiere ganar. Ella hace que me ponga boca arriba y se sienta a horcajadas sobre mí como si hubiera esperado varias vidas para esto. Su sostén sale volando.

Acerco la mano a ella y hablo con voz ronca y áspera.

—Eres preciosa.

Sello su boca con la mía, quitándole el resto de la ropa con demasiada urgencia hasta que ya no es nada más que fuego y hielo, rayos y truenos. Su calor. Mi frío. Nuestra piel impactando de la única forma que debería hacerlo siempre: sin barreras, sin vacilación.

Se arquea sobre mí y no puedo dejar de tocarla; los muslos, las caderas, la curva de su cintura, la protuberancia de su pecho bajo mi palma. Cada parte de ella me suplica que la memorice. Cada estremecimiento de su cuerpo aviva la tormenta que ruge a través de mis venas, suplicando para que la libere.

—Aric…

Mi nombre cae de sus labios como una súplica y una oración, y no sé si llegaré a recuperarme alguna vez de ese sonido.

Nos movemos juntos, despacio al principio, aprendiéndonos el uno al otro, probando los límites de la contención. Sus labios se abren bajo los míos, sus manos se hunden en mi pelo, jalando de mí para acercarme más, para profundizar más. El hielo dentro de mí se agrieta y se derrite con cada suspiro que suelta.

A lo mejor estuve destinado a romperme por ella desde el principio.

Suena un trueno que hace que se agiten las ventanas, como si el propio mundo supiera lo que está ocurriendo.

Nos hago dar la vuelta para sujetarla debajo de mí con mi frente contra la suya mientras alcanzo un preservativo y me lo pongo.

—Esto es perfecto —susurro, porque me parece la verdad—. Nosotros.

Su respuesta es un beso tan sediento, tan afirmante, que podría hacerme pedazos en este mismo momento.

Y entonces Rey contiene la respiración mientras me deslizo dentro de ella, y todo lo demás cesa: nada de runas, nada de dioses, nada de traiciones.

El mundo podría arder, pero yo seguiría escogiendo esto.

Seguiría escogiéndola a ella.

Rey se mueve conmigo, como si el ritmo de la tormenta nos perteneciera solo a nosotros. Cada beso que grabo bajando por su garganta recibe como respuesta un estremecimiento y un grito ahogado; su cuerpo se tensa alrededor de mí y los truenos del exterior vacilan como si ni siquiera la tormenta fuera capaz de seguirnos el ritmo. Me araña la espalda, haciendo bajar las uñas a cada lado de las runas. Con un gemido, me hundo más en ella, perdiéndome a mí mismo en el ritmo, sintiendo cómo su cuerpo se tensa cada vez más, cómo sus brazos y sus piernas me rodean con más fuerza.

Cuando ocurre, cuando los dos estallamos al fin, no es solo una liberación. Es aniquilación. La casa tiembla. Las luces explotan. Fuera, la música se apaga en mitad de una melodía. El mundo entero se queda a oscuras debido a nosotros y las intensas sensaciones que sacuden todo mi cuerpo.

Debido a nuestro vínculo.

—Esto… no es normal —dice Rey con una risa sin aliento, destrozada y hermosa.

—No. —Suelto un suspiro, retirándole el pelo húmedo hacia atrás, y le doy un beso perezoso en la sien—. A lo mejor la próxima vez podríamos empezar con las luces apagadas.

Su risa burbujea de nuevo, más suave en esta ocasión, mientras me rodea con los brazos.

—Sí. Bien pensado.

Pero los truenos siguen haciendo temblar las paredes. Suenan demasiado fuertes. Demasiado constantes. Y lo sé; no puedo controlarlo. También comienzo a oír voces, muchas voces, que llegan desde el piso inferior. Está claro que la tormenta hizo que la fiesta continúe dentro de la casa.

—¿El baño? —me pregunta Rey al fin.

Señalo la puerta con un gesto de la cabeza.

—Por ahí. Está conectado a mi sala de juegos, donde guardo todas las cosas bonitas.

—Friki.

Se levanta de la cama y se pone una sudadera, y entonces suelta una risita cuando choca contra la pared antes de encontrar el interruptor. La luz se derrama desde la sala de juegos, cálida y amarilla contra la oscuridad.

Los minutos transcurren, pero no regresa.

—¿Rey? —la llamo.

Se me tensa el pecho cuando sigo sin oír su voz. Salgo de la cama con esfuerzo, todavía en carne viva, todavía desmantelado, y entonces me pongo unos bóxers y camino hacia el baño.

Me quedo paralizado.

En un rincón de mi sala de juegos, justo al lado de mi librero de mangas, como si ese siempre hubiera sido su puto sitio, como si yo mismo la hubiera puesto allí..., está la vaca. Audhumla. La vaca cósmica, la enfermera de Ymir, tallada en piedra y con sus ridículos cuernos reluciendo bajo la luz.

—¿Qué carajos...? —Se me cierra la garganta—. Se supone que esto debería estar en su oficina. Yo no la traje aquí.

Es muy fea y me da muy mala vibra.

Rey está apoyada contra la pared más alejada, con los brazos cruzados.

—Pero, sin duda, tiene que ser eso, ¿verdad? ¿Quién la habría traído hasta aquí? Parece demasiado fácil.

—Tienes razón —admito—. Pero un regalo siempre es bien recibido. Tenemos lo que vinimos a buscar.

Ella no me mira. Pero su cuerpo entero está tenso. Entonces, de repente, acerca una mano a mí.

—Muérdeme.

—¿Qué?

El estómago me da un vuelco.

—Que me muerdas, gigante. Lo digo de forma literal. Ahora mismo no podemos ir a buscar un cuchillo de cocina precisamente, con todo el mundo dentro de la casa.

Por los dioses. Es como si la propia orden se entrelazara con mi sangre. Sé que es por necesidad, pero aun así… En el segundo en que su muñeca me roza los labios, estoy perdido. Mis dientes se hunden profundamente. Su sangre inunda mi boca; viva, abrasadora, embriagadora. El monstruo dentro de mí se despierta con un rugido, lanzando zarpazos en busca de más, hambriento de libertad.

Ella no se inmuta. No rompe el contacto visual. Aparta la mano y la pega contra la runa de Audhumla. Su sangre.

Quiero parar, pero es como si lo que sea que haya despertado no fuera a dejarse contener. En un instante, me abro la palma con los dientes y la pego contra la runa.

Othala se enciende.

El ardor atraviesa mi cuerpo, abrasando mi columna vertebral, pero en esta ocasión no es solo fuego.

El mundo desaparece en un parpadeo. Mi visión se vuelve negra.

Y entonces…

Estoy aquí.

En el principio.

—Padre Odín —susurra la voz en mi oído.

Otro campo de batalla, el martillo volando a través de un puente y hacia un puño gigantesco. Un hombre más grande que la gente que está amontonada a su alrededor, rezando.

Se encuentran cubiertos de escarcha y están gimoteando, llorando sus pérdidas, gritando para que el martillo los vengue.

En el momento en que el arma toca su mano, cinco de ellos mueren junto a él, como un sacrificio. Tiene la cara borrosa, pero se da la vuelta y de pronto se encuentra dentro de la arcada de basalto, como si hubiera venido a través de un portal.

—Lo siento. Lo siento mucho. Tenía que hacerlo.

Varios otros aparecen junto a él. Un niño pequeño y unas cuantas personas con ropajes extraños, espadas y flechas atadas a sus espaldas. Todo el mundo está cubierto de sangre.

—Tú fuerzas su mano, su voluntad —resuella una voz desde un cuerpo roto, ensangrentado y medio quemado en el suelo—. El Padre Odín tendrá este reino y a todos los que viven en él.

—Su reinado —el enorme gigante levanta la mano— ha terminado.

Capítulo sesenta y tres

Rey

Los ojos de Aric emiten un resplandor blanco, un blanco puro y cegador, y entonces se cae. El sonido desgarrador que sale de su pecho no es humano. Es un rugido, profundo y gutural, y hace temblar las paredes mientras él se derrumba sobre sus rodillas.

—¡Aric!

Me acerco entre tropiezos justo cuando la sangre —no roja, sino de un plateado brillante— comienza a correr en riachuelos por su espalda. Sigue la curva de su columna vertebral y se acumula en la marca reciente que está ardiendo en su piel. Othala, la runa de la herencia. Se me cierra la garganta. Se está tallando en él.

Él se sujeta con las manos, subiendo y bajando los hombros, arañando los tablones del suelo como si estuviera conteniendo algo enorme, algo ancestral. Su respiración se escarcha en el aire entre nosotros; unas nubes blancas se derraman con cada exhalación entrecortada.

—Aric, oye. Mírame.

Se me rompe la voz, pero él tiene los ojos fijos en otro lugar; no puede verme, no ve nada más que la tormenta que desgarra su cuerpo.

Me pongo de rodillas junto a él y le rodeo el torso con los brazos. El hielo que se desliza por su piel me quema la mía, pero lo obligo a ponerse recto, medio arrastrándolo, medio llevándolo hasta la cama. Él se desploma sobre ella, con el pecho todavía hinchándose en sacudidas frenéticas.

Sus labios se mueven. Muy poco. Un balbuceo, sílabas rotas que se arrastran y se juntan.

—Escarcha...

Me inclino para acercarme más a él y mi pelo cae a nuestro alrededor como una cortina.

—Padre Odín... escarcha...

Se me retuerce el estómago. No está soñando; está recordando. Por los dioses, ¿qué está viendo?

Se está estremeciendo, así que cubro su cuerpo con la cobija y me alejo, con las manos temblorosas mientras recojo mi ropa del suelo. Me pongo cada prenda de forma mecánica, como si estuviera vistiendo a otra persona, como si este momento no fuera real.

Cuando vuelvo a mirarlo, no se ha despertado. Todavía está atrapado en lo que quiera que sea esta visión que se apoderó de él, y la sangre plateada se seca como pintura de guerra a lo largo de su piel.

Sin saber muy bien qué hacer, comienzo a alejarme poco a poco de la cama. La mano de Aric sale disparada y atrapa la mía. Me acaricia la muñeca con el pulgar, enfriando —y curando— mi piel.

—Cansado —grazna desde la cama.

—Deberías descansar.

—Pero la noche iba a terminar muy bien, contigo desnuda.

Me río a pesar de lo preocupada que estoy. Pero no me marcho de su habitación. Me quedo junto a su cama.

—Sería fácil si no me gustaras —admito, como si lo que acaba de ocurrir entre nosotros no fuera algo capaz de destruir la tierra y cambiar el mundo. Puedo sentirlo a él a mi alrededor, como si yo ya no existiera por mi cuenta.

—La vida rara vez es fácil y el sexo lo complica todo... hasta el sexo muy *muy* bueno, con hielo y escarcha y estremecimientos...

Le cubro la boca con una mano.

—Para, o acabarás teniendo un orgasmo sin mí.

Él junta mi mano con la suya.

—Imposible. Aquí no se deja a nadie atrás.

Vuelvo a reír. Él abre un ojo y levanta la cobija para que me acueste a su lado.

No lo pienso.

Aric retira la cobija todavía más y me acurruco contra el calor dorado de su piel, el cuerpo de un gigante tallado de la tormenta y la sombra. Trago saliva.

—No soy un trozo de carne, Rey. —Su boca se curva en una sonrisa perezosa—. Los gigantes también tienen sentimientos.

Me arden las mejillas.

Por supuesto, él se da cuenta.

—Vaya —murmura, recorriendo mi mandíbula con los nudillos—. Se pone roja. Qué bonito. ¿Dónde más te pones roja?

Antes de que pueda responder, su mano se desliza más abajo, cubre mi pecho, y después sigue bajando por mi estómago en un camino lento y deliberado que hace que se me entrecorte el pulso.

Ahogo un grito cuando me da la vuelta para dejarme boca arriba.

—Pensaba que estabas cansado —susurro.

«Cállate, Rey», pienso. Ahora no es el momento de recordarle que está cansado.

—Ya recuperé energías. —Extiende las palmas sobre mis caderas, sujetándome—. No me digas cómo debería sentirme. Ahora tengo hambre.

El significado de sus palabras me golpea en el momento en que su cabeza desaparece entre las sábanas. Un beso provocador. Después, el fresco roce de su aliento entre mis piernas.

Sus manos me sujetan los muslos.

—Ponte roja —susurra, y el aire helado abanica el calor justo donde más lo necesito. Mi cuerpo se arquea para responderle.

—Todavía estoy preocupada por ti —jadeo. Pero los dos sabemos que eso no es cierto.

—Bien. —Su risa es oscura, diabólica—. Eso hará que tenga más ganas de oírte gritar mi nombre.

El resto de sus palabras se pierden cuando su lengua me toca, fría y devastadora; cada caricia me desarma todavía más.

—Por los dioses… —digo con voz estrangulada.

Él se ríe contra mi piel; la vibración me destroza.

—¿No te has enterado? Los dioses están durmiendo. No van a oírte. —Su voz es una promesa, hambrienta y segura—. Tendrás que conformarte conmigo.

Casi me río, pero el sonido se convierte en un jadeo.

—No querría estar en ningún otro lugar.

Él levanta la cabeza apenas lo suficiente como para que sus ojos oscuros me atraviesen, agudos e intensos.

—Lo mismo digo.

Y entonces vuelvo a perderme otra vez; me pierdo en su forma de saborearme, de reclamarme, de hacer que me olvide de los héroes y los cuentos de hadas. ¿Quién necesita a un salvador a lomos de un caballo blanco cuando la propia tormenta está en tu cama?

Aferro las sábanas entre mis puños mientras pierdo el control. Son rayos. Caos. Ruina. Veo las estrellas y, en este momento, lo sé: si esto es lo que es el amor, entonces no me importa enamorarme del monstruo. Incluso aunque todavía no se haya desatado por completo.

Tengo grandes esperanzas.

Desliza su cuerpo hacia arriba contra el mío y me mira, con la boca hinchada y sus ojos volviéndose blancos.

—¿Qué pasó con lo de no dejar a nadie atrás? —susurro.

Él sonríe.

Entonces, lo hago acostarse boca arriba y me hundo encima de él.

Capítulo sesenta y cuatro

ARIC

A la mañana siguiente, después de una noche de sábanas arrugadas y de dormir muy poco —en el buen sentido, para variar—, hago la pregunta que me ha estado quemando.

—Sé que yo no lo hice —susurro—. Pero, entonces ¿quién movió la estatua?

Ella parece sumida en pensamientos profundos.

—¿Rowen? ¿Uno de los secuaces de mi padre? Pudo ser quienquiera que nos viera en el roble, desbloqueando la runa número tres.

—Eso tendría sentido. Ya que sabían específicamente qué runa colocar en mi sala de juegos.

Rey asiente con la cabeza, reconociendo en silencio que ninguno de los dos tenemos ni idea.

—Tan solo tendremos que tener más cuidado. —La miro, con el pelo revuelto y los labios hinchados de mis besos, y el corazón se me tensa—. Sobre todo tú tendrás que tener cuidado, permanecer a salvo.

—Esto es un trabajo en equipo.

No puedo evitar mostrarle una sonrisita.

—¿Esto es todo lo que hacía falta para que te pasaras al Equipo Gigante?

—¿Ya estamos otra vez con esa onda de los equipos? —Deja descansar la cabeza sobre mi pecho—. Puede ser.

—Hablando de trabajo en equipo... —Noto que se mueve contra mí—. Apuesto a que tú ya sabes dónde está la última runa. ¿Quieres contármelo?

Rey suspira.

—Sí lo sé. Pero es un lugar demasiado público. Completamente abierto. Estoy... En fin, tengo...

—Miedo —termino por ella—. Te da miedo que, cuando yo haya despertado por completo, pueda ponerme en plan loco y destrozar Endir, Everett y a todas las personas que haya allí.

—O a lo mejor solo un edificio o dos —admite, y puedo oír que está sonriendo—. Tenemos que encontrar un momento en el que no haya gente por ahí. Y no es demasiado fácil durante la orientación.

El corazón me da un vuelco mientras pienso.

—En realidad, la orientación es el momento perfecto. Todo el mundo va a estar en el mismo sitio esta noche. Es la Cacería. El momento perfecto para hacer algo sin tener gente alrededor, porque todos estarán emborrachándose en el estadio o corriendo por el bosque, lejos del campus. Es solo que... —*Mierda*. Sigurd va a odiar esto—. Las runas estarán desactivadas —admito.

—Oh —susurra ella, y se queda en silencio—. De modo que el campus quedará desprotegido. Contra todos. Si te despertamos esta noche durante la Cacería y encontramos el Mjölnir, entonces no hay nada que le impida a mi padre llevárselo.

—Eso es —digo.

—No podemos hacerlo esta noche —declara.

—Tenemos que hacerlo esta noche —digo yo al mismo tiempo.

Ella se incorpora sobre mi pecho.

—¿Qué?

—Es que todo encaja, ¿no te parece? —pregunto—. Tú y yo. Odín y Sigurd. Dioses, gigantes, todos con jugadores parejos. Todo en equilibrio.

—¿Estás seguro? —me pregunta.

No. Pero la atraigo hacia mí, inhalo su aroma, el aire fresco y las flores silvestres aplastadas.

—Estoy seguro —susurro.

Tenso los brazos a su alrededor, rozando su frente con los labios antes de rodearla con los brazos por completo otra vez.

Su respiración se entrecorta.

—¿Te enfadarás si despiertas y vuelvo a estar en tu cama?

—No. —Pego la boca contra su cuello—. Me enfadaré si despierto y no estás.

Tenemos un día más de descanso antes de que nos toque volver a clase juntos, y me pregunto cómo estaré cerca de ella, actuando con normalidad, cuando ahora hay esto tan inmenso entre nosotros. Y un camino por delante que no podríamos evitar ni aunque lo intentáramos.

Todavía estamos en bandos opuestos y eso es algo que no podemos ignorar. Y el hecho de que alguien haya traído la cuarta runa significa que han estado siguiendo todos y cada uno de nuestros movimientos hasta ahora.

Si fue Odín, entonces uno pensaría que simplemente la llamaría por teléfono y le diría «termina ya».

Suelto un gruñido y salgo de la cama, y entonces camino hasta mi sala de juegos. La vaca sigue estando ahí. Es fea, una reliquia de un pasado que habría sido mejor dejar olvidado.

Siento a Rey antes de verla.

—La última runa —comienzo—. ¿Cuál es?

Ella aprieta los labios como si no quisiera decirlo y, entonces, susurra al fin:

—La runa de Thor. —Suelta un suspiro—. Thurisaz.

La palabra cae como una piedra en el instante en que la pronuncia, se hunde en mi estómago y simplemente se queda allí, como una maldición.

—La runa de Thor —repito—. La runa de la protección y la destrucción. Un arma y un escudo al mismo tiempo. La espina que hiere, el martillo que aplasta, la fuerza que defiende. Al menos, eso es lo que se supone que es, la razón por la que la crearon.

Siento el pecho demasiado tenso, como si estuviera preparándome para un impacto que no puedo detener. Pero ella no dice nada. Me mira como si estuviera estudiándome, a mí y a mi reacción. No sé cómo sentirme. ¿Es «decepcionado» la palabra apropiada siquiera?

Quiero desbloquear lo que soy, pero estoy empezando a preguntarme si eso me costará perder lo único que me importa en este mundo. ¿Me odiará ella cuando vea en lo que me convierto?

Rey lleva la mano a la mía y me la aprieta. Sus ojos están llenos de tanta emoción que ni siquiera tiene que pronunciar las palabras. Puedo sentirlas.

Y yo siento lo mismo.

—Prométemelo. —Me giro por completo hacia ella y me aseguro de tomarle ambas manos—. Prométeme que, sin importar lo que ocurra de aquí en adelante, todavía me mirarás tal como lo estás haciendo ahora mismo.

—¿Cómo te estoy mirando?

—Como si yo importara. Como si estuvieras de mi lado.

Sus ojos se llenan de lágrimas. Asiente con la cabeza y dice:

—Te lo prometo. Siempre te miraré así.

Es una mentira piadosa, pero hermosa.

Capítulo sesenta y cinco

REY

Me despierto con Aric abrazándome en una crisálida de protección tan ferozmente fuerte que apenas puedo moverme. ¿Cuándo volvimos a quedarnos dormidos? ¿Qué hora es? ¿Nos perdimos las clases? Pero entonces recuerdo que hoy es domingo. El estómago me da un vuelco cuando me doy cuenta de que toda esta pequeña burbuja de normalidad —los compañeros de clase, las fiestas, las risas— se terminará por completo para mí cuando llegue el lunes.

Ese pensamiento me deja un sabor amargo en la boca, uno que quiero poder lavarme.

Aric se mueve y me acerca más a él cuando trato de levantarme. De acuerdo, necesito agua.

Es tan fuerte que no puedo liberarme de sus brazos, así que trato de retorcerme entre ellos, pero como él sigue sin soltarme, opto por taparle la boca y la nariz. Él se despierta de golpe y se cae de la cama, llevándome con él en un revoltijo de miembros y sábanas.

—¡Qué carajos, Rey! —grita entre risas.

—¡Es que! ¡Necesitaba! ¡Agua! —resoplo a través de mis risitas.

—¡Pues entonces, dímelo!

Todavía nos estamos partiendo de risa cuando la puerta se abre y Reeve entra como si nada. Se queda inmóvil cuando Aric y yo lo miramos desde el suelo. Nos mira fijamente, con la expresión ilegible, aunque una cosa está clara: no parece que le haga ninguna gracia.

—Tuvimos una buena noche, ¿verdad? ¿Me engañan mis ojos o es que todavía estoy borracho?

—¡No! —gritamos Aric y yo al unísono.

Me separo de él entre tropiezos y me señalo con la mano.

—¿Ves? Estoy totalmente vestida. No pasó nada. —Levanto las manos—. ¿Pueden darme un poco de agua? ¿Y puedo subir en su coche para volver al campus?

Reeve me guiña un ojo.

—Pero ¿no te subiste ya en...?

Le enseño los dientes.

—Termina esa frase. Te reto.

Él me muestra su omnipresente sonrisa desenfadada, pero hoy no le llega a los ojos. Sigo su mirada. Aric se está poniendo la camiseta. Reeve se centra en las cuatro runas antes de volver a dirigir su atención hacia mí.

—Tienes agua en el refrigerador de abajo. Sírvete tú misma.

Frunzo el ceño. Normalmente, Reeve se dedica a empujarnos en direcciones opuestas y a tratar de inflamar el odio entre nosotros.

—¿Está todo bien? Te acabas de poner muy pálido.

—Sí. Eh, sí. —Saca su celular del bolsillo y lo sostiene en alto—. Tengo que hacer una llamada rápida. Estén listos dentro de diez minutos.

Ya empezó a alejarse.

—Te traeré agua también a ti —le digo a Aric—. Tú termina de prepararte.

Pero, cuando salgo al pasillo, veo a Reeve entrando en lo que parece una oficina. Y, antes de que la puerta se cierre detrás de él, capto un atisbo de Sigurd en el interior. Es imposible confundirlo; para empezar, es alto, incluso mucho más alto que Reeve. Y hoy no lleva su omnipresente atuendo del espíritu universitario, sino un traje completamente negro que se parece un montón a las armaduras que utilizan los directores ejecutivos de las empresas y los narcotraficantes.

Me acerco de puntitas y pego la oreja contra la puerta cerrada para poder oír las voces amortiguadas.

—Sí. —Reeve suena diferente. Enfadado—. Sí, estoy seguro. No, no sé cómo habrá ocurrido exactamente. Aunque tengo mis sospechas. En cualquier caso, tendrá que tener cuidado. Todos tendremos que tenerlo.

Sigurd maldice.

—Hemos tenido cuidado. Y confío en tu hermano. Él sabe lo que está haciendo… esta vez.

¿«Esta vez»?

—¡Está claro que no hemos tenido suficiente cuidado! —grita Reeve, seguido por el sonido de algo rompiéndose—. ¡Ya sabes lo que significa esto!

—Podemos evitarlo —dice Sigurd con calma—. Lo hemos hecho hasta el momento. Todo el mundo se cree la mentira, así que dejemos que continúen creyéndola mientras nosotros mantenemos la verdad a salvo.

—¿Qué pasa si ya no podemos seguir manteniéndola a salvo? ¿Qué pasa si no podemos mantenerlo a él a salvo? —Reeve suelta un improperio—. Sabía que esta alianza era una mala idea.

¿Alianza? Todas las células de mi cuerpo están vibrando. ¿Por el miedo? ¿La furia?

—Tú cumpliste con tu parte —continúa Sigurd—. Ahora, confía en tu hermano… Ya lo verás, todo saldrá bien.

—Tenemos que decir…

—Incluso aunque la verdad quedara expuesta para que todo el mundo pudiera verla, eso no importaría, hijo. Ya se han hecho demasiados movimientos.

Suenan unas pisadas, pero no cerca de la puerta. Alguien está paseándose por la estancia, o tal vez los dos lo están haciendo.

Entonces, dejan de hablar y veo que la manija de la puerta comienza a girar.

Bajo las escaleras corriendo, con el corazón palpitando a toda velocidad, y me apresuro a sacar una botella de agua del refrigerador y comienzo a bebérmela con tragos ansiosos.

Reeve aparece junto a mí en un instante. Su mano sale disparada para sujetarme la muñeca. Le da la vuelta y pasa el dedo por las venas de mi brazo.

Me río.

—En realidad sí sigues borracho, ¿verdad?

Pero Reeve no vino aquí para bromear. Me sujeta la muñeca más fuerte y presiona el pulgar contra ella, como si estuviera tratando de contar los latidos de mi corazón. Sin embargo, me enseñaron a calmar un corazón acelerado. Sentirá un pulso completamente normal.

Lo fulmino con la mirada.

—Si estás tratando de sobarme, no te lo recomiendo. Aric podría arrancarte el brazo del cuerpo.

—Para —dice con un susurro bajo—. Hasta ahora, no me había preocupado. Ignoré las señales porque él te ignoraba a ti. —Me suelta la mano e inclina mi barbilla hacia él—. Hay enemigos en todas partes, Rey. Espero que no lo hayas olvidado. Nosotros no tenemos nada en contra de un pequeño derramamiento de sangre y estoy convencido de que tú tampoco.

—Entonces… —Cruzo los brazos—. Esa actitud risueña y despreocupada que tienes, ¿tan solo estás fingiendo?

—No. —Su sonrisa se extiende ampliamente—. Nací para ser cualquier cosa que necesitara ser para quienquiera que lo necesitara en ese momento. —Chasquea los dedos—. Eso hace que la gente sea mucho más fácil de manipular. Algo que tú sabes demasiado bien, ¿verdad?

—¿Esta es la parte en la que quieres que te cuente lo que sé? —le pregunto.

Él suelta un resoplido de risa.

—Incluso siendo una hija de Odín, sigues sin saber nada, créeme. Si lo hicieras, no dormirías tan tranquila por las noches junto a Aric. Ahora, ve a buscarlo. Estoy seguro de que te estará esperando. Y ten cuidadito.

«Una hija de Odín». Mi pulso palpita en mis oídos. Reeve está despierto; tal vez más despierto que su hermano. ¿Por qué Aric no me lo ha dicho?

—¿Es una amenaza?

—Una promesa.

—Al menos, eres sincero.

Él me toma la barbilla entre el pulgar y el índice.

—Si se te ocurre mostrar siquiera alguna intención maligna hacia mi hermano, te romperé el cuello yo mismo, y créeme cuando te digo que no sentiré ningún remordimiento.

Me río, pero suena hueco en mis oídos.

—¿Te crees que soy tan fácil de matar?

Él me empuja ligeramente.

—Por supuesto. Por cierto, ¿cómo está la familia? ¿Laufey todavía tiene su jardín?

Por primera vez, siento auténtico miedo junto a Reeve, ardiente y agudo en mi pecho.

—¡Déjala fuera de esto!

¿Qué carajos sabe?

Él da un paso hacia mí justo cuando Aric dobla la esquina. Está agarrando a Reeve por el cuello antes de que el tipo pueda tratar de defenderse siquiera.

Genial. Espero que sangre.

—Si la tocas, te romperé los dedos uno por uno. —El hielo descendió por completo sobre la cocina como una neblina; el aliento de Aric sale en forma de volutas—. Pídele perdón.

Los ojos verdes de Reeve parecen salvajes mientras dice con voz estrangulada:

—Vas a tener que soltarme primero, hermano.

Aric lo empuja contra el refrigerador, haciendo que este se tambalee. El sonido de las cosas cayendo en su interior es como una bomba estallando en la cocina.

Reeve se cruje el cuello.

—La ves desnuda una vez y de repente estás...

Aric se abalanza contra él, y esta vez le estampa el puño en la nariz con tanta fuerza que oigo cómo se rompen los huesos.

Hago una mueca. *Mierda.*

—¡Carajo! —Reeve está en el suelo, retorciéndose—. ¡Ya sabes que yo no me curo tan deprisa, pedazo de imbécil! —Suelta un gruñido y se pone de pie—. Cúrame.

Yo me quedo paralizada donde estoy.

—No. —Aric se acerca a mí, ignorándolo por completo—. ¿Estás bien?

Con los ojos llenos de preocupación, comienza a revisar mi cuello y mis brazos.

—Sí, estoy bien. Tu hermano solo estaba siendo el mismo imbécil de siempre. —Llevo la mano hasta la suya y se la aprieto—. De verdad, estoy bien. Me las puedo arreglar sola.

Sus ojos se suavizan ligeramente, pero todavía está respirando con fuerza. Vaya, la cuarta runa está afectando con creces sus emociones.

—¿Está bien? —le pregunto.

Sus ojos son salvajes, como si todavía quisiera buscar pelea. Al menos, con un poco de suerte, Reeve habrá aprendido la lección: no molestes a un gigante enamorado.

No.

Espera.

Enamorado no.

O sea…

¿De verdad acabo de pensar eso?

Aric ladea la cabeza.

—Te estás poniendo roja otra vez.

—¿En serio? —Me toco las mejillas con los dorsos de las manos—. Es que tengo un poco de calor.

Me ofrece la mano y yo la tomo de inmediato.

—No pasa nada, estoy bien, no estoy muriendo desangrado por aquí —gruñe Reeve—. Carajo, ¿es que ya nadie sabe aguantar una broma?

—No —respondemos al unísono.

Comienzo a jalar a Aric hacia la puerta.

—Ven, volvamos.

—Sí. —Reeve exhala ásperamente—. Ustedes retírense, déjenme aquí solo para que me arregle la cara. Carajo, esto me va a estropear el disfraz para la fiesta de esta noche.

—¿Disfraz? —pregunto—. ¿Fiesta?

—Sí, fiesta. La Cacería Salvaje —aclara Reeve—. Tenemos que disfrazarnos. Aunque ahora estoy pensando que Aric debería haberse buscado un disfraz de boxeador. Carajo, cómo duele.

Su hermano lo ignora y suelta un gruñido.

—Me había olvidado de los disfraces.

—Es el mayor evento del año —continúa Reeve—. ¿Cómo pudiste olvidar los disfraces? —Vuelve a dirigirse a mí—. Es una fiesta y un banquete con antiguos alumnos ricos, padres y un montón de alcohol escondido. ¿A quién no le va a gustar? Además, ya saben que Sigurd está deseando soltar a esos putos cuervos.

Se me queda todo el cuerpo entumecido. Esta información es nueva.

—¿Sigurd suelta cuervos?

La Liberación de los Cuervos. Si se parece en algo a la Cacería Salvaje de Odín, son ganas de morir de verdad. Era *Odín* quien soltaba los cuervos. Fue *Odín* quien comenzó la Cacería y ahora Sigurd se está cagando sobre todo eso.

Pero ahora todo encaja. Esta es la razón por la que Padre me dio una semana para encontrar el Mjölnir. Las runas estarán desactivadas, así que podrá entrar directamente en el campus y recuperar el arma de la forma más dramática y devastadora posible, reclamando también la Cacería Salvaje y los Nueve Reinos como suyos.

Ha estado planeando esto desde que descubrió que los Erikson guardaban el Mjölnir hace un año. Y yo no soy más que un peón en su tablero.

—Ah, Rey. —Resuenan unas pisadas mientras el hombre en cuestión entra en la cocina. Siento que Aric se tensa junto a mí—. Por supuesto, los padres siempre son bienvenidos a la Cacería. Espero de verdad que Odín pase para saludar. ¿Cuánto tiempo ha pasado desde el compromiso roto? ¿Dos años? —Mira detenidamente a Reeve, y después fulmina a Aric con la mirada—. ¿Se metieron en una pelea, chicos?

—En una pelea las dos partes deberían estar parejas —dice Aric, poniendo los ojos en blanco—. Esa oveja negra de ahí apenas puede aguantar un puñetazo.

Sigurd muestra una sonrisita.

—Sí, en fin, es más hablador que luchador.

Reeve entrecierra los ojos.

Yo estoy demasiado centrada en la Cacería como para que esto me haga gracia.

De hecho, creo que voy a vomitar.

—Pero bueno. —El hombre me señala con la cabeza—. ¿Tu padre?

—Está bastante ocupado estos días. —La mentira parece tan obvia que quiero desaparecer en el suelo—. Y sí, habrán pasado unos dos años desde la última vez.

Tengo las manos cerradas en puños junto a mis costados.

—Sí. —La mirada de Sigurd se intensifica—. Quedó en el pasado y todo eso. ¿Decidiste ya tu disfraz?

—La verdad es que no traje nada, así que…

—Tonterías, ¡es la tradición! —Le da una palmada en la espalda a Aric. Este ni siquiera se inmuta, aunque tuvo que doler—. Asegúrate de que el personal sepa que tiene que buscar otro disfraz para Rey. Se me ocurre… —Inclina la cabeza a un lado—. Una valquiria. Al fin y al cabo, ¿no eran las soldados de Odín?

Capítulo sesenta y seis

REY

Cuando regreso de casa de Aric, llamo a la puerta de Ziva para asegurarme de que llegó bien a su habitación anoche, pero me recibe con una taza de café vacía y una mirada fulminante.

—No vuelvas a menos que sea para llenarme esto.

Y me cierra la puerta en la cara.

—¡Me alegra que estés viva! —grito, y decido que a lo mejor yo también necesito un café. Café y pensar, y tal vez un milagro.

Me muerdo el labio inferior y hago al fin la llamada que no quiero hacer. Será mejor que se lo cuente primero a Padre para tener tiempo de planificar.

Él contesta al primer tono.

—Hija. —Su voz suena profunda—. ¿Tienes buenas noticias para mí?

Sinceramente, no servirá de nada mentir.

—Despertará esta noche, tal como prometí.

Ojalá no tuviera que contárselo a Odín, ojalá no tuviéramos que hacer esto siquiera, pero no tenemos elección. Tenemos que terminar con ello, sin importar lo que pueda pasar. Necesito tener la esperanza de que ocurrirá lo mejor.

Ahí está otra vez esa estúpida palabra. «Esperanza».

—Bien. —Su voz suena entrecortada—. En ese caso, no voy a tener que matar a Laufey. La verdad es que disfruto de su compañía. Sería inútil y trágico derramar su sangre únicamente porque tardaste demasiado tiempo.

Miro hacia el campus mientras un escalofrío desciende por mi espalda.

—¿Qué piensan hacer primero?

—¿Dónde estás?

Es una pregunta extraña.

—En mi habitación.

—Ve afuera. Esperaré.

No titubeo. Bajo las escaleras hasta el vestíbulo principal y salgo.

—De acuerdo, ¿y ahora qué?

—¿Ves ese arco de basalto?

—Sí.

—Imagina un puente saliendo de él, conduciendo hasta un mundo diferente, un mundo *perfecto*, sin guerra ni dolor, con el poder definitivo, donde no haya más luchas, donde no me veré obligado a utilizar a la gente que quieres en tu contra. Mi plan, hija, es recuperar lo que nos pertenece y después hacérselo pagar a los que se atrevieron a robárnoslo.

—¿Por qué…? —Se me rompe la voz—. ¿Por qué robaron el martillo para empezar si existía una utopía así?

Pienso en los cuadros, en las historias de Laufey. En las de Aric.

—¿Thor traicionó a los gigantes? —pregunto. Él permanece en silencio—. Padre, ¿Thor los traicionó primero?

—Créeme cuando te digo que no tuvo elección. Y vamos a dejarlo así.

Por todos los dioses, ¿fuimos *nosotros* quienes comenzamos la guerra?

—Consigue el Mjölnir antes de que pierda la paciencia —continúa—. Te veré esta noche para la Cacería Salvaje. Es insultante que quiera tratar de robarme mi fiesta, así que al menos debería hacer acto de presencia. Además, a Laufey le encantan las fiestas. Te extraña mucho; rara vez se va a dormir sin llorar. Se le rompe el alma de saber que estás en peligro, pero no te preocupes, le digo todos los días que tú harías cualquier cosa para salvarla. ¿Verdad?

Las lágrimas hacen que se me cierre la garganta.

—Verdad.

—Nos vemos esta noche. Creo que me vestiré... como un dios.

Me doy la vuelta y vuelvo a entrar en el edificio. Por supuesto, Reeve se encuentra en la puerta de entrada, para presenciar mi crisis emocional. No puedo lidiar con más estrés.

Me obligo a sonreír. Estoy segura de que el gesto parece tan falso como lo siento, pero no se me puede dar todo bien, ¿verdad?

—¿Fue una buena llamada? —me pregunta Reeve.

Por los dioses, qué ganas tengo de darle un puñetazo.

—Una maravilla, gracias.

—Me complace mucho oírlo.

Entramos en el vestíbulo y subimos juntos al elevador. «Por favor, no presiones el botón de emergencia —pienso—, por favor, no presiones el...».

Reeve presiona el botón de emergencia.

—De verdad que no podemos convertir esto en algo habitual. —Me voy a mi esquina del elevador, y él se va a la suya—.

¿Qué tienes que decirme que no puedes hacerlo en la habitación, o en la fiesta, o delante de Aric, o de tu pequeña serpiente?

—Qué linda. —Reeve cruza los brazos y me mira con una expresión seria—. La Cacería Salvaje será dentro de unas horas —añade.

—Sí. ¿Y qué? —le pregunto—. Eso no es precisamente ninguna razón para secuestrarme en un elevador. ¿Qué está pasando, Reeve?

—Sé lo que hiciste —gruñe en voz baja—. Y ahora tú sabrás lo que puedo hacer yo.

Algo no va bien; lo sé por el sonido repentinamente áspero de su voz, por el brillo de sus ojos. Me abalanzo hacia el botón para abrir las puertas, pero, en el mismo momento, Reeve me empuja contra la pared lateral. Con el corazón latiendo con fuerza, me impulso hacia delante para quitármelo de encima, y entonces le doy una patada para hacerlo retroceder. Él tropieza y después me mira.

—¿Eso es todo? —Se ríe—. Esperaba más de la hija de Odín.

Lanzo el puño derecho. Él gira para quitarse de su camino, esquivándome por completo, y me agarra por la garganta. Sus dedos se tensan.

Le doy un rodillazo en la entrepierna y él cae al suelo de inmediato, liberando mi cuello. No tengo tiempo para recuperar el aliento. Estampo la palma contra su pecho y utilizo el otro brazo para dejarlo sin aire.

—No busques peleas con alguien más fuerte que tú —le digo—. Es vergonzoso.

—¿Más fuerte que yo?

Vuelve a reír. Y, un instante después, se desvanece.

«¿Qué carajos?».

Entonces reaparece de pie al otro lado del elevador, con los brazos cruzados mientras apoya la espalda contra la pared con arrogancia.

Parpadeo y parpadeo. ¿De verdad acabo de ver eso?

—Vamos a probar de nuevo, ¿de acuerdo, Rey? —El aire crepita y vibra a nuestro alrededor, y entonces sus ojos emiten un resplandor de un blanco intenso mientras susurra con una sonrisa—: Soy Loki. Encantado de conocerte.

Capítulo sesenta y siete

REY

¿Loki? ¿Loki, el gigante de Jötunheim? Pensaba que él también había muerto en las guerras. Esto es malo, muy malo.

Y, al mismo tiempo, también tiene mucho sentido. No puedo creer que no me haya dado cuenta antes. Reeve siempre ha sido el bromista. El que llevaba la iniciativa con toda la diversión y los juegos del campus. Nunca se tomaba nada demasiado en serio.

Por supuesto que él iba a ser el Dios de las Travesuras.

Para cuando el elevador llega al segundo piso, ya soltó dos bombas más. Una: no, Aric no lo sabe; y dos: si le cuento una palabra a alguien, me matará.

Y entonces, desaparece.

Aprieto los puños en mitad del pasillo. Estoy demasiado aturdida como para abrir la puerta siquiera y entrar en mi habitación. Y no por la parte en la que amenazó con matarme; mi vida ha estado en peligro aquí desde el primer día. Pero lo de no decírselo a su hermano… Aric se quedará destrozado.

¿Es que Reeve, o Loki, lo ha sabido siempre? ¿O tan solo lo está recordando ahora?

Mi padre me dijo que «ellos» estaban dormidos, que los que se quedaron atrapados aquí no tenían recuerdos de la guerra, que utilizó lo que le quedaba de su poder para hacer que todos olvidaran; un gesto de amabilidad, según dijo, para impedir que recordaran el sufrimiento. Dado que su poder está menguando, ¿podría significar eso que los recuerdos están regresando a ellos? ¿Y que sus poderes también están volviendo?

Reeve se desvaneció en el elevador como si no fuera nada.

Y entonces es cuando me doy cuenta. *Esa* es la urgencia. La guerra entre los dioses y los gigantes ha estado en pausa por nuestra parte, pero solo hasta que Odín encuentre el Mjölnir… o Sigurd presione el botón de play.

La realidad cae como una avalancha sobre mí. ¿Es posible que algunos de los estudiantes a nuestro alrededor estén despiertos y sepan lo que son? ¿Es que los dioses y los gigantes tan solo están esperando el momento, aguardando para iniciar otra guerra, cuando parece que la antigua no ha terminado siquiera?

Esto es mucho más de lo que mi cerebro puede asimilar ahora mismo.

De repente, tengo la sensación de que hay alguien detrás de mí. Me doy la vuelta y lanzo un puñetazo antes de darme cuenta de quién está ahí. La mano me duele como si acabara de golpear acero, pero Aric ni siquiera da un paso atrás.

Realmente no es buena señal que no se haya inmutado siquiera.

Hago una mueca.

—Me asusté.

Él se alza como una torre sobre mí y le caen unos mechones de pelo sobre la cara, pero sus ojos no están tan fríos. Tienen vida y están tan completamente centrados en mí que el corazón se me para unos segundos.

—Pareces enojada.

—Suelo estarlo. —Aprieto los dientes—. Escucha, creo que necesitamos un plan mejor. ¿Qué pasa si todo el mundo a nuestro alrededor…? —Hago una pausa—. ¿Puedo entrar un momento rápido?

Sus ojos escudriñan los míos.

—Claro.

Quiero soltarle todo lo que acabo de descubrir sobre Reeve o, mejor todavía, exigirle a Aric que venga conmigo para desbloquear Thurisaz de inmediato y a la mierda los transeúntes inocentes. Pero, en cuanto cierra la puerta detrás de nosotros, Aric me hace una sola pregunta que me deja completamente sin aliento.

—¿Te olvidaré? —Me detengo en seco. Se refiere a lo que ocurrirá al desbloquear la última runa—. Siento lo mismo que con las visiones, que van a apoderarse de mí. Que me voy a convertir en alguien diferente…, en *algo* diferente.

Me trago el nudo de la garganta y obligo a mis pulmones a funcionar; a mis labios a moverse.

—No… no creo que vaya a pasar eso.

—Pero no lo sabes con seguridad —dice, más para sí mismo que para mí—. Nadie lo sabe. Mis padres no lo sabían. Mi abuelo no lo sabe… O, si lo hace, no quiere decírmelo.

—Tú sabes quién eres, Aric.

—Pero ¿qué pasa si olvido quién soy? ¿Si me olvido de nosotros?

Eso hace que algo se rompa dentro de mí. No tiene miedo de que el poder arda a través de él. No tiene miedo de perderse a sí mismo en él. Tiene miedo de perdernos a nosotros.

Le tomo la mano.

—Lo recordarás. Yo me aseguraré.

—Entonces, todo saldrá bien. —Me rodea con los brazos. Tarda un momento, pero su humor regresa—. ¿Sabes? Si fuera un romántico, diría que esto es una onda tipo *Romeo y Julieta* en la vida real, con las familias en guerra, derramamiento de sangre, venganza.

Me río contra su pecho, con el sonido amortiguado por los latidos constantes de su corazón.

—Será mejor no compararnos con Shakespeare. La mayoría de sus historias no terminaban demasiado bien.

Me roza la frente con los labios; el beso ligero como una pluma es tan suave que parece una promesa, cuando hace unos días lo habría visto como una amenaza.

Inclino la cabeza hacia arriba, con mis nervios enmarañados con el deseo, con la necesidad de explorar esto todavía más antes de que todo se vaya al infierno.

Los brazos de Aric me rodean con más fuerza, hasta que nuestra respiración se entremezcla, hasta que el espacio entre nosotros desaparece en la nada. Su boca desciende con lentitud, como si me estuviera dando la oportunidad de huir. Me da un levísimo beso en los labios. No es sino una muestra de todo lo que quiero y más.

Entonces exhala aire frío sobre mi labio inferior. Siento la escarcha primero, el frío que se filtra en mi interior, y después le sigue el calor de su lengua, haciendo que me derrita una vez más. Haciendo que quiera perder el control.

Debería apartarme de él y contarle lo de su hermano. Se merece saberlo.

Pero es evidente que ya se encuentra en un lugar vulnerable y creo que ahora mismo me necesita. Necesita sentirse a salvo y querido, y no como si fueran a arrebatarle todas las cosas que creía conocer. Otra vez.

Un temblor recorre mi cuerpo. Sé que probablemente podrá verlo, sentirlo. Lo de hablar puede esperar. Todo lo demás puede esperar. Ahora mismo, necesito demostrarle lo querido que es.

Antes de que se nos acabe el tiempo juntos.

Capítulo sesenta y ocho

REY

Cuando regreso del comedor más tarde, Aric se ha ido. Pero metió una nota escrita a mano por debajo de mi puerta.

Sigurd quiere que lo ayude a preparar las cosas para la Cacería. Volveré lo antes posible.

Le envío un mensaje rápido.

Yo: Espero que te esté yendo bien.

Idiota Gigante: Estoy obligado a trabajar con un payaso que no deja de hacer malabarismos con unos martillos. Mi hermano es idiota.

Se me tensa el estómago.

Yo: Pues sí, la verdad. ¿Nos vemos pronto?

Me planteo decirle algo más, pero no me parece justo darle esa clase de noticias a través de un mensaje de celular.

Idiota Gigante: Sí, ya tengo tu disfraz.
Luego te lo llevo.

Yo: Genial.

Quiero escribir un «te quiero», pero no lo hago. En vez de eso, me limito a quedarme mirando mi terrible respuesta, «Genial», y suelto un gruñido.

Le echo un vistazo al reloj junto a mi cama. Son casi las dos de la tarde. La Cacería no comenzará hasta la puesta de sol, pero me siento como si me estuviera quedando sin tiempo. Ha llegado el momento.

Esta noche… todo terminará.

Unos golpes bruscos suenan en mi puerta y la abro para encontrarme con Rowen. Tiene el pelo hecho un desastre y su omnipresente saco desapareció. Todavía lleva una camisa de vestir, pero unos cuantos de los botones superiores están desabrochados, y lleva las mangas subidas.

—Hola —comienza, pero se queda en el pasillo.

—Es evidente que viniste hasta aquí por una razón, Rowen. Para el caso, bien podrías entrar.

Su cara lo dice todo: «Estoy enfadado, lo siento, no sé qué decir».

Ya. Yo igual.

Aunque en realidad no estoy enfadada con él. Rowen no es más que otra víctima en esta guerra. Lo mismo que yo. Otro peón en el juego de Odín.

Entra en la habitación y cierra la puerta. Lleva una pequeña bolsa de regalo roja.

—¿Dónde está Eira? —le pregunto.

—Preparándose para la Cacería. Algo sobre maquillaje ahumado y un buen secado de pelo. —Se encoge de hombros—. Al menos me ignora lo suficiente como para que pueda hacer lo que quiera cuando estoy en el campus.

—¿Y qué es eso?

Sus ojos se dirigen hacia los míos.

—Vigilarte. Protegerte. Mantener a mi única amiga a salvo. —Su sonrisa es cálida—. Elige la que quieras.

Camino hacia él y entonces me rodea con un abrazo, y me doy cuenta de que los dos lo necesitábamos urgentemente.

—Siempre estaré aquí para ti —susurra—. Puedes confiar en mí.

Quiero creer eso.

Frunzo el ceño y bajo la mirada hasta su brazo. El dolor que hay ahí irradia desde su piel hasta la mía. También hay furia, solo que ahora es más tenue; la rabia parece haber quedado reemplazada por una emoción nueva y aplastante: el arrepentimiento.

Se mueve entre mis brazos, y es casi como si las cicatrices se tambalearan y brillaran. Las miro bien. Por primera vez desde que lo conozco, casi parece como si fueran dos runas entrelazadas. ¿Cómo es que nunca antes me había dado cuenta? ¿O es que jamás me había permitido mirarlas tan de cerca?

—Tus cicatrices —murmuro, y él se queda inmóvil—. Casi parecen una combinación de Laguz y Berkana, las que tienes en tu puerta en casa. —Sonrío—. Supongo que nunca antes me había dado cuenta…

Rowen se baja lentamente las mangas.

—Ya conoces a tu padre; él piensa que utilizar el poder de las runas está por debajo de él, pero estas sirven para nuestro propósito. Tú eres mitad dios, de modo que puedes verme con claridad. Pero estas runas... me hacen parecer diferente para el mundo exterior.

Se coloca hacia atrás los mechones que se le cayeron del pelo recogido.

—Aunque, hablando de runas... —continúa, y entonces se aparta de mí y levanta la bolsa—. Iba a darte esto en tu cumpleaños —dice en voz baja—. Pero entonces pasó todo y fue como que... —Dirige los ojos hacia los míos—. Creo que ahora es el momento apropiado.

Al ver que no lo agarro de inmediato, tal vez porque estoy sorprendida y poco acostumbrada a los regalos, él mete la mano y saca una delgada cadena; la plata refleja la tenue luz de la habitación. De la cadena cuelga una pequeña runa tallada.

—Tiwaz —me explica, poniéndomela en la palma—. La runa del guerrero. Significa honor, sacrificio, victoria lograda con sangre. La runa de Tyr. Supuse que te sentirías identificada, por eso de luchar en batallas que no pediste, de cargar con más de lo que nadie debería.

Se me tensa la garganta. Tiene la forma de una flecha hacia arriba. El metal está frío contra mi piel.

—No recibo muchos regalos.

Él lo sabe.

—Te has sentido sola —continúa—, pero no lo estás. Ya no. Yo voy a estar a tu lado, Rey..., siempre. Incluso aunque eso signifique verte manoseándote con un gigante.

Se me escapa un estallido de risa.

—¿No te estás poniendo un poco dramático?

—Puede ser —admite con una leve sonrisa. Cierra la cadena detrás de mi cuello y sus dedos me rozan la piel—. Pero te mereces a alguien que no se marche. Que no vaya a hacerlo jamás.

Pienso en Aric.

—Gracias.

Él asiente con la cabeza.

—A lo mejor te veo para la cena. Déjatela puesta. Hace que me sienta mejor. Las runas son poderosas, y esta noche, las de Endir estarán desactivadas.

—Cierto. —Asiento con la cabeza—. Todas las barreras protectoras estarán apagadas esta noche.

—Menos la tuya. —Sonríe—. Así que, básicamente, no te mueras.

Le doy otro pequeño abrazo.

—Haré lo que pueda.

Capítulo sesenta y nueve

ARIC

Tardé más de lo que pensaba en prepararlo todo para la Cacería Salvaje. Entre las mesas del bufet, las velas y cortar madera para todas las fogatas, estoy molido.

Reeve me trajo el disfraz de Rey y se marchó diciendo que tenía que reunirse con el DJ en el estadio. Y una mierda. Seguro que es porque está cansado de apilar leña. ¿Qué le pasa a este tipo con el trabajo físico?

No es que quisiera separarme de ella, pero hice lo que me pedía Sigurd. Él y mi hermano son la única familia que tengo. Lo achaco a la lealtad, tal vez a un sentido de la obligación, pero la verdad es que necesitaba un minuto para mí.

Hay demasiadas cosas en juego esta noche y es imposible concentrarme con Rey entre mis brazos. Cuando estoy con ella, lo único en lo que puedo pensar es en tocarla. Y hacerlo solo una vez nunca es suficiente.

Unas cuantas chicas pasan junto a mí en el vestíbulo de la residencia de estudiantes. Ya están vestidas con trajes plateados de hadas y los chicos que caminan detrás de ellas llevan yelmos con cuernos y chalecos de cuero. A algunas personas les gusta disfrazarse temprano y pasar por los pubs y los restaurantes de la zona para calentar motores antes de la Cacería. Las fraternidades del otro lado del campus llevan así desde el desayuno. Cualquier excusa es buena para armar una fiesta, supongo.

Espero que a Rey le parezca bien que su disfraz tenga tantas capas. Miré dentro de la bolsa porque pesaba más de lo que suponía. Parece que Sigurd lo encargó específicamente, lo que hace que me pregunte cuánto tiempo hacía que tenía esto planeado. Y ¿de verdad sabe cómo solía vestirse una auténtica valquiria? ¿Luchó contra ellas? Guarda vastos recuerdos acerca de la guerra y de nuestra gente, pero rara vez comparte sus historias conmigo. A mis padres tampoco les gustaba hablar sobre el pasado. Creo que les dolía demasiado.

Sigurd no es tan sentimental. Simplemente es egoísta.

Pero, por una vez, no me irrita pensar en el dolor que mi familia ha causado. Porque, ahora, Rey es mi futuro. Si tan solo pudiéramos superar esta noche…, entonces tal vez podríamos estar juntos de verdad.

Subo las escaleras trotando y abro con el hombro la puerta hasta nuestro piso, y después me encamino directamente hacia su habitación. Acabo de levantar la mano para llamar cuando oigo voces amortiguadas dentro. ¿Está con alguien? Pego la oreja a la puerta.

—¡No puedes presentarte en mi habitación sin avisar! —gruñe Rey. Ahora que mis poderes han despertado casi por completo, mi oído es tan bueno que lo oigo como si estuviera justo a mi lado.

—Supéralo.

Aparto la cabeza de la puerta de golpe. Reeve está aquí. No en el estadio. Siento algo oscuro recorriendo mi columna. Vuelvo a pegar la oreja a la puerta.

—Quiero el Mjölnir, Rey.

—Tú y todos los demás —dice ella, y ríe sombríamente—. ¿Por qué no se lo robaste a tu *otro* hermano y ya está, eh?

¿Otro hermano? ¿De qué está hablando?

—Esta no es la hora de los chismes —le dice Reeve—. Lo último que quiero hacer es revisitar la muerte de Thor y mi papel en ella.

Rey ahoga un grito.

—¿Tu papel en ella?

—¿Quién piensas que lo mató si no, el conejito de Pascua? Era una guerra, Rey. Todo valía.

—¡Eres un puto monstruo, Loki!

Me quedo helado.

Mi cuerpo entero se vuelve frío.

¡¿Loki?!

En plan… *ese* Loki. Adoptado por Odín y criado como hermano de Thor.

Retrocedo tropezándome, completamente entumecido. Entonces, abro la puerta de golpe con tanta fuerza que la cerradura electrónica se rompe.

Reeve levanta las manos en el aire y suelta un improperio.

Rey se queda paralizada donde está.

La traición me invade tan fuerte y tan deprisa que no puedo recuperar la respiración. Mi hermano. Mi hermano, quien se suponía que debía estar protegiéndome, advirtiéndome para que me alejara de ella, ha estado mintiéndome durante todo este tiempo sobre quién es y lo que quiere en realidad.

¿Y ella lo sabía?

Rey lo *sabía*.

¿Fue todo una mentira? ¿Lo de necesitarme? ¿Lo de protegerme? ¿Lo hizo solo para guardar las apariencias?

Por supuesto que sí. Siempre ha sido así.

Los dos lo hicieron.

Carajo.

¿Qué más no me ha contado Rey?

Y él… Su traición se agita en lo más profundo de mi corazón, destrozando lo poquito que me quedaba de hogar. Cierro las manos en puños; el hielo se eleva y restalla desde mi piel. Un trueno retumba con tanta fuerza en el cielo que toda la habitación tiembla.

El monstruo dentro de mí ruge para exigir su liberación, y las garras heladas me lanzan zarpazos por debajo de la piel de una forma tan feroz que es increíble que no me haga jirones. Me obligo a contenerlo. Trago saliva con fuerza.

—Loki —susurro—. Claro.

Reeve niega con la cabeza.

—Aric, no, no es lo que tú piensas. Yo no tengo nada que ver con esto. Es ella quien…

—¡¿Es broma o qué te pasa?! —grita Rey.

Pero ella tampoco es inocente. Eso es obvio.

—Tú lo sabías. Y no me lo contaste.

—¡Iba a hacerlo, Aric! Tienes que creerme.

Niego con la cabeza.

—Ahora mismo no sé qué creer, además de que los dos son unos putos mentirosos que están dispuestos a jugar con mi vida. ¿Y por qué? Por un arma. A nadie le importa si hago arder el mundo, si me convierto en un monstruo, si pierdo mi puta alma… Lo único que quieren todos es poder.

Le lanzo una mirada fulminante a Rey.

—Supongo que podemos decir que este pequeño cese de hostilidades se terminó. Y tú y yo… —miro a Reeve, negando con la cabeza— no somos hermanos.

Los dos comienzan a gritar al mismo tiempo.

Pero no oigo nada.

Lanzo el disfraz a la habitación, y después me doy la vuelta y me marcho del pasillo, de la residencia, del campus. Mientras las nubes de tormenta se congregan, oscureciendo el cielo con la furia de un huracán, mi visión se vuelve borrosa. Me duele el pecho.

Siempre he estado caminando sobre la línea entre el hombre que tenía la esperanza de ser y el monstruo que sabía que vivía dentro de mí. Pero, con Rey, comencé a creer que las cosas podrían ser diferentes. Ahora, un vacío frío se despliega en mi corazón…

Y le doy la bienvenida.

Supongo que, entonces, ya tengo mi respuesta. Me convertiré en el monstruo.

Porque nadie quería al hombre de todos modos.

CAPÍTULO SETENTA

REY

—¡Aric!

Todavía estoy gritando su nombre. Reeve me empuja de vuelta a la habitación y me tapa la boca con la mano.

—Para —sisea—. Está enojado, así que deja que se enoje. Tienes problemas más importantes ahora mismo. Como, por ejemplo, cómo carajos vas a desbloquear Thurisaz sin su sangre.

Se me hiela el cuerpo entero.

Lo sabe.

Reeve sabe cómo desbloquear las runas.

Su sonrisa es cruel y maliciosa. Entonces, en un parpadeo, desapareció.

—No voy a acostumbrarme a eso jamás —murmuro, y después me paseo un rato por la habitación.

Reeve tenía razón con el problema de la runa, pero eso apenas me importa ahora mismo. Lo que me importa es la expresión destrozada en el rostro de Aric. Fue como si no me reconociera, como si la mujer a la que conocía, de la que tal vez se estaba enamorando, ya no existiera.

Me rompió el corazón.

Tal vez pasan unas cuantas horas, o tal vez unos pocos minutos, pero cuando vuelvo a levantar la mirada, me encuentro con que la pared entre mi habitación y la de Aric está completamente congelada. Como si estuviera haciéndome la ley del hielo, literalmente y a propósito.

Me duele el estómago, pero al menos eso significa que está allí.

De repente, veo mi propio aliento delante de mi cara. Si no tiene cuidado, va a congelar el piso entero.

Veo un relámpago en el exterior. Lo sigue un estruendo.

El mundo, al oírlo, pensará que es un trueno.

Pero yo sé la verdad: es el ruido que hace al romperse el corazón de un gigante.

Y soy yo quien lo provocó.

Clavo la mirada en mi disfraz, tirado con descuido sobre mi cama, y pruebo a llamar a Aric otra vez. Primero, por teléfono. Después, apoyándome contra la pared que nos separa. No responde.

De modo que voy hasta su habitación y llamo tres veces a su puerta. Sigue sin responder. Cuatro veces más, de forma un poco más agresiva, empleando mi Aura a pesar de que sé que no servirá de nada.

—¡Lárgate!

—No voy a marcharme hasta que abras la puerta y hables conmigo.

—¡Lo digo en serio, Rey! —grita—. No quiero verte ahora mismo.

Titubeo. No tenemos tiempo y necesita saber cuál es mi posición; cuál es nuestra posición.

—Aric, voy a seguir tocando, así que más te vale abrir la puerta ya. —Continúo golpeando la puerta durante los siguientes dos minutos, hasta que me duelen los nudillos—. No me voy a marchar. —Vuelvo a tocar y entonces aparto la mano—. Au.

De repente, Aric aparece ahí, me arrastra dentro jalándome de la camiseta y cierra de un portazo detrás de mí. Al principio parece como si fuera a gritar, pero, cuando habla, lo hace con un susurro bajo.

De alguna manera, eso me da todavía más miedo.

—¿Cuánto hace que lo sabes?

Trago saliva con fuerza.

—Solo desde esta mañana. Reeve…, *Loki* me acorraló en el elevador.

El silencio entre nosotros es tan denso que ahora sí estoy deseando que grite.

—Tendrías que habérmelo contado —dice al fin.

—Tienes razón. Quería hacerlo.

Podría empezar con cualquier excusa sobre que era un mal momento, que ya estaba lo bastante vulnerable de por sí, o que no quería ser yo quien le hiciera daño. O el hecho de que estábamos, en fin, distraídos por un sexo impresionante. Pero tiene razón. Tendría que habérselo soltado sin más. Se merecía saberlo.

—Lo siento.

Su mandíbula se tensa. Baja la voz, que se vuelve más grave y peligrosa.

—¿Crees que decir que lo sientes borra algo? —Niega con la cabeza—. Esto es lo que hace tu familia, Rey. Odín aprisionó a Laufey. Thor traicionó a Alvaldi. Y tú… me destrozaste. —Suelta un suspiro—. Tendría que haberlo visto venir de lejos.

—¡No! Aric, por favor…

—La historia no hace más que repetirse.

—Nosotros *no* somos ellos.

Pero ya dejó de escuchar.

—Atraes al gigante con amor y después te llevas lo que quieres, destruyéndolo todo.

—Para. Por favor. No quiero discutir. No quiero perderte…

—¿Perderme? —Se ríe, pero suena brusco y sin humor—. Semejante hipócrita. A ti no te importa una mierda cómo pueda afectarme esto, tan solo cómo podría ayudarte a ti.

—Eso no es cierto. Simplemente entré en pánico, porque con cada momento que estoy contigo, me enamoro más, ¡y entonces me doy cuenta de que tal vez no sea capaz de hacerlo, Aric! Puede que no sea capaz de salvar a todo el mundo y por una vez quiero ser muy egoísta. ¡No puedo vivir en un mundo donde tú no existas!

Su expresión parece afectada durante apenas un momento antes de fulminarme con la mirada.

—Bueno, pues ahora ya tienes a un gigante de repuesto en la mesa, así que…

Sus palabras me golpean como puñetazos pequeños y perfectos. Me muevo antes de poder pensar, y lo empujo con suficiente fuerza como para que el yeso helado junto a su hombro se resquebraje y un pedazo se caiga de la pared. Él se queda mirando los fragmentos y después a mí.

—¿Es broma o qué?

Pero a él no le importa el yeso. Le importa la mentira.

—Me toca —susurra.

Con un movimiento fluido, invierte nuestras posiciones, levantándome en el aire y pegándome contra la división helada. El frío se clava en mi pie como un aguijón dulce y afilado.

—¿Eso es todo lo que sabes hacer? —pregunto con una ceja en alto.

Tengo las manos sobre sus hombros y mis pies elevados sobre el suelo, así que nuestros ojos se encuentran a la misma altura.

Un latido. Otro.

Rodeo su cintura con las piernas.

Entonces, su boca encuentra la mía.

Es hambrienta y feroz; toda su rabia está canalizada en un beso que me deja sin aliento. Me malluga y me reclama, y puedo saborear la furia en sus labios, el dolor en su lengua. Le araño la espalda, y mis dedos encuentran una piel que se enciende bajo mi tacto. Con cada presión de mi mano contra una runa, su cuerpo cobra vida con un zumbido, suplicando la liberación.

—¿Sigues enfadado? —pregunto con la voz ahogada cuando su boca deja un rastro abrasador hasta mi cuello.

Aric responde con una serie de besos que bajan por mi garganta, cada uno de ellos más insistente que el anterior, hasta que la urgencia se vuelve innegable. Se mueve conmigo y contra mí, y antes de que pueda darme cuenta de lo que está pasando, nuestras manos se mueven por todas partes, buscando y arrancando, tirando la ropa en un montón en el suelo. Los zapatos caen por el camino. No estoy mirando el desorden. Estoy mirando sus ojos.

Brillan blancos como el rayo mientras nos convertimos en uno. Las runas de su piel palpitan contra mis palmas, pequeñas constelaciones de luz que suben por su espalda. Siento la vibración bajo mis manos, el sabor metálico y dulce del aire, como la frontera de algo monumental. La frontera de un despertar.

Esta rendición no es bonita.

Es irregular, tensa a causa de la furia, el dolor y la incertidumbre.

Golpeamos las paredes, el hielo y el yeso se desmoronan, y después nos deslizamos y nos arrastramos y rodamos por el suelo, desperdigando los papeles y destrozando lo que queda de nuestro autocontrol. El escritorio gruñe bajo nosotros y después la cama, hasta que volvemos a caer al suelo.

Mis uñas bajan como un rastrillo por su espalda, desesperadas por aferrarse, por mantenerlo aquí conmigo en este momento. Sus embestidas son despiadadas, febriles, cada una de ellas hace que mi cuerpo se eleve más con cada roce, que se tense más. Un gruñido profundo retumba desde su pecho hasta el mío, un placer innegable que me provoca tanta tensión que casi no soy capaz de seguir soportándola. Suelto un grito, y entonces su boca encuentra la mía y ahoga el sonido con sus labios.

En mi beso está todo lo que no puedo expresar con palabras.

Te necesito. Te deseo.

Te quiero.

Lo siento.

Aric se obliga a apartarse de mí.

—*Rey*.

Mi nombre cae de sus labios como una súplica.

No estoy sola en esta tormenta.

Las lágrimas me pican en los ojos mientras me aferro a él.

Pero Aric todavía no ha terminado. Me toma más fuerte. Más profundamente. Su enorme cuerpo se estremece. Me desmorono de nuevo con un grito que siento como si se lo hubieran arrancado a mi alma; mi cuerpo se tensa alrededor del suyo mientras el mundo se tambalea. Su rugido de respuesta me atraviesa por completo. Su liberación vuelve a arrastrarme bajo la superficie.

Y entonces estamos solo nosotros dos en nuestro propio caos de sudor, hielo y ruinas.

Colapsamos en una maraña caliente y sudorosa. Él apoya la cabeza contra la mía y el mundo se queda en silencio e inmóvil. Lo único que oigo es su corazón acelerado; lo único que siento es el mío respondiéndole.

Todavía no.

Que no se acabe todavía.

Esto, nosotros, lo es todo para mí.

Y, sin embargo, nada ha cambiado.

Después de unos minutos, Aric susurra:

—¿Qué va a pasar ahora?

—Ojalá lo supiera.

Me pongo de pie y busco mi ropa a tientas. Él también se viste con lentitud. Me observa con una expresión tan desnuda que duele.

Entonces, se da la vuelta y me toma la mano al fin.

Sonríe y esa pequeña sonrisa lo es todo.

Capítulo setenta y uno

ARIC

Estoy tan enojado que no sé ni lo que hago.

La traición de Reeve… de *Loki*. Los intentos equivocados de Rey por protegerme. De acuerdo, yo me guardo tantas cosas de mí cuando estoy con ella que no tiene ni idea de lo que soy capaz de hacer, pero aun así…, no soy yo quien necesita protección.

La dejé en la residencia para prepararme para la Cacería y, en cuanto cerré la puerta, pensé: «Ojalá pudiéramos huir. Dejar todo esto atrás. Solos tú y yo, juntos».

Pero huir de nuestros problemas no los resolverá y esto es más importante que cualquiera de nosotros.

Esta noche terminaremos con ello.

Pero primero…

Casi arranco la puerta del edificio de Administración; apenas soy capaz de mantener mi furia bajo control mientras subo las escaleras a zancadas. La puerta de Sigurd está abierta, como si me estuviera esperando.

Entro como una exhalación y él sonríe.

—Espero que podamos resolver esto rápido, Aric. Tenemos una noche ajetreada por delante.

Aparta las cortinas de su ventana y mira al exterior. Los camiones del catering están descargando comida y un montón de coches han comenzado a acumularse por el camino de entrada principal, esperando a los coordinadores de eventos y los *valet parkings* contratados para la velada.

Deja que las cortinas vuelvan a caer en su sitio mientras me acerco a él.

—Y bueno —murmura—. ¿Lo has resuelto ya?

—¿Resuelto qué?

—Tu despertar. Tenía mis sospechas, aunque realmente nunca imaginé que hubieran sellado su poder dentro de ti. Sin embargo, de una forma extraña, sí tiene sentido. —Suelta un suspiro—. Ahora todo tiene sentido, ¿no te parece? Por qué estaban tan débiles al final, por qué… perecieron tan fácilmente. Tremenda lástima.

—¿Qué? —comienzo—. ¿De qué demonios estás hablando?

—De tus padres, Aric. El propio poder que emana de tu cuerpo viene de ellos, ¿sabes? Naciste siendo un gigante, pero incluso con tus poderes reprimidos, incluso con ese lado de ti durmiendo bajo la protección de las runas, te mueres por liberarte. Contienes el poder de tres. De tus padres y de ti mismo. ¿No es un giro precioso de los acontecimientos? —murmura, más para sí mismo que para mí—. Entonces ¿ya planeaste dejar que ella termine de despertarte?

Le echa un vistazo a su reloj de muñeca Patek Philippe, como si estuviera a punto de programar el momento si yo no lo he hecho todavía.

Durante los últimos años, me ha mantenido encerrado, aislado, medicado, siempre diciéndome que mantuviera el control. Que nunca liberara a mi gigante.

—Ya es hora de salir del caparazón donde te metieron tus padres —continúa—. Tal vez entonces podamos derrotar por fin a Odín.

—¿Sin el Mjölnir?

Él gira la cabeza de golpe en mi dirección.

—¿Te lo dijo? Espléndido. Lo hiciste bien, trabando amistad con tu enemiga y seduciéndola, Aric. Estoy muy orgulloso de ti.

¿Por qué carajos está tan tranquilo con todo esto? Me utilizó. ¡La utilizó a ella! Y parece como si estuviera a punto de marcharse a un almuerzo rápido seguido por un masaje.

Se me tensa el estómago, pero mantengo la expresión neutra.

—Puedes encontrarlo. Tu verdadero ser sabe dónde está. Lo encontrarás. Y dejarás que ella se apodere de él. Pero, en el momento en que posea el martillo, nosotros atacaremos. Podemos vengar la muerte de tus padres. —Suspira como si estuviera en paz—. Ella jamás se imaginará que vas a darle un golpe mortal en vez de un beso.

Eso es muy retorcido. Incluso aunque Rey hubiera seguido siendo mi enemiga, aunque jamás hubiera sentido su calidez ni saboreado sus labios…, no sería capaz de matarla de esa manera, a sangre fría.

Sigurd inclina la cabeza a un lado.

—No te estarás enamorando de tu enemiga, ¿verdad, Aric? En esta guerra hay que hacer sacrificios.

Mi mente vuelve a los sacrificios que hicieron mis padres por mí. ¿Por qué me dieron su poder?

—¿Cómo fue su muerte? —Cruzo los brazos—. La de mis padres. Dijiste que me dieron su poder a mí y que por eso perecieron tan fácilmente. ¿Cómo se puede morir fácilmente en un accidente de coche?

Sigurd se queda muy quieto.

—Eso es cosa del pasado. Céntrate en la tarea que tienes entre manos, Aric. Sé más fuerte de lo que fueron ellos.

Sus palabras me resultan un tanto extrañas. Pero un cuerno suena a través del campus, la nota larga e inquietante que solo puede salir del hueso auténtico.

Él sonríe.

—Las festividades darán comienzo pronto y, entonces, todo dependerá de ti.

—¿De verdad crees que puedes convencer a Rey para utilizarlo para tus propios propósitos? —le pregunto.

—¿Yo? —Se ríe—. Desde luego que no. Pero ¿tú? Sí. El tiempo de los dioses terminó, Aric. El alzamiento de los gigantes solo acaba de comenzar. O bien apoyas todo lo que ha construido tu familia..., o bien estás en contra. Elige un bando.

Casi me río.

—Ambos bandos decidieron eliminarse mutuamente. ¿No puede haber paz? ¿Ningún punto intermedio?

Sigurd golpea su escritorio con la mano con tanta violencia que lo agrieta justo por el medio.

Doy un respingo hacia atrás, sorprendido por el gesto y por la fuerza —y la furia— que hay en él. Si está tratando de recordarme que él es el primer gigante, lo está haciendo genial.

—¿Quieres verme muerto? —pregunta con tono exigente—. Odín planea destrozar mi cuerpo y reconstruir su mundo con él. No se detendrá ante nada para apoderarse de un reino tras otro en su nombre. Este es el hombre que quemó Jötunheim hasta los cimientos. Es el responsable de la muerte de tus padres. Si eso no es suficiente motivación, entonces tal vez jamás los quisiste en absoluto…, ni tampoco a mí, ni a Loki.

Suelto un resoplido de risa.

—Entonces, tú siempre lo supiste.

—Al igual que tú, él se vio obligado a elegir. Tú elegiste mal hace dos años.

Con un gesto de su mano, el escritorio agrietado se parte en dos y las mitades impactan contra las paredes. Los libros caen de los estantes, y la cerámica se estrella y se hace pedazos.

Sigurd camina sobre los fragmentos en mi dirección.

Él es más fuerte, más feroz. Puedo ver la mirada en sus ojos. Me matará. Aquí y ahora, en esta misma habitación, si piensa que mi voluntad está flaqueando.

Y puede que yo sea fuerte, pero todavía no he despertado del todo. No puedo derrotarlo tal como soy ahora, al igual que no puedo derrotar a Odín.

Necesito tener acceso a mi poder, incluso aunque eso me mate.

—No fracasaré, abuelo. —Lo miro a los ojos y le sostengo la mirada—. Te traeré el martillo de Thor. Y después te traeré la cabeza de Odín.

Capítulo setenta y dos

REY

Voy vestida como una valquiria.

Tengo que admitir que esto no es lo que habría elegido ponerme para entrar en batalla. Pero quienquiera que lo haya escogido para mí sabía lo que hacía. Una camisa blanca de mangas largas con un corsé a juego bien ajustado a mi cuerpo. Unos patrones dorados cosidos forman un diseño de alas en la parte delantera, mientras que la armadura de los hombros está hecha de plumas doradas que sobresalen en ángulos pronunciados. La larga capa blanca fluye desde los hombros y descansa contra mis pantorrillas.

Unas runas bordadas en la falda captan la luz cuando me muevo. Un cinturón dorado me rodea la cintura, el lugar perfecto para las armas. La hebilla es una cabeza de cuervo que se cierra con un clic.

Y, finalmente, un pequeño yelmo similar a una corona descansa sobre mi pelo, dejando la parte superior de mi cabeza expuesta. Hay nueve púas diminutas que sobresalen por arriba, ¿tal vez para representar a los Nueve Reinos? No estoy segura.

Me trenzo el pelo y me miro al espejo.

Me siento como si se estuvieran burlando de mí.

La hija de Odín.

Alguien que ni siquiera puede proteger a su madrastra, ni salvar el mundo de su propio padre. Qué poético resulta que me haya vestido de gala para la ocasión.

Aun así, tengo que admitirlo: parezco una guerrera.

Tan solo desearía sentirme como una.

Me doy una cachetada mental y tomo la nota de Laufey, la guardo dentro de mi corsé y después tomo mis cuchillos, que son muy reales, y los sitúo en el compartimento oculto de mi falda.

Finalmente agarro el celular, que parece extrañamente fuera de lugar, y salgo al pasillo, dejando que la puerta se cierre detrás de mí. La cerradura ya no funciona, pero tampoco es que pensara volver después de esta noche de todos modos.

Aric está ahí plantado, esperándome.

Dejo de respirar por completo.

Va sin camiseta.

Mis ojos se clavan en la máscara que le cubre la cara; la mitad como un cráneo blanco, cruel y despiadado, y la otra mitad pintada de tonos azulados, con lilas creciendo a través del hueso como algo que fuera al mismo tiempo sagrado y salvaje. Unos cuernos se retuercen hacia arriba desde la corona, como un antiguo rey caído.

Su capa, pesada y color azul rey, cae en gruesos pliegues sobre el suelo, junto al cuero color café oscuro de sus pantalones y las botas con agujetas que lleva bien atadas alrededor de las pantorrillas. No deja nada a la imaginación. Los suaves músculos me golpean la cabeza: los brazos, los abdominales, el pecho. Tiene totalmente el aspecto del gigante que es. Mi corazón palpita contra mis costillas en una cadencia incontrolable. No sé si me está diciendo que salga corriendo o que me quede.

Su expresión helada no titubea.

Siento la cabeza demasiado pesada, el cuerpo demasiado débil bajo el peso de él y del disfraz que llevo; y tal vez también del momento.

—Te veo bien.

Su mirada me recorre por completo de forma lenta y deliberada, y aunque no habla, el hambre de sus ojos lo dice todo. Incluso detrás de la máscara, está ahí, en su forma de entornar los ojos, en la forma que tiene su mirada de dejarme clavada donde estoy y retarme a moverme.

El deseo no elige bandos.

Simplemente desea.

Me da la espalda como si eso fuera todo, esa es toda la charla de motivación. Subimos en silencio al elevador y, por supuesto, como es propio de Reeve, resulta que ya está ahí dentro, reclinado contra la pared y esperándonos.

Él también lleva una capa, pero la suya es verde. Sonríe.

—Me pareció que sería divertido.

—No lo es —le espeta Aric.

De acuerdo, a lo mejor estoy enloqueciendo, pero mis labios se curvan en una sonrisa, lo que hace que me gane un pequeño guiño del cabrón que me amenazó antes. En fin, al menos los mitos tienen razón en una cosa: Loki es de verdad un pequeño idiota de lo más confuso. En un momento quiero estrangularlo, al siguiente estoy tratando de no reírme, y justo después pienso: «Bueno, pero la capa de supervillano y la corona negra le quedan bien».

La universidad es confusa.

Su corona es más pequeña que la de Aric. Descansa alrededor de su cabeza, al igual que la mía, y tiene cuatro púas que se retuercen en astas negras con las puntas de un rojo sangre. Lleva una coraza de cuero completamente negra, con una serpiente plateada cosida, y pantalones de cuero negro a juego. Unos guantes acorazados negros le cubren las manos y en las puntas de sus dedos hay unas largas uñas negras, afiladas como cuchillos, que hacen ruido cada vez que aprieta los puños.

Parece intimidante totalmente.

Nos apretujamos todos en el elevador.

—Se está muy a gustito —dice Reeve.

—Cierra la puta boca —replica Aric, levantando la mirada como si estuviera rezando para pedir paciencia.

Reeve alterna la mirada entre nosotros.

—Miren, yo creo que si hablamos de las cosas con calma y pensamos un plan lo bastante bueno como para no tener que matar a la gente que me parece simpática, entonces todo saldrá bien. —Tanto Aric como yo nos quedamos en silencio—. O háganlo a su manera, supongo. —Se balancea sobre los talones y aspira aire por la nariz. El elevador llega al piso del vestíbulo—. Recuerdo que esto me quedaba mejor antes.

—Eso es lo que pasa cuando envejeces, Loki —digo con dulzura—. Tu cuerpo ya no es lo que era.

—No lo critiques hasta que lo pruebes —replica con un guiño.

Aric suelta un gruñido.

—Naturalmente, después de su muerte prematura —añade, como si eso fuera útil de alguna manera.

Salimos al vestíbulo, donde están congregados todos los demás. Antes le envié un mensaje a Ziva, pidiéndole que me esperara. No creía que Aric ni Reeve fueran a presentarse.

Eira parece la muerte encarnada. No al estilo compra vulgar de Halloween de última hora, sino del estilo que hace que se te retuerza el estómago y sientas un escalofrío. Sus facciones normalmente perfectas están huecas; tiene sombras oscuras alrededor de los ojos que los hunden más en su rostro, haciendo que su sonrisa alegre parezca una máscara que tomó prestada de un cadáver. Su pelo cae en una cortina reluciente desde la parte superior de su cabeza, pero con mechones estratégicos que sobresalen como el halo fracturado de algo caído que envuelve su cabeza como una corona.

Está apoyada sobre un bastón elegante, negro y retorcido por la parte de arriba, y cada centímetro de su atuendo de cuero bien ceñido grita que es una depredadora. El traje está esculpido con ángulos afilados y rugosidades que dejan muy poco a la imaginación. Hay manchas de sangre cayendo por su torso, goteando sobre sus muslos, pintadas por sus brazos como si acabara de salir de una masacre.

No era broma cuando decía que se iba a disfrazar de Hela y no estoy del todo convencida de que no sea la auténtica. Por favor, por los dioses, basta de sorpresas.

—La muerte nos devora a todos —dice con un guiño. Las palabras son juguetonas, pero su forma de pronunciarlas no lo es.

Ziva se estremece. Su contraste no podía ser más fuerte; está ataviada con un sencillo vestido blanco, que ondea con cada paso, y lleva una delicada arpa debajo del brazo. Parece que hubiera salido de algún cuadro pastoral.

—No me juzgues —resopla—. Me pasé al griego en el último momento. ¿O… es romano?

Frunzo el ceño.

—¿De qué vas disfrazada?

—De Cupido —dice con una sonrisa diabólica.

Reeve suelta un gruñido.

—Por supuesto que sí.

Le echo un vistazo a Rowen. Él es el más sencillo de todos; tan solo lleva un elegante traje negro que le queda demasiado perfecto como para ser casual. Sin embargo, son sus ojos lo que me hace mirarlo dos veces. Esta noche están más brillantes, teñidos de algo que parpadea con determinación. Aferro mi colgante. Al menos, esta noche tengo su protección.

Él mira a Aric y después a mí.

—Vamos a terminar con esto.

—Bieeen, ¡fiesta! —dice Reeve con sarcasmo mientras se inclina hacia delante.

Y entonces, nos ponemos en marcha, con nuestros disfraces rozándose mientras nos dirigimos hacia el campo de futbol, donde la Cacería y el banquete esperan como una trampa lista para saltar.

El campus se extiende ante nosotros como un reino preparándose para la guerra. No parece que sea el mismo sitio que he estado recorriendo entre clase y clase. Esta noche, las puertas están abiertas; abiertas de verdad. Los antiguos alumnos llegaron en brillantes todoterrenos, relucientes limusinas y coches de carreras cuyos motores hacen tanto ruido que me resulta fastidioso. El aire apesta a dinero y poder.

Y, en el centro de todo aquello, se encuentra el gigantesco estadio y los Vikingos de Endir, todos en fila y completamente disfrazados. Llevan cascos con cuernos de hierro y estoy bastante segura de que el pelaje que lucen en las armaduras fue comprado en IKEA en forma de alfombra, que después cortaron y sujetaron con pegamento. Están marchando por ahí en formación, canturreando, gritando sobre muros de escudos y riendo. Unos cuantos de ellos están tan borrachos que se tropiezan con sus propias espadas. Podría decir sin miedo a equivocarme que Endir es más conocida por su aspecto académico que por el deportivo.

Un bufet exterior se extiende a lo largo del campo de futbol. Un banquete totalmente grotesco y digno de un rey, con velas de todas las formas y tamaños dispuestas por toda la mesa. Hay jabalíes enteros asados que relucen en bandejas junto a montañas de pan apilado como si múltiples ejércitos estuvieran a punto de atacarlo. Platos de zanahorias, puerros y cebollas. Docenas de jarras doradas llenas de lo que espero que sea hidromiel o algo fuerte.

También me hace sentir un poco en casa.

Reeve es el primero en hablar.

—El viejo mundo se encuentra con el nuevo. Llevan una eternidad haciendo esto. No hay nada como una antigua tradición disfrazada de fiesta universitaria.

Aric no responde. Sus ojos se dirigen brevemente hacia el lago mientras pasamos. Las aguas, turbulentas, rompen contra la orilla. Pero el cielo está despejado y no hay viento; esa violencia no tiene sentido.

—¿Cuántos banquetes vamos a tener? —murmuro, más para mí misma que otra cosa.

Reeve se frota las manos.

—Pensaba que no lo preguntarías jamás. La Cacería se divide en tres partes diabólicas. Primera fase… —señala hacia la mitad del campo—. Contemplen, beban y sean felices. —Levanta dos dedos—. La segunda es normalmente cuando tienes a una persona importante que accedió a ir contigo.

Me dirige una mirada sentenciosa antes de continuar.

—Suponiendo que no te dejen tirada antes del gran evento, se sientan juntos y se dan de comer mutuamente. Mostrar confianza real en la comida está directamente relacionado con la confianza en la propia Cacería, lo cual es la tercera fase. Esta es básicamente su excusa para correr por el bosque. Hay juegos preparados en los diferentes caminos, pero lo único obligatorio es que, sea cual sea el camino o la aventura con la que se encuentren, tienen que llegar hasta el final y cruzar el arroyo que alimenta el lago. El agua es la última limpieza ceremonial de sus pecados delante de los dioses y de todo el mundo. Después, acabamos justo donde empezamos para las fogatas y los fuegos artificiales, para dar comienzo oficialmente al año escolar… y, por supuesto, ¡al banquete!

Suelto un resoplido.

—Y yo que pensaba que no era más que un mito sobre Odín soltando cuervos.

—También es eso —se apresura a decir Aric—. Ya sabes cómo es Sigurd. Le gusta honrar las viejas tradiciones y mezclarlas con las nuevas.

Hay al menos un centenar de estudiantes pululando por ahí, todos con máscaras y disfraces elaborados. El aire parece denso, cargado, como si todo el campus supiera lo que va a pasar.

Distingo a un grupo fuera de la unión de estudiantes sosteniendo antorchas y levantándolas en alto como si estuvieran invocando algo. Las llamas iluminan unas máscaras talladas, los rostros distorsionados de los lobos, los ciervos y los cuervos que parecen llevar todos.

—Son los profesores —dice Reeve como si nada—. Es la tradición.

Tradición. Por aquí les encanta esa palabra.

Y me sorprende un poco que los profesores de Endir estén gritando alrededor de un fuego.

—Pero en realidad no vamos a cazar nada, ¿verdad? —pregunto—. ¿No es más que una fiesta? ¿Un juego de palabras?

—Espíritus. Fantasmas. Trols. Y hombres que se merecen cosas peores —responde Aric—. Al menos, en eso consistía antiguamente la Cacería. ¿*Verdad*, Reeve?

Él se pone firme de golpe.

—Sí, su intención original era exactamente esa.

La tensión entre nosotros tres es sofocante.

Ziva me da un codazo.

—¿Estás bien?

Suelto aire bruscamente.

—Sí.

Ella levanta la mano para darme una palmada en el hombro, pero entonces lo piensa mejor.

—Demasiados picos.

—Genial, ¿verdad?

Eira suelta un resoplido.

—¿Cuándo es la hora de la fiesta?

—Después de la ceremonia —responde Reeve—. Y después de que hayan llegado todos los padres y antiguos alumnos. —Se gira para mirarnos y comienza a caminar hacia atrás—. Tienen que relajarse todos. Piensen en esto como un juego. Una carrera a través del bosque. Llegan al otro lado y ganan. Si los atrapan, pagan un precio. —Muestra una sonrisita burlona—. ¿Alguien ha buscado alguna vez información sobre la Cacería Salvaje de Odín?

Odín. Él era un buen cazador.

Y entonces me entrenó a mí para que fuera mejor.

Abro la boca.

—Odín lideraba la carga hacia los bosques con sus cuervos persiguiendo a los espíritus. La mayoría de los humanos desaparecían o no sobrevivían a la noche.

—La supervivencia siempre es la clave —añade Aric.

La multitud se queda en silencio cuando llegamos nosotros. Al principio pienso que es porque vamos vestidos de una forma demasiado extravagante, pero están mirando hacia nuestra espalda, con las caras llenas de asombro.

Cuando me doy la vuelta, ya no tengo que preguntarme qué es lo que les llamó la atención, porque Padre Odín llegó.

Y tiene aspecto de ser el dios que es de la cabeza a los pies.

Capítulo setenta y tres

REY

Los susurros se vuelven más fuertes y sé cuál es la razón. Padre rara vez asiste a los eventos, a menos que sea él quien los organice. Es famoso por su secretismo. Igual acabo vomitando antes de que termine la noche.

Odín lleva unas botas altas y abrillantadas que relucen como la obsidiana, un traje negro a medida que lo cubre como una pesada armadura, y una gruesa cadena de oro con runas en la parte delantera. El abrigo le cae hasta las pantorrillas, está forrado con piel y todavía tiene manchas de sangre en algunas partes. Me resulta evidente que buscó su propio disfraz a propósito como una provocación para el propio Sigurd. Puede que las runas estén desactivadas esta noche, pero, aunque no fuera así, no podrían contener a Odín.

Cada centímetro de él emana poder. Tiene el pelo relamido hacia atrás y de su barba blanca cuelgan varias cuentas de plata intrincadas. Una destaca entre las demás, justo en el medio, uniendo la parte baja de su barba trenzada.

Una réplica plateada del Mjölnir.

Está vestido como la clase de hombre que podría susurrar al vacío y sonaría como un grito.

Un mafioso.

Un dios nórdico.

Un depredador.

Y mi padre.

—Viejo amigo.

La voz de Sigurd resuena mientras se aparta de la multitud para saludar a mi padre. Según camina, la multitud le abre paso como si fuera el maldito mar Rojo.

Lleva la cabeza de un alce. Tiene un cráneo enorme, con unas astas tan anchas que le rozan la parte superior de los hombros y amenazan con enganchar las antorchas que bordean el camino desde el estacionamiento hasta el campo de futbol. Las cuencas huecas de los ojos parecen mirar con maldad, y el hueso está blanqueado y agrietado por el paso del tiempo. Está lleno de runas grabadas que parecen palpitar débilmente bajo la luz de las antorchas.

Se podría pensar que le da miedo que Padre vaya a desmembrarlo. No debería sonreír, pero lo hago. Puedes sacar al cazador de la Cacería, pero no puedes sacar la Cacería del cazador.

Hay cosas que se llevan en la sangre.

Debajo de la corona de astas, la cara de Sigurd tiene franjas de cenizas y pintura blanca, unas líneas definidas dibujadas por su mandíbula para endurecer los bordes de sus facciones, ya brutalmente hermosas de por sí.

El puro peso de su presencia parece caer sobre la multitud. Ninguno de los dos da la impresión de estar jugando a los disfraces para algún ritual estudiantil. Parecen los propios hombres que le dieron comienzo y vivieron para contarlo.

Cuando Sigurd baja la cabeza, las astas recortan una silueta definida contra el cielo iluminado por el fuego. Siento la necesidad fuerte y repentina de inclinar la cabeza. Es extraño, porque nunca antes había sentido algo así en su presencia. Tal vez es porque esta noche no puedo evitar reconocer que Ymir fue el primero.

—Ymir es formidable cuando absorbe su propio poder —murmura Reeve. Claro. Que las runas estén desactivadas esta noche también lo beneficia a él—. El viento —continúa diciendo entre dientes—. La naturaleza no puede evitar reconocer a su creador…, es más antinatural quedarte quieto que caer de rodillas para adorar a Ymir.

Aric escuchó lo que dijo. Me doy cuenta por cómo se tensan sus hombros.

Pero no creo que los otros lo hayan advertido; me parece que están demasiado fascinados, al igual que todos los demás.

Con lentitud, la música continúa sonando otra vez. Mi padre y Sigurd caminan juntos.

Enemigos mortales.

Ambos asesinos.

Llegan hasta la parte delantera del campo de futbol, donde el resto de los antiguos alumnos y los padres están sentados alrededor de unas mesas redondas dispuestas frente a un escenario gigantesco. Si no fuera por el marcador y los carteles de los patrocinadores que cuelgan entre las gradas, pensaría que nos estábamos reuniendo en un estadio antiguo.

Mi padre se sienta a la derecha del escenario mientras Sigurd sube los escalones y se dirige al podio.

—Ay, mierda —masculla Reeve—. Otro micrófono.

Pero no es ningún profesor extravagante ni el torpe rector universitario que se dirige a la multitud. Su voz es profunda y sombría.

Levanta las manos.

—En los días antiguos, la Cacería Salvaje era algo más que una persecución; era un ajuste de cuentas. Representaba la muerte y el renacimiento, el paso de una edad a otra. —Todo el mundo se queda en silencio—. Los guerreros se ofrecían a sí mismos a la Cacería para que su valor fuera juzgado, para que los majestuosos jinetes de Odín llevaran sus almas hasta la próxima vida. En Endir no cazamos por la muerte, sino por los nuevos comienzos y las nuevas etapas. Esta noche buscamos nuevos lazos entre nosotros y pedimos el valor para enfrentarnos a lo que nos encontremos delante.

Juro que sus ojos se clavan en los míos antes de continuar.

—Y la sabiduría para soltar lo que nos lastra. Por lo tanto, ¡vamos a unirnos e invoquemos nuestro valor para este año universitario! Liberemos a los cuervos, nuestros mensajeros de la transformación, ¡y comencemos con la Cacería de este año!

Le tiende una mano a la profesora Higgins, que sube hasta él con una caja cubierta por un paño negro.

Sigurd extiende las manos a los lados y después hace un gesto delante de su cara, dos dedos contra la nariz, y uno tocándose la barbilla y el cuello.

—Únanse a mí, por favor.

Todo el mundo imita el antiguo gesto destinado a honrar a los dioses y los gigantes.

Se me pone la piel de gallina en los brazos.

Es como si alguna mierda muy ceremonial estuviera a punto de pasar. Padre no levanta ni un dedo, pero, por supuesto, no espero que lo haga. Sigurd se está burlando de una tradición que él comenzó.

—Sean bendecidos en la Cacería —añade Sigurd. Levanta el paño y abre la caja—. ¡Liberemos a los cuervos! —Levanta las manos hacia el cielo. El estadio retumba por los aplausos mientras los pájaros se dispersan en el aire—. Y ahora, ocupen sus asientos, por favor —dice—. El baile oficial comenzará pronto.

Le lanzo una mirada furtiva a Aric.

Él frunce el ceño como si no se esperara esto.

Unos momentos después, la banda comienza a tocar y surgen las conversaciones. La gente va congregándose alrededor de sus mesas para las entradas y las bebidas. Entonces es cuando me doy cuenta de que los que no van disfrazados llevan unas máscaras rojas. Dan una mala vibra increíble.

Miro a mi alrededor como si nada, con calma. Al menos la mitad de la gente del campus lleva máscaras rojas.

Unos escalofríos bajan por mi espalda.

—Es curioso… —Reeve se da un golpecito en la barbilla—. Por qué algunos en concreto fueron elegidos para llevar las máscaras.

La bilis sube por mi garganta cuando Eira se acerca con su traje malvibroso y una de las máscaras rojas en la cara.

—Yo les haré el baile del Señuelo esta noche. Según la tradición ancestral, es una danza antigua que se ofrece a los dioses a modo de sacrificio por los humanos que dieron sus vidas en servicio a ellos.

No espera a que digamos nada. Pero, como si llevaran siglos ensayando, los de las máscaras rojas se mueven alrededor de cada mesa mientras la música atruena por el sistema de sonido estéreo exterior. Suena primigenia, ancestral, llena de flautas y trompas y el ritmo constante de unos tambores. Con cada círculo alrededor de las mesas, se giran y miran a Sigurd, le dedican una reverencia, y después hacen un gesto con las manos por encima de sus cabezas como si estuvieran embelesados con el cielo que tienen encima. Todos se inclinan hacia atrás, y después giran de forma caótica, con las manos sobre las cabezas. Después, se detienen y sueltan un grito mientras terminan los tambores.

Es adictivo observar esos movimientos.

—¿Se ofrecieron voluntarios?

—Fueron elegidos personalmente —interviene Rowen—. ¿Verdad? ¿No fue el propio Sigurd?

—Muy inteligente. —Reeve me guiña un ojo—. Y sí, es como si tuvieran algo. ¿No puedes sentirlo?

Me quedo boquiabierta.

—¿Es que son…?

—Yo puedo responder a eso —me interrumpe. Y, la verdad, preferiría que no lo hiciera—. Son elegidos, importantes y especiales, aunque ellos solo piensan que es un programa para los más dotados. Pronto todos recordarán y pronto tendrán el poder de hacer mucho más. Al menos, esa es la esperanza.

Sigurd se aclara la garganta frente al micro.

—Muy bien hecho, estudiantes. Ahora, si miran las mesas, cada uno encontrará una runa, o lo que nos gusta llamar recuerdos de la fiesta por parte de los dioses. Antes de que comience la Cacería, escojan la suya con cuidado. Acérquensela, susurren su deseo, besen la piedra y láncenla a cualquiera de las fogatas que los rodean. Ese fuego representa su juramento, su compromiso, su comienzo aquí en Endir. Un viaje que solo ustedes podrán emprender.

La multitud se queda en silencio mientras las llamas de las fogatas que nos rodean saltan hacia el cielo, con las chispas desperdigándose como estrellas. Padre todavía no ha movido ni un músculo, pero sí que veo que se le tensa la mandíbula. Tal vez porque hace años él hizo esto por su pueblo, por Asgard, por la humanidad, y Sigurd se lo apropió.

—A partir de aquí, la tradición es sencilla. Irán juntos en grupos o por parejas; jamás caminen solos, esta noche no; y seguirán los caminos marcados hacia el bosque. El camino que elijan depende de ustedes, pero cada uno tiene su propio desafío. Algunos se encontrarán con banquetes preparados a lo largo del sendero; otros se tropezarán con juegos que tendrán que completar para seguir adelante; algunos, tal vez, con sombras que no pertenecen a los vivos. Fantasmas, demonios, espíritus de los caídos…, considérenlos parte de la diversión. Sobrevivan a ellos, ríanse de ellos, griten si tienen que hacerlo, pero sigan adelante. —Se encoge de hombros—. Les pedimos que no tomen fotografías con flash. Dejemos que las cosas sean lo más auténticas posible.

—¡No mueran! —grita algún idiota.

Una oleada de risa nerviosa se extiende entre los estudiantes.

Padre hasta esboza una sonrisita burlona al oírlo y baja la mirada. Me pregunto cómo sería… antes de que su obsesión por el conocimiento lo convirtiera en esto. Antes de que estuviera atado por él, controlado, poseído. ¿Fue libre alguna vez?

Sigurd hace una pausa y mira el campus a su alrededor. Me pregunto si realmente le gusta cómo lo adora la gente, pendiente de todas y cada una de sus palabras. Su sonrisa es afilada mientras la luz del fuego baila en sus ojos.

Las antorchas arden más alto, los tambores reanudan su ritmo y los vítores se elevan otra vez.

—¡Que comience la Cacería Salvaje!

Capítulo setenta y cuatro

REY

—Con todo el respeto. —Ziva se aclara la garganta y señala a mi padre mientras conseguimos una mesa circular cerca de una fogata—. Y lo digo con todo el respetooo… —Arrastra la palabra—. El papi Odín está tremendo.

—¡No! —respondo, levantando las manos mientras Reeve hace un ruido como si estuviera teniendo arcadas y Rowen se atraganta de risa. Aric me pone una mano sobre el muslo y me aprieta, sujetándome donde estoy. Me conoce demasiado bien. Quiero echar a correr en círculos y después decirle a mi amiga todas las razones por las que no debería pensar eso.

—¿Qué pasa? —Ziva se encoge de hombros—. Tan solo digo que ese tipo tiene un aura y unos ojos superintensos, como si hubiera visto cosas, como si hubiera controlado cosas… ¿Qué opina de las mujeres jóvenes?

—¿Qué opinas tú de la muerte? —pregunta Reeve animadamente—. Porque es más probable que sea de los que te secuestran y te dejan tirada en una zanja por diversión.

—Me las puedo arreglar —replica ella con una sonrisa.

Y, como si hubiera invocado al diablo en persona, mi padre se acerca caminando a nosotros. Era diferente cuando solo me mandaba mensajes, cuando no lo tenía delante y podía olvidarme de él. Ahora me resulta terrorífico.

Ya no me siento tan valiente.

No me siento inteligente.

Soy pequeña.

No soy más que una niña deseando que su padre le diga que está orgulloso, una niña tratando de demostrar su valía ante un hombre que jamás la aprobará ni la querrá. Un hombre que, en vez de eso, le hace daño.

Mantengo los ojos fijos en él y la postura recta.

«No te rompas —pienso—. Por favor, por los dioses, no te rompas. Ahora no».

Puedo hacer esto.

—¡Aaah! —dice, y sonríe de repente mientras mira por encima de mi cabeza—. Ahí está.

Laufey se está acercando a nosotros, con las manos ocultas bajo unos vendajes negros. Su pelo negro azabache cae en trenzas elegantes por su espalda; su hermosa piel marrón brilla bajo la luz de la luna.

Sus ojos se encuentran con los míos.

Me pongo de pie para acercarme a ella, y le doy un abrazo rápido y un beso todavía más rápido en cada mejilla. Cuando me dirijo hacia mi padre, hago lo mismo, y me entran ganas de vomitar.

—¿Están disfrutando de la velada? —pregunta al grupo en general.

—Sí, señor. —Reeve le hace un saludo—. Mi parte favorita fue cuando Sigurd liberó a los cuervos. ¿Qué le pareció?

Uno de los ojos de Padre se crispa.

—Si lo hubiera hecho bien, podría haberme quedado impresionado.

Reeve sonríe.

—A mí me pareció bien, pero mi memoria es un poco difusa en lo relativo a los textos antiguos. De todos modos, no soy demasiado lector y, además, Odín estaba demasiado apegado emocionalmente a esos pájaros.

—¿Quién decías que eras? —le pregunta Padre. Entonces, asiente con la cabeza cuando varios hombres en traje se dirigen hacia él. Unos cuantos fulminan a Reeve con la mirada, pero no hacen nada—. Disfruten de la velada. Estoy seguro de que te veré más tarde, Rey.

—Sí.

Apenas logro encontrar mi voz mientras vuelvo a sentarme entre Aric y Ziva.

—Ven —le ordena a Laufey. Ella me pone una mano en el hombro y me da un apretón antes de obedecer.

En el momento en que se aleja, todo el mundo me mira como si acabaran de salirme tres cabezas.

Rowen es el primero en hablar.

—¿Estás bien?

—Necesito un poco de aire.

Me levanto de la mesa y me alejo unos cuantos metros. Estoy a punto de sufrir un ataque de pánico; es tan inminente que puedo sentirlo. Sé que nos encontramos en el exterior, pero necesito caminar. Echo a andar, alejándome de las fogatas.

De repente, alguien me está frotando la espalda. Cuando miro por encima del hombro, veo que se trata de Rowen, mirando directamente hacia delante.

—Todo va a salir según lo planeado, Rey.

Me siguió. ¿Según lo planeado? ¿De qué está hablando?

—Yo distraeré a todos los que pueda mientras tú huyes. Eira va a ayudar y…

Giro la cabeza de golpe hacia él.

—¿Cuándo lo hiciste?

—¿Qué?

—¿Cuándo le pediste ayuda a Eira?

Él retrocede.

—Eh…, desde que descubrí que una tipa buena lanzándose por Reeve podría distraerlo de verdad el tiempo suficiente como para que no siga todos y cada uno de tus movimientos.

Me da un vuelco el estómago.

—¿Qué le dijiste?

—Que Odín es un dios —dice con una sonrisita sarcástica—. Tranquila. Le dije que necesitaba su ayuda y que se lo agradecería mucho, y ella me dijo que estaba bien.

—¿A cambio de favores sexuales?

—No. Pero sí que le prometí que la ayudaría a aprobar Biología. ¿Terminaste de interrogarme ya? Tenemos cosas más importantes de las que preocuparnos, como desbloquear la última runa, dejar a un gigante en libertad, esperar que te guíe hasta el Mjölnir, y todo eso sin que nadie se entere.

—Cierto. —Suelto aire de golpe—. Tienes razón.

—Estás tomando la mejor decisión.

Es cierto. Es solo que él no sabe que mi decisión no tiene nada que ver con darle el martillo a mi padre, sino más bien con confiar en Aric.

Le echo un vistazo a Odín.

El Mjölnir es suyo por derecho, es nuestro; pero no se lo merece.

—¿De verdad quemó todo Jötunheim hasta los cimientos, Rowen?

—Sí.

—¿Y otros mundos antes de ese?

—Tan solo mataba a aquellos que no se inclinaban ante él.

Sonrío.

—Yo pensaba que los gigantes eran pacíficos.

Él frunce el ceño.

—Yo pensaba que los dioses eran buenos.

Touché.

La gente comienza a levantarse de sus mesas. Vuelvo con lentitud hacia Aric, empujando a la multitud con mi Aura solo por si acaso.

—Ahora es un momento tan bueno como cualquier otro —sugiero en voz baja cuando llego junto a él.

—Estoy de acuerdo —dice con voz ronca.

Mientras los demás corren por delante de nosotros, él y yo caminamos al mismo ritmo, con nuestros hombros rozándose. El sonido de los tambores se desvanece mientras el bosque se cierra a nuestro alrededor; las sombras se vuelven más densas y el aire más frío.

En el momento en que las copas de los árboles se tragan las antorchas, jalo la manga de Aric. Dirijo la mirada una vez hacia los demás, y después de nuevo hacia él. Sin decir palabra, lo jalo a un lado, mezclándonos con un grupo de fiesteros antes de llevarlo más profundamente entre los árboles.

El ruido de la multitud queda amortiguado, desvaneciéndose en la distancia hasta que lo único que queda es el sonido de nuestra respiración y el crujido de la escarcha bajo nuestras botas.

Echamos a correr. Lejos de las risas. Lejos de las fogatas. Vamos directamente hacia una clase de oscuridad que parece como si estuviera esperándonos.

Capítulo setenta y cinco

REY

—Bueno —digo cuando estamos fuera del alcance del oído de los demás—. Voy a necesitar que crees una zona protegida para nosotros antes de empezar, no sea que estalles y atraigas la atención.

—Tú también estallarías —susurra—. Te das cuenta de que, si no puedo controlarme, tú estarás directamente en la línea de fuego, ¿verdad?

—Sí —respondo—. Lo sé. Pero no voy a abandonarte.

Le tomo la mano y lo conduzco lejos del ruido. Sé que hay gente observándonos, pero también sé que cuando lleguemos al lugar donde tenemos que ir, él podrá protegernos.

Además, si nos internamos más en el bosque por el camino de los demás, perderemos la ubicación de la runa.

Le aprieto la mano.

Aric baja la mirada hasta donde nuestras palmas se encuentran, como si estuviera pensando lo mismo que yo: «¿Podré volver a abrazarte alguna vez?».

—No es demasiado tarde para cambiar de opinión —bromeo cuando el sonido de un avión volando sobre nuestras cabezas me hace detenerme. ¿No sería muy fácil? Abandonarlo todo, escapar juntos.

Me detengo durante un segundo y jalo su mano para que él también se detenga.

—¿Lo harías? —susurro mientras una brisa me agita el pelo—. ¿Huirías conmigo, sabiendo que el mundo se acabaría terminando? ¿Sabiendo que el mundo ardería?

Me rodeo el cuerpo con los brazos, temblorosa, sintiéndome sola de repente. El aliento de Aric se condensa delante de él, recordándome todo lo que es capaz de hacer.

—Estás dudando —digo con la voz estrangulada.

Su mirada oscura se clava en la mía.

—No te lo puedo prometer —responde al fin—. No hasta que terminemos con esto.

Todo mi cuerpo se desinfla.

—Entonces ¿eso es todo? Vamos a hacerlo.

Me estoy ruborizando, pero no puedo evitarlo.

Él desliza la lengua por su labio inferior, y entonces tensa la mandíbula, pero sus ojos permanecen clavados en los míos mientras unos cuantos copos de nieve captan mi mirada.

Niego con la cabeza.

—No necesito el frío —digo—. No lo quiero.

—Pero yo todavía necesito tu calidez.

Su voz suena profunda y áspera, y sé que lo dice en serio.

La nieve motea sus anchos hombros, que ahora están encorvados por el dolor.

—Uno de los dos va a morir.

Al fin pronuncié las palabras en voz alta.

Y, en lo más profundo de mi alma, lo sé.

Voy a ser yo.

Un trueno retumba en la distancia.

Comenzamos a caminar otra vez, y finalmente me detengo cuando estoy delante del camino que hay junto a la residencia de estudiantes. Donde todo comenzó.

Aric extiende mucho los brazos.

—¿Por qué estamos aquí?

—Porque… —Levanto la mirada hacia nuestra residencia, del mismo modo que lo hice en mi primer día aquí—. Esto termina donde empezó. Con un simple traspié. —Me agacho y agarro el adoquín con el que me tropecé el día que llegué. Era una señal—. Esto ha estado justo aquí desde el principio. —Paso la mano por encima de la piedra—. El universo lo sabía, incluso antes que nosotros.

Aric mira la roca que tengo en la mano, con la runa Thurisaz grabada en ella.

—Una de las runas más poderosas, oculta a plena vista.

—Las cosas poderosas suelen estarlo —susurro, lanzándole una mirada significativa mientras se la tiendo.

Aric toma tanto la roca como mi mano. Me guía lejos de la residencia, dirigiéndonos hacia el agua.

—Vayamos hasta el otro lado del lago.

Trato de no asustarme, pero el corazón me late con fuerza. Ha llegado el momento. La última runa.

—Va a salir bien —añade—. Te lo prometo.

Se merece unos puntos por tratar de hacerme sentir mejor. Nos apresuramos a alejarnos de las festividades y pasamos junto al edificio de Administración, donde está teniendo lugar un macabro juego de ponerle la cola al burro, con los alumnos de primero buscando en la oscuridad con los ojos vendados. No, gracias. Me estremezco mientras continuamos bajando por el camino, con el aire volviéndose más denso y frío a cada paso que damos, hasta que mi respiración comienza a salir en rápidas volutas blancas que parecen humo.

En cuanto estamos junto al lago, Aric extiende las manos y el agua de la superficie del lago burbujea antes de congelarse. Una línea recta de hielo se extiende, de un blanco azulado contra el agua oscura, formando un puente hasta la orilla contraria.

—No durará mucho —dice—. Tenemos que darnos prisa.

Me toma la mano y cruzamos con rapidez por el puente de hielo. Cuando estamos a más de medio camino, cometo el error de echar un vistazo por encima del hombro. Unas olas agitadas salpican por encima del hielo, fundiéndolo y reclamándolo. El estómago se me cae a los pies, pero contengo el aliento y continúo caminando.

Apenas un momento después de llegar a la orilla, el puente de hielo se disuelve por completo, como si jamás hubiera estado ahí siquiera.

Desde la orilla alejada, puedo ver toda Endir. El estadio donde se está celebrando la fiesta, los edificios y la residencia, el arco de basalto. Unas antorchas iluminan el camino de la Cacería. El humo de las fogatas se arremolina hacia el cielo mientras la música y las risas se oyen a través del agua. ¿Llegaremos a volver con esa gente alguna vez? ¿Volveremos a la universidad? ¿O esto será el fin?

Aric me aprieta la mano.

—Vamos, hay una cueva justo aquí arriba.

Caminamos otros diez metros y llegamos a la boca de una gigantesca cueva que forma parte de una de las colinas rocosas que rodean el lago.

Suelto un aliento tembloroso mientras Aric se saca la piedra de la runa del bolsillo.

—Espera —le digo, y él suelta un improperio.

—¿Qué? ¿Qué pasa?

Los cielos antes despejados están ahora cubiertos de nubes de tormenta. Me trago el nudo de mi garganta.

—Tengo miedo. —Aric me cubre la mano con la suya—. ¿Qué? ¿No vas a decirme que todo saldrá bien o que vas a salvarme?

Su sonrisa ya logra tranquilizarme.

—Primero de todo, eres perfectamente capaz de salvarte tú solita, aunque está bien que me necesites. Y, segundo…, no voy a mentirte. Jamás. Si hay que arder…, lo haremos juntos.

—¿Lo dices en serio?

Una lágrima resbala por mi mejilla.

—Con toda mi alma. —Asiente con la cabeza—. Hasta que mi último aliento abandone mi cuerpo, e incluso después de eso.

Lo abrazo con fuerza y trazo con las manos unos pequeños círculos a lo largo de su espalda desnuda.

—Jamás… me esperé esto —comienzo—. Jamás confié en los sentimientos de nadie debido a mi Aura. Pero, contigo… —Nuestros ojos se encuentran—. Es real.

Él me besa la cabeza, y entonces se aparta. Tomamos nuestros cuchillos, hacemos los cortes superficiales en nuestras palmas, y después presionamos la sangre contra la runa Thurisaz.

La piedra se desmorona.

El mundo se congela a nuestro alrededor.

No hay ningún grito, ningún dolor saliendo de su boca.

No hay… nada.

Nada más que trozos de cristales de hielo congelados en el tiempo a nuestro alrededor, y un Aric muy calmado mirándome y tomándome la mano.

Todo está tranquilo. Demasiado tranquilo.

De repente, las runas se iluminan una por una, descendiendo por su espalda como si se acabara de girar una llave, como si se hubiera activado algo. Abre mucho los ojos, que se vuelven completamente blancos. Un rugido ensordecedor escapa de entre sus labios mientras se derrumba sobre las manos y las rodillas.

Y, entonces, un rayo cae directamente desde el cielo hasta su espalda.

Me quedo con la boca abierta en un grito silencioso.

Sin embargo, el rayo no desaparece. Se queda ahí, atrapando a Aric donde está como si fuera un insecto clavado en el alfiler de un científico. Pero, de algún modo, no está paralizado. Lentamente, respira hondo y se inclina hacia atrás sobre sus piernas, y entonces, de forma cautelosa y metódica, levanta ambas manos y las pega como si estuviera tratando de controlar el poder.

Retumba un trueno. Le tiendo una mano, queriendo ayudarlo, protegerlo, pero, antes de que pueda acercarme lo suficiente, el sonido de una explosión llena el aire. Caigo hacia atrás con tanta violencia que se me nubla la visión y me zumban los oídos.

Y entonces no queda nada más que silencio.

El zumbido desapareció.

Los cantos de los grillos, el movimiento del agua lamiendo la orilla, los sonidos de la Cacería…, todo simplemente se detiene.

El pecho me sube y baja con fuerza mientras levanto la mirada y veo a Aric cubriéndome con su cuerpo. Y, cuando echo un vistazo más allá de él, ahogo un grito.

Acaba de arrasar un par de hectáreas de bosque.

Desapareció, como si jamás hubiera existido.

Tomo las rocas que tengo a los pies y estas se convierten de inmediato en arena entre mis manos.

—Aric.

Pruebo su nombre en mis labios y levanto la mirada lentamente hasta él. Sus ojos son de un blanco puro, su pelo se volvió más largo y unos pequeños cristales de hielo se entrelazan con los mechones, creando una especie de corona sobre su cabeza. Tiene los brazos cubiertos de grabados azules y blancos, runas que llegan hasta las yemas de sus dedos. Una línea azul divide sus labios, tal como ocurría con la máscara de su disfraz, como si hubiera sabido de alguna manera que aquel era su estado natural. Es majestuoso, hermoso.

Parece como si él mismo fuera de hielo.

Un rey.

Finalmente, abre la boca y susurra tan bajo que siento el retumbo en mi pecho.

—Nuestro hogar. Él quemó nuestro hogar, destruyó un mundo tras otro.

Se me tensa el estómago.

—Tú eras el siguiente.

Unas lágrimas arden en mis ojos.

—Si le das el martillo, no se detendrá ante nada —continúa—. Si se lo das a Sigurd, buscará venganza. Si te lo quedas para ti...

—Laufey morirá.

—¿Es que una vida vale más que un mundo? —me pregunta, con la mirada penetrante—. ¿Qué es lo que querría ella?

En mi corazón sé exactamente lo que querría. Ella me dio la nota. Me dijo exactamente lo que tenía que hacer. No dejaba de pensar que era demasiado fácil... porque lo era.

Encontrar el Mjölnir.

Salvar el mundo del reinado de Odín.

Renunciar a todos los demás..., incluida yo misma.

La nota no era una pista.

Era su despedida final.

Su último regalo para una hija a la que no logró proteger, para que yo pudiera hacer lo que ella no pudo. Para que pudiera ser valiente.

—No dejaba de tener visiones con la escarcha —dice Aric con una voz retumbante que se vuelve más profunda a cada segundo que pasa. Comienza a apretar los dientes como si estuviera sufriendo, y entonces arquea la espalda. La runa está haciendo algo y él está tratando de mantenerla a raya.

—La escarcha es la clave.

—¿Qué quieres decir? ¿La clave para qué?

Pero él tan solo puede ofrecerme una mano temblorosa.

—La nota... ¿Tienes la nota?

—La tengo.

Meto la mano en el corpiño de mi disfraz y se la entrego.

—La escarcha —repite—. Los gigantes se comunicaban con escarcha en lo que parecían cartas normales, pero solo un gigante... —Vuelve a apretar los dientes, y entonces comienza a toser—. Solo un gigante podía descifrarla con su escarcha. —Exhala sobre la nota, y entonces aparece tinta entre las runas—. Confía en Aric —lee—. Estás a salvo. Los gigantes se alzarán. Los dioses caerán. No fracases.

Capítulo setenta y seis

ARIC

Me duele la espalda, mi mente va a toda velocidad y el hielo suplica que lo libere bajo las yemas de mis dedos. Las visiones acuden a mí tan fuerte y tan deprisa que apenas puedo organizarlas dentro de mi cabeza.

Pero una visión destaca por encima de todas las demás.

Una simple nota, pasada de mi padre a mi madre.

Y finalmente, en secreto, a Laufey.

Ellos le confiaron este mensaje a ella.

Y, al final, Laufey me confió a mí a Rey.

El poder crece y restalla dentro de mí, ejerciendo una presión constante contra mis restricciones. Tengo que mantener a Rey a salvo; tengo que controlar mis emociones y averiguar una forma de calmar estas nuevas habilidades.

Las runas de mi espalda palpitan ahora dentro de mi cabeza, repitiendo sus nombres una y otra vez. Mi sangre canta la ubicación del Mjölnir. Es como si, ahora que el poder es libre, estuviera gritando demasiada información, toda a la vez.

¿Se detendrán los susurros de los antiguos que oigo en la cabeza cuando ella encuentre el Mjölnir? ¿Querré yo que lo hagan? Me siento abrumado, ahogándome bajo el peso de demasiados recuerdos, demasiados caminos futuros posibles, pero al mismo tiempo, *ellos* están ahí. El corazón me duele al verlos una vez más.

Mis padres.

Están hablando al borde de una masa de agua. Se encuentran inmóviles, abrazándose mutuamente, mirando el agua con inquietud, y necesito toda mi fuerza de voluntad para no salir corriendo hacia ellos y rodearlos con los brazos. Sé que esto es solo un recuerdo, una visión. Pero parece demasiado real.

Con lentitud, extienden las manos y se las presionan para verter unas gotas de sangre en el agua. Me doy cuenta de que hay más y trato de mantenerme anclado al recuerdo, pero me duele la cabeza y no soy capaz de calmar el zumbido del poder el tiempo suficiente como para poder concentrarme.

De repente, mi visión se aclara. Sé dónde vamos a ir a continuación.

Que a Rey la golpeara aquel espejo en la cabeza no fue ningún accidente. Mi sangre canta la ubicación como un himno antiguo que se repite una y otra vez. El Salón de Ormir..., el agua.

El lago.

Abajo.

Abajo.

Donde descansan las almas.

—Rey. —Mi voz resuena a través del bosque—. El Salón de Ormir, el agua. Está en el fondo.

Me arden los ojos mientras mi cuerpo los recuerda. El último adiós de mis padres, sus lágrimas de tristeza y furia. Todo es culpa de Odín.

Mi mente grita pidiendo venganza.

Caigo de rodillas mientras la rabia comienza a rodearme; el poder lo consume todo. Qué fácil sería matar a Odín. Ahora mismo, aquí mismo.

Las runas están desactivadas. Es vulnerable.

Tengo que matarlo.

Mi fuerza aúlla con vida bajo mi piel, exigiendo que la vea, que la utilice.

No. Me presiono las sienes con las manos, apretando los dientes mientras un rugido se escapa de mi boca. El aire a nuestro alrededor tiembla mientras el propio suelo gimotea y mi cuerpo se estremece bajo el peso de todo esto.

—Aric. —La voz de Rey es poco más que un susurro—. ¿Tengo que nadar?

Su miedo casi llena la zona que nos rodea, es tan denso que puedo sentirlo, saborearlo. No quiere meterse en el agua.

Nunca ha estado más asustada que en este momento.

Acerco una mano a ella, pero entonces la aparto de golpe. Apenas soy capaz de controlar mi poder y lo último que quiero es hacerle daño cuando estoy tratando de consolarla.

—Puedes hacerlo.

Me arde el cuerpo por la conciencia del poder elevándose dentro de él. Me estoy quedando sin tiempo.

—Rey —le advierto—. Tienes que darte prisa. —Comienzo a ponerme de pie, pero mis piernas ceden de repente debajo de mí. La cabeza me da vueltas—. Es demasiado, todo al mismo tiempo. Estaré detrás de ti…, tú corre y ya está. Tienes que conseguirlo, porque de lo contrario no podremos salvar a todo el mundo. Ahora depende de ti.

Ella abre mucho los ojos mientras me mira. No tengo ni idea del aspecto que tengo, pero sí sé que todos mis músculos parecen tensos, que mi corazón late con un ritmo irregular detrás de mis ojos.

—Rey —vuelvo a advertirle—. Vete. Ya.

—Puedo esperar contigo…

—¡CORRE!

Me tiembla todo el cuerpo por el poder contenido mientras extiendo la mano y el hielo brota de inmediato a través del lago. Me quedo sorprendido por un momento. Apenas lo pensé y ahí está, robusto y hermoso.

Rey comienza a rodearme mientras yo trato de ponerme de pie. Todavía huelo su miedo. Pero puede hacerlo. Sé que puede. Camino entre tropiezos tras ella, tratando de mantener mi poder bajo control. Ya llegó hasta el puente. Bien.

El sudor se derrama por mis sienes.

Tengo la sensación de que algo va mal.

El corazón me late demasiado rápido.

Me arden los ojos.

Oigo su respiración superficial mientras corre a través del hielo. La necesito. La extraño, me siento más débil sin ella. ¿Qué está pasando?

Con un rugido, me abalanzo tras ella, solo para encontrarme con alguien bloqueando mi camino. El mareo me invade por completo mientras unas cadenas salen volando hacia mí desde todas las direcciones. Arden cuando se derrumban sobre mi piel, como si cada una pesara quinientos kilos.

Trato de levantarlas, pero es casi imposible.

—Una trampa de runas —dice una voz familiar—. Cadenas asgardianas grabadas con las mismas runas destinadas a paralizar a un gigante. Está claro que Sigurd sabe lo que se hace.

Parpadeo a través de la neblina y levanto la mirada.

El corazón se me hunde como una piedra en el agua.

Apenas siento la sonrisa triste en mis propios labios mientras asiento con la cabeza y digo:

—Tendría que haberlo sabido.

En realidad, ya habíamos perdido antes de comenzar siquiera.

—Sí —sisea él—. Así es.

—El séptimo círculo del infierno está reservado para la gente como tú.

De repente, un dolor irradia en oleadas increíbles desde mi estómago. Bajo la mirada y veo que me clavaron una lanza por la espalda. ¿Hay alguien más detrás de mí?

La sangre se derrama en gruesos riachuelos desde donde la lanza me atravesó directamente el abdomen. Mi visión se vuelve borrosa.

Él se inclina hacia mí.

—En ese caso, asegúrate de saludar cuando te mande allí.

Y entonces, me guiña un ojo.

Es lo último que veo antes de que todo se vuelva negro.

Capítulo setenta y siete

REY

Me despierto con el embriagador aroma del agua y el incienso; se me queda la visión borrosa mientras miro a mi alrededor. Estoy en el Salón de Ormir. ¿Qué demonios pasó? Estaba corriendo a través del puente de hielo que había hecho Aric cuando algo me atrapó. ¿O fue alguien?

El hielo cubre el suelo, unos fragmentos como dagas empalan las paredes, como un glaciar detonado. Las antorchas brillan desde sus ménsulas de piedra, proyectando sombras entre los altos arcos de madera del templo.

Me duelen la cabeza y el estómago, pero me esfuerzo por seguir consciente.

Me doy cuenta de que estoy tirada de costado, sobre el suelo helado. Me quitaron la coraza de los hombros, la capa y los cuchillos, y tengo las piernas y los brazos atados con alguna clase de hierro. El goteo constante del hielo derritiéndose está intercalado con el sonido de unos gruñidos. Espera, ¿los estoy haciendo yo?

—Ah, ¡está despierta! —La voz de mi padre retumba contra los travesaños—. Tráiganla —ordena.

Dos guardias con uniformes negros y unos cuervos bordados con hilo plateado en los cuellos —la marca de Odín— me sujetan los brazos. Tienen las caras ocultas por máscaras medio podridas de hueso, y sus ojos están vacíos e inexpresivos; son terroríficos. Me levantan y me dan la vuelta, para arrastrarme en dirección a mi padre. Cuando me sueltan los brazos, trato de mantenerme firme sobre mis pies. Pero ellos me golpean la parte posterior de las piernas, obligándome a arrodillarme.

Alguien cerca de mí suelta un gruñido inhumano.

¿Aric?

Parece como si ya hubiera vivido una guerra. Tiene la cara manchada de sangre, tanto roja como plateada. Se le apelmaza en el pelo a lo largo de las sienes. Todavía tiene los brazos y el pecho desnudos, pero tiene el abdomen cubierto de sangre, como si hubiera sufrido una herida horrible ahí.

Está encadenado y golpeado, sangrando y destrozado.

Está perdiendo sangre, demasiada sangre. Se acumula debajo de él, fluyendo de forma constante hacia ese maldito espejo de obsidiana y esas profundas aguas negras. Ver la laguna todavía me llena de temor, pero trato de sofocarlo. Tengo que salvar a Aric.

¿Por qué no puede curarse? Ahora es todavía más poderoso que antes; no debería estar perdiendo tanta sangre.

Quiero gritar su nombre, consolarlo de alguna forma.

Pero mostrar aunque solo sea un atisbo de emoción hacia mi «enemigo» ahora mismo sellaría el destino de Aric. De modo que entierro el dolor, el miedo, y miro a mi padre.

—Ah, hija, ¿no está saliendo todo según lo planeado?

Su forma de decir la palabra «hija» hace que se me revuelva el estómago. Puede que compartamos sangre, pero yo nunca fui nada más que un medio para lograr un fin.

Por el rabillo del ojo, veo que Aric no se inmuta siquiera. Aunque está destrozado, no cede. Sus ojos emiten un brillo blanco e inflexible. Entre sus dedos, unos débiles destellos de rayos chisporrotean mientras se frota el pulgar con el índice una y otra vez. Jamás pestañea. Simplemente se queda mirando a mi padre y su silencio lo dice todo.

Odín chasquea los dedos.

—¡Rowen!

Este aparece y aunque sé que me ve, no mira en mi dirección.

Lleva su traje negro y se puso una máscara similar a la de los hombres bajo las órdenes de mi padre, solo que la suya es completamente negra. Me da un vuelco el estómago. Sé que Rowen lo acepta todo porque no tiene otra opción, pero desearía que, por una vez, se eligiera a sí mismo.

Antes lo respetaba por su fuerza, pero ahora lo veo como lo que es: una lealtad mal dirigida hacia un hombre que lo mataría sin pensarlo dos veces. Habla mucho sobre cuánto odia a Odín, pero eso no significa nada. ¿Por qué? ¿Qué fue lo que hizo mi padre por Rowen? ¿Qué fue lo que le hizo? Sé que tiene algo que ver con sus cicatrices, pero, hasta este momento, creo que no me había dado cuenta de lo profunda que era esa lealtad; claramente, más profunda que nuestra amistad, si está ahí plantado como si nada e ignorándome mientras estoy encadenada.

Mis ojos buscan frenéticamente y miro sus manos. Es libre. Está a salvo. Es parte de esto.

Se encuentra bajo el control de mi padre, así que ¿cuál es la novedad?

Lo miro negando con la cabeza.

—Esperaba más de ti.

—Está haciendo su trabajo —me espeta Padre—. Al menos, uno de ustedes lo hace.

—Lo siento —dice Rowen con voz áspera junto a mí.

Vuelvo a levantar la mirada. Sus ojos se llenan de lágrimas, pero parpadea para deshacerse de ellas y mira directamente hacia delante, a Odín.

—Voy a matarte —dice Aric en voz alta—. Despacio.

—Patético. —Padre golpea el suelo con su bastón—. Sabía que no me traerías a Aric como me prometiste…

Casi pongo los ojos en blanco.

—Está aquí, ¿no es así?

Él resopla.

—No pasa nada. Te traje un recordatorio de lo que hay en juego.

Un guardia enmascarado acerca a alguien de entre las sombras. Laufey. Al igual que Aric y yo, está encadenada. Temblorosa. Ensangrentada.

Odín la empuja hacia delante, y después saca una pistola de la funda que lleva en la cintura. Mierda.

Apunta a la cabeza de Aric con la pistola.

—Dinos dónde está el Mjölnir. Y piensa muy bien en cómo vas a proceder, porque tu vida no es lo único que está en juego, ¿verdad? También la de Aric, la de Laufey, la de Rowen. —Junto a él, Rowen suelta un pequeño jadeo, pero no titubea. Odín continúa—: No pienses que no voy a arrebatártelo todo hasta que seamos las dos últimas personas que queden en este planeta. ¿De verdad vale la pena sacrificar todas esas vidas?

La Rey del pasado habría dicho que tiene razón, pero la de hoy conoce a Aric demasiado bien. El precio sería demasiado grande. Mis labios se abren, pero es Rowen quien me toma la mano y me la aprieta. Mis ojos se llenan de lágrimas que amenazan con derramarse otra vez.

—Te necesito —digo.

—Te prometí que siempre estaría a tu lado. —Asiente con la cabeza, y entonces habla más alto—: Díselo, Rey. Sé que el gigante te lo contó.

¿Ahora llama a Aric «el gigante»? Escudriño sus ojos.

La sala está en silencio, a excepción de los gemidos de Aric y del agua lamiendo los escalones.

«Se suponía que esto iba a ser fácil», pienso.

—Desencadénalo —exijo, con mi corazón latiendo de forma errática por lo que sé que tengo que hacer—. Yo iré por él.

Le echo un vistazo a Aric. Tiene los ojos llenos de tanto dolor que me pregunto si seguirá reconociéndome siquiera, si reconocerá el hecho de que, cada vez que exhala, unas pequeñas partículas de hielo flotan en el aire, creando un camino hacia mí, un camino que el hielo jamás alcanzará.

No puede salvarse a sí mismo.

Ni a mí.

Tan solo podemos esperar que me quede suficiente tiempo cuando encuentre el Mjölnir como para utilizarlo contra Odín. Comienzo a quitarme los zapatos.

Las puertas del Salón de Ormir se abren con un chirrido.

—Ah, justo a tiempo —dice Padre, que parece genuinamente complacido por ver a quienquiera que esté entrando.

Me doy la vuelta. Debería sentirme sorprendida.

Pero no lo estoy.

Capítulo setenta y ocho

REY

Todo sonrisas, Reeve camina hacia Padre, lanzando el adoquín de Thurisaz al aire. Daría cualquier cosa por borrar esa sonrisa de su cara arrogante. Si pudiera, con esa roca. Repetidamente.

Lanza el adoquín de arriba abajo, de arriba abajo.

Si es él quien lo tiene, ¿eso significa que es él quien le hizo daño a Aric?

Me guiña un ojo.

No hay suficiente hielo en el mundo para enfriar la furia que arde por debajo de mi piel.

Se detiene delante de mi padre.

—¿Ves? Te dije que tenía razón con lo de las dos últimas runas. Pero no, todavía necesitabas que te lo demostrara. —Me dirige una sonrisa—. ¿Lo de la vaca fue demasiado evidente? Las situaciones desesperadas exigen medidas desesperadas y todo eso. Y, como extra, pude verte medio desnuda.

Forcejeo contra las cadenas. Voy a matar a este hombre, aunque sea lo último que haga.

—¡Basta! —exclama Rowen—. Odín, suelta a Rey. Es…

Mi padre levanta la mano.

—Reeve, mi oferta a cambio de tus servicios sigue en pie, pero tienes que demostrar tu lealtad. No toleraré nada menos que eso.

—Ningún problema.

Me abalanzo hacia él otra vez, pero Rowen me sujeta.

—Cobarde egoísta —dice entre dientes, con los ojos fijos en Reeve—. Odín te matará cuando consiga lo que quiere… Seguro que sabes eso, ¿verdad? Aunque, ¿por qué no me sorprende? Eres un imbécil.

Reeve se ríe, y entonces me guiña un ojo.

—Por los dioses, son muy dramáticos todo el tiempo. —Entonces se acerca a Odín y le toma el bastón—. Para demostrar mi lealtad.

¿Es que tiene ganas de morir?

Padre ni siquiera me deja a mí acercarme a él.

Odín levanta la mano para sus hombres.

—Lo permitiré.

Reeve saca la espada de dentro y se dirige hacia donde está Aric arrodillado. Levanta la cabeza de su hermano por el pelo, y después le acerca la espada al cuello. Con insoportable lentitud, desliza el borde ligeramente por la piel de Aric.

La sangre plateada comienza a brotar. Por ahora son solo unas gotas, pero la intención está clara.

No.

Reeve mantiene la hoja firme junto al cuello de Aric.

—Tic, tac, pequeña diosa.

Aric me mira con ojos suplicantes.

—No tengas… miedo.

Me tiembla el cuerpo y me castañetean los dientes.

—Aric.

Se me caen las lágrimas. No creo que pueda hacer esto.

—Creo… —Me muestra una sonrisa tranquila—. En ti. Ya sabes dónde está. Haz lo que te pide. Ve por el Mjölnir.

—Sí —asiente Odín—. Escúchalo. Anda, date prisa. El gigante no quiere morir. Tráeme el martillo y le levantaré las cadenas para permitirle sanar.

La mirada de Aric es firme sobre la mía. Su bonita boca se curva por un segundo.

Sé que no puedo salvarlo.

Aric sabe que mi padre jamás levantará esas cadenas. Jamás lo dejará con vida ni en libertad.

Me está diciendo que encuentre el martillo. Porque quiere que luche.

Porque cree en mí.

—Nada hacia la tormenta, Rey. —Los ojos de Aric se clavan en los míos—. Ponle fin a esto conmigo.

Se refiere a nadar yo sola hacia la oscuridad. Se refiere a hacer esto sin él, sin nadie más que yo misma.

Dijo que yo puedo salvarme.

Quiero creerlo.

Quiero creer que los héroes existen y que yo puedo ser la mía propia.

Pero, al enfrentarme a la muerte segura, tan solo me siento débil.

—¡Desátenla! —ordena Padre.

Aric aprieta la mandíbula y asiente una vez más con la cabeza.

—Creo en ti. —Las runas se iluminan a lo largo de su cuerpo mientras agita la muñeca, con lo que crea un camino helado que va desde él hasta las escaleras y baja hacia el agua. Está utilizando su poder para iluminarme el camino—. Estaré justo a tu lado.

El hielo me rodea la mano de repente.

Sé que, cada vez que usa su poder, pierde más.

Y, con cada pérdida, se acerca más a la muerte.

Pero, aun así, decide tomarme la mano mientras camino hacia lo desconocido.

Abro la mano a su frío. Lo abrazo. Lo respiro.

—El destino te espera, hija de Odín —dice Reeve con una sonrisa mientras Rowen me suelta las cadenas. Se inclina hacia mí, con la espada todavía bien sujeta, y susurra—: Nada rápido.

—Te odio.

Su pie sale disparado y me da una fuerte patada en la rodilla que me hace caer.

Caigo sobre el camino de hielo con un golpe sordo. Reeve se ríe y el resto de los hombres se unen a él mientras Rowen maldice. Pero, cuando estoy en el suelo, mi ojo capta algo. Está reluciendo débilmente. La runa de la serpiente, grabada en una piedra más pequeña que mi mano. La agarro mientras vuelvo a ponerme de pie.

—Si yo fuera tú —dice Padre, señalándome con la cabeza—, me daría prisa.

Capítulo setenta y nueve

Aric

No puedo ver con claridad. Todo está borroso. Lo único que siento es el ardor de las runas, palpitando a través de mi espalda como un segundo corazón, aunque roto, y el frío del acero que Reeve sujeta contra mi cuello.

Jamás me imaginé que mi propio hermano sería quien nos traicionaría. Aunque en realidad no es mi hermano, ¿verdad? Vuelvo a tomar aire con esfuerzo. Cada vez me resulta más difícil respirar. El frío me mantiene vivo, ralentizando mi corazón como dijo Rey lo que parece toda una vida atrás, pero las cadenas me impiden sanar de verdad.

Voy a liberarme de algún modo. Y, después, utilizaré mis propias manos para despedazar a Odín miembro por miembro.

Esperábamos que la Cacería fuera suficiente distracción para ganar algo de tiempo cuando encontráramos el Mjölnir, pero nos equivocamos.

Lo importante ahora es liberarme para poder ayudar a Rey. Ella es lo único que queda ahora que me importe. Sopeso mis opciones mientras más sangre plateada se derrama de los cortes intencionados a lo largo de mis brazos y mis piernas. Puede que tenga que enfrentarme a todos a la vez. También puede que muera intentándolo.

Si piensan que dejé de luchar, se equivocan por completo.

Se me tensa el pecho mientras Rey da el primer paso en el estanque oscuro al final del salón, y después el segundo. Le tiembla el cuerpo. Cuando da el tercero, mira por encima del hombro para contemplarme una última vez.

Destrozado, lo único que puedo hacer es devolverle la mirada, con el corazón en la garganta mientras ella se da la vuelta.

Espero que mis ojos puedan expresar algo de lo que mi voz no es capaz.

Te quiero. Creo en ti. Lo siento.

Su cabeza se desvanece debajo del agua.

En cuanto desaparece, Reeve baja la espada que tiene junto a mi garganta. Odín nos echa un vistazo breve y calculador antes de volver a girarse hacia el agua oscura. La tormenta que hay dentro de mí se desata en el exterior; las olas rompen contra los escalones de piedra y se congelan en capas de hielo irregulares.

—Solo uno puede blandirlo —susurra Reeve entre dientes, con los ojos relucientes.

Giro la cabeza de golpe hacia él.

—¿Qué?

—Solo uno. —Articula bien cada sílaba—. Aunque llama a la sangre de Odín, sólo aquellos que sean dignos pueden blandirlo.

El corazón se me calienta durante apenas un segundo. Si Rey encuentra el martillo, sé que podrá blandirlo, podría incluso aunque no tuviera su sangre. Es digna.

Mi respiración se vuelve más entrecortada y superficial; cada segundo me arrastra más cerca del límite. Cada segundo que ella no emerge. Cada segundo que está bajo el agua, buscando el Mjölnir, me doy cuenta de que he perdido todo lo que me ha importado alguna vez.

Cierro los ojos y visualizo el hielo. Envío luz hacia abajo a través de él, aunque siento que los últimos restos se me escapan de entre los dedos. Tan solo deseo que sea suficiente luz para que encuentre el camino a casa.

A mí.

Capítulo ochenta

REY

Mis pulmones gritan mientras lucho contra la corriente; mi pecho se tensa con cada brazada. El agua es sorprendentemente cálida y negra como la noche, a excepción de la débil luz azul que resplandece desde el camino de hielo que creó Aric. Buceo más abajo, más de lo que jamás me habría atrevido, con el corazón latiéndome con fuerza y mi visión estrechándose conforme el brillo se vuelve más nítido hasta tomar forma. Tres metros más, tal vez menos.

Algo me espera en el fondo.

La corriente me golpea, azotando mi falda, tratando de arrastrarme lejos de allí. Nunca he sido buena nadadora; es evidente que jamás me ha entusiasmado practicar. No sé qué fuentes oscuras alimentan este estanque ni adónde llevan a su presa estas corrientes oscuras. Pero ese pensamiento invade mi cerebro, hace que me desespere por detenerme, por darme la vuelta.

Pero sigo adelante. Aric me necesita.

Siento un chasquido en los oídos y me duelen los pulmones a medida que me sumerjo en las turbias profundidades. Ahora la oscuridad es casi absoluta, más allá del punto que puede alcanzar la luz de Aric, y apenas soy capaz de mantener mi pánico controlado, pero de repente me fijo en un enfermizo resplandor verde que emana de mi palma.

No, de la piedra. De la runa de la serpiente.

La luz parece salir de ella como si fuera humo, conduciéndome hacia…

Allí, en el fondo. Una forma cuadrada elevada. Ya casi estoy ahí. Puedo lograrlo.

La corriente me impulsa y después cambia, casi como si me reconociera. Con un violento empujón, me estampa contra el suelo, anclándome donde estoy.

Rodeo el martillo con la mano y lo sujeto con fuerza. Siento convulsiones en el pecho por la necesidad de respirar, de dejar que el pánico me invada en esta agua que todo lo consume, pero trato de no escucharlo. Lo tengo. Ya casi estoy lista.

Pero, cuando trato de impulsarme desde el fondo embarrado, no me muevo.

El agua se niega. Me inmoviliza con la fuerza del hierro.

Vuelvo a intentarlo, con el terror creciendo mientras mi garganta se tensa, desesperada por el aire.

El Mjölnir me dejó tomarlo. ¿Por qué no me está dejando escapar?

Unos bordes negros comienzan a cerrarse alrededor de mi visión; el agua cálida se vuelve todavía más caliente. Unas visiones aparecen en mi cabeza: Laufey plantando en su jardín, contándome una historia. Ziva y yo, riendo juntas sobre unos vasos humeantes de café para llevar. Aric. Provocándome. Queriéndome. Protegiéndome.

Sé que esto es el fin y que debería sentirme sola. Pero no estoy sola. Todos ellos están aquí conmigo.

Entonces es cuando veo una sombra borrosa buceando hacia mí. Apenas puedo distinguirla, pero sé que es él.

Rowen.

Vino por mí.

Sujeto su brazo extendido con la mano libre, me agarro tan fuerte que mis uñas se clavan en su piel. Juntos, nos impulsamos hacia arriba, con la corriente pasando a nuestro lado como si estuviera soltándonos de repente. Salimos a la superficie en un estallido de espuma, jadeando, y nos derrumbamos contra los escalones de piedra.

Me castañetean los dientes y me arden los pulmones; tengo la visión borrosa por la falta de oxígeno. Con el cuerpo tembloroso, me arrastro por el suelo y mis ojos buscan a Aric de inmediato. Todavía se encuentra donde lo dejé, pero al menos Reeve ya no lo tiene con la espada al cuello.

Rowen se pone de pie.

—Gracias —digo con voz áspera; cada respiración es entrecortada y me aflojo los listones del corsé para respirar más fácilmente—. Por salvarme.

La risa de Padre retumba por la cámara como un trueno.

—¿De verdad pensabas que era por ti?

Rowen lo fulmina con la mirada.

—Cumple con tu palabra.

Los ojos de Odín relucen, demasiado brillantes, demasiado ansiosos.

—Tu tiempo comienza ahora.

¿Tiempo? ¿Tiempo para qué? No lo entiendo.

Rowen me levanta con manos de hierro y me hace plantarme sobre mis pies inestables. Me quita la caja de la mano.

Cuando la abre, mi mundo se rompe.

No es el Mjölnir.

No es el martillo de Thor.

Fracasé.

Capítulo ochenta y uno

REY

Me le quedo mirando durante unos segundos, incrédula. Entonces un grito, intenso y empapado en sangre, me desgarra la garganta antes de que pueda darme cuenta siquiera de que es mío.

—No. No, no… —Se me rompe la voz—. ¡No puede ser! ¡Me dijeron que me conduciría hasta el martillo! —le grito a mi padre—. Me prometieron que si cumplía con esto…

No puedo luchar sin el Mjölnir.

Mi padre es demasiado poderoso. Sin el martillo, fracasé.

Dirijo la mirada hacia Aric. Unas lágrimas caen por mis mejillas.

—Lo siento, Aric. Lo siento mucho.

Me ceden las rodillas.

Rowen sujeta el objeto en alto y lo examina, con una pequeña sonrisa en la cara.

Es un artefacto, eso desde luego. Solo que no es el que quería.

Lo reconozco como el diamante perdido de la Escarcha nocturna, el que Thor en persona le dio a la giganta Alvaldi. La contraparte del Mjölnir, la única reliquia en el universo que es el igual del martillo. La leyenda de las historias de Laufey, de los cuadros de la casa de los Erikson…, no debería estar aquí, ahora, en el mundo real.

Se trata de un aro sencillo coronado con un diamante tan azul como el hielo más profundo.

Me le quedo mirando, temblando.

—¿Por qué me llevó hasta la Escarcha nocturna? —Mi cuerpo se estremece—. No lo sabía. ¡Lo juro!

Los ojos de Rowen se clavan de repente en los míos, llenos de un dolor que estoy tratando de comprender.

—Lo siento, Rey. De verdad que sí.

¿Por qué? ¿Qué es lo que siente?

Se coloca el anillo en el dedo.

El aire se parte con un grito desgarrador desde el cielo.

En el momento en que el diamante toca su dedo, el Rowen que conozco se desvanece… y en su lugar se encuentra una figura arrancada de mis pesadillas. Armadura negra. Capa negra. Un martillo rojo quebrado pintado sobre su pecho con sangre. Ojos que relucen con un fuego azul antinatural y una sonrisa que grita maldad.

Rowen.

Mi Rowen.

¿Qué está pasando?

Odín se pone de pie, triunfal.

—Hijo. Bienvenido.

«Hijo».

La palabra resuena en mi cráneo hasta que se rompe.

Thor.

Las runas sobre su puerta. La ilusión.

Reeve está soltando una ristra de improperios, fulminándolo con la mirada.

—¿Esto es una puta broma o qué? ¡Yo te maté! —Rowen, *Thor*, lo ignora. Reeve se gira hacia mi padre—. ¡Teníamos un trato, Odín! Estos dos a cambio de la ubicación de la Escarcha nocturna.

Él agita una mano y Reeve sale volando contra la pared.

Como si estuviera sujeto por una fuerza invisible, Reeve se queda ahí pegado, forcejeando.

—Tendría que haberlo visto venir, y aun así voy y confío en ti… Vete al carajo.

Con otro giro de muñeca, Odín le estampa la cabeza contra la pared, dejándolo inconsciente.

Mi *hermano* ignora a Reeve. Camina dando zancadas hacia Aric, que está sangrando y destrozado, le levanta la cabeza con el dedo que lleva ese anillo maldito y susurra con una voz que suena grave en su garganta:

—Para cuando haya terminado contigo, gigante, vas a desear estar muerto. Y, ahora…, trata de no convertirte en un cadáver antes de que recupere mi arma.

Entonces, lo rodea para quedarse frente a la espalda de Aric y pega la palma en ella, justo donde las runas se grabaron a lo largo de su columna. Lo siguiente que sé es que está tratando de agarrar algo enorme enterrado bajo la piel de Aric. Veo un brillo dorado bajo la luz.

Rowen jala.

Y puedo verlo, el mundo desgarrándose mientras el mango del Mjölnir se vuelve visible bajo la piel de Aric.

Aric sabía la ubicación de la Escarcha nocturna.

Y la Escarcha nocturna sabía la ubicación del Mjölnir.

Oculto a plena vista, bajo el poder de las runas y de tres gigantes.

El arma más poderosa del mundo no estaba siendo únicamente protegida por Aric.

Forma parte de él.

Capítulo ochenta y dos

REY

Me siento demasiado aturdida como para moverme.

Rowen. La persona en la que confiaba, la persona en la que me apoyaba. Todas esas noches en las que me quejaba con él, cómo bromeaba conmigo cuando me derrumbaba, las historias que me contaba sobre Thor, sobre el dios que él jamás podría ser. Y, durante todo el tiempo, él estaba ahí sentado, sonriéndome y mintiéndome.

Siento una tensión en el pecho. Las lágrimas arden con fuerza y lo nublan todo, pero no lo suficiente como para borrar la visión de él en esa armadura, no lo suficiente como para silenciar los gritos de Aric resonando como un canto fúnebre a través de la cámara.

Estaba oculto a plena vista. Thor. El dios del Trueno.

El suelo cruje bajo mis botas; los fragmentos de escarcha agrietados y resquebrajados por la furia de alguien: la furia de Aric. Su ira está grabada en todas las superficies: las paredes cubiertas de hielo irregular, las columnas rotas donde la escarcha explotó hacia fuera.

Rowen se aparta de él, con las manos vacías. ¿Qué pasó? ¿No liberó el Mjölnir?

Unos hombres me empujan toscamente hacia delante, haciéndome caer al suelo duro delante de mi padre.

Odín todavía tiene la pistola en la mano; reluciente, negra y despiadada como sus ojos. Me apunta al pecho con el arma.

—Lo único que necesitaba —dice con suavidad, casi con cariño— era tu sangre. Y ahora, cuando tengamos el martillo en nuestras manos, podré regenerar tanta de ella como quiera. No te preocupes, tú no estarás despierta para verlo. Al fin y al cabo, todo el mundo tiene un propósito. Siempre me ha resultado divertida la frecuencia con la que pensabas que tenías un propósito más allá de existir simplemente para que él pueda prosperar.

Inclina la cabeza para mirar detrás de mí, dirigiendo los ojos hacia la figura que se encuentra justo encima de mi hombro.

—Thor —le espeta Odín—. Te dejé que lo intentes tú solo por la bondad de mi corazón, pero sabes tan bien como yo que no responderá a la sangre de un traidor. Ya no te seguirá eligiendo como digno. En cuanto Rey me dé el martillo, yo restauraré el Bifröst, y después utilizaré mi poder para ponerla a dormir. Si alguna vez te ha importado, tendrás este gesto de bondad con ella.

—¿Y si me niego?

—Todo el mundo muere. —Odín se encoge de hombros—. Tus amigos, Laufey, tu preciada giganta... Mataré a todas las almas de esta universidad, una por una. ¿Eso es lo que quieres?

—¡Puedo sacarlo! —exclama Thor—. ¡Es mi derecho de nacimiento!

—Y será tu perdición —le espeta Padre, y entonces me empuja hacia Rowen. Un trueno retumba en el cielo mientras él continúa hablando—. Destruir Jötunheim era necesario, pero el Mjölnir se niega a verlo. El martillo ya no responderá a nuestra sangre manchada, pero la de ella jamás ha visto la guerra. Solo la reconocerá a ella.

Ha llegado el momento.

Sacaré el Mjölnir y salvaré a Aric, lo protegeré con mi cuerpo, con la esperanza de que eso le dé suficiente tiempo para que pueda sanar y llevar a cabo su venganza.

Y, si muero en el proceso…

Habrá valido la pena para salvar el mundo.

Con lentitud, me pongo de pie, consciente de que mi padre sigue apuntándome con la pistola, y camino en dirección a Thor, tratando desesperadamente de empujarlos a los dos con mi Aura, aun sabiendo que no servirá de nada. Son mis últimos pasos. Pienso en mis momentos con Aric. Al menos los tuve. Al menos tuve amigos. Al menos, aunque solo fuera por una fracción de segundo, experimenté la vida.

Y fue increíble.

La cámara se llena de tensión cuando un rayo cae a través del techo e impacta en el suelo. Saltan chispas. Casi sonrío al ver que Aric mantiene la cabeza agachada y el cuerpo tenso. Confío en él. Confío en él.

Está demasiado enojado para rendirse. Y, en esta ocasión, no me importa si tiene que hacer que este sitio explote conmigo dentro: *quiero* que pierda el control por completo.

—Hazlo —le grito.

Aric gira la cabeza de golpe en mi dirección.

—Que su mundo arda, Rey. Al igual que hicieron arder el tuyo.

Capítulo ochenta y tres

ARIC

Las cadenas que arden alrededor de mis muñecas deben de ser especiales. Cada vez que me muevo, se clavan profundamente en mi piel, provocándome un dolor intenso. Puede que no sea capaz de liberarme, pero eso no significa que no pueda crear un poco de caos.

Al fin y al cabo, todavía no me han destrozado. El arma definitiva sigue viviendo debajo de mi piel.

Me aferro a la tormenta distante en el cielo, al poder del rayo, la sensación del trueno, y exhalo. Esbozo una sonrisita. ¿Quieren que ella sangre? Se lo haré pagar.

—No puedes hacerlo —le siseo entre dientes a Rowen. No, no a Rowen…, a Thor. Tal vez él y Reeve se parecen más de lo que pensaba, los dos mintiendo, fingiendo ser quienes necesitábamos que fueran.

Thor aprieta la mandíbula, pero su mano derecha, la de las cicatrices que de pronto tienen todo el puto sentido, arde contra mi columna como si el metal estuviera tratando de desbloquear hasta los propios huesos bajo mi piel. Me siento como si mi columna fuera a partirse en cualquier momento. El Mjölnir está dentro de mí. Ahora lo sé. Tiene mucho sentido: por eso puedo controlar el rayo, las propias tormentas. No era solo que el Mjölnir tuviera el mapa hasta la Escarcha nocturna, sino que el anillo también podía encontrar al martillo. Son una pareja, una pareja poderosa.

Odín no quería solo uno de ellos. Su plan desde el principio era hacerse con los dos.

Tomo un aliento tembloroso y miro al otro lado, a Rey. Tiene la cabeza alta, con los ojos concentrados en Odín como si todavía estuviera pensando en formas de ganar. Es perfecta.

—Tú no lo eres, pero yo sí —susurro al fin—. Digno —siseo mientras la mano de Rowen se hunde más en mi columna—. Yo moriría por ella. ¿Tú lo harías? ¿O solo te importa tu gloria pasada? —Su mano empuja con más fuerza mientras un grito de frustración explota desde sus labios—. Incluso ahora, no reconoce al grandioso Thor.

—¡Cállate! —grita él—. Es mío, lo crearon para mí. ¡Soy un dios!

El martillo escondido en mi espalda vibra y una débil luz dorada brilla a mi alrededor.

¿Que si duele? Del carajo.

Este idiota está tratando de arrancarme a la fuerza un arma arcaica que está anclada y enterrada bajo mi piel.

Y el Mjölnir ni se inmuta.

—Los dioses fracasaron por una razón, Rowen. Se destruyeron ellos mismos porque solo se servían a sí mismos. —Levanto la cabeza. Mirar a Rowen a los ojos me quema. Con la voz temblorosa, susurro—: Mjölnir, tú me conoces. Mis padres me escogieron para esto al igual que tú los escogiste a ellos. Yo no soy Rey. Pero ahora sé quién soy. Soy el único gigante nacido en este reino que juró protegerte a toda costa.

Las paredes se agrietan a nuestro alrededor. El hielo se resquebraja, cayendo como una cascada de cristal alrededor de Odín y de Rey.

Las lágrimas caen por la cara de Rey.

—Aric, los rayos, los truenos…

No quiere que me haga daño. Todavía estoy sujeto por estas malditas cadenas. Cuanto más las jalo, más me presionan.

Pero, al final, la cuestión no es por qué estoy luchando, sino por quién estoy luchando.

Tomo mi decisión.

Cierro los ojos e invoco toda la fuerza de las tormentas, del caos, el poder incontrolable que podría destruirme fácilmente, y me aferro a él.

Aprieto los dientes mientras el dolor explota por mi columna vertebral.

—Elígeme a mí.

El dolor atraviesa mi cuerpo, tan caliente que no puedo respirar. Un rayo abre el cielo y se derrama sobre mí, lanzándome contra el suelo en un arco deslumbrante.

El Mjölnir brota de mi espalda; el oro impacta con las cadenas que me atan las manos y las rompe en mitad de la tormenta eléctrica que me rodea. Sujeto el arma y, en un instante, las guerras, el derramamiento de sangre, mis recuerdos con Rey, mis padres sellando el martillo dentro de mi cuerpo…, todo ello impacta contra mí como una oleada.

¿Y Odín?

Parece que el Mjölnir y yo estamos de acuerdo en una cosa.

Está a punto de morir.

Capítulo ochenta y cuatro

REY

Con un grito de guerra, Aric se pone de pie de golpe. Su ropa arde bajo el calor del rayo, y de repente se transforma justo delante de mí. Su cuerpo se estira hasta alcanzar su altura completa, sus músculos crecen bajo una armadura plateada. Su piel es pálida como la escarcha, su pelo de un negro intenso, con trozos de hielo colgados de los extremos como adornos.

Odín retrocede entre tropiezos, con un miedo real en los ojos.

—Imposible…, eres un gigante sin ningún derecho de nacimiento… ¡y el Mjölnir es mío!

Aric gruñe; su voz ya no es solo humana, sino que está teñida de la corriente subyacente del trueno, esa suave vibración que siempre he sentido pero nunca había podido situar del todo.

—¿Lo habías olvidado? Tan solo estaba dormido. Y ahora… —Levanta el martillo, con rayos girando en espiral a su alrededor como una carga infinita—. Estás jodido por haberme despertado.

Le lanza el Mjölnir. Odín apenas puede levantar una mano antes de que Rowen salte delante de él y del anillo de la Escarcha nocturna surja un escudo azul que desvía el golpe. En el lugar del impacto detona una explosión de luz y hielo.

Caigo hacia atrás, con un pitido en los oídos y el sabor de la sangre intenso en mi boca.

Aric está completamente curado ahora, y tiene una ira de miedo. El Mjölnir regresa a su mano y él lo sostiene en alto sobre su cabeza, y entonces exclama mientras lo lanza contra el suelo. Un fuego crepitante explota desde el lugar donde impacta, y después serpentea directamente hacia los hombres situados cerca de mi padre. Esquiva por poco a Reeve, que sigue inconsciente, pero quema vivos a los guardias. Después, con la misma rapidez, un muro de hielo aparece, tan frío que congela sus esqueletos donde están antes de que puedan caer siquiera al suelo.

—¡Thor! —grita Padre, dando una palmada que crea un fuerte chirrido que me hace cubrirme los oídos. Unos cuervos invaden el salón, rodeándonos a todos mientras acerca a Laufey a su lado.

Rowen se tambalea, pero Odín lo empuja hacia delante, con la furia moldeando sus facciones.

—¡Toma a Rey!

—¡No! —grito. Estoy harta de que me utilicen.

Soy de la sangre de Odín, hija de Asgard.

Desperté a un puto gigante.

Y soy digna.

Mi mirada se dirige hacia Aric mientras golpea el suelo helado otra vez con el Mjölnir, haciendo que una telaraña de rayos se extienda hacia Odín y Rowen. Sin titubear, extiendo la mano.

Aric tan solo tiene un segundo para dirigirme una sonrisa antes de que el martillo impacte contra mi palma.

—Despierta —susurro, y entonces lo sostengo en alto hacia el techo. El sonido del hielo partiéndose llena la sala.

Odín retrocede tambaleándose, con los ojos muy abiertos, y por primera vez, no solo veo miedo en su cara, sino que lo saboreo.

Y es lo más dulce que he probado jamás.

Mantengo la mano en alto, preparada para lanzar el Mjölnir y terminar con esto de una vez por todas. Pero, primero…

—Liberen a Laufey.

Ella sigue estando detrás de Odín, sigue estando encadenada, sigue pareciendo aterrorizada. No voy a marcharme sin ella.

Ante la mención de mi madrastra, la mirada de Odín se vuelve evaluadora, astuta. Como si supiera que todavía le queda una carta por jugar. Pero, en mi mundo, el juego ya terminó.

—Thor. Ahora… —comienza en voz baja, pero yo arrojo el Mjölnir que tengo sobre mi cabeza, vertiendo en el lanzamiento cada gramo de furia, terror y sed de venganza que tengo. Odín abre mucho los ojos, horrorizado, mientras el arma más fuerte de los dioses lo golpea directamente en el pecho.

—¡Padre! —grita Rowen, acercándolo a él mientras sale sangre de la boca de Odín. Lo abraza con fuerza y, entonces, al igual que hizo Reeve en el elevador, los dos se desvanecen en el aire.

Se fueron.

Pero dejaron a alguien atrás.

Rowen tiene la Escarcha nocturna y a un Odín muy malherido, pero nosotros tenemos el Mjölnir. Y tenemos a Laufey.

Corro hacia ella. Sus ojos azules se clavan en los míos mientras levanta con lentitud las manos vendadas y temblorosas para ponerlas sobre mi cara.

—Lo hiciste bien, hija.

Las lágrimas se acumulan en mis ojos.

—¿Hija?

El hecho de que ahora pueda decirlo con libertad hace que me entren ganas de romper a llorar. La rodeo con los brazos y la estrecho con fuerza.

—Todo va a salir bien. —Laufey me da unas palmaditas en la cara—. Por ahora, descansa. Mañana podrás decidir qué hacer con esa arma junto a tu... nuevo amigo. —Le sonríe a Aric—. He oído mucho sobre ti. Odín te odia a muerte. —Aric rompe a reír—. Y tus padres —continúa, poniéndose seria— fueron algunos de los mejores amigos que tuve en toda mi miserable vida aquí en Midgard, la Tierra.

Aric le toma la mano.

—Eso significa mucho.

—¿Y ahora qué? —pregunto, mirando los daños a nuestro alrededor.

—Ahora esperamos —dice la voz de Sigurd desde la puerta. ¿Cuánto tiempo lleva ahí plantado?—. Me llevaré a Laufey para que la examinen. —Comparte una mirada con nosotros, y entonces se fija en que Reeve sigue estando inconsciente en el suelo y en todos los cadáveres congelados a lo largo de la cámara—. La herida de Odín probablemente haya sido fatal. Aunque Thor no se detendrá ante nada por tratar de sanarlo. —Junta las muñecas, y entonces retuerce las manos en un movimiento en el sentido contrario al de las agujas del reloj. Escucho un clic audible—. Las runas vuelven a estar activadas. —Se acerca a Laufey para tomarle la mano con cuidado y se dirige a mí una última vez—: Espero que sepas lo que acabas de hacer.

—¿Qué?

—Se están despertando. —Niega con la cabeza—. Por todo el campus.

Los demás dioses caídos y los gigantes dormidos.

«Bien —pienso—. Se merecen saberlo. Tener *todos* los recuerdos, los buenos y los malos».

—¿Y el Bifröst? —pregunta Aric.

—Enviaré un equipo de limpieza. Únanse a las fogatas. Si alguien pregunta, la tormenta prendió fuego a unas cuantas cosas. No invoquen al martillo. Por ahora.

Y se marcha como si no acabáramos de derrotar a Odín, probablemente para siempre.

Corro hacia donde está Aric. Él me rodea con los brazos antes de que yo pueda hacerlo. Entonces, me besa el cuello.

—¿Estás herida?

El martillo vuelve a estar en mi mano. Lo pego contra él y se hunde bajo su piel como una cerradura encajando en su sitio; las runas hacen su trabajo.

—Fuiste tú todo este tiempo.

—Más bien nosotros.

Reeve comienza a toser.

—Hola, sigo aquí, vuelvo a estar consciente. Por favor, no tengan sexo junto a la gente muerta, es muy raro. Y buen trabajo sobreviviendo, siento lo que hice.

—¿Por qué no deberíamos matarte ahora mismo? —gruñe Aric, todavía con el trueno en su voz y el martillo chispeando en su espalda.

Reeve arquea una ceja.

—Porque antes le di esa runa a Rcy. Te ayudé, ¿verdad? Y, si me matan, ¿quién les va a explicar lo que ocurrirá después? Se me conoce por ser un gran contador de historias, ya lo saben.

Antes de que Aric pueda responder, el Mjölnir gruñe. El sonido está vivo, hambriento. Salen chispas de él, no en dirección a Aric, sino hacia mí.

Me quedo paralizada y extiendo la mano. El martillo se libera de Aric y flota hacia mí, y entonces deja caer una serie de chispas ardientes por mis brazos y piernas.

Mis heridas sanan con rapidez; la cálida sensación me hace sentir en paz.

El Mjölnir flota hasta mi mano y las runas del mango se iluminan bajo mi palma.

«Mío», pienso.

Aric me mira. Le devuelvo la mirada y el peso de todo esto se asienta entre nosotros.

El martillo nos pertenece a los dos.

Me doy cuenta de golpe.

Es mío por derecho de nacimiento.

Es suyo porque Aric es digno de él.

El arma resplandece una vez más.

Aric levanta la mano y el Mjölnir me abandona así, como si nada. Pero él no lo utiliza, tan solo lo levanta en el aire. El arma se pega a su espalda y vuelve a encerrarse en su sitio. El cuerpo de Aric da una sacudida por el impacto; el aire se le escapa de la boca como si el martillo fuera realmente una parte de él.

No lo está utilizando; lo está protegiendo.

Por ahora.

Durante un momento sobrecogedor, la caverna permanece en silencio. En equilibrio.

Entonces, Reeve sonríe y suelta un silbido bajo.

—¿Ven? Me van a necesitar. ¿Quién más puede enseñarles cómo sobrevivir al Ragnarök? Los dioses cayeron. Los gigantes se alzaron. ¿De verdad pensaban que esto era el fin? —Abre mucho los brazos, en un gesto burlón y teatral—. Chicos, la fiesta no ha hecho más que comenzar.

Epílogo

REY

DOS DÍAS DESPUÉS…

El lago parece de cristal.

La escarcha plateada se extiende a través de su superficie en una capa perfecta. Sonrío al ver que la luz de la luna parece desparramar diamantes sobre el agua congelada. Algunas chicas tienen citas para ir a cenar y al cine. Yo voy a un lago cubierto de hielo bajo el manto de las estrellas.

Nos deslizamos a través de él, y mis botas derrapan hasta que la mano de Aric se cierra sobre mi codo. Suelta una risa baja y áspera por el agotamiento mientras me pega con fuerza a su pecho.

—¿Manteniendo cerca a tus enemigos? —le pregunto.

—Algo así.

Mi aliento forma volutas blancas en el aire.

—Aunque, si quisieras matarme, lo habrías hecho anoche, después de que volviera a colarme en tu habitación. Se siente.

—Debería andarme con cuidado —murmura con una sonrisa sexy—. He oído que jalas el pelo.

Me sujeta el codo con más fuerza mientras me conduce a través del lago, en dirección a la forma oscura de la línea de árboles.

Una cabaña se asoma desde los árboles de delante. Está vieja y estropeada por las inclemencias del tiempo, con unas astas clavadas por encima de la puerta como si fuera alguna barrera protectora antigua. Cuando llegamos al borde helado del agua, tomamos el camino que sube hasta la puerta. Aric la abre y la calidez me recibe de golpe: la luz del fuego, humo de cedro y…

Me quedo sin aliento.

Flores.

Por todas partes.

La mesa, el suelo y hasta los toscos estantes se encuentran repletos de ellas: flores silvestres dentro de tarros, rosas torpemente metidas en tazas, margaritas derramándose de un jarrón descascarillado junto a la ventana. La cabaña de un cazador convertida en algo acogedor, algo hermoso. Algo solo para mí.

Me doy la vuelta en el umbral de la puerta, pestañeando con fuerza contra las lágrimas que me queman los ojos.

—¿Qué es esto?

Él se encoge de hombros, apretando la mandíbula como si estuviera avergonzado.

—Todas las chicas deberían tener una cita donde el tipo les lleve flores. Incluso las que tienen la sangre de Odín.

Sus palabras rompen algo dentro de mí. Se acordó. Me pican los ojos y una lágrima cae deslizándose antes de que pueda detenerla.

Aric la atrapa con un dedo, se la lleva a los labios y sopla. La escarcha centellea con su aliento y la lágrima se congela en el aire para convertirse en un pequeño cristal que flota ante nosotros. Suelta un suspiro.

—Además, solo estaba tratando de coger contigo.

Me atraganto con la risa. Esto es ridículo y perfecto.

Me abalanzo hacia Aric. Él me atrapa con facilidad y me hace girar. Es liberador estar en los brazos de mi enemigo.

Dejamos de girar y mi cuerpo se desliza con lentitud por debajo del suyo. Mis pies casi tocan el suelo antes de que vuelva a levantarme para pegar su boca contra la mía.

Ahora su beso es diferente. Más feroz. Más hambriento. Sus manos me recorren la espalda, y cuando mis palmas se deslizan por las runas grabadas en su piel, estas centellean bajo mi caricia; unos pequeños relámpagos que bailotean entre nosotros.

Cuando al fin nos separamos, los dos estamos sin aliento. Apoyo la frente contra su pecho.

—¿Alguna novedad sobre Sigurd?

Aric exhala con lentitud; sus ojos plateados se vuelven otra vez castaños.

—Hice exactamente lo que habíamos planeado. Le dije que *nosotros* controlamos el Mjölnir.

Se me tensa el pecho.

—Nosotros.

—Sí. —Me acaricia la mandíbula con el pulgar—. Nosotros. Y que depende de ti decidir lo que quieres hacer con él.

Trago saliva con fuerza e inclino la cabeza contra su palma.

—Abriremos el Bifröst y ellos recuperarán sus poderes. Todos ellos, incluidos los que ya están recuperando sus recuerdos en el campus. Todos y cada uno de ellos se lo merecen.

—Pues sí. —El suspiro de Aric es más fuerte que la tormenta en el exterior—. Pero eso significa que Odín también recuperará su poder. Y sabes que seguirá tratando de utilizar a Laufey en tu contra. Y también a Rowen.

Es un riesgo que voy a tener que correr. De una forma u otra, esta guerra tiene que terminar.

Cambio de tema ligeramente.

—Me pregunto si Odín tiene más aliados o enemigos esperando al otro lado.

Aric me mira desde arriba, con algo oscuro y firme en los ojos.

—Solo hay una forma de averiguarlo.

—Pero primero lo primero. —Me obligo a encogerme de hombros—. Tenemos que eliminar las amenazas de aquí.

—Mañana —dice, con el fantasma de una sonrisa curvándole los labios.

Le jalo la camiseta, sonriendo a mi pesar.

—Al menos Reeve sirve para algo.

Su rostro se ensombrece.

—¿Además de para ser molesto y manipulador?

Me río.

—¿Qué? No tendríamos el Mjölnir si él no me hubiera ayudado. Además, se le da bien distraer y confundir a Sigurd, aunque creo que tu abuelo sabía lo que estaba pasando esa noche. Simplemente contaba con que Reeve conseguiría el anillo.

Aric asiente con la cabeza a regañadientes, torciendo la boca.

—Ya, no sé. Nunca nos da una respuesta directa. Por ahora, vamos a concentrarnos en esta noche. Al menos nos merecemos eso.

El fuego restalla, el cristal de escarcha gira una vez antes de disolverse en el aire, y por primera vez en todo el día, me permito respirar, y después descansar por fin entre los brazos de mi gigante.

Sus visiones se han vuelto más vívidas ahora. A veces veo guerra en ellas; otras, distingo los contornos de Asgard destacando sobre ese mar azul profundo que lo rodea, como un castillo entre las estrellas.

Otros días, es Jötunheim antes de que fuera destruido.

Está nevando. Parpadeo y abro los ojos. Me encuentro en otra de sus visiones, pero esta es hermosa. Estamos en un campo, mirando la nieve, un lienzo en blanco.

Por un momento, siento esperanza. *Paz.*

La palabra resuena en mi pecho mientras la mano de Aric se cierra sobre la mía, trayéndome de vuelta al presente. El hielo chisporrotea donde nuestros dedos se encuentran. El lago gruñe en el exterior, la tormenta hierve a fuego lento entre nosotros y, por un brevísimo instante, me siento como si el mundo estuviera conteniendo el aliento junto a nosotros. Permitiéndonos este momento.

Pero el silencio no durará.

Jamás lo hace.

AGRADECIMIENTOS

En primer lugar, tengo que darle las gracias a Dios. Aunque este libro ha sido realmente una de las experiencias más desafiantes de mi vida, también ha sido un trabajo fruto del amor. No podría haberlo hecho sin mi familia, desde mi increíble marido, que estuvo allí las veinticuatro horas del día y los siete días de la semana cuando necesitaba apoyo y un hombro sobre el que llorar, hasta mi padre, a quien mandaba mensajes cuando era tarde por la noche para hacerle preguntas. Es un estupendo compañero de investigación y siempre volvía con una respuesta. Mi momento favorito fue cuando estábamos terminando la revisión y mi agente me dijo: «¡Pregúntaselo a tu padre!».

Y esto me lleva a Nicole Resciniti. Vaya, eres la mejor agente del mundo. Trabajamos mucho con este. Eres una superestrella por luchar por mí, por este libro y por esforzarte tanto con él. Sacrificaste tu cordura y horas de sueño; las dos lo hicimos. Y valió la pena. Gracias.

A Stacy Abrams, por unirse al final, ¡bendita seas! Amy Pierpont, gracias por mantener la calma con los mensajes de pánico cuando necesitábamos una edición rápida o una revisión. Siempre lo dejabas todo para ayudarnos. ¡Gracias! Liz Pelletier, Dios mío, gracias por creer en este libro, por animarme cuando lo necesitaba y darme la confianza para seguir adelante.

Angie, Krista, Denise, Kristin y Sophie, sus lecturas beta, su disponibilidad y simplemente su ayuda haciendo comentarios fueron muy valiosas para mí. Tijan, me alegrabas el día cada vez que me preguntabas cómo me iba. (¡SÉ que me estoy olvidando de gente!) Mai, ja, ja, ¡de ti no me olvido! Tus charlas me ayudaron mucho durante este proceso. A todas las personas de Rockin Readers y de Insta, gracias por ser pacientes cuando literalmente dejé todos mis demás proyectos y sagas en pausa por esto. Jill, sé que estás sonriendo desde el cielo.

A todas las personas de Entangled, tanto las que he conocido por correo electrónico como las que no he conocido siquiera, y que se han esforzado tanto entre bambalinas. Son tan increíbles que quería darles un agradecimiento especial. ¡Los valoro muchísimo! En el departamento de arte: LJ, Elizabeth, Bree, Liz. En producción: Curtis, Brittany, Molly, Justine y Beth. En el departamento editorial: Mary, Rae, Hannah y Jessica. Y en marketing/publicidad: Victoria, Erin, Cai, Meredith, Heather, Melanie, Hannah y Lindsey.

Como pueden ver, hace falta mucha gente para llevar un libro a buen término, así que muchísimas gracias a mis lectores por apoyarme y estar ahí para mí. Espero que todos hayan disfrutado del viaje.

Un abrazo,

RVD

Esta obra se terminó de imprimir
en el mes de febrero de 2026,
en los talleres de Impresora Tauro, S.A. de C.V.
Ciudad de México.